CORINNE DEMAS | Das Herz der Täuschung

*Zum Buch*
Als Nancy die Einladung erhält, sich einem Schriftsteller-Zirkel anzuschließen, zögert sie: Ihr Roman – die sehr persönliche Geschichte ihres geliebten Vaters – ist eigentlich noch nicht für die Augen der Öffentlichkeit bestimmt. Dennoch üben die Mitglieder des Zirkels eine Faszination auf sie aus, und schon bald freundet sie sich mit der warmherzigen Victoria und dem alleinstehenden Thrillerautor Chris an. Nur die ambitionierte Lyrikerin Gillian erscheint ihr eiskalt: Nancy wird das Gefühl nicht los, dass Gillian mit den Menschen spielt und nur auf ihren eigenen Vorteil bedacht ist. Ein Verdacht, der zur bitteren Wahrheit wird, denn von Gillian geht eine tödliche Gefahr aus.

»Demas' faszinierende Figuren ziehen den Leser in ihren Bann.« *Chicago Tribune*

»Eindringlich und virtuos erzählt.« *Publishers Weekly*

*Über die Autorin*
Corinne Demas wuchs in New York auf und studierte an der Columbia University. Sie hat bereits etliche Romane, Erzählungen und Kinderbücher veröffentlicht und für ihre Werke zahlreiche Preise gewonnen. Die Autorin lebt mit ihrer Familie in Neuengland, wo sie als Literaturredakteurin für *The Massachusetts Review* und als Englisch-Professorin tätig ist.

# CORINNE DEMAS

# *Das Herz der Täuschung*

Roman

Aus dem Amerikanischen von
Christiane Burkhardt

Diana Verlag

Die Originalausgabe erschien 2010 unter dem Titel *The Writing Circle*
bei Hyperion / Voice, New York

MIX
Papier aus verantwortungsvollen Quellen
FSC® C014496
FSC
www.fsc.org

Verlagsgruppe Random House FSC-DEU-0100
Das für dieses Buch verwendete
FSC®-zertifizierte Papier *Holmen Book Cream*
liefert Holmen Paper, Hallstavik, Schweden.

Deutsche Erstausgabe 05/2012

Redaktion | Barbara Raschig
Umschlaggestaltung | t.mutzenbach design, München
Umschlagmotiv | © Nivek Neslo/gettyimages und plainpicture/Arcangel
Satz | Leingärtner, Nabburg
Druck und Bindung | GGP Media GmbH, Pößneck

Printed in Germany 2012
978-3-453-35671-9

www.diana-verlag.de

*Für Matt*

# *Vorwort*

Das Haus liegt am Hang. Eine lange Auffahrt führt hinauf und verschwindet hinter dem Haus. Die Zeit zum Abendessen ist bereits vorüber, es ist dunkel. Ein Garagentor auf der Hausrückseite öffnet sich, ein Geländewagen setzt zurück und wendet. Wer auch immer am Steuer sitzt, hat die Scheinwerfer nicht angemacht. Aus der Luft betrachtet könnte man den Geländewagen kaum erkennen, der jetzt das Haus umrundet und die Auffahrt hinunterfährt.

Eine Gestalt läuft quer über den abfallenden Rasen und geht dann die Auffahrt in Richtung Straße hinunter. Wahrscheinlich ist es eine Frau, aber sie ist schwarz gekleidet und in der Dunkelheit fast nicht zu erkennen. Ein junger Mann steht vor dem Haus und beobachtet sie. Licht fällt aus der Türöffnung hinter ihm. Er hört den Geländewagen, der um die Hausecke biegt und dreht sich nach dem Geräusch um. Dann ruft er etwas – den Namen der Frau vielleicht –, aber sie hört ihn nicht. Sie hat bereits die halbe Auffahrt hinter sich und befindet sich an dem Punkt, wo diese eine scharfe Kurve macht. Er rennt den Hügel hinunter, stürzt auf sie und die Stelle zu, an der sich ihre Wege kreuzen werden.

# Teil eins

*Oben, in einem Zimmer des Krankenhauses, befanden sich ein Mann und eine Frau mit ihrem toten Baby. Auf den ersten Blick war nicht zu erkennen, dass das Baby tot war. Die Frau hatte sich ihr braunes Haar mit Klammern zurückgesteckt. Der Mann trug eine Schildpattbrille aus Plastik, die an der Nasenwurzel beschlagen war. Das waren die einzigen Details, die der Arzt sich zumuten konnte.*

*Jahre später würde das Paar zwei weitere Kinder bekommen – beides Jungen –, aber dies konnten damals weder das Paar noch der junge Arzt wissen. Sie würden diese Söhne abgöttisch lieben, und jeder, der nichts von ihrem ersten Kind, einem kleinen Mädchen, wusste, hielt sie für Eltern, die einfach nur wunschlos glücklich waren. Aber als der Arzt in jener Nacht durch die Krankenhauslobby ging, war die Zukunft, die tatsächlich glückliche Momente für die beiden bereithalten sollte, unvorstellbar.*

*Es handelte sich um ein kleines Provinzkrankenhaus, und der Arzt, der älter war, als er aussah, war in seine Heimat zurückgekehrt, um dort zu praktizieren. Seine Eltern waren nach Arizona gezogen und hatten das Haus verkauft, in dem er seine ersten Lebensjahre verbracht hatte. Aber er kannte nach wie vor einige Einheimische, wenn auch nicht viele, da er schon immer schüchtern gewesen und früh aufs Internat und später aufs College gegangen war.*

*Das Krankenhaus hatte erst kürzlich seinen neuen Flügel eröffnet, das Ergebnis einer erstaunlich erfolgreichen Fundraising-Aktion, und die Lobby wurde erst seit drei Wochen benutzt. Mit ihren hohen Decken, Art-déco-Lampen und zu Sitzecken gruppierten Polstersesseln erinnerte ihr Design an das eines Grandhotels. Auf dem Boden lag lila Auslegeware, während die Wände mit honigfarbenem Holz vertäfelt waren. Das machte einen beruhigenden Eindruck, und trotzdem ließ sich niemand wirklich davon täuschen, denn die Räume und Flure dahinter verströmten Krankenhausgeruch. Es war eine brüchige Fassade, die durch das eigentliche Krankenhausgeschehen einzustürzen drohte, das in den dahinterliegenden Zimmern mit den weißen Linoleumböden stattfand. Aber das war nur tagsüber so. Jetzt, um halb drei Uhr nachts, herrschte sogar in der Welt hinter der Holzvertäfelung Stille, sämtliche Lichter waren gedimmt.*

*Eine Frau zog einen Staubsauger an den Aufzügen vorbei und verschwand hinter einer Tür. Danach lag die Lobby vollkommen verlassen da, bis der Arzt um die Trennwand am hinteren Ende bog. Er hatte seinen Kittel gegen Freizeitkleidung eingetauscht. Er trug Turnschuhe und eine schwarze Lederjacke, die man an einem Arzt nicht vermutet hätte. Aus der Ferne sah er in der Jacke aus wie ein Teenager. Er lief mit hängenden Schultern, das Kinn gesenkt, und er sah erst auf, als er die Glastüren des Geschenke- und Lebensmittelladens passierte. Er blieb kurz stehen und sah hinein. Der Raum wurde ausschließlich von dem Licht des Kühlschranks erhellt, der Saft und Mineralwasser enthielt. Er hatte seit fast zwei Tagen nicht geschlafen und schon seit Stunden nichts mehr gegessen. Er fuhr mit der Hand über den Türgriff aus Messing und rüttelte daran, obwohl er wusste, dass die Tür abgeschlossen war. Er warf sich gegen die Tür und drückte seine unrasierte Wange gegen das kühle Glas, wobei er kurz die Augen schloss.*

*Er wusste, dass er so nicht weitermachen konnte. Er hatte zugelassen, dass die Verzweiflung in einen Bereich vorgedrungen war, in dem sie nichts zu suchen hatte. Mit dem Ergebnis, dass er nicht mehr richtig funktionierte. In diesem Punkt war er sich ganz sicher – sicherer als damals, als er beschlossen hatte, Medizin zu studieren. Sicherer als nach seiner Facharztausbildung, als er beschlossen hatte, in seinem Heimatort zu praktizieren. Er war sich sicher, dass er die Distanz, die für seine Arbeit nötig war, nie wieder zurückgewinnen würde. Dass er emotionales Terrain betreten hatte, das er nicht mehr verlassen konnte, auch nicht mit größter Willensanstrengung. Er hatte keine Ahnung, was er sonst tun könnte, aber so würde er auf keinen Fall weitermachen.*

*Die Drehtür in der Mitte der Eingangshalle war abgeschlossen. Er nahm die kleinere Tür daneben. Der Personalparkplatz lag am anderen Ende des Gebäudes und war am weitesten von der Hauptstraße entfernt. Er war mit Weymouth-Kiefern bepflanzt, die noch aus der Zeit stammen mussten, in der das ursprüngliche Krankenhaus erbaut worden war. Jetzt waren es mehrere Stockwerke hohe Baumriesen. Er sog ihren Duft ein, ging zu seinem Wagen am Ende des Parkplatzes und fegte die Kiefernnadeln von der Windschutzscheibe. Er ließ den Motor an und fuhr auf die ein Halbrund beschreibende Straße, die an der Notaufnahme vorbei und unter dem Portikus-Eingang hindurch zur Hauptlobby führte. Er warf einen Blick zurück auf die Ziegelfront des Krankenhauses. In den meisten Zimmern war es dunkel. Er war sich sicher, dass es in ihrem Zimmer dunkel war, in dem Zimmer, in dem sich das Paar mit ihrem toten Baby aufhielt, und er zählte die Stockwerke und Fenster, um es ausfindig zu machen. Er zwang sich, hinaufzuschauen, konnte sich aber nur mit Mühe wach halten. Jetzt erst machte er die Scheinwerfer an und fuhr auf die Straße, die ihn nach Hause bringen würde.*

## *Nancy*

Es war Hodenkrebstag. Nancy (niemand wurde heute mehr Nancy genannt) hatte die Sonderbeilagen verschiedener medizinischer Fachzeitschriften schon am Vorabend auf ihrem Schreibtisch ausgebreitet, sich aber noch keine davon näher angesehen. Der monatliche Newsletter, den sie herausgab, bestand aus einem Dutzend Artikeln pro Ausgabe. Normalerweise brauchte sie einen ganzen Tag für die Materialsammlung und noch einen für die Durchsicht und Exzerpte, um dann den Artikel zu schreiben. Der Newsletter wurde unter dem Namen einer medizinischen Fakultät veröffentlicht, aber Nancy war die Hauptautorin. Die Herausgeber, Ärzte des Krankenhauses, die zu PR-Zwecken genannt wurden, schlugen ihr manchmal Themen vor, aber meist dachte sie sich die Themen für jeden Monat selbst aus. Sie griff auf, was die Menschen beunruhigte, Gesundheitsskandale, die es in die Regionalzeitungen schafften (wie der Babyspinat, der mit todbringenden E.-coli-Bakterien verseucht war), und die für die jeweilige Jahreszeit typischen Beschwerden. Sie schrieb über Rückenschmerzen, wenn die Gartensaison begann, über Hautkrebs, wenn der Sommer anfing, und über Erfrierungen bei Winteranbruch. Sie vergab auch Artikel an freie Mitarbeiter (zu denen sie ebenfalls mal gehört hatte), schrieb sie aber alle um. Ihr Stil, den sie perfektioniert hatte, war professionell und dabei erfrischend. Sie klang wie eine Autorität, aber ihr Ton war unbeschwert, auch wenn der Artikel von einer Krankheit handelte, die mit Leiden, Verunstaltung und einem sicheren, frühen Tod einherging.

»Wir wollen den Leuten keine Angst einjagen«, hatte ihr der Arzt, der den Newsletter gegründet und sie vor Jahren eingestellt hatte, eingeschärft. »Unsere Aufgabe besteht darin, sie zu informieren und in die Lage zu versetzen, mündige Patienten zu sein.«

In puncto Hodenkrebs wusste Nancy aufgrund eines Artikels, den sie im Vorjahr geschrieben hatte, dass Boxershorts besser waren als Slips, und Radfahren nicht zu empfehlen war. Aber es gab ein paar neue Erkenntnisse über Tumore und Wärme, also wurde es Zeit für eine Fortsetzung. Das Wort »Krebs« in der Überschrift sorgte sofort für Aufmerksamkeit bei den Lesern.

Sie machte sich gerade eine Tasse Tee, als das Telefon klingelte. Es war Bernard.

»Ich rufe nur an, um dich an Sonntag zu erinnern«, sagte er.

»Ich habe es nicht vergessen.«

»Gut. Es wäre peinlich, wenn du nicht kämst.«

»Für dich?«

Bernard lachte. »Ja. Dann würden alle glauben, dass ich dir das falsche Datum genannt habe. Adresse und Wegbeschreibung habe ich dir bereits gegeben, oder?«

»Ja, Bernard.«

»Aber ich habe vergessen, dir zu sagen, dass Adams Klingel manchmal nicht funktioniert. Wenn niemand aufmacht, gehst du einfach um das Gebäude herum und klopfst ans Fenster.«

»Ach, komm schon!«, sagte Nancy. »Ich werde doch nicht an irgendwelche Fenster klopfen!«

»Gut, wenn wir uns pünktlich um drei treffen und die Klingel nicht funktioniert, werde *ich* um das Gebäude herumgehen und ans Fenster klopfen.«

»Das wäre wirklich reizend«, sagte Nancy. »Ich weiß übrigens über alle Mitglieder Bescheid, nur nicht über Adam Freytoch.«

»Er ist erst seit ein paar Jahren dabei. Er entwirft hauptberuflich Turnschuhe, arbeitet aber an einem Roman. Er ist unbedeutend.«

»Bernard!«, rief Nancy. »Wie kannst du nur so etwas sagen!«

»Er bemüht sich«, erwiderte Bernard. »Aber er ist noch sehr jung.«

»Du bist gemein!«, sagte Nancy. »Du warst auch mal jung.«

»Aber das ist schon eine Ewigkeit her«, sagte Bernard so leise, dass Nancy nicht wusste, ob die Wehmut in seiner Stimme echt oder nur gespielt war.

»Bis Sonntag also«, sagte Nancy.

»Ja«, erwiderte Bernard. »Du brauchst keine Bedenken zu haben. Du wirst bestimmt aufgenommen.«

»Wie kommst du darauf, dass ich Bedenken habe?«, fragte Nancy.

»Weil ich es weiß«, sagte Bernard. »Du bist nun mal der Typ dafür.«

»So gut kennst du mich doch gar nicht!«, erwiderte Nancy.

»Das sieht man an deiner Mimik«, sagte Bernard. »An deinen gerunzelten Brauen.« Mit diesen Worten legte er auf.

Nancy goss das heiße Wasser über den Teebeutel in ihrem Becher und zog die gläserne Schranktür so weit auf, dass sie sich darin spiegelte. Sie machte sich tatsächlich viele Gedanken um alles, wenn auch nicht mehr so sehr wie früher – jetzt, wo ihre Tochter Aliki groß war. Aber sie hätte nicht gedacht, dass das so offensichtlich war. Das war typisch Bernard! Er konnte einen ganz schön verstören mit seinen Sprüchen. Ob sie nun zutrafen oder nicht – sie waren verletzend. Als er einmal eine besonders brutale Bemerkung über einen Blazer von ihr gemacht hatte – »leider unförmig« hatte er ihn genannt –, hatte sie ihm vorgeworfen, taktlos zu sein.

»Takt, meine Liebe«, hatte er erwidert, »ist nur eine Ausrede für Fantasielosigkeit.«

Er war unmöglich, und das hatte sie ihm auch gesagt. Aber sie mochte ihn trotzdem, auch wenn sie sich nicht vorstellen konnte, mit ihm verheiratet zu sein. Sie fand es erstaunlich, dass sich bereits zwei Frauen – früher Virginia, und jetzt Aimee – dazu bereit erklärt hatten.

Aber es stimmte, dass sie Bedenken hatte. Sie hatte schon seit Jahren nichts mehr veröffentlicht, und sie hatte Angst vor Bernard – dem sie leichtsinnigerweise anvertraut hatte, dass sie an etwas Neuem arbeitete. Er hatte die anderen dazu gebracht, sie zu ihren Treffen einzuladen. Sie war nicht nervös wegen Virginia, die stets freundlich war, und auch nicht wegen Christopher Billingsley, der Thriller schrieb und den Bernard einmal als jemanden, der »sich vergeblich um literarische Anerkennung bemüht«, beschrieben hatte. Ganz anders verhielt es sich bei Gillian Coit. Gillian war Lyrikerin und hatte in letzter Zeit viele Rezensionen bekommen. Nancy war ihr schon zweimal begegnet, und beim zweiten Mal hatte Gillian vergessen, dass sie ihr schon einmal vorgestellt worden war.

Nancy fischte den Teebeutel aus dem inzwischen fast zu dunklen Tee und ging mit dem Becher in ihr Arbeitszimmer, das ursprünglich eine verglaste Veranda gewesen war, ein Anbau an der Rückseite des alten neoklassizistischen Hauses. Sie hatte es renoviert und eine Heizung eingebaut. Das Haus war groß, und es gab andere Zimmer, die sich besser als Arbeitszimmer geeignet hätten. Aber ihr gefiel, dass der Raum weitab vom Zentrum des Hauses lag, aber trotzdem damit verbunden war. So wie eine Extremität, eine Hand mit dem eigentlichen Körper. Wenn im Winter der Schnee hoch lag, konnte sie sich an die Arbeit machen, ohne Stiefel anzuziehen. Sie war weit weg von ihrem häuslichen Alltag, aber immer noch damit verbunden. Sie war weit weg von ihrem Schlafzimmer, in dem Oates und sie sich liebten, und auch weit weg von Alikis Zimmer. Als Aliki ausgezogen war, um aufs College zu gehen, hatte Nancy nichts an ihrem Zimmer verändern wollen. Als könnte sie Alikis Abwesenheit so zu einer vorübergehenden Angelegenheit machen. Aber jedes Mal, wenn Nancy daran vorbeiging und hineinsah, betonte die ungewohnte Ordnung bloß ihre Abwesenheit.

Einmal hatte Nancy zum Spaß einen Artikel über das sogenannte Empty Nest Syndrome geschrieben, an dem Eltern – vor allem die Mütter – leiden, wenn die Kinder aufs College gehen, vor allem, wenn das betreffende Kind ein Einzelkind ist. Aber natürlich konnte sie ihn nicht in ihrem medizinischen Newsletter veröffentlichen. Obwohl dieses Gefühl durchaus heftig sein konnte. Es war keine bloße Melancholie, die durch die veränderte häusliche Atmosphäre hervorgerufen wird, sondern eine Reaktion auf eine Vielzahl von Faktoren: auf den Verlust einer Lebensaufgabe (bei dem Elternteil, der in erster Linie für die Erziehung zuständig war), auf den Verlust der Jugend, auf das Bewusstwerden der eigenen Sterblichkeit. Beim Empty Nest Syndrome handelte es sich kaum um eine anerkannte Krankheit. Der Name beschwor das Bild eines drolligen Rotkehlchens herauf, das auf einem Nest aus Zweigen thronte. Nancy konnte über Depressionen oder über die Menopause schreiben, wusste aber ganz genau, dass man sich wohl kaum darüber beschweren durfte, dass das eigene Kind die Highschool geschafft hatte und aufs College ging, wo es sich prächtig entwickelte, anstatt unter dem gemeinsamen Dach herumzulungern.

Nancys Arbeitszimmer war der Raum, der dem Fluss am nächsten lag, und sie konnte das fließende Wasser von ihrem Schreibtisch aus beobachten. Das Haus wandte die Prunkseite der Straße zu und breitete sich dann nach hinten aus: Sommerküche, Schuppen, alles Dinge, die man über die Jahrzehnte hinweg angebaut und dann nacheinander in das Haus integriert hatte. Die Veranda war das letzte Glied dieser Kette. Aus Sicht des Denkmalschutzes hätte man sie abreißen müssen, da sie erst in den 1920er-Jahren angebaut worden war. Von Leuten, die es wie Nancy liebten, auf den Fluss zu schauen, sich aber dabei nicht von Mücken zerstechen lassen wollten. Etwas, woran die Generation, die das ursprüngliche Haus errichtet hatte, bestimmt kein Interesse gehabt hatte. Sie hatte den Fluss vor allem unter nützlichen und weniger unter ästhetischen Gesichtspunkten betrachtet. Wenn die ursprünglichen Besitzer irgendwo gesessen hatten, dann vor dem Haus, um zu sehen, wer auf der Straße vorbeikam. Heute war die Straße befahrener, Autos rasten vorbei. Hinten, auf der Rückseite des Hauses, war Nancy vor Straßenlärm geschützt, ja brauchte ihn gar nicht mal wahrzunehmen.

Sie stellte ihre Tasse auf dem Schreibtisch ab und nahm auf ihrem Stuhl Platz. Sie blätterte in den bereitgelegten Artikeln aus *The Journal of the American Medical Association*, aus

*The New England Journal of Medicine*, aus den *Mayo Clinic Proceedings* und aus *dem British Medical Journal*. Dann schob sie sie beiseite und sah aus dem Fenster, auf die Goldrute am Rand des gemähten Feldes, auf die sich gerade orange verfärbenden Ahornbäume und den braunen Fluss, der nach dem Sommer einen niedrigen Wasserstand hatte.

Sie dachte an ihren Vater und fragte sich, was er wohl zu ihrem Brotberuf sagen würde. All die Jahre seines zurückgezogenen Lebens hatte er Medizin studiert und praktiziert, sich in die Absonderlichkeiten des menschlichen Körpers und dessen Probleme vertieft. Und jetzt saß sie hier und schrieb ohne die geringste Ausbildung auf diesem Gebiet über Krankheiten. Ohne jemals einem echten Patienten gegenübergestanden zu haben. Sie bildete sich nicht ein, eine wichtige Aufgabe zu erfüllen. Gut möglich, dass die Leute ganz wild auf solche Informationen waren, aber sie wurden von einem Unternehmen geliefert, das kommerzielle und keine altruistischen Ziele verfolgte. Sie selbst tat das nur, um ihren Lebensunterhalt damit zu verdienen. Unterm Strich war es wirklich ein beneidenswerter Job für eine Schriftstellerin. Sie wurde gut bezahlt und konnte sich ihre Zeit frei einteilen. Sie war ihr eigener Chef. Und theoretisch hatte sie daneben noch Zeit, etwas Eigenes zu schreiben – denn das, was sie für den Newsletter schrieb, war weiß Gott nichts Eigenes. Ihr eigenes Schreiben war der Roman über ihren Vater, an dem sie im letzten Jahr Stückchen für Stückchen gearbeitet hatte.

Er handelte natürlich nicht wirklich von ihrem Vater; es war schließlich ein Roman. Aber die Hauptfigur war ihrem Vater nachempfunden. Sie fühlte sich ihm nahe, so als lebte er immer noch. So als könnte sie ihm seine Jugend zurückgeben, indem sie darüber schrieb. Außerdem war es eine Möglichkeit, der rätselhaften Entscheidung auf die Schliche zu kommen, die ihr Vater in seinem Leben getroffen hatte. Das Geheimnis, das man beinahe ihre ganze Kindheit hindurch vor ihr verborgen hatte. Und das, als es schließlich gelüftet worden war, Einblicke in die Persönlichkeit eines Mannes gegeben hatte, den sie so gut zu kennen geglaubt hatte.

Sie hatte warten müssen, bis er tot war, um über ihn schreiben zu können. Sie hätte nicht in seine heimliche Vergangenheit vordringen können, wenn er es mitbekam. Sie hätte es nicht ertragen, dass er las, was sie über ihn zusammenfantasierte. Denn die Fantasie nimmt sich Freiheiten heraus, und obwohl ihr Vater sie über alles liebte und ihr keine Bitte abgeschlagen hätte, wäre es ihnen beiden peinlich gewesen.

Bernards Anruf an diesem Morgen hatte sie völlig aus dem Konzept gebracht. Er hatte sie daran erinnert, dass sie sich gezwungen hatte, den nächsten Schritt zu machen. Sich im Schutz des Arbeitszimmers allein mit der Geschichte ihres Vaters auseinanderzusetzen war eine Sache. Ihr Manuskript anderen zu zeigen eine ganz andere. Wie kam sie eigentlich dazu, sich vor jemandem wie Gillian Coit so zu entblößen?

Inzwischen hatte sich auf dem Boden von Nancys Tasse ein brauner Ring gebildet – der Tee war kalt. Sie ließ die Tasse einmal um die eigene Achse kreisen, sodass die weißen Sterne auf dem blauen Keramikuntergrund verschwammen. Dann schob sie sie an die hintere Schreibtischkante. Sie musste endlich anfangen zu arbeiten. Sie wandte sich wieder den Artikeln vor ihr zu. Sie las sich durch den Stapel und markierte hilfreiche Absätze mit blauem Filzstift. Dann fasste sie die Informationen in wenigen, einfachen Sätzen zusammen. »Die männlichen Hoden befinden sich im Hodensack außerhalb der Körperhöhle, weil es dort kühler ist. Wenn sich die Hodenkrebszellen in Teilen des Körpers ausbreiten, die eine wärmere Umgebung haben (zum Beispiel im Gehirn oder in der Leber), entwickeln sie sich nicht so gut und sind weniger resistent gegen Medikamente, die sie bekämpfen. Die Idee, Hitze gegen Krebs einzusetzen, war in Fällen von Prostatakrebs bereits erfolgreich.«

Welcher Leser dieses Textes hätte je gedacht, dass die Autorin jetzt mit untergeschlagenen Beinen hier am Schreibtisch saß, eine Frau in Jogginghose und T-Shirt, einen Pulli mit durchgescheuerten Ellbogen um den Hals geschlungen? Wer hätte sich je den Blick aus ihrem Fenster vorgestellt, die Trauben von Wanderfaltern auf den violetten Astern, den Fluss in der Ferne, der sich in der Morgensonne blaugrün färbte?

## *Bernard*

Klein und knabenhaft, wie sie war, hatte Bernards Frau Aimee einen Großteil ihres Erwachsenenlebens darum kämpfen müssen, ernst genommen zu werden. Aus der Ferne wirkte sie wie ein Kind und aus der Nähe eher wie zwanzig statt wie vierzig. Auch ihre Stimme war leise; es war die Stimme eines kleinen Mädchens, obwohl sie sich sorgfältig und mit Bedacht ausdrückte. Wenn man sich mit ihr unterhielt, hielt man sie für klüger, als sie es tatsächlich war. In ihren Adern floss zu einem Viertel japanisches und zu einem Viertel französisches Blut, und wenn es gerade passte, kokettierte sie damit.

Bernard war eher unordentlich und chaotisch. Das Haus, in dem er mit Virginia gewohnt hatte, war voller alter Bücher, alter Sofas und alter Samtüberwürfe gewesen. Mit Aimee wurde das anders. Bernard hatte nach der Scheidung das Haus bekommen, und Aimee richtete es neu ein, als sie einzog. Weniger, um die Erinnerungen an Virginia zu verjagen (sie mochte Virginia) oder sich als zweite Frau zu behaupten, sondern weil sie das Haus, so wie es war, deprimierend fand. Das Haus wurde mehr oder weniger entkernt. Alles, was aus Holz war, wurde weiß lackiert – einschließlich des Kaminsimses im Wohnzimmer und des Treppengeländers, die Bernard in einem früheren Leben mühsam abgebeizt hatte. Die Einrichtung bestand aus wenigen modernen Möbeln. Aimee änderte auch Bernards Kleidungsstil, aber wann immer es möglich war, trug er nach wie vor die alten Sachen, die er noch hatte retten können.

»Er sieht aus wie ein Mann, der in einem Einrichtungshaus sitzt«, sagte Virginia zu ihrem Mann Joe. »Aber er beklagt sich nicht. Er liebt sie, er würde alles für sie tun.« Virginia lächelte und schüttelte den Kopf. »Der alte Narr«, fügte sie liebevoll hinzu.

Bernard arbeitete bis spät in die Nacht – und zwar jede Nacht – und schlief bis weit in den Vormittag hinein. Aimee wurde spätestens um acht Uhr wach. Die einzige Methode, Bernard vor Mitternacht ins Bett zu locken, bestand darin, ihm ein Bad in der großen Wanne mit den Löwenfüßen einzulassen, hinter ihm ins Wasser zu gleiten und seinen breiten, weißen Rücken einzuseifen. Danach kehrte er nicht mehr in sein Arbeitszimmer zurück.

Wie üblich schlief er auch noch an diesem Sonntagmorgen. Aimee hatte bereits ihr Joggingpflichtprogramm absolviert, die Zeitung und Croissants geholt und geduscht, bevor sie ihn weckte. Sie schlüpfte nackt neben ihn ins Bett und legte sich halb auf ihn. Sein Atem war morgens eher abtörnend, weshalb sie seinen Mund mied und stattdessen eine Kussspur auf seinem Ohr, auf seiner Wange und seitlich an seinem Hals hinterließ, bis ihre Lippen schließlich in der Kuhle seines Schlüsselbeins haltmachten. Auf jenem weichen Stückchen Haut, unter dem, wenn man dagegendrückte, nichts als Luft zu sein schien.

Bernard regte sich im Schlaf, wachte auf und lächelte. Er streckte eine Hand aus und strich damit über Aimees Kopf. Ihre Haarspitzen waren nass – sie war also soeben aus der Dusche gekommen.

»Ich wünschte, du müsstest heute nicht weg«, sagte sie. »Ich wünschte, wir könnten den ganzen Tag zusammen verbringen.«

»Das können wir doch auch, zumindest fast«, sagte Bernard. Seine Hand wanderte von Aimees Kopf zu ihrer Schulter und von dort auf ihren Rücken.

»Drei. Du musst um drei da sein. Das ist mitten am Nachmittag.«

»Pssst«, sagte Bernard. Er zog sie an sich und bewegte sich vor und zurück, sodass sich ihre kleinen Brüste an seiner Brust rieben.

»Wo trefft ihr euch?«

»Bei Adam.«

»Das ist wenigstens in der Nähe.«

»Pssst«, flüsterte Bernard. Seine Hand setzte ihren Weg fort und fand Aimees Hintern. Er umklammerte eine Pobacke und ließ sie dann in Richtung Mitte gleiten, steckte seinen Zeigefinger in die Pofalte. Er stimulierte ihren Anus. Irgendwann fing sie an, sich zu entspannen, und sein Finger drang langsam in sie ein. Doch plötzlich verhärteten sich ihre Muskeln.

»Ich wollte heute zu den Cranford-Obstgärten fahren«, sagte sie. »Wenn du zu Adam musst, sollten wir uns lieber auf den Weg machen, sonst lohnt sich die weite Fahrt nicht.«

Bernard öffnete die Augen. Er tätschelte Aimee und lächelte. Die Erektion, die er beinahe hinbekommen hatte, legte sich schmerzlos.

»Na gut«, sagte er.

Aimee tat das bestimmt nicht mit Absicht, aber es war nicht das erste Mal, dass sie ihn an einem Sonntagmorgen erregte, nur um sich ihm gleich darauf wieder zu entziehen. So als wollte sie ihn für das Vergehen bestrafen, das er gleich begehen würde: Nämlich zu einem Treffen zu gehen, von dem sie ausgeschlossen war und sie so um einen Teil des Wochenendes zu bringen, das nur ihnen allein vorbehalten war. Seine Unternehmungen unter der Woche störten sie nicht. Sie arbeitete in einer Firma für Architekturdesign und machte viele Überstunden.

Manchmal versuchte sie auch, seine Treffen zu sabotieren oder wenigstens zu manipulieren. Zum Beispiel durch ein romantisches Stelldichein am frühen Sonntagnachmittag, damit er das Treffen völlig vergaß (was allerdings nie vorkam). Oder durch irgendein dringendes Problem, das gelöst werden musste. Bernard sprach sie nie direkt darauf an, sondern interpretierte ihre Eifersucht als Zeichen ihrer Zuneigung. Er hielt sie für leicht durchschaubar und lächelte lieber im Stillen über sie. Er wusste ganz genau, dass sie sonst wütend werden, ja sich bevormundet fühlen würde, wenn er ihr das auf den Kopf zusagte. Er hatte keine Angst vor ihr, aber er hatte Angst vor ihrer Wut, vor der heftigen, intensiven Wut dieser kleinen Person.

Die Bäume in den Cranford-Obstgärten hatten beinahe etwas Künstliches. Die Äpfel hoben sich rund und rot von dem vielen Grün ab, wie Zierrat, mit dem man die Zweige geschmückt hatte, der unmöglich aus diesen braunen, knotigen Stämmen hervorgehen konnte.

»Ein herrlicher Anblick«, sagte Bernard, als sie am Rand des Kiesparkplatzes standen und auf einen Hang mit Apfelbäumen schauten.

»Das wäre der perfekte Ort für ein Haus«, schwärmte Aimee. »Ich sehe es förmlich vor mir!«

»Wenn es hier ein Haus gäbe, könnten wir hier nicht stehen.«

»Das sagst du jedes Mal, wenn es irgendwo eine tolle Aussicht gibt«, sagte Aimee. »Aber würdest du nicht auch gern morgens aufwachen, direkt von deinem Schlafzimmer aus auf die Veranda gehen und das hier sehen?«

»Ich wache morgens gern in meinem eigenen Schlafzimmer auf, fahre dann hierher und bewundere mit dir die Aussicht.«

Aimee versetzte ihm einen Stoß gegen die Schulter und lief auf die alte Scheune zu, die man in einen Hofladen verwandelt hatte. Hier wurden nicht nur Äpfel, sondern alles Mögliche mit Äpfeln verkauft, wie Bernard sagte, einschließlich Apfelkuchen, Apfelbutter, Tischdecken mit Apfelaufdruck, hölzerne Kühlschrankmagneten in Apfelform und Briefpapier mit Apfelmotiven. Bernard musterte die Innenverkleidung der Scheune, während Aimee durch den Laden sauste. Normalerweise verlor Bernard in Geschenkeläden schnell die Geduld. Aber er liebte das alte Gebäude, das dunkle Holz in seinem Innern. Es machte ihm nichts aus, dass Aimee sämtliches Holz in seinem Haus mit einer weißen Lackschicht bedeckt hatte, aber er vermisste die Maserung. Sämtlichen Schnitzelementen in seinem Haus – seien es nun die Zierleisten, die Simse oder die Fensterrahmen – war ihr natürlicher Ursprung nicht mehr anzusehen. Sie hätten genauso gut aus Gips sein können.

»Wollen wir uns eine Tüte Macoun-Äpfel kaufen?«, fragte Aimee.

»Was immer du willst, mein Schatz«, sagte Bernard.

Die Frage war eher rhetorisch gemeint, denn Aimee hatte die Tüte bereits in der Hand. In ihrer anderen Hand hielt sie etwas Orangefarbenes. Sie sah, wie er es musterte, und hielt es hoch wie einen Blumenstrauß.

»Laternenblumen«, sagte sie lächelnd.

»Ich weiß.«

»Wir haben genau die richtige Vase dafür.«

Bernard nickte. Er hatte keine Ahnung, von welcher Vase sie sprach, ja wusste nicht einmal, welche Vasen sie überhaupt besaßen. Einige waren wahrscheinlich schon im Haus gewesen (Virginia hatte nicht viel mitgenommen), einige hatte Aimee mit in die Ehe gebracht, und eine, das wusste er noch, hatten sie von seinen Verwandten zur Hochzeit geschenkt bekommen. Aimee hatte sich darüber gefreut. Sie hatten in kleinem Kreis zu Hause geheiratet und waren von einem Friedensrichter getraut worden. Und obwohl Aimee damals behauptet hatte, sie könne sich nichts Schöneres vorstellen, fragte er sich manchmal, ob sie nicht doch insgeheim auf eine Hochzeit mit allen Schikanen gehofft und erwartet hatte, dass er darauf bestehen würde. Die Vase war in einer riesigen weißen Schachtel gewesen, die aus einem teuren Geschäft stammte. Aimee war beim Auspacken ganz aufgeregt gewesen. Er hatte angenommen, sie sähe sie als Zeichen, dass seine Verwandten die Verbindung guthießen. Aber vielleicht hatte er das bloß in sie hineininterpretiert. Vielleicht gefiel ihr die Vase an sich, wegen ihrer klaren kristallinen Form.

Die Frau an der Kasse sah zwischen Aimee und Bernard hin und her. Sie versuchte zweifellos zu ergründen, in welcher Beziehung sie zueinander standen. Es war schon mehrmals vorgekommen, dass man sie für Vater und Tochter gehalten hatte – und das, obwohl sie sich nicht im Geringsten ähnelten: Aimee hatte glattes, beinahe schwarzes Haar und dunkle Augen, dazu einen zierlichen, durchtrainierten Körper, während Bernard helle Augen und einstmals blonde Locken hatte und eher korpulent und untersetzt wirkte. Aimee reagierte sehr empfindlich darauf und machte in solchen

Momenten gern eine Geste oder eine Bemerkung, die ihre Beziehung klarstellte.

Bernard wollte gerade in die hintere Hosentasche seiner ausgebeulten Cordhose greifen, um den Geldbeutel zu zücken, als Aimee schnell ihre Kreditkarte auf den Ladentisch legte. »Jetzt haben wir's, Liebling«, sagte sie mit einer Stimme, die keinen Zweifel daran ließ, dass sie seine Ehefrau war.

Die Frau nahm die Kreditkarte und erledigte ihren Job. Bernard versuchte sich vorzustellen, was sie jetzt wohl dachte. Seine Tochter Rachel hatte nichts dagegen gehabt, dass er eine Frau heiratete, die ihr altersmäßig näher war als Virginia. Aber er hatte ihre damalige Bemerkung nicht vergessen.

»Du musst dich bloß daran gewöhnen, dass dich die Leute für einen alten Knacker mit einer blutjungen Freundin halten werden«, hatte sie gesagt.

»Aber nur, weil Aimee jünger aussieht, als sie es eigentlich ist.«

»Aimee ist jung«, sagte Rachel. »So jung, dass sie deine Tochter sein könnte.«

»Nicht wirklich!«, beharrte Bernard.

»Daddy!«, rief Rachel. »Rechne doch mal nach! Wenn du nicht ein extremer Spätzünder warst, dann …«

»Nein«, sagte Bernard

»Und?«

»In diesem Punkt muss ich dir recht geben«, sagte Bernard. »Du bist doch nicht böse auf mich, Peachie?«

»Natürlich nicht«, sagte Rachel und schmatzte ihm einen Kuss auf die Backe. »Du hast es verdient, glücklich zu sein. Und Aimee ist nett. Sogar Mommy mag sie.«

Sein Sohn Teddy war da längst nicht so großherzig gewesen. Er hatte sich geweigert, zur Hochzeit zu kommen, und hatte schon vor ihrem jüngsten Zerwürfnis ein immer verletzteres, verstockteres Verhalten an den Tag gelegt. Anscheinend glaubte Teddy, dass Bernard Aimee verführt und zur Ehe überredet hatte (obwohl eher das Gegenteil der Fall war) und nun über sie bestimmte. Der Rest der Welt, da war sich Bernard sicher, glaubte eher, dass Aimee über ihn bestimmte.

Wieder zu Hause, arrangierte Aimee die Laternenblumen in einem Tonkrug, von dem Bernard nicht wusste, ob er ihn schon mal gesehen hatte. (Er wusste nur, dass es sich dabei nicht um das Hochzeitsgeschenk handelte.) Aimee stellte sie auf den Kaminsims des Zimmers, das sie »die Bibliothek« nannte. Das Orange bildete einen tollen Kontrast zu der weißen Wand.

»Na, was sagst du?«, fragte Aimee.

»Sie sehen sehr schön aus«, erwiderte Bernard.

Aimee nickte zufrieden und ging zurück in die Küche, wo sie das Mittagessen anrichtete, das sie auf dem Heimweg im Feinkostladen besorgt hatten. Sie war nicht auf Komplimente aus gewesen, das wusste Bernard. Die Frage war eher pro forma gestellt worden.

Bernard blieb eine Weile stehen und betrachtete die Laternenblumen. In der schlichten Umgebung wirkten sie doppelt feingliedrig. Hätte man sie auf den Kaminsims des alten Hauses gestellt, wären sie völlig untergegangen. Bernard hatte einen anderen Geschmack als Aimee, aber er bewunderte ihren Sinn für Schönheit. Ihm war der viktorianische Stil lieber als die Moderne, aber dafür war ihm Stil generell nicht so wichtig. Aimee dagegen legte großen Wert darauf, ja war fast schon besessen davon. Wenn sie die Welt neu erschaffen könnte, würde sie es tun.

»Soll ich das Brot aufbacken?«, rief Aimee.

»Nein«, sagte Bernard und eilte in die Küche. »Es ist schon spät. Ich muss bald los.«

»Du wolltest so viel einkaufen!«, sagte Aimee.

Das stimmte. Aber nur, weil Aimee vorgehabt hatte, in einem Restaurant einzukehren, während er geglaubt hatte, dass es schneller ginge, etwas zu kaufen und zu Hause zu essen.

Aimee hatte den Tisch im Erker mit blauen Sets und blauen Servietten gedeckt. Jetzt richtete sie das Essen auf Glastellern an. Zu seiner Beunruhigung entdeckte er zwei Weingläser auf der Küchentheke. Er sah verstohlen auf die Uhr.

»Ich trinke lieber keinen Wein«, sagte er.

»Wir haben noch eine offene Flasche Pinot Grigio«, erwiderte Aimee, ging zum Kühlschrank und nahm sie heraus. »Der passt hervorragend zum Antipasto.«

»Na gut«, sagte Bernard. »Aber nur ein kleines Glas.«

Er fügte sich in ein gemächlicheres Mittagessen, als ihm lieb war. Gegen Ende fiel ihm plötzlich ein, dass er Nancy versprochen hatte, sie auf Adams Veranda zu treffen. Selbst wenn er sofort aufbrach, würde er zu spät kommen.

Er schob seinen Stuhl zurück und stand auf.

»Ich muss los«, sagte er zu Aimee. »Lass das Geschirr stehen – ich spüle es, wenn ich wieder zurück bin.« Er beugte sich vor und küsste sie auf den Mund, bevor sie etwas erwidern konnte. »Ehe du dich's versiehst, bin ich wieder da«, sagte er.

## *Virginia*

Virginia fuhr kein Auto. Meist brachte jemand sie nach den Treffen nach Hause und ersparte Joe den Weg, aber Joe fuhr sie jedes Mal hin. Virginia hatte zweimal versucht, den Führerschein zu machen, als sie noch jung war, und war beide Male durch die Prüfung gefallen. Beim ersten Mal hatte es eher am Auto gelegen – an der kaputten Handbremse eines rostigen Peugeots, den sie für die Prüfung geliehen hatte. Beim zweiten Mal hatte sie aus Nervosität über ihren gescheiterten Versuch ein Stoppschild überfahren, ohne die Bremse auch nur anzutippen. Also beschränkte sie sich darauf, öffentliche Verkehrsmittel zu benutzen oder sich von den Männern ihres Lebens herumkutschieren zu lassen. Bernard fuhr gerne Auto, und in den vielen Jahren, die sie verheiratet gewesen waren, war sie nie auf die Idee gekommen, den Führerschein zu machen. Joe, der erst mit neununddreißig Autofahren gelernt hatte, weil er in New York aufgewachsen war, wo keiner in seiner Familie einen Wagen besaß, war ein unsicherer Fahrer. Aber jetzt war es zu spät, um noch den Führerschein zu machen, fand Virginia. Autobahnen jagten ihr Angst ein, der Verkehr machte sie nervös, außerdem war sie ziemlich nachtblind. Also chauffierte Joe sie unerschütterlich herum und freute sich, etwas für Virginia tun zu können.

Sie hatten sich fünfzig Jahre nicht gesehen, als sie sich wiederbegegneten, aber das hieß nicht, dass sie nicht aneinander gedacht hätten. Joe hatte Virginias Karriere verfolgt und zahlreiche Exemplare ihrer Bücher gekauft, ja sie sogar noch sorgfältiger gelesen als ihre Lektoren. Bei jedem einzelnen hatte er ihr eine Karte mit anerkennenden Worten geschickt. Sie hielt diese Karten in Ehren. Sie waren zurückhaltend formuliert und galant, auch als er schon verwitwet und Virginia geschieden war, und es keinen Grund mehr für Zurückhaltung gab.

Sie hatten dieselbe Grundschule besucht, eine progressive Privatschule in Manhattan. Das Schulgeld war für Joes Familie eine erhebliche finanzielle Belastung gewesen. Er war das einzige Kind, das von Brooklyn herfahren musste. Virginias Familie war wohlhabend, aber alle Bohemiens, sodass nicht einmal Joe gemerkt hatte, wie reich sie waren. Nach der sechsten Klasse waren sie auf verschiedene Schulen gegangen und hatten sich aus den Augen verloren. Joe hatte Virginia auf seinen Highschool-Abschlussball eingeladen. Aber sie ging auf ein Internat und hatte es nicht geschafft, in die Stadt zu kommen, obwohl sie es nur zu gern getan hätte. Joe dagegen hatte geglaubt, sie hätte keine große Lust gehabt. Und wie sie Lust darauf gehabt hatte!

»Es ist ein Wunder, dass du hier bist«, sagte er zu Virginia, als sie neben ihm in dem Restaurant saß, in dem das Klassentreffen stattfand.

»Das ist kein Wunder«, sagte Virginia. »Du hast mir geschrieben und hattest vollkommen recht, dass so eine Gelegenheit nicht wiederkommt. Außerdem …«, sie lächelte, »hast du mich so beschämt, dass ich einfach kommen musste.«

»Beschämt?«, fragte Joe.

»Du hast mir unterstellt, ich wäre zu eingebildet, um zu dem Klassentreffen zu kommen. Ich und eingebildet! Ich wollte dir beweisen, wie lächerlich das ist, also bin ich gekommen.« Virginia gestikulierte nachdrücklich, wodurch die silbernen Armreifen an ihrem Handgelenk nach unten rutschten und dort, wo der Unterarm breiter wurde, hängen blieben.

»Ich freue mich«, sagte Joe.

»Außerdem«, sagte Virginia, »wollte ich wissen, was aus dir geworden ist.«

»Ich habe Geschichte studiert«, sagte Joe. »Und dann Matratzen verkauft.« Er hatte die weiße Leinenserviette glatt gestrichen, die gefaltet vor ihm gestanden hatte, und versuchte nun vergeblich, sie wieder in ihre ursprüngliche Form zu bringen.

»In eurem Familienunternehmen, oder?«, fragte Virginia.

»Daran kannst du dich noch erinnern, Ginny?«

Niemand nannte sie mehr so. Das war der Spitzname ihrer Kindheit, ein Name, der Verwandten und Freunden vorbehalten war. Seit dem Internat hieß sie nur noch »Virginia«. Später, auf dem College, wurde sie manchmal »Gin« genannt.

»Ich erinnere mich an alles, was mit dir zu tun hat«, sagte Virginia. »Ich war damals in dich verliebt.«

Joe sah zu ihr auf und schlug gleich darauf die Augen nieder, wie um etwas vor ihr zu verbergen. In der Grundschule hatte er einen Militärhaarschnitt gehabt, alle Jungs sahen damals aus wie kahl geschorene kleine Rekruten. Jetzt waren seine Haare länger und grauer. Er hatte nach wie vor dunkle Brauen, genau wie damals, zwei dicke waagrechte Balken, die ihn schon als kleinen Jungen hatten ernst wirken lassen.

»Aber erzähl mir mehr!«, sagte Virginia sanft. »Nachdem du die Columbia University verlassen hast, habe ich dich aus den Augen verloren.«

»Als mein Vater starb, musste jemand die Firma übernehmen. In Matratzen steckt eine Menge Geld, nicht nur darunter, lautete sein Lieblingsspruch. Am Ende habe ich mich mit einer britischen Firma zusammengetan. Wir produzierten Naturlatexmatratzen mit Schafwolle – von Tieren, die ausschließlich Biofutter bekamen. Aber letztendlich blieben es nun mal Matratzen.«

Joe griff nach seinem Weinglas und nahm einen großzügigen Schluck.

»Nach deiner Heirat – ich habe deinen Lebensweg nämlich genau verfolgt – habe ich irgendwann auch geheiratet. Ich bekam zwei Söhne. Meine Frau starb, als die Jungs noch aufs College gingen. Vor Kurzem habe ich die Firma verkauft und habe mich zur Ruhe gesetzt. Jetzt lese ich. Ich gehe auf Reisen und lese. Aber meist lese ich.«

Joe hatte lange auf den Tisch gestarrt und sah jetzt auf. »Ich wusste, dass du geschieden bist und wollte mich bei dir melden, aber …«

»Warum hast du es nicht getan?«

»Ich fürchte, ich habe mich nicht getraut. Ich dachte, du interessierst dich bestimmt nicht für mich.« Joe lachte kurz auf und schwieg, bevor er weitersprach. »Ich habe nie aufgehört, dich zu lieben, Ginny«, sagte er.

Virginia legte ihre Hand auf seinen Arm. »Lass uns gehen«, sagte sie.

Als sie das Restaurant verließen, kam gerade ein untersetzter Mann mit quer über den ansonsten kahlen Schädel gekämmten Haaren herein. Er packte Joe an der Schulter.

»Joey Sussman!«, rief er. »Stimmt's oder hab ich recht?«

Joe nahm die Hand des Mannes, schüttelte sie energisch und klopfte ihm auf den Rücken.

»Volltreffer!«, sagte er. »Ich muss allerdings leider los.« Ohne dem Mann Gelegenheit zu geben, darauf zu reagieren, schob er Virginia vor sich her. Sie eilten die Stufen hinunter. Er nahm ihre Hand, und sie rannten den Bürgersteig entlang bis zur nächsten Straßenecke, wo sie keuchend darauf warteten, dass die Ampel auf Grün sprang.

»Wer war denn das?«, fragte Virginia.

»Ich glaube, das war Barry – wie hieß er noch gleich? Der Junge, der auf alles allergisch war.«

»Barry Din-irgendwas. Dinsdale?«

»Dinsdorf?«

»Genau, so hieß er!«, sagte Virginia. Sie warf noch mal einen Blick auf das Restaurant. »Meine Güte, sah der alt aus«, stellte sie fest. »Wir sehen nicht so alt aus, oder?«

»Was mich betrifft, hülle ich mich lieber in Schweigen«, sagte Joe. »Aber du siehst noch genauso aus wie früher.«

Virginia wollte eine scherzhafte Bemerkung machen, aber in diesem Moment sprang die Ampel um. Beim Überqueren der Straße hielten sie sich noch fester an den Händen. Sie liefen in Richtung Norden, und der Wind fegte über die Avenue. Virginia fröstelte, woraufhin Joe ihre Hand losließ und den Arm um sie legte. Sie neigte den Kopf und schmiegte sich an ihn.

Es war Sonntagabend, und die Straße lag mehr oder weniger verlassen da. Nachdem sie den Block zur Hälfte hinter sich gelassen hatten, flüchteten sie sich in den windgeschützten Eingangsbereich eines Bürogebäudes. Virginia lehnte sich gegen die Granitwand.

Beim letzten Kuss hatten sie auf einer Geburtstagsparty Flaschendrehen gespielt. Eine Sekunde lang fühlte sich Virginia wieder in diese Zeit zurückversetzt. Sie stand dicht vor

Joe im Dunkel des Schlafzimmers ihrer Eltern, während die anderen Kinder im Wohnzimmer waren und in einem Kreis auf dem Boden saßen. Aber dann war sie wieder im Hier und Jetzt, zusammen mit Joe, in einer geschützten Ecke neben einer für den Abend abgeschlossenen Drehtür aus Glas. Der Wind wehte die Seiten einer alten Zeitung über den Bürgersteig, und sie schloss die Augen.

Joe parkte neben einem Hydranten vor Adams Haus. Er hatte nie gelernt, rückwärts einzuparken, und fuhr jetzt vorwärts in die Parklücke, weshalb das hintere Ende seines Wagens zu weit in die Straße hineinragte.

»Ich werde dich gegen fünf abholen«, sagte er zu Virginia. »Außer, du rufst mich an und sagst mir, dass dich jemand mitnimmt.«

»Danke, mein Schatz«, sagte Virginia. Sie hatte bereits eine Hand am Türgriff, drehte sich aber noch einmal um und gab Joe einen Kuss. Der zunächst flüchtige Abschiedskuss wurde intensiver. Virginia ließ den Türgriff los und legte die Arme um Joes Nacken. Seine Hände schoben sich unter ihre Haare, umfassten ihren Nacken und zogen sie an sich.

»Schon besser«, sagte er und ließ sie los.

Virginia gab ihm noch einen kurzen Kuss und stieg aus dem Wagen. Sie schlug die Tür zu und blieb am Bordstein stehen, bis Joe wieder ausgeparkt hatte. Beim Davonfahren hupte er. Anschließend drehte sie sich zu Adams Haus um und lief die Treppen zur Haustür hoch.

Eine Frau wartete auf der Veranda. Sie musste um die Vierzig sein und hatte kinnlanges blondes Haar. Sie sah Virginia fragend an.

Virginia ahnte sofort, wer das war. »Wollen Sie auch zu dem Treffen bei Adam?«, fragte sie.

»Ja, genau«, sagte die Frau. »Ich bin hier um drei mit Bernard verabredet, aber er scheint noch nicht da zu sein.«

Virginia lachte. »Bernard ist nie pünktlich«, sagte sie. Sie streckte die Hand aus. »Ich bin Virginia«, stellte sie sich vor. »Ich war zwanzig Jahre lang mit Bernard verheiratet. Sie müssen Nancy sein. Er hat erzählt, dass er Sie heute mitbringt.«

»Ja.« Nancy ergriff Virginias Hand und drückte sie, statt sie zu schütteln. Virginia fiel wieder ein, dass Bernard erzählt hatte, Nancy sei nicht verheiratet, habe aber einen Freund, der häufig auf Reisen sei. Gillian wird sie nicht mögen, dachte sie, aber Chris.

»Warten Sie hier«, sagte Virginia. »Ich klopfe schnell an Adams Fenster, damit er uns hereinlässt. Die Klingel funktioniert nicht.«

Virginia verschwand die Stufen hinunter und ging um das Haus herum. Gleich darauf war sie wieder da, und die Tür ging auf. Adam ließ sie herein. Er war ein großer, kräftiger junger Mann mit einer wilden Mähne und einem dicken Brillengestell, das entweder völlig unmodern oder schwer angesagt war.

»Das ist Nancy«, verkündete Virginia. »Bernie ist wie immer zu spät, und sie hat draußen auf ihn gewartet.«

»Aber nur kurz«, sagte Nancy. »Dann haben Sie mich gerettet.«

»Ich bin Adam«, stellte sich der junge Mann vor. Er gab ihr nicht die Hand. »Kommt rein.«

Adams Wohnung nahm die Hälfte des Erdgeschosses eines Hauses ein, das einmal ein elegantes Einfamilienhaus gewesen war, das aber im Laufe der Zeit so einiges hatte mitmachen müssen: Es war in mehrere Apartments aufgeteilt, die Buntglasfenster waren ausgebaut und an einen Antiquitätenhändler verscherbelt und die wunderschön bemalten Decken waren mit Schalldämmplatten abgehängt worden. Nancy folgte Virginia in das nach hinten hinausgehende Wohnzimmer, während Adam einen Holzkeil unter die Haustür schob, damit sie offen blieb, bis alle da waren.

Auf den ersten Blick sah das Wohnzimmer aus wie eine typische Studentenbude, aber die beiden Lehnsessel waren von Stickley. Virginia war kein großer Fan des Mission Style, aber sie wusste, dass Adam einen Großteil seines Gehalts dafür hingeblättert haben musste. Er stammte aus einer Arbeiterfamilie, solche Möbel hatte er bestimmt nicht geerbt.

Virginia führte Nancy zum Fenster, an dem Gillian stand. Sie hielt ein Weinglas in der Hand und sah hinaus. Ihr Zopf reichte ihr bis über die Taille, und Virginia musste sich schwer beherrschen, nicht daran zu ziehen. Gillian drehte sich um, als sie hörte, dass sie näher kamen.

»Gillian, das ist Nancy, unser Neuzugang«, sagte sie.

»Aha«, sagte Gillian. »Ich bin Gillian Coit. Schön, Sie kennenzulernen.«

»Wir sind uns schon mal begegnet«, sagte Nancy. »Bei den Achesons, letztes Weihnachten.«

»Oh«, sagte Gillian. Sie sah ratlos aus.

Virginia hatte nicht erwartet, dass die beiden sich sympathisch waren. Aber jetzt wusste sie es mit Gewissheit.

»Wir haben uns sogar schon Jahre zuvor getroffen«, sagte Nancy. »Wir waren beide auf einem Creative Writing Workshop der University of Michigan.«

»Tut mir leid«, sagte Gillian. »Daran habe ich keine guten

Erinnerungen. Ich blieb auf dem Heimweg in einem Schneesturm stecken und musste eine Nacht auf dem Flughafen von Atlanta verbringen.«

»Tja, mit so etwas muss man rechnen, wenn man im Winter zu solchen Workshops fährt«, sagte Virginia. »Wollen wir uns was zu trinken holen?«

»Gern«, sagte Nancy.

In der Küche kämpfte Chris mit einem Korkenzieher. Er stellte die Flasche auf der Küchentheke ab, um Nancy die Hand zu geben. Er war ein Mann, den viele Frauen attraktiv fanden, aber Virginia gehörte nicht dazu. Er war gebräunt, glatt rasiert und roch nach einem Aftershave, das mit einem Duftstreifen in *The New Yorker* beworben wurde. Virginia hatte bei der Zeitschrift angerufen, um sich darüber zu beschweren.

»Sie sind also der Ersatz für Helene«, sagte er.

»Helene?«, fragte Nancy. »Wer ist Helene?«

Virginia warf Chris einen bösen Blick zu, den dieser jedoch ignorierte. »Helene Spivack«, sagte sie. »Sie gehörte auch zu unserem Kreis.«

»Sie ist gestorben«, sagte Chris unverblümt. »Lungenkrebs.«

»Verstehe«, sagte Nancy.

»Hat Bernie Ihnen das nicht erzählt?«, fragte Virginia.

Nancy schüttelte den Kopf.

»Das tut mir leid«, sagte Virginia. Sie würde Bernie darauf ansprechen. Sie fragte sich, was er Nancy noch alles nicht erzählt hatte.

»Wein?«, fragte Chris und hielt eine Flasche hoch.

»Es gibt auch Kaffee und Tee«, sagte Virginia.

»Ich hätte nichts gegen eine Tasse Tee«, sagte Nancy.

»Bedienen Sie sich«, erwiderte Virginia. Sie zeigte auf den Wasserkocher, auf Schachteln mit Teebeuteln und auf Becher, die auf der Küchentheke aufgereiht waren. Sie waren alle irgendwie beschädigt, angestoßen oder fleckig. Nancy nahm einen mit einem Bild von Charlie Chaplin und machte sich Tee.

»Da kommt Bernard«, sagte Virginia. »Bald können wir anfangen.«

Sie eilten zurück ins Wohnzimmer. Bernard begrüßte Virginia mit einem Kuss auf die Wange. Er griff mit beiden Händen nach Nancys Hand.

»Ich hoffe, du verzeihst mir meine Verspätung«, sagte er.

»Natürlich«, sagte Nancy.

»Reg dich ab, Bernie«, meinte Virginia. »Niemand erwartet, dass du pünktlich bist. Das wird Nancy auch noch merken.«

Bernard wirkte aufrichtig erstaunt. »Mir war gar nicht klar, dass ich als notorischer Zuspätkommer gelte«, sagte er.

»Jetzt schau nicht so traurig!«, sagte Virginia und hakte sich bei ihm unter. »Wir lieben dich trotzdem.«

Und sie liebte Bernard tatsächlich. Nicht so wie Joe, und auch nicht so, wie sie Bernard geliebt hatte, als sie noch jung und frisch verheiratet gewesen waren. Damals hatte sie ihn leidenschaftlich geliebt. Sie hatte ihn geliebt, aber er hatte sie auch rasend machen können. Er war verschwenderisch mit Worten, aber im Bett äußerst lethargisch. Er war wichtigtuerisch und kindisch, ungeschickt, unordentlich und irgendwie weltfremd. Oh, sie hätte diese Liste noch endlos fortsetzen können. Aber jetzt, wo sie nicht mehr mit ihm, sondern glücklich mit Joe verheiratet war, war ihre Liebe zu Bernard ungetrübt. Alles, was ihr an Bernard nicht passte, war jetzt Aimees Problem. Kein Paartherapeut hätte ihre Probleme so gut und erfolgreich aus der Welt schaffen können wie ihre Scheidung und die komplette Neudefinition ihrer Beziehung.

Im Wohnzimmer setzten sich Bernard und Nancy auf das Sofa. Virginia nahm den Sessel neben ihm, während Gillian schräg gegenüber Platz nahm. Adam zog zwei weitere Sessel in den Kreis.

»Wir sollten langsam loslegen«, sagte Gillian. »Chris«, rief sie in die Küche, »würdest du so freundlich sein, uns Gesellschaft zu leisten?«

Chris betrat das Zimmer und setzte sich neben Gillian. Er rückte so dicht an sie heran, dass sich die hölzernen Armlehnen ihrer Sessel berührten. »Hier bin ich«, sagte er.

Virginia warf einen Blick auf Nancy, um ihre Reaktion zu sehen, aber Nancy hatte sich Bernard zugewandt.

## *Nancy*

Nancy ließ sich in Adams Sofa zurücksinken und stellte ihren Tee auf den Beistelltisch. Das Sofa war mit einem Überwurf im Paisley-Muster bedeckt, das noch aus den Siebzigern zu stammen schien. Sie glaubte fast, das Marihuana von damals in dem Stoff zu riechen.

Nancy hatte einen Teil ihres Romanmanuskripts mitgebracht, merkte aber gleich, dass dies ein Fehler gewesen war: Man würde sie nicht bitten, daraus vorzulesen. Sie zog die Tragetasche näher an ihre Füße heran. Niemand sollte mitbekommen, wie anmaßend sie gewesen war. Das war das erste Mal, dass ein Teil des Romans ihr Haus verließ, und er kam ihr wehrlos, verletzlich vor. Sie presste die Waden gegen die Tasche, versteckte sie zwischen ihren Beinen und dem Sofaüberwurf.

Mittlerweile sehnte sie sich doch nach einem Glas Wein. Die Wärme des Teebechers in ihren Händen war tröstlich, aber als sie sah, wie Gillian mit zierlichen Fingern den Stiel ihres Weinglases hielt, kam sich Nancy vor wie ein kleines Kind, das seinen unförmigen Becher umklammert.

Bernard hätte Nancy erklären können, wie das Prozedere funktionierte, in welcher Reihenfolge sie ihre jeweilige Arbeit vorstellten, hatte es aber versäumt. Noch etwas, worin er versagt hatte. Er ließ Kopien seines Manuskripts herumgehen, ein Kapitel der Biografie, die er über Georg Friedrich Händel schrieb. Händel, so dachte Nancy, war das perfekte Thema für Bernard, einem Anglophilen, der sich so sehr in die Barockzeit verliebt hatte, dass er einmal versucht hatte, Kniegeige zu lernen, allerdings ohne großen Erfolg. Die Kopien waren Loseblattsammlungen, es war ein einziges Durcheinander.

»Meine Güte, Bernie«, sagte Virginia, »es wäre nett, wenn du es uns nicht so schwermachen würdest.« Neben dem Papierstapel lag etwas, das offenbar eine andere Version von Bernards Manuskript war. Typisch Bernard. Bernard hatte für zwei vorhergehende Biografien Anerkennung, aber nicht viel Geld bekommen. Nancy bewunderte seine Bücher, obwohl sie sie niemals freiwillig gelesen hätte. Das eine über John Donne ging ja noch, aber ein dicker Wälzer über den Philosophen Hegel?!

Bernard begann, laut aus seinem Kapitel vorzulesen, während sich die anderen Randnotizen machten. Seine Stimme klang wie die eines professionellen Werbesprechers. Was im Brustton einer solchen Überzeugung vorgetragen wurde, klang automatisch gut:

*Obwohl es zweifellos logisch ist, in Taubheit den denkbar schlimmsten Sinnesverlust für einen Komponisten zu sehen – zumal sich uns das Bild Beethovens dermaßen tief eingeprägt hat, der fast schon mit der Wut der Verzweiflung einen reißenden Sturzbach von Musik hervorbrachte, während er mit seiner Taubheit kämpfte –, hatte der Verlust des Augenlichts für einen Komponisten wie Händel tief greifende Folgen. Man kann die Angst aus einer Notiz herauslesen, die er in der Kompositionspartitur seines Oratoriums Jephtha vermerkte: ›biß hierher komen den 13 Febr. 1751 verhindert worden wegen so relaxt des gesichts meines linken auges.‹*

Bernard schwieg und warf einen Blick in die Runde. Er beugte sich vor und seufzte übertrieben laut. »Verhindert worden!«, wiederholte er und legte noch mehr Dramatik in seine Stimme als beim ersten Vorlesen. Auf seiner hohen, sommersprossigen Stirn stand ihm der Schweiß vor lauter Anstrengung. »Stellt euch das doch mal vor!«, beschwor er sie, bevor er sich wieder seinem Manuskript zuwandte.

*Der erzwungene Abschied von der sichtbaren Welt wäre für jeden Musiker eine schwerwiegende Beeinträchtigung. Aber für einen Komponisten wie Händel, der es dermaßen liebte, alles zu beobachten und sich dadurch inspirieren zu lassen, konnte das nur eine Katastrophe bedeuten. Man denke nur an die visuelle Unabdingbarkeit, die hinter einem seiner berühmtesten Werke,* der Feuerwerksmusik, *steckt, die er nur wenige Jahre vor der drohenden Erblindung schrieb. Musik, die ein Spektakel untermalen sollte, das in erster Linie als Augenweide geplant war.*

»Wenn wir den Text rechtzeitig bekommen hätten«, sagte Gillian, nachdem Bernard geendet hatte, »hätten wir mehr tun können, als ihn nur zu überfliegen.«

»Niemand hat so viel Zeit, Gillian«, sagte Chris. »Du vielleicht, aber ich ganz bestimmt nicht.« Er war ein Mann, der beinahe als gut aussehend hätte gelten können, wäre sein Gesicht nicht ein wenig zu pausbäckig gewesen.

»Man muss sich die Zeit eben einfach nehmen«, sagte Gillian.

»Wir haben das schon bis zum Erbrechen diskutiert«, sagte Virginia. »Und werden unser Prozedere auch jetzt nicht ändern. Wie wär's, wenn wir einfach weitermachen?« Sie schaute in die Runde und wartete auf Bestätigung. Nancy begriff sofort, dass Adam der am wenigsten Wichtige von allen war. Er nickte, aber niemand sah ihn an.

»Gern. Machen wir weiter«, sagte Gillian. »Das machen wir schließlich immer.«

Nancy sah, dass Virginia noch etwas erwidern wollte, sich dann aber zurückhielt.

»Aber bevor es so weit ist«, sagte Bernard, »leiht mir bitte noch einmal euer Ohr. Wenn ich deine Stereoanlage benutzen dürfte, Adam ...« Bernard hatte eine CD aus seiner Tasche gezogen und ging zu Adams Bücherregal. »Ihr sollt die Tragweite der von mir entwickelten Theorie voll und ganz erfassen können.«

»Was soll denn das?«, schimpfte Gillian. »Wird das jetzt ein Referat oder was?«

Bernard hob die Hand. »Zwei Minuten – nur der vierte Satz, ›La Réjouissance‹ aus der Feuerwerksmusik, mehr müsst ihr euch gar nicht anhören.«

»Wenn es unbedingt sein muss!«, sagte Gillian. »Obwohl ich mir sicher bin, dass wir den alle schon mal gehört haben.«

»Aber nicht in diesem Kontext«, sagte Bernard.

»Schließ nicht von dir auf andere, Gillian«, sagte Chris, und an Bernard gewandt: »Warum machst du nicht einfach weiter?« Was Bernard auch versuchte, wobei er Schwierigkeiten hatte, Adams CD-Player zu bedienen. Nachdem er es endlich geschafft hatte, die CD einzulegen, gelang es ihm trotz Lesebrille nicht, die Tasten auf der Fernbedienung auseinanderzuhalten. Adam rettete ihn und drückte auf Play. Bernard lehnte sich in seinem Sessel zurück und dirigierte verzückt mit beiden Zeigefingern.

Als die Vorführung vorbei war, blätterte Virginia durch Bernards Manuskript und kommentierte es. Danach war Chris an der Reihe, dann Gillian und schließlich Adam. Sie alle begannen mit ein paar lobenden Worten – so war es anscheinend Brauch –, bevor sie Kritik übten. Als sie fertig waren, drehten sie sich beinahe unisono zu Nancy um.

Sie war sich unsicher gewesen, ob sie sich an der Diskussion beteiligen durfte. Ob man sie schon beim ersten Mal nach ihrer Meinung fragen würde. Aber sie hatte sich Notizen gemacht. Sie begann wie die anderen mit einigen lobenden Worten. »Nur der Einschub über Beethoven beschäftigt mich«, sagte sie. »Abgesehen davon, dass er vielleicht eine Idee übertrieben ist, lenkt er vor allem von Händel ab. Beethoven stellt ihn hier gewissermaßen in den Schatten.« Sie sprach sehr behutsam und ließ Bernard dabei nicht aus den Augen. Sie befürchtete, er könnte beleidigt reagieren. Doch das Gegenteil war der Fall. Er sah die anderen an wie der stolze Vater eines Kindes, das gerade etwas Geistreiches von sich gegeben hat. So als hätte sie seine Erwartungen erfüllt.

»Beethoven vermag tatsächlich alles in den Schatten zu stellen. Ich werde dafür sorgen, dass dem nicht so ist.« Er lächelte Nancy an.

Erst jetzt wurde ihr bewusst, dass sie hier auf die Probe gestellt wurde. Sie hatte geglaubt, bereits in den Zirkel aufgenommen worden zu sein, und gar nicht gemerkt, dass dieses Treffen nur dazu diente, sie zu beäugen. Erst anschließend wurde entschieden, ob sie wiederkommen durfte. Wenn sie das vorher gewusst hätte, hätte sie sich nie auf so etwas Erniedrigendes eingelassen. Am liebsten wäre sie aufgestanden, hätte ihren Mantel genommen und wäre gegangen. Sie stellte sich die Szene vor, die Tragetasche eng an ihre Hüfte gedrückt, regte sich aber nicht von der Stelle.

Als Nächste war Gillian dran. Sie verteilte ein Gedicht

und erklärte entschuldigend, dass sie Nancy vergessen und nur fünf Kopien gemacht habe.

»Kein Problem«, sagte Bernard. »Wir schauen zusammen hinein.« Er rückte näher an Nancy heran und deformierte das Sofapolster mit seinem Gewicht. Er schlug die Beine übereinander und ließ die Blätter auf seinem Knie ruhen.

Das Gedicht bestand aus sechs Teilen. Gillian las mit Flüsterstimme vor. Sie reckte das Kinn wie ein Reiher, der etwas im Schnabel hat. Nancy begriff nicht, wovon genau dieses Gedicht handelte, und sie verstand die meisten Anspielungen nicht. Aber es gab Verse, die gehaltvoll und klug waren; man konnte das Gedicht also nicht einfach als prätentiös abtun. Nancy hatte noch keine von Gillians Gedichtanthologien gelesen, aber Teile daraus, die in Kritiken zitiert worden waren. Sie hatte sie gelesen und gehofft, einen Fehler darin zu entdecken, aber der Fehler bestand in ihrer eigenen Unzulänglichkeit, nicht in der des Gedichts. Trotzdem hätte sich Gillian verständlicher ausdrücken können, wenn sie es gewollt hätte. Doch sie gab sich bewusst elitär. Sie schrieb nicht, um irgendjemandem zu gefallen, schrieb nicht für ein bestimmtes Publikum. Nancy bewunderte sie dafür. Sie selbst schrieb zuallererst für sich, aber sie wollte auch gefallen, sich mit dem Leser verbünden und ihn dazu bringen, die Welt mit ihren Augen zu sehen.

Als sie an der Reihe war, etwas dazu zu sagen, beschloss sie, einfach nur zu loben, was sie lobenswert fand, darunter eine Metapher, die sich ihr erschloss:

*Wenn alles Fleisch und Fett dahingeschwunden,*
*die glatte Haut des Delfins, die weißen Segel des Boots,*
*bleiben nur noch die Knochen:*
*das Geheimnis, das unfassbare Gerüst.*

Sie merkte sofort, dass sie Gillian aus dem Takt gebracht, ja überrumpelt hatte. Und ahnte, dass Gillian beschlossen hatte, sie nicht zu mögen. Gleichzeitig war sie wie alle anderen äußerst empfänglich für Lob. Nancy wusste, dass sie Gillian entwaffnet, sie geschickt überlistet hatte.

Als anschließend Adams Text diskutiert wurde – ein Roman, der von einem jungen amerikanischen Geschäftsmann und einer Russin handelte, die vielleicht eine Prostituierte war, vielleicht aber auch nicht –, befand sich Nancy wieder auf vertrauterem Terrain. Adams Roman mochte brillant sein, aber er war auch langatmig, und darauf lässt sich leicht hinweisen. Adams Naivität, sein Pathos, seine Ungeübtheit traten dermaßen deutlich hervor, dass Nancy ihn am liebsten in Schutz genommen hätte. Er war begeistert von allem, was er schrieb, und Nancy wusste, dass ihm die bloße Vorstellung, etwas zu kürzen oder umzuschreiben, Höllenqualen bereitete. Sie formulierte ihre Einschätzung so vorsichtig wie möglich, achtete darauf, dass ihr Lob besonders überschwänglich und ihre Kritik so nebensächlich wie möglich ausfiel. Trotzdem bemerkte sie, wie Adam unter ihren Worten zusammenzuckte. Man hatte ihm eindeutig schon öfter geraten, seine Prosa zu überarbeiten. Er sah zu ihr auf, mit riesigen braunen Augen, mädchenhaft langen Wimpern und zusammengekniffenen Lippen, um bloß keine Regung zu zeigen.

»Sonia ist faszinierend«, sagte sie abschließend. »Sie ist eine Figur, der ich so noch nirgendwo begegnet bin. Ich möchte mehr über sie erfahren.«

Adam schluckte und nickte unmerklich.

»Nun«, sagte Virginia, »das ist doch ein schöner Abschluss. Ich würde vorschlagen, dass wir für heute Schluss machen.«

»Nächste Woche bin ich dran«, sagte Chris.

»Ja, Chris«, sagte Gillian. »Das wissen wir bereits.«

Alle standen auf und sammelten ihre Blätter ein, aber Nancy merkte, dass sie die Einzige war, die tatsächlich gehen würde. Die anderen hatten vor, zu bleiben und zu reden, nachdem sie weg war, und auch das hatte Bernard vor ihr verheimlicht. Um sich weitere Erniedrigungen zu ersparen, gab sie vor, das längst gewusst zu haben.

Bernard brachte sie zum Wagen, trotzdem war klar, dass er zu den anderen zurückkehren würde.

»Virginia meint, dass ich es vollkommen verbockt habe«, sagte er. »Ich hätte es dir erklären müssen.«

»Mach dir keine Gedanken, Bernard«, sagte Nancy. »Das ist schon in Ordnung. Du musst mir nichts erklären.«

»Ich finde das Ganze einfach peinlich. Aber mach dir keine Sorgen – die wollen dich bestimmt dabeihaben. Du bist nämlich wirklich gut.«

»Ich weiß«, sagte Nancy lächelnd.

»Aber vielleicht möchtest du ja gar nicht mehr bei uns mitmachen, jetzt, wo du uns mitsamt unseren Torheiten kennengelernt hast.« Er schwieg kurz. Etwa, weil er auf Vergebung wartete?, fragte sich Nancy, sagte aber nichts.

»Also, tschüs dann, Nancy«, sagte er.

»Tschüs, Bernard.« Sie streckte ihm die Hand entgegen, aber er nahm ihr Gesicht in seine Hände und küsste sie auf beide Wangen. Dieser künstliche europäische doppelte Wangenkuss wirkte fast noch formeller als ein Handschlag.

Es war ein kühler Nachmittag, und jetzt, wo die Sonne unterging, wurde es noch kühler. Sie machte die Autoheizung an, wartete mit laufendem Motor und sah auf die andere Straßenseite. In Adams erhelltem Wohnzimmerfenster konnte sie ihre Köpfe erkennen. Virginia saß mit dem Rücken zum Fenster. Ihre Haare waren schwarz gefärbt, und obwohl man das aus dieser Entfernung nicht sah, wusste Nancy, dass Virginia eine kleine kahle Stelle am Scheitel hatte.

Da waren sie, im warmen Wohnzimmer, und redeten über sie. Ihr Platz auf dem Sofa war leer, aber für sie war sie trotzdem noch anwesend, während sie darüber diskutierten, ob man sie in ihren Kreis aufnehmen sollte oder nicht. Bernard würde dafür sein, so wie Virginia, Adam wahrscheinlich auch. Chris? Keine Ahnung. Und Gillian? Nancy vermutete, dass Gillian sie nicht dabeihaben wollte, sich aber schwertun würde, das zu begründen. Musste die Entscheidung einstimmig ausfallen? Nancy wusste es nicht. Bei solchen Abstimmungen gab es immer Überraschungen. Jemand, von dem sie Unterstützung erwartet hatte, würde plötzlich seine Abneigung gegen sie bekunden. Und jemand, den sie als Feind betrachtete, würde sich als Verbündeter entpuppen.

Sie war wütend, dass sie ihnen das Recht eingeräumt hatte, sie zu beurteilen. Um die Kontrolle zu behalten, beschloss sie, dass sie die Mitgliedschaft ablehnen würde, wenn man sie ihr antrug. Doch gleich darauf musste sie sich eingestehen, dass sie das nicht tun würde. Wenn man sie bat, mitzumachen, würde sie sich geschmeichelt, ja geehrt fühlen.

Sie schämte sich dafür, legte den ersten Gang ein und fuhr auf die Straße. Auf dem Heimweg stellte sie verschiedene Radiosender ein, fand aber nichts, was interessant genug war, um sie abzulenken. Zu Hause rief sie Oates an, obwohl sie wusste, dass bloß der Anrufbeantworter anspringen würde. Aber sie wollte einfach nur seine Stimme hören. Sie hinterließ eine Nachricht. Dann rief sie Aliki auf dem College an.

»Hi, du hast meine Mailbox erreicht. Du weißt ja, was du zu tun hast«, lautete die Nachricht. Nancy legte rasch auf.

Sie nahm die Mappe mit den Seiten ihres Romans aus der Tragetasche und legte sie auf ihren Schreibtisch. Sie las sich noch einmal alles durch, was sie mitgenommen hatte: Las sich selbst laut vor, wie sie es ihnen vorgelesen hätte. Die Worte gehörten immer noch ihr, blieben geheim, privat. Niemand von ihnen wusste, worüber sie schrieb. Niemand wusste etwas von dem jungen Arzt, der spätnachts das Krankenhaus verließ und zu dem Fenster hochsah, hinter dem sich ein totes Baby befand.

Draußen hinterm Haus, am sich verdunkelnden Flussufer, schloss Nancy die Augen und lauschte auf das Rauschen des Wassers. *Daddy*, *Daddy*, *Daddy*, dachte sie.

Nancy wartete darauf, dass Bernard anrief, aber das tat er nicht. Stattdessen kam er vorbei und eilte die Stufen zur Haustür hoch, die so gut wie niemand benutzte.

»Ich wurde gebeten, dich zu unserem Leopardi-Zirkel einzuladen«, sagte er.

»Zum Leopardi-Zirkel?«

»So nennen wir ihn, aber natürlich nur unter uns«, sagte Bernard. »Helene hat uns so getauft. Sie war italophil und liebte Leopardi.« Als Reaktion auf Nancys verständnislosen Blick fügte er sanft hinzu: »Leopardi, den Dichter.«

Nancy lächelte, als würde sie ihn kennen.

»Gibst du uns die Ehre?«, fragte Bernard.

»Ich denke schon«, erwiderte Nancy. Aber als sich Erleichterung auf seinem Gesicht abzeichnete, fühlte sie sich gezwungen zu fragen: »Gab es eine einstimmige Entscheidung?«

»Alle sind dafür, Nancy«, sagte er mit fester Stimme.

»Aber jemand – vielleicht sogar mehrere – musste noch sanft überredet werden?«

»Es gibt Leute, die zu allem überredet werden wollen«, sagte Bernard. »So sind sie nun mal. Aber alle sind ausnahmslos begeistert, dass du dich uns anschließt.«

»Danke, Bernard«, sagte sie. »Du bist wirklich ein Schatz.« Dann küsste sie ihn auf europäische Art auf beide Wangen, hoch genug, dass ihre Lippen rosa, unbehaarte Haut und nicht den grauen Bart darunter berührten.

## *Paul*

Paul Traub, Gillians Stiefsohn, wartete darauf, dass sie ihn vom Eishockeyspielen abholte. Normalerweise holte ihn sein Dad vom Sonntagstraining ab, aber der hatte dieses Wochenende Dienst im Krankenhaus, und Gillian hatte versprochen, einzuspringen. Er hätte sich denken können, dass sie zu spät kam. Er konnte nur hoffen, dass sie es nicht vergessen hatte. Als sein Freund Mike – der einzige Freund, den er während des schrecklichen Jahres auf der Akademie gefunden hatte – abgeholt worden war, hatte ihm dessen Mutter angeboten, ihn nach Hause zu bringen. Aber er hatte ihr versichert, dass das nicht nötig wäre. Er hatte die Qual der Wahl: Entweder er riskierte, hier festzusitzen, falls Gillian ihn vergessen hatte, oder Gillian tauchte hier auf, kaum dass er mit Mikes Mom gefahren wäre. Er entschied sich für erstere Variante. Wenn Gillian auftauchte und ihn nicht fand, würde ihm sein Dad die Hölle heiß machen.

Paul rief zu Hause an, aber es war niemand da. Er vermutete, dass Gillian direkt von irgendeiner Veranstaltung kam – von diesen Schriftstellern, mit denen sie immer sonntags abhing. Jeder andere hätte wie jeder normale Mensch wenigstens ein Handy. Aber Gillian weigerte sich, sich eines anzuschaffen, ja sogar, eines zu benutzen. Wie sollte er sie also verdammt noch mal erreichen, wenn er keine Möglichkeit hatte, sie anzurufen?

Es wurde langsam kalt, und Paul zog sich die Kapuze seines Sweatshirts über den Kopf. Als sein Dad ihn am Vormittag abgesetzt hatte, hatte er gefragt: »Keine Jacke?«, woraufhin er gesagt hatte: »Nö, brauch ich nicht.« Schluss, Aus, Ende. Hätte ihn seine Mutter gefahren, hätte es Streit gegeben, und sie hätte ihm die Jacke noch beim Aussteigen aufgedrängt. Gillian dagegen bemerkte gar nicht, was er anhatte, und wenn doch, hatte sie keine Meinung dazu. Oder sie hatte vielleicht sogar eine und behielt sie für sich. Wie es sich tatsächlich verhielt, was schwer zu sagen. Sie machte so gut wie nie Bemerkungen über das, was er tat. Das gefiel ihm, meistens zumindest, aber manchmal war es auch merkwürdig. Manchmal vermisste er das ständige Dreinreden seiner Mutter, ihre ständigen Sorgen. Sie war regelrecht besessen – genau das war das Wort – von jeder noch so kleinen Kleinigkeit in seinem Leben. Er trat einen Schritt zurück in den Eingangsbereich, wo es windgeschützter war. Ins Gebäude hineingehen wollte er nicht, falls Gillian vorfuhr und ihn dann nicht sah und womöglich wieder verschwand. Er glaubte nicht, dass sie tatsächlich aussteigen und nach ihm suchen würde.

O'Connor, der sich um die Eisbahn kümmerte, kam mit einem dicken Schlüsselbund heraus. »Bist du immer noch da?«, fragte er.

»Ich warte bloß darauf, abgeholt zu werden«, sagte Paul.

»Ich mache hier jetzt die Lichter aus und schließe ab«, sagte O'Connor. »Kommst du klar?«

»Natürlich«, sagte Paul. »Sie müssen jeden Moment kommen.« Das Wörtchen *sie* war ein hübsches, neutrales Wort.

O'Connor war ein rotgesichtiger Mann, der, wie Paul erfahren hatte, einmal Eishockey-Profi gewesen war. Aber jetzt sah er aus, als hätte er schon eine Ewigkeit keinen Sport mehr getrieben. Er schien Paul zu mögen, auch wenn Paul nicht wusste, warum. Er konnte sich nicht vorstellen, dass ihn überhaupt jemand mochte.

»Ich gehe zu Morse Hall hinüber, wenn ich hier fertig bin. Wenn dich niemand holt, komm einfach rüber.«

»Danke, Mr O'Connor«, sagte Paul. Vielleicht tat er ihm leid. Vielleicht tat er allen leid.

Paul sah, wie hinter den hohen Fenstern der Eissporthalle die Lichter ausgingen. O'Connor kam heraus und schloss hinter sich ab.

»Bis dann«, sagte er und winkte Paul.

»Bis dann«, sagte Paul. Er sah zu, wie der Mann die Straße überquerte. Sonntags um diese Tageszeit kamen nur wenige Autos vorbei, deshalb ging er nicht zum Zebrastreifen, sondern lief einfach so über die Straße, was Schülern streng verboten war. Paul rechnete fast damit, dass er sich umdrehte und ihm noch einmal zuwinkte, aber dem war nicht so. Er schlug nur den Kragen hoch und lief weiter.

Die Eissporthalle lag am hintersten Ende des Campus, und der Campus mit dem Kirchturm inmitten des Grüns sah aus der Ferne aus wie ein kleines, hübsches Dorf. Er wirkte idyllisch, so wie auf den Fotos in der Broschüre, die an künftige Schüler verschickt wurden. Die Gebäude weiter hinten waren in verschiedenen Stilen errichtet worden; manche waren modern, manche einfach nur hässlich. Aber die vier ursprünglichen Bauten um den viereckigen Innenhof waren im Federal Style gehalten, Ziegelbauten, die wie Offiziere Spalier standen.

Die Akademie war eine Schule, die halb Internat und halb Tagesschule war. Paul beneidete die Internatsschüler. Weniger, weil sie sich rund um die Uhr an der Akademie aufhielten, sondern weil sie unabhängig von ihren Familien waren und alle Freiheiten genossen, die damit verbunden waren. Ihn hätte man jedoch niemals als Internatsschüler angenommen – diese Plätze waren begrenzt und heiß begehrt. Nur wegen Gillians Verbindungen, die hier einst Gastautorin gewesen war, hatte man ihn überhaupt aufgenommen. Die elfte und zwölfte Klasse wollte er unbedingt als Internatsschüler besuchen – sofern er es bis dahin schaffte.

Aber so, wie es aussah, würde er nächstes Jahr ohnehin nicht mehr hier sein, also war das auch egal. Seine Mom würde ihn bestimmt zurückholen, nachdem sie den Schock überwunden hatte, dass er dieses Jahr lieber mit seinem Dad und Gillian verbringen wollte. Aber, he, vielleicht blieb ihm gar keine Wahl. Vielleicht entschied sein Dad, dass er kein weiteres Jahr bei ihm bleiben dürfe, selbst wenn er bleiben wollte. Alles hing von Gillian ab, davon, was sie wollte, das hatte Paul bereits begriffen. Und aus Gillian wurde er einfach nicht schlau. Manchmal war sie wirklich nett zu ihm, und manchmal fast schon gemein. Meist schien sie ihn kaum zu bemerken. Sie wohnten unter einem Dach, aber manchmal schien sie von seiner Anwesenheit überrascht zu sein.

Vertrocknetes Eichenlaub wehte über den Parkplatz, die Blattspitzen krallten sich in das Pflaster. Paul zog seine Ärmel bis über die Fingerspitzen. Er stellte sich vor, dass sein Dad heute Abend nach Hause kam und Gillian fragte: »Wo ist Paul?«, woraufhin Gillian ganz verwirrt aussehen und sagen würde: »Paul? Keine Ahnung.« Dann würde es seinem Dad dämmern, dass es keine gute Idee gewesen war, sich auf sie zu verlassen. Wenn sein Dad dann endlich käme, wäre er längst erfroren. Vielleicht würde O'Connor noch einmal zurückkommen, weil er etwas vergessen hätte, und man würde ihn gerade noch rechtzeitig finden. Aber vielleicht auch nicht. Seine Mom würde seinen Dad anschreien, dass alles seine Schuld sei. Und obwohl es eigentlich Gillians Schuld war, würde sein Dad sie niemals anschreien. Er schrie sie niemals an, sondern schüttelte nur manchmal den Kopf, als hätte er es besser wissen müssen.

Erst da sah Paul, dass Gillians schwarzer Geländewagen auf den Parkplatz fuhr. Vor dem Eingansbereich bremste er ab, und Paul rannte darauf zu und stieg ein.

»Warum können die nicht ein paar Lichter brennen lassen?«, sagte Gillian. »Ich wäre fast vorbeigefahren.«

»Sie haben sie ausgeschaltet, als alle weg waren«, sagte Paul.

Doch Gillian begriff nichts. Sie hatte anscheinend nicht die geringste Ahnung, um wie viel Uhr sie ihn abholen sollte. Und auch nicht, wie lange er schon auf sie gewartet hatte und wie kalt es draußen war.

»Dein Vater zahlt weiß Gott genug Geld für diese Eliteschule«, sagte Gillian. »Da könnten sie ruhig etwas mehr für Strom ausgeben.«

Im dunklen Wageninneren musterte Paul Gillians Profil. Sie schien seinen Blick zu spüren, wandte den Kopf und lächelte ihm kurz zu. Er konnte nicht anders, er musste zurücklächeln.

»Hast du sehr lang auf mich gewartet?«, fragte sie.

»Ist schon okay«, sagte Paul und meinte es komischerweise auch so. Es war schon okay, weil sie gekommen war. Weil sie ihn nicht vergessen hatte. Weil – weil sie lächelte.

»Oh doch, das hast du, stimmt's?«, sagte Gillian.

»So lang auch wieder nicht«, erwiderte Paul.

»Es tut mir leid«, sagte Gillian. Sie beugte sich vor und

berührte seine Wange mit drei Fingerspitzen. Dann fuhr sie auf die Straße.

»Als Kind habe ich mal gewartet, dass mich mein Vater von einer Theateraufführung abholt. Ich wartete, bis es dunkel wurde, aber er ist nie aufgetaucht, also bin ich nach Hause gelaufen. Ich war daran gewöhnt. Mein Vater tauchte oft nicht auf. Es war ganz schön weit, und mit jedem Schritt wuchs meine Wut. Als ich nach Hause kam, stellte ich fest, dass er wegen Nierensteinen ins Krankenhaus eingeliefert worden war, und fühlte mich schuldig. So als hätte meine Wut irgendwie zu seinen Schmerzen beigetragen. Schuld ist das komplizierteste aller Gefühle.« Gillian verstummte. Dann sagte sie leise: »Weißt du, du bist der Erste, dem ich das erzähle.«

Paul wusste nicht recht, was er dazu sagen sollte, also sagte er lieber gar nichts. Er wusste nicht, was er von dieser Geschichte halten sollte und was sie mit Gillians Zuspätkommen zu tun hatte. Es war nicht das erste Mal, dass sie ihm etwas erzählte und dann behauptete, das noch niemandem sonst erzählt zu haben. Für Paul war diese vertrauliche Mitteilung eine Art Geschenk, und jegliche Gereiztheit, die er gegenüber Gillian empfunden hatte, verschwand.

Gillian schien keine Reaktion zu erwarten. Sie machte den CD-Player an. »Vivaldis *Gloria*«, sagte sie.

Sie fuhren nach Hause und hörten sich das »Laudamus te« an – er wusste, dass das Latein war, aber nicht genau, was es bedeutete. Die Musik ging ihm durch Mark und Bein. Er fühlte sich, genau wie die anderen Male, privilegiert wegen ihres Geständnisses, und gleichzeitig so, als ob er das gar nicht verdient hätte. Niemand sonst in seinem Leben sprach mit ihm so wie Gillian. Niemand sonst sprach überhaupt so wie sie.

Am nächsten Morgen, einem Montag, frühstückten Paul und sein Vater Jerry gemeinsam. Sein Dad legte die Zeitung weg und erkundigte sich nach seinem Eishockeytraining.

»Ich bin immer noch der Schlechteste in der ganzen Mannschaft«, sagte Paul.

»Ich habe es nicht einmal in eine Mannschaft geschafft«, sagte Jerry.

»Man wird nicht in die Mannschaft gewählt«, sagte Paul. »Alle sind in der Mannschaft. Das ist wie Sport.«

»Trotzdem«, sagte Jerry. »Du weißt, was du tust. Ich habe dich spielen sehen.«

»Beim Eishockey weiß jeder Idiot, was er tun muss«, sagte Paul.

Jerry sah Paul über den Rand seiner Lesebrille hinweg an. »Kann sein, aber eines kann ich dir sagen: Nicht jeder schafft es, auf diesen wackeligen Schlittschuhen zu stehen.«

Paul erzählte seinem Vater nicht, dass Gillian ihn zu spät abgeholt hatte. Das hatte sowieso keinen Sinn. Am frühen Morgen, noch bevor er zur Schule ging, war Gillian zu ihrem Haus in Cape Cod gefahren. Das tat sie oft – sie fuhr fort, um zu schreiben, entweder nach Cape oder in eine dieser Schriftstellerkolonien. Jerry war jedes Mal deprimiert, wenn sie fuhr. Normalerweise frühstückte er nicht mit Paul, aber an diesem Morgen schien er sich direkt nach Pauls Gesellschaft zu sehnen.

Wenn Gillian von ihren künstlerischen Auszeiten zurückkehrte, freute sich Jerry maßlos. Er brachte ihr Blumen mit und stellte sie in die Vase auf dem Beistelltisch. Eine Vase, die Pauls Mutter einmal aufgefallen war, als sie Paul brachte. Damals hatte sie gesagt: »Hier ist also die Vase geblieben. Ich dachte, sie wäre kaputtgegangen, als wir das

Haus verkauften, aber anscheinend hatte sie dein Vater all die Jahre.«

Jerry kochte dann jedes Mal etwas Besonderes und summte vor sich hin, während er in den Töpfen auf dem Herd rührte, das Ceranfeld mit Tomatensauce bekleckerte und sie mit einem Schwamm wegwischte, sodass es zischte. Einmal hatte er ein komplettes Abendessen vorbereitet, und Gillian hatte angerufen und gesagt, dass sie an diesem Abend nicht nach Hause käme.

»Sie arbeitet gerade an etwas, und wenn sie jetzt eine Pause einlegt, geht alles verloren«, sagte Jerry. Seine Stimme verriet keinerlei Wut, nur einen Hauch von Enttäuschung. Er fügte sich nicht nur in die Tyrannei von Gillians Dichtung, sondern ermutigte sie sogar. Er achtete darauf, dass Gillian in der Zeit, in der sie schrieb und inspiriert war, nicht gestört wurde, und zwar im selben Ausmaß wie Gillian dies tat. An jenem Abend aßen Paul und Jerry im Wohnzimmer und sahen sich dabei einen Film an. Und als Gillian zwei Tage später nach Hause kam, ging sie mit Jerry auswärts essen.

Ein kleiner Van holte Paul morgens ab und brachte ihn nachmittags wieder von der Schule nach Hause. Nur wenn es außerschulische Aktivitäten gab, gab es Probleme mit dem Abholen. Wenn Gillian übers Wochenende weg war und Jerry ihn nicht holen konnte, musste Paul die Eltern eines Mitschülers bitten, ihn mitzunehmen. Er stand schon bei vielen von ihnen in der Schuld.

Am Montag kam Paul schon ein paar Stunden vor seinem Vater nach Hause. Jerry rief an und sagte, dass er auf dem Heimweg etwas vom Chinesen mitbringe, und bat Paul, dort schon mal telefonisch die Bestellung durchzugeben. Paul fand die Speisekarte in der Küchenschublade und konnte sich nicht entscheiden, als das Telefon klingelte.

»Ist das der Anschluss von Gillian Coit?«, fragte eine Männerstimme.

»Hm-hm.«

»Kann ich sie sprechen?«

»Sie ist nicht da«, sagte Paul.

»Ich bin Adam Freytoch, ein Freund von ihr. Mit wem spreche ich?«

»Mit Paul.«

Adam schien der Name offenbar nichts zu sagen, also fügte Paul hinzu: »Mit ihrem Stiefsohn.«

»Oh. Weißt du, wann sie wiederkommt?«

»Nicht in den nächsten Tagen«, sagte er.

»Sie hat bei unserem Treffen am Sonntag etwas bei mir zu Hause vergessen. Kannst du mir sagen, wie ich sie erreichen kann? Ich weiß, dass sie kein Handy hat.«

»Sie ist nach Cape Cod gefahren«, sagte Paul. »In dem Haus dort gibt es Telefon. Ich kann Ihnen die Nummer geben, wenn ich sie finde.«

»Das wäre toll«, sagte Adam.

Die Nummer hatte sein Vater quer auf der ersten Seite des ledernen Adressbuchs notiert, das Paul in der Schublade fand. Da stand »Cottage« und die Telefonnummer. Gillian nannte es Cottage, obwohl es eher ein Haus war.

Paul gab Adam die Nummer durch.

»Kannst du mir sagen, wo das genau ist?«, fragte Adam.

»In Truro«, sagte Paul. »Die Straße weiß ich nicht. Ich glaube, es liegt gar nicht an einer richtigen Straße, sondern eher an einem Feldweg. Im Marschland, glaube ich.«

Er war nur einmal dort gewesen, als er noch jünger war.

Als Gillian und Dad geheiratet hatten. Sein Dad, seine Schwester Jennifer und er hatten in einem Motel übernachtet und waren dann zur Hochzeit in das Haus gegangen. Jennifer hatte die ganze Zeit geweint. Vor allem daran konnte er sich noch erinnern: dass Jennifer weinte, und dass sein Dad sauer auf sie war und irgendwann schrie: »Es reicht! Hör bitte auf!«, woraufhin Jennifer sagte: »Du kannst mich nicht zwingen!« Er musste sie aus dem Bad holen, als die Trauungszeremonie begann. Das Haus war sehr alt, und im Bad roch es verschimmelt. Überall standen Vasen mit Flieder herum, und das Haus roch nach Flieder, aber im Bad roch es trotzdem verschimmelt.

»Gut, danke«, sagte Adam. »Wenn sie anruft, sag ihr bitte, dass ich versuche, sie zu erreichen. Sag ihr, dass sie eine Mappe neben ihrem Sessel hat liegen lassen. Sie möchte sie bestimmt wiederhaben.«

»Gut«, sagte Paul. »Aber normalerweise ruft sie nicht an.«

## *Gillian*

Die unbefestigte Straße, die zu Gillians Haus führte, nahm einen gefährlichen Verlauf zwischen einem steilen Hang und dem Marschland. Er war so schmal, gewunden und desolat, dass niemand, der es nicht besser wusste, je auf die Idee gekommen wäre, dass sich an seinem Ende ein Haus befand, ja dass er überhaupt irgendwohin führte. Gillian hätte die Strecke blind fahren können. Sie kannte alle Kurven, Spurrillen, Felsen und sumpfigen Stellen, an denen man stecken bleiben konnte. Niemand konnte sie hier finden – außer, sie wollte gefunden werden.

Gillian mochte keine Autobahnen, und auch an diesem Morgen fuhr sie über kleine Landstraßen nach Cape Cod, auch wenn die Reise so Stunden länger dauerte. Sie erreichte Truro schließlich bei Ebbe. Während sie die unbefestigte Straße weiterfuhr, ließ sie das Wagenfenster herunter und sog den Duft ein. Da stand auch schon ihr kleines Haus und erwartete sie. Sie stieg aus dem Geländewagen, lehnte sich gegen den Kotflügel und ließ den Ort auf sich wirken. Sie zwang sich, das Haus nicht sofort zu betreten, als könnte der Zauber sonst verfliegen. Das Haus war in den Hang hineingebaut und auf drei Seiten von Hügeln umgeben. Die Fassade war auf das Marschland ausgerichtet. In ihrer Mitte befanden sich die von zwei Fenstern eingerahmte Tür und ein quadratischer, geziegelter Kamin. Die Sprossenfenster bestanden aus je zwölf Glasscheiben, und die schon tief stehende Sonne ließ einige davon aufglänzen und verwandelte sie in Spiegel.

»Hallo, Button«, sagte Gillian. So nannte sie das Haus insgeheim, als Abkürzung für Buttonfield, ein Name, den sonst nur Jerry kannte. Häuser auf Cape Cod haben meist nautische Namen, Namen, die sich auf den Wind, die See oder den Nebel beziehen. Wenn sie ihrem Haus einen offiziellen Namen geben müsste, dann hätte er etwas mit Literatur zu tun, ein Wortspiel oder eine Anspielung, aber sie fand solche Spitzfindigkeiten ermüdend. Die Ortsansässigen nannten es einfach »das Haus in der Marsch«. Als Kind wohnte sie in der Nähe eines Feldes, auf dem einmal eine Knopffabrik gestanden hatte. Die Kinder nannten es Knopffeld, weil sie manchmal Knöpfe zwischen dem Unkraut fanden. Als Gillian noch klein war, stellte sie sich vor, dass Knöpfe an Pflanzen wachsen und wie Samenschoten zu Boden fallen, sobald sie reif sind. Die kleineren Kinder glaubten ihr, als sie das erzählte. Das wäre ein gutes Thema für ein Gedicht, aber sie hatte es nie verwertet. Sie wollte ihre Kindheit nicht ausbeuten, genauso wenig wie ihr Privatleben – obwohl sie gern benutzte, was sie von andern mitbekam.

Gillian hatte nie ein Zimmer für sich gehabt, als sie noch klein war. Und Button war nicht bloß ein Zimmer, sondern ein ganzes Haus. Das andere Haus war von Jerry und ihr, aber Button gehörte ihr ganz allein. In dem kleinen Ort in New Hampshire, in dem sie aufgewachsen war, gehörten die restaurierten alten Häuser wohlhabenden Leuten, die woanders wohnten und nur in den Ferien herkamen. Leute wie ihre Familie mussten zusehen, wo sie blieben, und den dunklen Winter in Häusern verbringen, die einfach nur alt und abgewohnt waren. Hier in Truro konnte sie kommen und gehen, wann es ihr passte.

Gillian schloss die Haustür auf und stemmte sich mit ihrer

Schulter dagegen. Im Innern des Hauses war alles noch genau so, wie sie es zurückgelassen hatte. Sie lief durch die kreisförmig um den Kamin angeordneten Räume: Wohnzimmer, Esszimmer, Küche und Arbeitszimmer. Das Arbeitszimmer war hellblau gestrichen, in einer Farbe, in der Kinder das Meer malen, obwohl es in Wirklichkeit niemals so aussieht. Oben gab es noch zwei Zimmer, aber dort würde sie sich nicht aufhalten. Wenn sie allein im Haus war, schlief sie auf dem Sofa im Arbeitszimmer. Sie griff nach dem darübergeworfenen weißen Laken und ließ es auf den Boden fallen. Sie drehte die Heizung auf und wartete auf das Geräusch des anspringenden Heizkessels. Die neue Heizung war eine der wenigen Veränderungen, die Jerry am Haus hatte vornehmen dürfen. Sie musste zugeben, dass es fast wie Zauberei war, nach Hause zu kommen und es innerhalb weniger Stunden warm zu haben.

Bevor sie die Sachen aus ihrem Auto holte, lief sie an den Rand der Marsch und sah über sie hinweg in Richtung Bucht. Ein niedriger Dünenstreifen trennte das Schwemmland von der Bucht und verhinderte den Blick aufs Meer. Das Haus wäre doppelt so viel wert gewesen, wenn dieser Sand nicht wäre, aber das machte Gillian nichts aus. Die Vorstellung, einen Anblick vorenthalten zu bekommen, etwas, das nachweislich da war, aber sich dem eigenen Blick entzog, war interessanter als die Sicht aufs Meer. Und das Marschland hatte ihr weitaus mehr zu bieten. Hier stand ein Blaureiher still wie ein Baumstumpf. Hier ging er auf die Jagd und hob seine schlanken Beine mit der Grazie eines Tänzers, um dann so schnell zuzuschnappen und die Beute in den Schlund zu befördern, dass das Auge kaum noch mitkam. Hier erhob sich der große Blaureiher in die Lüfte, schlug mit seinen riesigen Flügeln, bis ihn die Luft trug und dahinsegeln ließ. Er war ihr Vogel, ihre Muse. Er kam nicht in allen ihren Gedichten vor, brachte sie aber häufig in Fluss. So wie jetzt. Die Bilder schwirrten ihr im Kopf herum, vermischten sich mit Worten, von denen einige verflogen, bevor sie sie richtig fassen konnte, während andere sich verfestigten, an Bedeutung gewannen. Aus irgendeinem Grund drängte sich ihr das Wort betulich auf. »Betulich«, sagte sie laut und lächelte. Das war kein Wort, das sie weiterbringen würde. Sie ließ es ziehen, und das Wort, das seine Stelle einnahm, lautete still. Das war ein Wort, mit dem sie spielen konnte! Sie setzte sich und griff zum Stift.

Später holte sie ihren Matchsack und eine Aktentasche aus dem Wagen und ging noch einmal zurück, um die Tüte mit Lebensmitteln zu holen. Irgendwann würde sie ins Dorf gehen müssen, um etwas zu essen zu kaufen, aber sie hatte auf jeden Fall genug für die nächsten zwei Tage dabei. Am besten klappte es mit dem Schreiben, wenn sie gerade erst angekommen und völlig isoliert von der Außenwelt war. Wenn sie spürte, dass sie unbemerkt Zugang zu dieser Welt bekommen hatte.

Gillian stellte die Tüte mit den Lebensmitteln auf die Küchentheke und bemerkte eine Spur von winzigen schwarzen Samen. Aber das waren gar keine Samen, wie sie kurz darauf bemerkte, sondern Mäuseköttel. Sie nahm die Tüte und stellte sie auf den Küchenhocker, dann wischte sie die Küchentheke mit feuchtem Haushaltspapier ab. Sie öffnete den Schrank unter der Spüle und wollte das Papier in den Müll werfen, als sie sah, was sich darin befand: Eine Feldmaus lag tot und zusammengerollt auf dem Boden des Mülleimers. Sie musste auf der Suche nach Nahrung hineingeklettert sein und war anschließend nicht mehr herausgekommen. Mit einem Aufschrei stieß Gillian die Schranktür wieder zu. Ihr Herz schlug so wild, dass sie zunächst wie gelähmt war. Sie zitterte, wollte sich aber nicht an der Küchentheke festhalten, weil sie ihre Hand auf keinen Fall in die Nähe der toten Maus bringen wollte. Tief durchatmen!, befahl sie sich, einfach tief durchatmen. Sie stolperte aus dem Zimmer, aus dem Haus und begann dann zu rennen. Am Rand der Marsch sank sie zu Boden und ging in die Hocke, legte die Arme um die Knie. Sie starrte auf das dunkler werdende Marschland und wollte, dass dieser Anblick das Bild des kleinen Geschöpfes verdrängte, das wild im Kreis herumgelaufen war, verzweifelt versucht hatte, die viel zu glatten Plastikwände hochzuklettern, und an Hunger, Durst, Erschöpfung und Verzweiflung gestorben war.

Sie hatte keine Ahnung, was sie jetzt tun sollte. Sie war den weiten Weg gefahren, weil sie nur hier schreiben konnte. Sie konnte es kaum erwarten, zu schreiben. Sie konnte das Haus keinesfalls zusperren und die Heimfahrt antreten. Aber genauso wenig konnte sie die Küche betreten, nicht solange der kleine Leichnam unter der Spüle lag.

Ihr blieb also nichts anderes übrig, als die Tür zur Küche zu schließen und sich im Arbeitszimmer zu verbarrikadieren. Sie würde ins Dorf fahren müssen, um sich etwas zu essen zu kaufen, aber das konnte bis morgen warten. Sie hatte noch einen Apfel im Auto, bis dahin würde sie schon durchhalten.

Sie stand langsam auf und zwang sich, ins Haus zu gehen. Sie schloss die Tür zur Küche, ohne noch mal einen Blick hineinzuwerfen. Vom Telefon im Arbeitszimmer rief sie Jerry an. Sie rechnete damit, dass der Anrufbeantworter anspringen würde, und dem war auch so. Trotzdem hatte sie gehofft, dass Jerry wie durch ein Wunder drangehen würde. Sie wollte mit ihm reden, damit er sie beruhigte, aber sie konnte ihn schlecht wegen einer toten Maus anpiepsen lassen. Und obwohl sie mit ihm reden wollte, hatte sie gleichzeitig Angst vor seiner Reaktion. Er würde sie bitten, nach Hause zu kommen, und das war völlig ausgeschlossen. Oder noch schlimmer: Er würde ihr sagen, dass er herkommen und sich darum kümmern würde. Dann würde er die ganze Nacht durchfahren, nachdem er eine Vertretung für sich und eine Betreuung für Paul organisiert hätte. Wenn er dann da wäre und sich um die Maus gekümmert hätte, würde er sich über all das Gedanken machen, was ihn am Haus störte – und darüber, dass sie allein hier war. Als Christa Worthington, eine alleinerziehende Mutter, ganz in der Nähe in ihrem Haus in Truro ermordet worden war, war Jerry beinahe ausgeflippt, als Gillian hier übernachtet hatte. Aber Gillian hatte nachts in ihrem Haus noch nie Angst gehabt. Auch nicht, bevor man den Mörder – Christas Müllmann – gefunden und vor Gericht gebracht hatte.

Gillian blieb einen Moment stehen, das Telefon noch in der Hand, als ihr das Allernaheliegendste einfiel: Da war doch noch der Handwerker, Pete Ambrose, der die Abflussrohre reinigte und im Winter nach dem Haus sah! Sie erreichte nur seinen Anrufbeantworter und hinterließ eine Nachricht.

Als es dunkel war, machte Gillian sämtliche Lichter an. Normalerweise empfand sie die Dunkelheit im Haus als tröstlich. Sie mochte den Duft der alten Kiefernholzvertäfelung und den der Asche im Kamin. Sie mochte die Textur der Dinge, den Samt der Sesselpolster, die flauschige Mohairdecke. Aber jetzt brauchte sie viel Licht. Die Maus in der

Küche dehnte sich aus und wurde in dem kleinen Mülleimer immer größer.

Zum Glück gab es genug Kaminholz. Gillian knüllte alte Zeitungsseiten zusammen, legte sie in den Kamin und türmte Späne und Scheite darüber. Sie brauchte drei Anläufe, bis eine Ecke der Zeitung Feuer fing, aber schon bald loderte sie auf, und das Feuer begann richtig zu brausen. Sie nannten es immer ein »brausendes« Feuer, trotzdem hatte sie das Gefühl, dieses Geräusch noch nie zuvor gehört zu haben.

Gillian nahm einen Stift und einen großen Block mit weißen Blättern vom Schreibtisch, zog einen Sessel zum Kamin und ließ sich mit untergezogenen Füßen darauf nieder. Obwohl sie ihre Gedichte später abtippte, verfasste sie sie immer von Hand auf unliniertem Papier. Liniertes Papier erinnerte sie an Gefängnisgitter. Hin und wieder klang das Knacken der Holzscheite im Feuer wie Mäusegetrappel, aber sie hatte keine Angst vor lebenden Mäusen. Nur vor toten.

Als das Telefon klingelte, sprang sie auf. Das musste Pete sein. Sie war nicht im Telefonbuch eingetragen, und der einzige Mensch, der ihre Nummer hatte, war Jerry. Aber der würde sie jetzt nicht anrufen. Sie hatte Jerry eingebläut, nie anzurufen, außer sie hätte ihn auf dem Anrufbeantworter ausdrücklich darum gebeten, weil sie sich sonst fühle wie ein kleines Kind, das berichten muss, ob es gut angekommen sei und ob es ihm gut ging. Das störte ihre Konzentration, ihre Einsamkeit und machte ihre ganze Reise überflüssig. »Geh einfach davon aus, dass ich am Leben bin und es mir gut geht. Wenn nicht, wirst du es noch früh genug erfahren.«

Sie ging so fest davon aus, dass Pete Ambrose dran war, dass die Worte gar nicht richtig zu ihr durchdrangen: »Hallo, Gillian, hier spricht Adam.«

»Gott sei Dank haben Sie meine Nachricht erhalten«, sagte sie.

»Wie bitte?«

»Wer ist da?«, fragte sie. »Warum rufen Sie an?«

»Du hast eine Mappe bei mir vergessen. Mit handgeschriebenen Gedichten. Ich dachte, du vermisst sie bestimmt.«

Ihr wurde klar, dass sie gar nicht mehr in ihre Aktentasche geschaut hatte, seit sie von dem Treffen am Sonntag nach Hause gekommen war. Ihr war nicht aufgefallen, dass eine Mappe mit neuen Gedichtentwürfen verschwunden war, mit Material und Ideen, von denen sie keinerlei Kopien besaß. Wie hatte sie sie bloß dort vergessen können?

»Wie bist du an diese Nummer gekommen?«, fragte sie.

»Über deinen Sohn, Paul. Ich habe bei dir zu Hause angerufen.«

»Das ist mein Stiefsohn. Der hat sie dir gegeben?« Sie wurde laut.

»Ich habe ihm gesagt, dass ich dich dringend erreichen muss.« Adam war anzuhören, dass er den Jungen nicht in Schwierigkeiten bringen wollte. Sie hatte gar nicht bemerkt, wie wütend sie klang.

»Verstehe«, sagte sie.

»Ich bin hier. Auf Cape Cod, meine ich. Ich habe sie dabei. Ich könnte sie vorbeibringen.«

»Wo genau bist du?«

»In Orleans. Ein Freund von mir lebt hier.«

»Ich bin nicht in Orleans«, sagte sie. »Ich bin in Truro.«

»Ich könnte schnell vorbeikommen, kein Problem«, sagte er.

Sie glaubte ihm kein bisschen, dass er einen Freund in Truro hatte. Vielleicht hatte er sogar einen, aber deshalb war er nicht hergekommen. Das war nur ein Vorwand. Er war gekommen, um die Gedichte zurückzugeben. Seit Adam zum Leopardi-Zirkel gehörte, verhielt er sich unterwürfig. Er war Helenes Zögling gewesen. Helene hatte die anderen überredet, ihn aufzunehmen. Doch sie war bald darauf gestorben und hatte ihn allein zurückgelassen. Gillian ahnte schon seit Langem, dass er in sie verliebt war, aber er bemühte sich sehr, das zu verbergen. Zum Beispiel, indem er barsch reagierte und sich anschließend dafür entschuldigte. Er war jung, unbeholfen und niedlich. Und dass er in sie verliebt war, war ganz normal. Jedes Mal, wenn sie an einer Uni unterrichtet hatte, hatte sie einen Haufen Verehrer gehabt. Adam studierte nicht mehr – er hatte einen Job und verdiente gut –, benahm sich aber immer noch wie ein Student. Wenn er erst einmal einen Verleger fand – wofür die Chancen genauso gut standen wie bei jedem anderen auch –, würde das sicher anders. So funktionierte das normalerweise.

Gillian lud nie jemanden nach Button ein, aber die Umstände bewogen sie, eine Ausnahme zu machen. Zunächst einmal hatte Adam ihre Gedichte, und sie ertrug es nicht, dass jemand anders sie hatte, jemand anders sie anfasste. Und dann war da noch die tote Maus. Gut möglich, dass Pete nicht sofort auf ihren Anruf reagieren würde. Vielleicht sogar nie.

»Könntest du mir einen kleinen Gefallen tun?«, begann Gillian. »Kennst du dich mit toten Nagern aus?«

»Was soll ich tun?«

»Eine Maus begraben«, sagte Gillian.

»Begraben?«, fragte Adam. »Klar, kein Problem.«

»Es ist kompliziert, das Haus zu finden«, erklärte Gillian.

»Ich bin gut darin, Orte zu finden«, sagte Adam. »Sag mir einfach, wie ich dorthin komme, und ich finde hin.«

»Na gut«, sagte Gillian.

Gillian sah das als kleinen Test. Wenn Adam aufgab und noch einmal anrief, um weitere Hilfestellung zu bekommen, war die Sache erledigt. Dann würde sie darauf warten, dass Pete sich um die Maus kümmerte, und ihre Mappe mit den Gedichten bei Adam lassen, bis sie sich das nächste Mal sahen.

Aber Adam gelang es, das Haus zu finden. Sie hörte seinen Wagen schon, bevor sie ihn sah. Dann huschten die Scheinwerfer über das Marschland. Er hielt neben ihrem Geländewagen und fand sie auf der Schwelle vor, wobei er ihr die Mappe wie eine Opfergabe entgegenstreckte. Sie hatte ganz vergessen, wie groß er war. So groß, dass sie selbst sich nicht mehr groß vorkommen musste.

»Du wohnst wirklich abgeschieden«, sagte er.

»Ja.«

Adam folgte Gillian durch den Flur ins Arbeitszimmer. Sie legte die Mappe auf den Schreibtisch unter dem Fenster und lächelte ihn an. »Danke, dass du sie mir vorbeigebracht hast«, sagte sie.

»Aber das habe ich doch gern getan«, sagte Adam, und das war tatsächlich so. Wenn sie vorher noch unsicher gewesen war, was Adam für sie empfand, hatte sie jetzt Gewissheit. Die Muskeln an seinem Hals zogen sich zusammen, als er schluckte. Seine Schläfe glänzte verschwitzt.

»Bist du immer noch bereit, dich um das kleine Problem in der Küche zu kümmern?«, fragte sie.

»Klar«, erwiderte er. »Das ist keine große Sache. Soll ich eine tote Maus in einer Mausefalle entsorgen?«

Gillian schauderte. »Sie liegt im Mülleimer«, sagte sie. »Unter der Spüle. Sie ist dort gestorben. Sie muss reingefallen und nicht mehr herausgekommen sein.«

»Ich kümmere mich darum«, sagte Adam. Er hatte seine Hand auf ihre Schulter gelegt, wie um sie zu beruhigen. »Bleib einfach sitzen, und ehe du dich's versiehst, ist sie weg.«

»Die Küche ist da hinten«, sagte sie und zeigte darauf. »Ich habe die Tür zugemacht.«

Er drückte sie sanft auf den Hocker neben dem Sessel. Wieder flackerte Angst in ihr auf, als er das Zimmer verließ. Sie wollte seine Hand weiterhin auf ihrer Schulter spüren.

Ein paar Minuten später rief er aus der Küche nach ihr. »Kann ich die Hintertür nehmen?«, fragte er. »Dann muss ich sie nicht durchs Haus tragen.«

»Ja!«, rief sie. »Mach das!«

»Gibt es hier irgendwo eine Taschenlampe?«, fragte er.

»In der Schublade rechts neben dem Herd.«

Er schien lange wegzubleiben. Sie war froh, dass die Fenster des Arbeitszimmers nicht nach hinten hinausgingen, damit sie nicht mit ansehen musste, wie er die Maus hinaustrug. Als er wieder da war, hörte sie, wie er das Wasser in der Küche laufen ließ. Er spült den Mülleimer aus, dachte sie, und wäscht sich die Hände.

Als er wieder ins Arbeitszimmer kam, ging er neben ihr in die Hocke. »Alles erledigt«, sagte er.

»Hast du sie begraben?«

»Nicht wirklich. Ich habe sie im Wald fallen lassen.«

»Fallen lassen?«

»Keine Sorge. Das war weit weg vom Haus, du wirst sie niemals finden.«

»Versprochen?«, sagte sie.

»Versprochen«, erwiderte er. Sie ließ zu, dass er ihren Kopf nahm und ihn an seine Brust zog. Sie ließ zu, dass er ihr übers Haar strich.

Nach einer Weile stand er auf. »Hast du schon etwas zu Abend gegessen?«, fragte er.

»Nein«, sagte sie. »Ich konnte nicht in die Küche gehen.«

»Hast du was zu essen im Haus?«

»Ich habe Lebensmittel mitgebracht.«

»Soll ich für dich kochen? Ich kann gut kochen.«

»Wer sagt das?« Ihre Stimme klang jetzt anders. Sie war noch leise wie die eines Kindes, hatte aber einen ironischen Unterton.

»Alle«, sagte Adam. »Meine Freundin. Meine Freunde.«

»Du hast eine Freundin?«

»Ja, aber nichts Ernstes. Wir wohnen nicht zusammen, und …«

Gillian lächelte. »Schon in Ordnung, Adam«, sagte sie. Aber sie sah ihm an, dass er sich schuldig fühlte, so als wirkte sich das negativ auf seine Anwesenheit aus.

»Los, gehen wir in die Küche«, sagte sie. »Ich zeige dir, wo alles ist, und du kochst für mich. Für uns. Das finde ich schön.« Sie stand auf und ging Richtung Küche, zögerte aber auf der Schwelle.

»Beruhige dich«, sagte Adam. »Da ist nichts mehr.« Er öffnete den Schrank unter der Spüle und zog den Mülleimer heraus, um ihn ihr zu zeigen. Sie zuckte zusammen.

»Bitte mach ihn zu!«, rief sie.

Adam schloss die Schranktür und klopfte zweimal darauf, um ihr zu zeigen, dass sie geschlossen war. Er packte die Tüte mit den Lebensmitteln aus. Er warf Rigatoni in einen Topf mit kochendem Wasser, würfelte Gemüse und briet es in

Olivenöl an. Er machte einen Salat. Gillian öffnete eine Flasche Wein und nahm zwei Gläser aus dem Hängeregal. Sie wischte den Staub ab und stellte sie so auf die Küchentheke, dass ihre Ränder sich berührten. Während Adam zusah, schenkte sie beide genau gleich voll. Sie hob ihr Glas und nippte daran.

»Ich hab's nicht so mit dem Anstoßen«, sagte sie. Wenn sich der Leopardi-Zirkel traf, trank Adam lieber Kaffee statt Wein, aber von nun an würde er bestimmt Wein trinken. Keiner von ihnen machte zum Thema, dass er anschließend noch irgendwo hinfahren müsste.

Das Klingeln des Telefons ließ beide zusammenzucken. Wieder rechnete Gillian mit Pete, aber eine Frau war am Apparat.

»Mrs Coit?«, sagte sie. »Hier spricht Marie Ambrose, ich bin Petes Frau. Er ist bis Donnerstag weg, aber ich kann Ihnen eine andere Nummer geben, wenn irgendwas mit dem Haus sein sollte.«

»Vielen Dank«, sagte Gillian, »aber es hat sich schon erledigt. Nett, dass Sie angerufen haben.«

Sie legte auf und lächelte Adam an. »Der Handwerker ist weg«, sagte sie. »Ich muss eine Vorahnung gehabt haben, als ich die Mappe bei dir vergaß.«

Adam grinste. Er wirkte jetzt selbstsicherer. Wegen des Kochens. Vielleicht auch wegen des Weins.

»Erzähl mir von deiner Freundin«, sagte Gillian.

»Was soll ich dir erzählen?«

»Was macht sie?«

»Sie ist fast mit dem College fertig und studiert Info.« Er sah das große Fragezeichen in Gillians Gesicht. »Entschuldige, Technische Informatik.«

»Und sie heißt?«

»Kim. Kimberley.«

Gillian lächelte. »Ich vergesse immer, wie jung du bist.«

»Wie meinst du das?«

»Es ist noch gar nicht so lange her, da wurde jedes kleine Mädchen auf den Namen Kimberley getauft.«

Adam stach mit der Gabel in die Kürbisscheiben und wendete sie in der Pfanne, sodass die goldbraune Seite nach oben zeigte.

»Wie sieht sie aus, diese Kim?«

Adam zuckte die Achseln. »Keine Ahnung.«

»Du bist Schriftsteller, Adam«, sagte Gillian und beugte sich vor. »Über deine Figur Sonia würdest du das nie sagen.«

»He, bei Romanen ist das anders.«

»Dunkelhaarig oder blond?«

»Blond, denke ich.«

Gillian schüttelte lachend den Kopf. »Du bist ein hoffnungsloser Fall«, sagte sie und ließ ihre Hand eine Sekunde auf seinem Arm ruhen. Sie ging und deckte den Esszimmertisch. Aus irgendeinem Grund musste sie bei dem Wort blond an Nancy denken, und sofort beschlich sie ein ungutes Gefühl. Genauso wie beim Gedanken an Adams Freundin, auch wenn sie nicht wusste, warum.

Im Esszimmer gab es keinen Strom, nur Kerzen, die sie in einer Blechdose aufbewahrte, um sie vor Mäusen zu schützen. Mäuse fraßen wirklich alles, wenn der Winter kam. Einen Moment lang verharrte sie mit dem Besteck in der Hand und verdrängte das Bild des kleinen, stilllen Körpers auf dem Boden des Mülleimers. Still. Das war es wieder, dieses faszinierende Wort. Das Gedicht machte keine Fortschritte. Sie war abgelenkt worden, hatte Adam erlaubt, sie zu stören. Aber sie hätte keine ruhige Minute in dem Haus gehabt, solange noch etwas Totes hier in der Küche lag. Sie roch Knoblauchduft. Sie brauchte etwas Anständiges zu essen. Sie würde morgen früh mit dem Schreiben loslegen.

Nach dem Abendessen gingen sie mit ihren Weingläsern und der Flasche ins Arbeitszimmer. Adam legte Holz nach, und sie saßen in den Sesseln vor dem Kamin, den Hocker zwischen sich. Adam trug rote Wollsocken, die aussahen wie selbst gestrickt. Gillian überlegte, ob seine Freundin die wohl gemacht hatte, fragte aber nicht danach.

»Und?«, sagte sie. »Was hältst du von unserem Neuzugang?«

»Von Nancy?«

Gillian nickte und lachte. »Du betrachtest dich immer noch selbst als Neuzugang, stimmt's? Aber jetzt gehörst du zu uns Veteranen.«

»Da hast du wahrscheinlich recht«, sagte Adam und musste ebenfalls lachen. »So habe ich das noch gar nie gesehen. Trotzdem, sie hat zwei Romane veröffentlicht, und ich noch gar keinen.«

»Du hast Kurzgeschichten veröffentlicht«, sagte Gillian. »Und Nancy hat schon seit Langem keinen Roman mehr herausgebracht.«

»Na ja, bisher besteht meine Karriere als Autor von Kurzgeschichten aus Honoraren von unter hundert Dollar. Ach ja, und aus ein paar Beiträgen für Literaturzeitschriften.«

»Beim Schreiben geht es nicht ums Geldverdienen«, sagte Gillian. »Als ob du das nicht wüsstest!« Sie versetzte Adams Fuß einen sanften Tritt. Ihre Socken waren aus schwarzem Kaschmir. Von normaler Wolle juckten ihre Zehen.

»Beim Turnschuhdesign geht es ums Geldverdienen. Und das nervt, das kann ich dir sagen!«

»Jetzt hast du mir immer noch nicht verraten, was du von Nancy hältst«, sagte Gillian.

Bernard hatte Nancy den Leopardis vorgeschlagen. Gillian hätte lieber einen Mann statt eine Frau gehabt – sie verstand sich per se besser mit Männern –, aber die beiden Männer waren Lyriker gewesen, und Gillian hatte nichts für Lyriker übrig. Ihre hoffnungslose Empfindsamkeit, ihre unerfüllbaren Träume nervten sie. Sie wollte keinen Lyriker, der weniger erfolgreich war als sie, ganz einfach, weil sie keine Missgunst spüren wollte. Aber sie wollte auch keinen erfolgreicheren Lyriker dabeihaben (obwohl es davon nur sehr wenige gab), weil sie nicht eifersüchtig sein wollte. Eifersucht vereinnahmte die Gefühle, die sie für ihre Dichtung brauchte. Sie hatte sich nur Bernard zuliebe mit Nancy einverstanden erklärt und ihm das auch deutlich klargemacht. Alle hatten für Nancy gestimmt, bis auf Chris. Chris hatte einen Freund von sich vorgeschlagen, der Lyriker war – kein richtiger Lyriker, eher eine Art Liedtexter, ein auf der Gitarre klimpernder Kneipentyp –, aber der war bei niemandem auf Zustimmung gestoßen. Chris hatte sich gegen Nancy gewehrt und behauptet, sie würde »nicht richtig in die Runde passen«, aber bestimmt nur, weil er beleidigt war. Am Ende hatte er sich den anderen gebeugt.

»Sie wirkt nett«, sagte Adam.

»Nett?«, fragte sie. »Mehr fällt dir nicht zu ihr ein?«

»Na gut«, sagte Adam lächelnd. »Wie wär's hiermit: Sie ist eine gute Kritikerin, eine genaue Beobachterin und ein erfrischender Gegenpol zu Chris mit seiner Selbstherrlichkeit. Ich fand sie sympathisch.«

Gleich, nachdem Nancy bei ihrem Sonntagstreffen aufgekreuzt war, wusste Gillian, dass sie einen Fehler gemacht hatte. Aber da war es schon zu spät. Nancy war klein und zierlich, sodass Gillian sich, wie so oft in Gegenwart zierlicher Frauen, zu groß fand, vor allem ihre Füße. Sie musterte Nancy, suchte krampfhaft nach Makeln, nach einer Möglichkeit, sie schlecht zu machen, als ihre Blicke an Nancys Ohren hängen blieben. Nancy hatte angewachsene Ohrläppchen, die wie mit dem Geicht verschmolzen aussahen. Sie wirkten unangenehm fleischig, wie eine verkrüppelte oder, schlimmer noch, amputierte Klitoris. Zu allem Überfluss – oder mit Absicht? – trug Nancy Ohrstecker und hatte ihre Haare hinter die Ohren geschoben, um die Aufmerksamkeit darauf zu lenken. Wenn Gillian solche Ohren gehabt hätte, hätte sie sie hinter ihren Haaren versteckt.

»Sie mag durchaus sympathisch sein«, sagte Gillian. »Aber Adam, ich bitte dich! Vor allem du solltest dich ein wenig vor ihr in Acht nehmen.«

»Wieso ich?«

»Weil du der einzige andere Romancier bist.«

»Und Chris?«

»Ich muss mich korrigieren, der einzige andere literarische Romancier.«

»Warum spielt das eine Rolle?«

»Du bist jung, du hast eine strahlende Zukunft vor dir. Erstlingswerke werden mit einer Begeisterung aufgenommen, die man beim dritten Roman niemals erwarten kann.«

»Ahaaaaaa.« Adam zog das Wort in die Länge. »Warum sollte ich mich da in Acht nehmen?«

»Weil Schriftsteller insgeheim alle miteinander wetteifern. Natürlich will es niemand zugeben, aber in Wahrheit sind wir gnadenlos. Wir Lyriker sind natürlich die Schlimmsten, weil wir um die wenigen Menschen wetteifern müssen, die überhaupt Gedichte lesen. Aber mit ernsthaften Romanciers verhält es sich nicht anders. Nancy wird eifersüchtig auf dich sein. Sie wird vorgeben, dich zu unterstützen – ja mag sogar fest davon überzeugt sein, dich unterstützen zu wollen –, aber in Wahrheit wird sie es nicht ertragen, Zeugin deines Erfolgs zu werden.«

Adam sah Gillian an und schmunzelte ein wenig. »Du tust ja so, als wäre sie skrupellos.«

»Sie ist nicht skrupellos, sie schützt bloß ihre eigene Arbeit vor Konkurrenz. Du kannst ihr einfach nicht vertrauen, mehr nicht.«

»Kann ich dir vertrauen?«, fragte Adam.

»Das musst du selbst entscheiden«, sagte Gillian lächelnd.

»Kann ich dich küssen? Oder besser gesagt, darf ich dich küssen?«

»Fragst du Frauen normalerweise, ob du sie küssen darfst?«

»Du bist keine normale Frau«, sagte Adam.

»Nein«, sagte Gillian. »Wahrscheinlich nicht.« Sie beugte sich ein Stück in ihrem Sessel vor und zog ihren langen Zopf nach vorn über ihre Schulter. Sie entfernte das Haargummi, das ihn zusammenhielt, nahm Adams Hand und schob ihm das Gummi über das Handgelenk. Langsam entflocht sie ihr Haar und beugte sich vor zum Kaminfeuer, als löste sie den Zopf für das Feuer, als offenbare sie sein Geheimnis den Flammen. Als der Zopf gelöst war, fuhr sie sich durch das gewellte Haar, stand dann auf und schüttelte es nach hinten. Sie musterte Adams Gesicht. Er sah aus, als wagte er es kaum, zu atmen.

## *Adam*

Adams erster Roman wog zweieinhalb Kilo und hundertachtundneunzig Gramm (ohne die Manuskriptschachtel) und handelte von drei Generationen einer wohlhabenden Farmerfamilie in Wyoming. Adam war nur einmal in Wyoming gewesen und kannte niemanden, der dort lebte, aber er hatte alles gelesen, was er über diese Gegend in die Finger bekommen konnte. Er hatte es nicht geschafft, irgendwelche Verleger oder Agenten für den Roman zu interessieren, dafür erfüllte er die Bedingungen für seine Abschlussarbeit an der Uni. Seine Mentorin, Helene, hatte nie einen Roman produziert, der mehr als ein Kilo wog. Obwohl es ihr nicht gelungen war, Adam von seinem weitschweifigen Erzählen abzubringen, hatte sie ihn dazu bewegt, beim zweiten Anlauf über ein vertrauteres Thema zu schreiben. Sein neuer Roman spielte unter anderem in Moskau, was noch weiter von seiner Heimat entfernt war. Andererseits hatte er wenigstens ein Jahr dort studiert, und der Erzähler (der eine schwierige Beziehung zu einer Russin hatte) war wie er ein junger Amerikaner.

Auf der Highschool hatte Adam nicht gewusst, was er aus seiner vielseitigen Begabung machen sollte. Er war ein Genie in Mathe und den Naturwissenschaften, besaß aber literarische Ambitionen (er gab eine Literaturzeitschrift heraus). Außerdem war er ein begabter Bratschenspieler, sodass er überlegte, sich am Konservatorium zu bewerben. Auf dem College, auf dem er im Hauptfach Ingenieurwissenschaften studierte, lag die Bratsche vergessen unter seinem Bett, aber in seinem Workshop für kreatives Schreiben produzierte er dreimal so viele Seiten wie seine Mitstudenten. Nach dem Studium fand er einen Job als Ingenieur, studierte aber nebenher noch Creative Writing. Je länger er seinen Job machte, desto entfremdeter fühlte er sich bei seiner Arbeit. In Gedanken war er ständig bei seinem neuen Roman und arbeitete in jeder freien Minute daran. Er war sein zweites, geheimes Leben. Manchmal kam es ihm vor, wie sein einziges wahres Leben.

Nachdem ihn Helenes Tod quasi verwaist im Leopardi-Zirkel zurückgelassen hatte, nahm Virginia ihn unter ihre Fittiche. Adam fiel auf, dass sich ihr Mutterinstinkt jedes Mal regte, wenn sie auf jemanden unter vierzig traf. Als er noch neu gewesen war, hatte er gedacht, Virginia schreibe Liebesromane oder Science-Fiction, und er hatte sie deswegen für keine ernst zu nehmende Schriftstellerin gehalten. Sie war korpulent, trug Hosen mit Gummizug und wirkte irgendwie großmütterlich. Doch als er sie das erste Mal aus ihrem Manuskript lesen hörte, begriff er, dass er sie unterschätzt hatte, und las beschämt alle ihre bisherigen Veröffentlichungen. Er hatte das Gefühl, ihr nicht im Entferntesten das Wasser reichen zu können. Dieses Gefühl beschlich ihn bei allen Mitgliedern des Leopardi-Zirkels – vor allem bei Gillian. Ganz besonders bei Gillian. Vor dem, was Chris schrieb, empfand er zwar nicht unbedingt Hochachtung, aber er musste zugeben, dass er sein Handwerk beherrschte. Darüber hinaus konnte er nicht darüber hinwegsehen, dass Chris nicht nur vom Schreiben leben konnte, sondern auch so viel Geld damit verdiente, dass er einen Sportwagen fuhr, von dem Adam nur träumen konnte. Er selbst verdiente nichts mit seinem Schreiben. Gar nichts.

Das Kaminfeuer war erloschen, und die Wand war kalt an seinem nackten Rücken. Als Adam den Kopf nach links wandte, spürte er einen zuckenden Schmerz im Nacken, bestimmt, weil er in dem schmalen Bett auf der Seite geschlafen hatte. Aus der vollkommenen Stille, die ihn umgab, schloss er, dass er allein war. Ein violettes Haargummi schnitt in sein Handgelenk. Er zog daran und ließ es gegen seine Handwurzel schnalzen.

Er musste nicht erst die Augen schließen, um Gillians nackten Rücken noch einmal vor sich zu sehen. Die lange Wölbung der Wirbelsäule, die zu ihrem weichen Po führte. Das überraschend schwarz gelockte Schamhaar, als sie sich ihm zuwandte. Jenen kleinen Hügel, der an den Kopf eines Kindes erinnerte. Der rosa Tupfen in der Spalte.

Die Morgensonne drang durch die Fenster und fiel auf den Quilt. Die bunten Stoffdreiecke waren so verblichen, dass sie sich kaum noch vom weißen Hintergrund abhoben – wahrscheinlich über die Jahrzehnte, denn der Quilt sah aus, als wäre er hundert Jahre alt. Die Fensterscheibe war ebenfalls alt, keine perfekte Oberfläche, sondern wie Eis auf einem frisch überfrorenen Teich. Er setzte sich im Bett auf und blinzelte in die Sonne. Durch die nach vorne hinausgehenden Fenster konnte er die Marsch, sein Auto und Gillians Geländewagen am Rand der ungemähten Wiese sehen. Er richtete sich noch weiter auf.

In der Ferne sah er eine Gestalt, jemand, der die Marsch entlanglief: Gillian. Sie hatte ihm den Rücken zugekehrt und die Kapuze ihres grauen Pullis über den Kopf gezogen. Er wollte die Hände ausstrecken, die Kapuze nach hinten ziehen, ihr Haar befreien. Er wollte sehen, was der Wind damit anstellte.

Adam nahm seine Kleider, die in einem Haufen auf dem Boden lagen, und zog sich an. Er wusste nicht recht, was er tun sollte. Er wusste nicht, was Gillian von ihm erwartete, was sie sich von ihm wünschte, und er hatte Angst, das Falsche zu tun. Er setzte sich auf den Hocker und starrte auf die breiten Dielenbretter unter seinen nackten Füßen. Sie waren einmal lackiert und dann später abgezogen worden, um das honigfarbene Kiefernholz wieder hervorzuholen. Aber das war vor vielen Jahren gewesen, inzwischen war die Oberfläche matt. Er fuhr mit der großen Zehe eine Maserung nach, umkreiste ein Astloch. Er war sich ziemlich sicher, dass Gillian ihn nicht dabehalten wollte. Wahrscheinlich hoffte sie, dass er weg wäre, bis sie von ihrem Spaziergang zurückkam, damit sie sich ins Arbeitszimmer setzen und mit ihrem neuen Gedicht anfangen konnte – bestimmt arbeitete sie bereits während des Spaziergangs daran. Andererseits ertrug er die Vorstellung nicht, abzufahren, ohne sie noch einmal zu sehen. Er würde sie nicht zum Abschied küssen – so naiv war er auch wieder nicht –, sondern sie nur kurz berühren: ihre Haare, ihren Arm, irgendetwas. Das würde sie ihm doch bestimmt zugestehen. Er dachte kurz daran, Gillian eine Nachricht auf der Küchentheke zu hinterlassen. Aber er wusste nicht, was er schreiben und welchen Ton er dabei anschlagen sollte. Etwas Niedliches, von wegen, wie dankbar er der Maus wäre? Ganz falsch. Etwas über die Schönheit des Lichts im Arbeitszimmer beim Aufwachen, über das schmale Bett, in dem sie geschlafen hatten und in dem ihr Kopf so dicht an ihn geschmiegt war, dass ihr Haar seinen Mund bedeckte? Nein, auch falsch. Hier saß ein Schriftsteller, dem nichts einfiel beziehungsweise dem so viel einfiel, dass er nichts zu Papier brachte.

In der Küche fand Adam einen Bagel aus der Lebensmitteltüte, die er am Vorabend ausgepackt hatte. Er steckte ihn in seine Tasche. Wenn er unterwegs tankte, würde er sich einen Kaffee holen. Die Teller, von denen sie am Vorabend gegessen hatten, standen immer noch übereinandergestapelt neben der Spüle. Er überlegte, den Abwasch zu machen, wollte die Spuren ihres Abendessens aber nicht beseitigen. Er wollte etwas von sich zurücklassen, damit sie nach seiner Abreise noch an ihn dachte.

Er sah sich ein letztes Mal im Arbeitszimmer um, sah die zwei am Kopfende des Bettes zusammengedrückten Kissen, die beiden an den Kamin gerückten Sessel, die Asche im Kamin, federleicht, taubenfarben. Er zog die Haustür hinter sich zu und sah auf die Marsch hinaus. Er sah, wie Gillian ihren Spaziergang mit gesenktem Kopf fortsetzte, so als suchte sie den Boden ab. Sie beugte sich hinunter, um etwas aufzuheben – eine Muschel vielleicht? Noch bevor sie sich wieder aufgerichtet hatte, um den Gegenstand in ihrer Hand zu betrachten, lief er schon auf sie zu. Inzwischen hatte er aufgehört zu denken, wollte nicht mehr über das richtige Verhalten nachgrübeln, sondern konzentrierte sich ganz aufs Rennen.

Sie drehte sich um, als sie ihn kommen hörte. Er war ganz außer Atem, und sie lächelte ihn mit schräg gelegtem Kopf an, während sie darauf wartete, dass er etwas sagte. Aber es war nicht nur die Atemlosigkeit, die ihn zurückhielt. In seinem Kopf waren keine Worte, nur Bilder: Gillians lange, schlanke Schenkel, seine Finger, die von ihrem Knie zu der Wölbung hinaufglitten, wo sich die blasse Haut über ihrer Hüfte spannte. Auch im Moment bewegte sich seine Hand, um die Haare auf der Seite ihres Gesichts zu berühren, das die Kapuze freigab, aber das ging ihm zu langsam. Er küsste sie ungestüm auf den Mund – küsste sie, ohne vorher um Erlaubnis zu bitten –, machte anschließend kehrt und lief zurück zu seinem Wagen. Er stieg ein und ließ den Motor an, ohne noch einmal auf die Marsch hinauszuschauen. Aber nachdem er gewendet hatte und bereit war zum Losfahren, hielt er noch einmal an und ließ die Szene auf sich wirken. Gillian ging jetzt auf das Haus zu, die Hände in den Hosentaschen. Sie wirkte winzig vor dem weiten Marschland. Abfahren und sie allein lassen war das Letzte, was er jetzt wollte. Aber er wusste, dass ihm nichts anderes übrig blieb.

Kim hatte ihm mehrmals auf die Mailbox und auf den Anrufbeantworter im Büro gesprochen. Ihre muntere, vertraute Stimme wurde bei jedem Anruf missmutiger.

»Ich bin gestern Abend kostenlos an Karten für das Natalie-MacMaster-Konzert gekommen«, sagte sie, als er zurückrief. »Ich war so sauer, dass ich dich nicht erreichen konnte.«

»Und, bist du hingegangen?«

»Ja. Sandy ist mitgekommen.«

»Wie war's?«

»Fantastisch«, sagte Kim. »Du wärst begeistert gewesen.«

Aus Scham über seine anfängliche Gereiztheit wegen Kims hartnäckigen Anrufen lud Adam sie zum Abendessen ins Peking Garden ein, zum teureren der beiden Chinesen in der Stadt. Kim saß ihm in der Nische gegenüber, schälte sich aus ihrem langen Schal und legte ihn auf den Stuhl neben ihr. Ihr weiches blondes Haar war statisch aufgeladen und stand ihr auf der einen Seite vom Kopf ab. Sie lehnte sich zurück und lächelte ihn an. Sie hatte ein rundes Gesicht mit weit auseinanderstehenden Augen, wodurch sie, wie Adam fand, etwas kuhäugig wirkte.

»Wieso hattest du dein Handy aus?«, fragte Kim.

»Ich hatte es nicht aus«, sagte Adam, »der Akku war leer.« Die Lüge ging ihm so leicht von den Lippen, dass es ihn selbst erstaunte. Er war kein guter Lügner, war es nicht gewohnt, zu lügen. Er konnte sich nicht daran erinnern, Kim je belogen zu haben. Er hatte auch nie einen Grund dazu gehabt.

»Wo warst du gestern?«, fragte Kim, als man das Essen gebracht hatte.

»Ich habe einem Freund geholfen.«

Kim zog die Brauen hoch.

»Niemand, den du kennst«, sagte Adam. »Bloß ein alter Kumpel, der in der Klemme steckt.« Sein Ton legte nahe, dass dieser Jemand in etwas Illegales verwickelt war, weshalb Kim das Thema lieber nicht vertiefen sollte.

»Aha«, sagte sie und fragte nicht weiter. Kim war nicht indiskret. Außerdem vertraute sie ihm. Er hatte ihr nie Anlass gegeben, an ihm zu zweifeln.

»Hier«, sagte sie. »Mund auf! Ich weiß, wie sehr du die magst.« Sie hielt ihm ihre Essstäbchen hin, zwischen denen ein glatter, schwarzer Pilz steckte.

»Du magst sie doch auch.«

»Aber nicht so wie du«, sagte Kim. »Außerdem hatte ich schon genug.« Der Pilz war jetzt ganz verschwommen, dicht vor seinem Gesicht. Er öffnete gehorsam den Mund, spürte die glitschige Oberfläche an seinen Lippen. Kim schob ihn in seinen Mund.

»Gut?«, fragte sie.

Er kaute und nickte, konnte ihn allerdings nur mit Mühe hinunterbringen.

Nach dem Abendessen gingen sie zu ihr. Er wollte nicht über Nacht bleiben, aber als er ankündigte, nach Hause zu müssen, sah sie so verletzt aus, dass er letztlich doch blieb. Das Bad, das sich Kim und ihre zwei Mitbewohnerinnen teilten, war voller Haarpflegemittel, Gels, Schminkutensilien und Lotionen, die unangenehm fruchtig rochen. Ein Fön lag wie eine Pistole auf der voll gestellten Kommode. Er musste an das Bad in Gillians Haus denken, an die ovale, knochenfarbene Seife in einer Muschelschale neben dem blauen Waschbecken. Als er wieder ins Zimmer kam, stand Kim neben dem Bett und stellte den Wecker. Sie hatte ihre Kontaktlinsen herausgenommen, trug ein riesiges T-Shirt und Plüschpantoffeln. Das dicke Brillengestell ließ sie aussehen wie ein altkluges Kind.

Adam zog seine Sachen aus und glitt unter die Bettdecke. Kim legte ihre Brille auf den Nachttisch und hob die Arme, um ihr T-Shirt auszuziehen. Unter jeder kleinen Brust war noch ein rosa Halbkreis zu sehen, Druckspuren von ihrem Bügel-BH. Sie machte das Licht aus, schlüpfte unter die Decke und kuschelte sich an ihn.

»Ich hab dich vermisst«, sagte sie. Sie machte den Hals lang und drückte ihm mehrere schmatzende Küsse auf den Mund.

Er sagte nichts darauf, sondern schob seinen Arm unter sie und zog sie an sich.

»Müde?«, fragte sie.

»Ja, ich bin total erledigt«, sagte er.

»Das macht nichts«, sagte sie. »Ich bin auch ziemlich müde.«

Er griff mit seinem freien Arm über sie und legte seine Hand auf ihre Schulter. Sie zog sie an ihr Gesicht und küsste sie. Dabei berührten ihre Finger das Haargummi an seinem Handgelenk.

»Was ist denn das?«, fragte sie.

Dankbar für die Dunkelheit, in der Kim sein Gesicht nicht sehen konnte, überlegte Adam krampfhaft, was er sagen sollte. »Das hat jemand auf meinem Schreibtisch im Büro liegen lassen.«

»Warum trägst du es?«, fragte Kim.

»Keine Ahnung«, sagte er. »Ich habe bloß damit gespielt.«

»Man soll sein Handgelenk nicht so abschnüren«, sagte Kim. Sie fuhr mit ihrem Finger unter das Gummi und wollte es abziehen.

Er schob ihre Hand weg. »He, lass das bitte!«

»Na gut«, sagte sie und rückte ein Stück von ihm ab. »Adam?«, sagte sie nach einer Weile. »Ist irgendwas?«

»Nein, alles bestens«, erwiderte er. »Ich hatte einen anstrengenden Tag, das ist alles.«

»Tut mir leid«, sagte Kim. »Willst du drüber reden?«

»Nein, ich möchte eigentlich nur schlafen.«

»Klar«, sagte Kim. »Ich bin so froh, dass du da bist.« Sie schmiegte sich an ihn. Ihre Haare rochen nach Erdbeershampoo.

Adam schloss die Augen, konnte aber nicht schlafen. Er wollte nicht an die Nacht davor denken, wollte jetzt und hier nicht daran rühren. Er hatte Angst, es dadurch irgendwie zu zerstören. Aber es gab nichts, worauf er sich sonst konzentrieren konnte, und die Bilder von Gillian drängten sich ihm weiterhin auf. Er zwang sich, stattdessen an Dinge aus dem Haus zu denken – an das Wachs, das beim Abendessen auf den Fuß der Kerzenleuchter getropft war, an die Kaminscheite im Arbeitszimmer. Der Arm, auf dem Kim lag, schmerzte. Aber er fühlte sich verpflichtet, ihn nicht wegzuziehen.

## *Nancy*

Am Morgen vor der Nacht, in der Robert Oates Mullingford ihr einen Heiratsantrag machte, bezog Nancy das gemeinsame Bett neu. Wenn sie Glück hatte, war er zum Abendessen zu Hause, aber selbst wenn sein Flug Verspätung hatte, würde er in dieser Nacht bestimmt noch zurückkommen. In Oates' Abwesenheit wechselte Nancy nie das Bettzeug – sie wollte in einem Bett schlafen, in dem der Flanellflor noch von seinem warmen Körper flach gedrückt war, und das nach seinem Atem und seinem Schweiß roch. Doch bevor er nach Hause kam, bezog sie das Bett neu. Und zwar seit sie zusammenlebten; es war zu einer Art Ritual geworden, das seine wohlbehaltene Rückkehr garantierte.

Nancy zog den Bezug von der Daunendecke, das Laken von der Matratze und schüttelte die Kissen aus ihren Kissenhüllen. Eine kleine weiße Feder schwebte empor. Sie sah zu, wie sie am Bettpfosten vorbeisegelte und dann zu Boden fiel. Sie legte die frische, gebügelte Bettwäsche auf das Bett. Sie roch nach dem Lavendelsäckchen im Schrank, aber sie wusste, dass der Duft bald verfliegen würde. Oates war bereits seit zwei Wochen weg, und so kurz vor seiner Rückkehr machte ihr das Alleinsein nichts mehr aus. Sie fragte sich, wie es wohl wäre, wenn er nicht mehr so oft geschäftlich verreisen müsste. Vielleicht müsste er dann trotzdem verreisen, damit sie unter der Trennung litt. Denn das war der Preis, den sie für die Vorfreude auf seine Rückkehr zahlte, für die Erleichterung und das Entzücken über ihr

Wiedersehen (eine Wortwahl, die kein bisschen übertrieben war).

Sie hatten das Bett spontan auf einer Auktion ersteigert. Es war ihre erste gemeinsame Anschaffung gewesen, nur drei Wochen nachdem sie sich kennengelernt hatten. Zu diesem Zeitpunkt wollte Nancy nicht mehr in einem Bett schlafen, in dem sie mit anderen Männern oder, noch schlimmer, mit anderen Frauen geschlafen hatte.

In ihrer ersten Nacht in ihrem gemeinsamen Bett hatte Nancy gesagt: »Nun gehört wohl diese Seite mir und die andere dir«, aber Oates hatte nur gelacht.

»Ein Bett teilt man nicht der Länge nach«, sagte er. »Sondern quer.«

»Und wer bekommt welche Hälfte?«

»Du bekommst natürlich die Köpfe«, sagte Oates, »und mir gehört alles von der Taille abwärts.«

Nancy zog die Ecken der Daunendecke im Bezug nach oben – was immer ein guter Trick ist – und hielt das untere Ende gut fest, als sie ihn schüttelte. Die Verkäuferin hatte vom Aufschütteln gesprochen, als Oates und sie die Daunendecke gemeinsam gekauft hatten. Die Dame hatte es ihnen vorgemacht und die Decke perfekt aufgeschüttelt, bis sie dreimal so dick war wie vorher. Dann hatte sie sie flach gedrückt, erneut in ihrer Baumwollhülle verstaut und den Tunnelzug zugezogen, wodurch ihr Trick wie von Zauberhand wieder zunichtegemacht wurde. Nancy gefiel es nicht, dass diese Fremde ihre Decke anfasste, etwas so Intimes berührte – etwas, das auf ihren nackten Leibern liegen würde. Etwas, worunter sie sich lieben würden.

Bevor sie nach unten ging, legte Nancy das Parfüm auf, das ihr Oates zum Geburtstag geschenkt hatte, Je Reviens, ich komme wieder. Merkwürdigerweise fiel ihr erst jetzt auf, dass er es vielleicht eher wegen des Namens statt wegen seines Duftes ausgewählt hatte. Sie betupfte Handgelenke und Nacken mit dem Glasstöpsel und fuhr anschließend damit über ihre Brust, bis tief hinunter ins Dekolleté, wobei sie ihren Pulli anhob. Sie betupfte ihren Bauchnabel und fasste in ihre Hose bis zur Oberschenkelfalte. Ansonsten berührte sie sich nicht, wie sie es vielleicht getan hätte, wenn Oates an jenem Abend nicht nach Hause gekommen wäre.

Sie warf einen Blick auf das Bett und arrangierte die Kissen neu. Sie wollte, dass das Bett perfekt symmetrisch war, die Kissen eine gerade Linie bildeten. Als das Telefon klingelte, stockte ihr kurz der Atem, weil sie Angst hatte, dass Oates dran wäre und sagte, sein Flug hätte sich verschoben. Aber zu ihrer Überraschung war es Chris.

»Hast du heute zufällig Zeit, mit mir Mittag zu essen?«, fragte er.

»Heute?«

»Ja, heute. Ich weiß, dass sich viele Leute Wochen im Voraus zum Mittagessen verabreden, aber dann sagen sie meist ab oder verschieben es. Also dachte ich, ich frage dich in letzter Minute, ob du mir Gesellschaft leisten willst.«

»Ich glaube, das ginge«, sagte Nancy.

»Dann interpretiere ich das mal als Ja«, sagte Chris. »Obwohl ich auf ein wenig mehr Begeisterung gehofft hatte.«

»Tut mir leid«, sagte Nancy, eine Formulierung, die sie so oft benutzte, dass sie ihr ganz automatisch über die Lippen kam, ob es ihr nun wirklich leidtat oder nicht. »Ich wollte nicht den Eindruck erwecken, als wäre ich wenig begeistert.«

»Ist schon gut«, sagte Chris. »Du fragst dich bestimmt, warum dich dieser Typ zum Essen einlädt, stimmt's?«

Nancy konnte nichts anders, sie musste lachen. »Ja, das stimmt.«

»Ich fände es nett, wenn wir uns ein bisschen besser kennenlernen. Du bist neu. Andere kennen dich, aber ich nicht.«

Sie einigten sich auf eine Zeit und einen Ort – auf ein neues Restaurant namens Xantha's, in dem sie noch nicht gewesen war, Chris aber anscheinend schon. Sie fragte sich, was der wahre Grund für seine Einladung war. Er wirkte nicht wie ein Mann auf sie, der Zeit mit einem Kennenlern-Mittagessen verschwendet.

Nancy legte auf. Noch war Oates' Rückkehr gesichert. Sie ging nach unten in ihr Arbeitszimmer. Eigentlich hatte sie vormittags an ihrem Roman arbeiten wollen, war aber wegen des Newsletters unter Zeitdruck. Sie schrieb einen Artikel über die enttäuschenden Ergebnisse virtueller Darmspiegelungen zu Ende und konzentrierte sich anschließend auf Lakritze, die seit Neuestem mit Bluthochdruck in Zusammenhang gebracht wurde und für Salzeinlagerungen, Gewichtszunahme sowie für ein erhöhtes Risiko für Herzrhythmusstörungen sorgte. Trotzdem lief Nancy allein schon beim Wort Lakritze das Wasser im Mund zusammen. Sie liebte es in jeder nur erdenklichen Form: die weichen Stangen, die man auseinanderdröseln konnte, die Scheiben, die wie Münzen geprägt waren, und die bohnenförmigen Pastillen, die in kleinen Blechdosen verkauft wurden. Ihre Mutter hatte Lakritze gehasst, aber ihr Vater hatte sie genauso geliebt wie sie. Er pflegte eine Tüte Lakritzschnüre zu kaufen, die sie dann gemeinsam aufaßen, um ihre Zungen wickelten und aus dem Mund baumeln ließen wie schwarze Spaghetti. Einmal hatten sie jeweils das andere Ende einer langen Schnur an- und dann aufeinander zugeknabbert, bis ihre Nasenspitzen sich berührten. Die oberste Schublade von Nancys Vater hatte stets nach Lakritzkaugummi gerochen. Doch heute war die blaue Packung mit dem schwarzen Oval nirgendwo mehr zu sehen.

Während Nancy in ihrem Newsletter Lakritze verdammte, kam sie sich vor wie eine Verräterin. Schließlich aß sie schon ihr Leben lang Lakritze, ohne je irgendwelche Nebenwirkungen bemerkt zu haben. Aus Loyalität vermutete sie, dass vielleicht gar nicht die Lakritze, sondern etwas ganz anderes der Bösewicht war, und die Lakritze gar nichts damit zu tun hatte. Jede Studie widersprach einer vorhergehenden Studie, und es konnten Jahre dazwischenliegen. Ihr Newsletter informierte die Leute bloß über die jüngsten Erkenntnisse. Aber im Grunde war das Ganze lächerlich. Trotz der ausgefallensten Techniken stand man den Rätseln des menschlichen Körpers nach wie vor ahnungslos gegenüber. Sie konnte der Medizinforschung ihre Naivität nachsehen, nicht aber ihre Arroganz. Die sogenannten Weisheiten, die Ärzte von sich gaben, waren nichts weiter als kurzlebige Theorien. Ihr Vater hatte das schon immer gewusst. In seinen Anfängen als Arzt hatte er es am eigenen Leib erlebt.

Nancy schob den Laptop auf ihrem Schreibtisch nach hinten und klappte ihn zu. Sie merkte, dass ihr der passende Tonfall für ihren Artikel abhandengekommen war. Im Augenblick hatte sie das Vertrauen in die Stimme verloren, die sie selbst geschaffen hatte, diese freundliche, kompetente Stimme einer Pseudoärztin, die informierte, aufklärte und beruhigte. Sie musste ihren Schreibtisch verlassen, aus dem Haus gehen. Am späten Vormittag unternahm sie oft einen Spaziergang, um eine Pause zu machen. Sie griff nach einer Jacke und ging nach draußen. Um diese Uhrzeit kamen ihr nur wenige Autos auf der Straße entgegen. Die Straße verlief parallel zum Fluss, und sie ging wie immer flussaufwärts in Richtung der Kleinholz-Farm.

Teresa Kleinholz war Nancys Freundin, obwohl ihrer Freundschaft durch ihre unterschiedlichen politischen Ansichten Grenzen gesetzt waren. Alles andere mochte Nancy an Teresa. Sie hatte etwas Großzügiges an sich, und sie arbeitete hart, ohne viele Worte darüber zu verlieren. Sie hatte ein pausbäckiges Gesicht, kleine blaue Augen und trug kratzig aussehende Pullis und Schals, die sie selbst strickte. Obwohl sie es in all den Jahren ihrer Bekanntschaft geschickt vermieden hatten, über Politik zu reden, machte es der Autoaufkleber, den Teresa bei den letzten Wahlen angebracht hatte, unmöglich, eine echte Seelenverwandtschaft zu entwickeln. Sogar jetzt musste Nancy noch jedes Mal die Lippen zusammenpressen, wenn sie den schmutzigen, an den Rändern eingerissenen Aufkleber sah.

Die Kleinholzes hatten zwei Pferde, die für Teresas Tochter Kate angeschafft worden waren. Kate ging mittlerweile zur Highschool und war keine Pferdenärrin mehr, sodass die Pferde und ihre Pflege an Teresa hängen geblieben waren. Ein Pferd war eine aggressive Stute, das andere ein alter Wallach namens Jackie, den Nancy ein paarmal geritten hatte. Er hatte einen weißen Fleck auf der Stirn, der aussah, als hätte er sich kurz gegen einen frisch gestrichenen Zaun gelehnt. Das Tier war langsam, freundlich und auf einem Auge teilweise blind. Wenn Nancy sich um die Pferde kümmerte, während die Kleinholzes im Urlaub waren, begünstigte sie Jackie und steckte ihm stets einen zusätzlichen Apfel zu. Als sie heute die Hügel zur Farm hinaufmarschierte, sah sie den schwarzen Geländewagen des Tierarztes in der Auffahrt und beschleunigte ihre Schritte. Als sie näher kam erkannte sie Jackie, der auf dem Feld am Boden lag, während Teresa und der Tierarzt sich über ihn beugten. Die Stute beobachtete die Szene aus sicherer Entfernung.

Nancy lehnte sich an den Zaun und versuchte zu begreifen, was da los war. Teresa und der Tierarzt waren ganz auf ihr Tun konzentriert und sahen nicht auf. Nancy überlegte, quer übers Feld zu laufen, wollte aber nicht stören. Außerdem hatte sie Angst davor, näher zu kommen. Was auch immer da passierte, es sah nicht gut aus. Pferde legen sich nicht so hin, außer sie sind ernsthaft krank. Nancy machte kehrt und trat den Heimweg an, wobei sie immer schneller wurde. Der Straßenbelag war sehr sandig. Glimmerstückchen funkelten in der Sonne. Nancy rannte, bis sie sich weit genug von der Farm der Kleinholzes entfernt hatte, weit genug, um nicht mit ansehen zu müssen, wie Jackie starb.

Als sie das Restaurant betrat, sah Nancy, dass Chris bereits an einem Fenstertisch Platz genommen hatte. Sie selbst hätte niemals diesen Tisch gewählt, wo einen jeder Passant sehen konnte. Das Fenster reichte bis zum Boden, sodass nicht einmal ihre Füße unter dem Tisch fremden Blicken entzogen waren.

Chris hatte ein rosiges, frisch rasiertes Gesicht, und seine Haare sahen aus, als käme er direkt vom Friseur. Oates' Haar war grau, und Nancy schnitt es ihm selbst, während Oates auf einem Küchenhocker saß und ein altes Laken umgehängt hatte.

»Toll, dass du kommen konntest«, sagte Chris. »Ich wollte

dich gern ein bisschen besser kennenlernen, um mir ein eigenes Bild zu machen, und zwar unabhängig von dem, was die anderen sagen.«

»Und, was sagen die anderen?«

»Nur Gutes«, sagte er. »Welche Bereicherung du für den Leopardi-Zirkel wärst. Welch tolle Autorin du bist.« Er beugte sich zu ihr herüber, lächelte und schnupperte. »Fein!«, sagte er.

Wie viel Parfüm hatte sie bloß aufgetragen? Es war schon eine Weile her, aber vielleicht war sie ins Schwitzen geraten und verströmte es deshalb besonders stark. Ihr kam ein furchtbarer Gedanke. Was, wenn Chris glaubte, sie habe das Parfüm extra für ihn aufgelegt? Dachte er etwa, sie wäre noch zu haben? Sondierte er mit diesem Mittagessen die Chancen für eine richtige Verabredung? Sie musste Oates so schnell wie möglich zur Sprache bringen.

Aber Chris war schon einen Schritt weiter. »Nur, damit du's weißt«, sagte er. »Es gibt keine Regeln, was private Treffen außerhalb des Zirkels anbelangt.«

»Was verstehst du unter Treffen? Dass man sich wie wir zum Mittagessen trifft oder mehr?«

»Sowohl als auch«, sagte er.

Die Kellnerin kam, um ihre Bestellung aufzunehmen. Chris schien die Speisekarte bereits studiert zu haben und wusste, was er wollte. Nancy überflog sie rasch und bestellte ein Putensandwich. Mit so etwas konnte man normalerweise nicht viel falsch machen.

»Mal abgesehen von Bernard und Virginia, die früher miteinander verheiratet waren«, sagte sie, »– gibt es da noch andere Paare, die ich kennen sollte?«

»Im Moment nicht«, sagte Chris. »Obwohl du bestimmt

weißt, dass Gillian und Bernard mal was miteinander hatten. Und auch wenn der Schein trügt – was jetzt allerdings ironisch gemeint ist –, steht Gillian und mir das erst noch bevor.«

Das mit Gillian und Bernard war Nancy neu, wunderte sie aber auch nicht. Sie gehörte wahrscheinlich zu den wenigen Frauen aus ihrem Bekanntenkreis, mit denen Bernard nicht geschlafen hatte.

»Falls es dich oder die anderen interessiert«, sagte Nancy, »habe ich nichts gegen Treffen außerhalb unseres Zirkels. Aber ich lebe in einer festen Beziehung.«

»Natürlich interessiert mich das. Ich wusste, dass du unverheiratet bist, und ich schätze es, wenn die Dinge von Anfang an geklärt sind.«

»Und deshalb hast du mich zum Mittagessen eingeladen?«

»Nicht direkt«, sagte Chris. »Aber ehrlich gesagt, weiß ich lieber von Anfang an Bescheid, als mich später zum Narren zu machen. Etwas, das mir – wie du sicher weißt – schon öfter passiert ist.«

»Nein«, sagte Nancy lächelnd. »Davon weiß ich nichts. Aber ich bin immer noch neugierig, warum du mich wirklich eingeladen hast.«

»Ich möchte einfach, dass du weißt, dass ich mich wirklich über deine Aufnahme in den Leopardi-Zirkel freue, auch wenn dir Bernard etwas anderes erzählt hat.«

Bernard hatte ihr zwar tatsächlich erzählt, dass es keine einstimmige Entscheidung gewesen war, sie aufzunehmen, aber nicht, dass Chris dagegen gestimmt hatte.

»Jetzt, wo wir uns angefreundet haben, kannst du mir doch auch erzählen, warum du gegen mich gestimmt hast!«, sagte Nancy.

Chris schenkte ihr ein breites Grinsen, eines, das sich in der Vergangenheit bestimmt bei Frauen verfangen hatte. Die Kellnerin hatte das Bestellte gebracht, und Chris wartete, bis sie wieder weg war, bevor er weitersprach.

»Ehrlich gesagt hatte das nicht das Geringste mit dir zu tun«, hob er an. »Ich fand nur, dass wir bereits genug hochtrabende Literaten haben, und hätte mir ein ausgewogeneres Verhältnis gewünscht.«

»Wer zählt denn zu den hochtrabenden Literaten?«, fragte Nancy.

»Na, Gillian natürlich. Um sie aufzuwiegen, braucht man gleich haufenweise normale Leute. Und Bernard. Auch wenn ihr befreundet seid, wirst du zugeben müssen, dass er eine literarische Ikone ist. Dasselbe gilt für Virginia, die allerdings wirklich nett ist.«

»Du scheinst Gillian nicht zu mögen.«

»Niemand mag Gillian«, sagte Chris. »Eine Frau wie sie mag man nicht – man verehrt sie. Ich und die anderen, wir verehren sie.«

»Aber Virginia magst du.«

»Virginia ist eine wirklich gute Autorin, aber dabei völlig unprätentiös. Sie war diejenige, die mich geholt hat – wusstest du das nicht?«

»Nein«, sagte Nancy. Sie hatte sich schon so ihre Gedanken über Chris gemacht, der beruflich in einer ganz anderen Liga spielte. »Ich wusste gar nicht, dass du sie kennst.«

»Ich habe im selben Haus gewohnt wie ihre Tochter Rachel. In einer Wohnung im ersten Stock, Rachel wohnte über mir. Das war genau das Richtige für mich, nachdem meine zweite Ehe in die Brüche gegangen war und ich hierhergezogen bin. Als Rachel und ihr Mann rausfanden, dass ich an Thanksgiving allein war, bekamen sie Mitleid und luden mich zum Familienessen ein.«

Chris schwieg einen Moment und stocherte in der Quesadilla auf seinem Teller. Dann sah er Nancy an. »Ich hatte versucht, meine Söhne anzurufen, um ihnen ein schönes Thanksgiving zu wünschen. Aber diese dumme Kuh von ihrer Mutter wollte mich einfach nicht mit ihnen sprechen lassen. Ich war ziemlich fertig mit den Nerven, als Virginia mir ihren fülligen Arm um die Schultern legte, »Ist ja gut!« sagte und mich wieder beruhigte. Das war sehr tröstlich.«

»Ja«, sagte Nancy. »Das kann ich mir bei Virginia sehr gut vorstellen.«

»Virginia und Helene – das ist diejenige, die, nun, wie soll ich es ausdrücken, uns für immer verlassen hat –, sie hatten die Idee zum Zirkel. Sie luden Bernard ein, der wiederum Gillian holte. Es kam dann noch ein anderer Kerl namens Dick Smolett an Bord. Er ergatterte ein MacArthur-Stipendium und hörte auf zu schreiben, aber das ist eine andere Geschichte. Anschließend hat Virginia mich eingeladen. Ich tat ihr bestimmt leid. Ich glaube, es war ein Schock, als sie herausfanden, was ich schreibe. Aber da war es bereits zu spät, und ich gehörte dazu.«

»Aber gefällt es dir, ›dazuzugehören‹?«

»Ich fühle mich auserwählt. So wie du – jetzt, wo du ebenfalls ›dazugehörst‹. Aber ich möchte dich warnen, Nancy. Pass auf dich auf, denn sie werden dein Selbstvertrauen und deine Arbeit schwer untergraben.«

»Das klingt bedrohlich«, sagte Nancy und lachte kurz auf. »Wen meinst du mit ›sie‹? Jemanden im Besonderen?«

»So läuft das nun mal. Aber vor Gillian musst du dich ganz besonders in Acht nehmen.«

»Deshalb hast du mich also auch eingeladen: Um mich zu warnen?«

»Du machst einen sympathischen Eindruck, Nancy. Du hast es verdient, vorgewarnt zu werden.«

»Wenn es so schlimm ist, warum bist du dann noch Mitglied im Leopardi-Zirkel?«, fragte Nancy.

»Tja, schon merkwürdig, nicht wahr?«, sagte Chris. »Ganz einfach, weil er nun mal aus der Crème de la Crème der hiesigen Schriftsteller besteht. Und weil der Name so toll klingt. Der stammt allerdings nicht von mir, sondern von Helene.«

»Ja, das hat mir Bernard schon erzählt.«

»Die Leute lieben Sterbende«, sagte Chris. »Selbst Gillian trat wegen des Namens bei, obwohl sie ursprünglich dagegen war, weil der Vorschlag nicht von ihr kam. Inzwischen verstehe ich die Ironie, die dahintersteckt, wenn sich ein Haufen Schmierfinken wie wir mit so einem gelehrten Maskottchen schmückt. Zumal dieser Typ, Giacomo Leopardi, passenderweise leidend, pessimistisch, aber vor allem leidenschaftlich war, wie uns Helene erklärte.«

»Der Zirkel besteht also aus pessimistischen Schmierfinken?«, fragte Nancy grinsend.

»Du natürlich ausgenommen«, sagte Chris.

Nancy schob ihren Teller beiseite, damit die Kellnerin sah, dass sie fertig war.

»Du hast dein Sandwich nicht aufgegessen«, sagte Chris.

»Auf der Pute war Chipotlesauce«, sagte Nancy leise. »Nicht gerade der Hit.«

»Du hättest dir etwas anderes bringen lassen sollen«, sagte Chris. »Oder gehörst du zu den Leuten, die es hassen, sich in Restaurants zu beschweren?«

»Ganz genau«, sagte Nancy.

»Das hätte ich mir denken können«, sagte Chris. »Wenn das so ist, darf ich dann die Rechnung übernehmen?«

Nancys Gesicht verriet Erstaunen. Sie war fest davon ausgegangen, dass Chris die Rechnung übernahm. Chris lächelte. »Das war nur Spaß«, sagte er. »Hast du etwa gedacht, ich bin einer, der andere zum Essen einlädt und dann erwartet, dass sie zahlen?«

»Ehrlich gesagt, wusste ich nicht recht, wie ich das deuten sollte«, sagte Nancy.

Christ schüttelte den Kopf und zog eine Art Flunsch. Nancy verstand, was Frauen – andere Frauen – an ihm fanden. Nachdem sie das Restaurant verlassen hatten, brachte er sie zu ihrem Wagen. Er war nicht groß, sondern überragte sie nur um wenige Zentimeter. Im Sitzen wirkte er so groß wie Oates, der knapp über 1,83 m war.

»Darf ich dich etwas fragen?«, sagte er.

»Nein«, erwiderte Nancy.

»Ich weiß nicht, wie ich das sagen soll, aber du hast so bekümmert gewirkt während des Mittagessens.«

»Ach ja?«

»Dein Gesichtsausdruck, in den Momenten, in denen du dich unbeobachtet glaubtest.«

»Oh.«

»Da habe ich mich unweigerlich gefragt, ob ich vielleicht etwas Falsches gesagt oder getan habe. Oder lag es an mir, an meiner bloßen Gegenwart …?«

War sie bekümmert gewesen? Sie merkte, dass er recht hatte, und staunte, dass Chris das überhaupt aufgefallen war. »Nein, mit dir hat das gar nichts zu tun«, sagte sie. »Ich habe nur vor dem Essen auf der Farm einer Freundin vorbeigeschaut. Der Tierarzt war da, und ihr Pferd – ein Pferd, das mir irgendwie ans Herz gewachsen ist – lag mitten auf dem Feld. Ich fürchte, das Tier wird nicht durchkommen.«

»Das tut mir leid«, sagte Chris, ohne, wie es viele andere getan hätten, »Es ist ja nur ein Pferd« hinzuzufügen. »Reitest du?«, fragte er kurz darauf.

»Eigentlich nicht«, sagte Nancy. »In meiner Jugend bin ich viel geritten, aber heute komme ich kaum noch dazu.«

Chris blieb auf dem Bürgersteig stehen, legte den Kopf schräg und musterte sie. »Ich sehe dich förmlich vor mir«, sagte er. »Du warst eines von diesen wohlhabenden kleinen Mädchen im Reitdress, mit hautfarbenen Reiterhosen, das mit wehenden blonden Haaren über Hindernisse sprang.« Chris fuhr mit dem Finger über ihre Haarspitzen.

»Meine Haare waren unter dem Helm versteckt«, sagte Nancy. »Und wir waren nicht wohlhabend. Mein Vater war Lehrer. Die Hindernisse waren nicht sehr hoch.«

»Danke fürs Mittagessen«, sagte Chris. Und bevor sie befürchten musste, dass er sich vorbeugte und sie zum Abschied küsste, streckte er ihr die Hand entgegen.

*

Um etwas zu den Reitkosten beizutragen, half Nancy im Stall aus. Dafür durfte sie beliebig oft auf Star, einem alten Wallach, der schief trabte und vor Hindernissen scheute, reiten. Das fühlte sich fast so an, als besäße sie ein eigenes Pferd. Dabei war ihr der Unterschied deutlich bewusst. Es gab andere Mädchen, denen Pferde gehörten, die sie im Stall unterstellten. Pferde, die Tausende von Dollar wert waren. Diese Mädchen mussten nicht im Stall arbeiten.

Der Schulbus setzte Nancy vor dem Stall ab, später holte

dann ein Elternteil sie zum Abendessen ab. Wenn sie sich verspätete, wartete ihre Mutter im Wagen auf sie. Aber ihr Vater kam stets herein und half ihr, den Rest zu erledigen. Wenn Nancys Vater sie am Wochenende hinfuhr, brachte sie Star auf die eingezäunte Koppel. Danach half ihr der Vater. Schweigend teilten sie sich die Arbeit. Sie misteten aus, verteilten frisches Sägemehl und füllten die Wassereimer, ohne ein Wort darüber zu verlieren. Das war ihr Geheimnis. Nancys Mutter hatte zwar nie verlangt, dass sie alles allein machte, trotzdem waren sich Nancy und ihr Vater stillschweigend einig, dass es ihre Mutter bestimmt nicht guthieß, wenn er auch mit Hand anlegte.

Eines Spätnachmittags im Winter – sie hatten Star gerade sein Futter und sein Heu gegeben – trödelten sie noch ein bisschen herum und lehnten an der halb geöffneten Tür zu seinem Stall. Sie standen eng nebeneinander, sodass Nancys Vater den Arm um sie legen konnte, und hörten zu, wie Star fraß und mit dem Schweif schlug, während die anderen Pferde gelegentlich wieherten.

»Wir sollten jetzt fahren«, sagte ihr Vater. »Es wird Zeit zum Abendessen.« Aber sie waren nicht aufgebrochen, sondern einfach dort stehen geblieben, hatten den tröstlichen Geruch nach Heu, Sägemehl und warmen Pferdeäpfeln eingeatmet und auf die friedlichen Geräusche im Stall gelauscht.

Wenn Nancy an ihren Vater dachte, dann meist an seine Worte. Aber merkwürdigerweise war er für sie am greifbarsten, wenn keine Worte fielen und kaum etwas passierte. Wenn nur ein Pferd sein Heu fraß und die Dunkelheit über den hell erleuchteten Stall hereinbrach.

*

Beim Nachhausekommen bog Nancy zunächst in ihre Auffahrt ein, stieß dann aber gleich wieder zurück und setzte ihre Fahrt fort. In Sichtweite der Kleinholz-Farm wurde sie langsamer. Der schwarze Geländewagen des Tierarztes stand nicht mehr in der Auffahrt. Dort hinten auf dem Feld, wo Jackie gelegen hatte, befand sich nur noch ein unebenes braunes Rechteck, so als hätte dort jemand Erde umgegraben.

»Nein!«, schrie Nancy. »Nein, nein, nein, nein, nein!«

Sie fuhr bis zum Haus der Kleinholzes und rannte zur Hintertür. Teresa war in der Küche und buk Kürbismuffins. Das erste Blech, das auf einem Kuchengitter auskühlte, war zu dunkel geworden, und es roch nach verbranntem Kürbis.

»Was ist mit Jackie passiert?«, fragte Nancy.

»Irgendein Virus«, sagte Teresa. »Er war so schwach, dass er sich nicht mehr auf den Beinen halten konnte. Der Tierarzt hat ihn eingeschläfert.«

»Und er wurde sofort an Ort und Stelle begraben?«

»Das macht man so«, sagte Teresa und legte die Hand auf Nancys Unterarm. »Herb Miller kam mit seinem Bagger. Wir hatten Glück, dass er gleich Zeit hatte.«

Nancy war diejenige, die weinte.

»Er war schon alt«, sagte Teresa.

Oates' Flug hatte Verspätung, also aß Nancy allein zu Abend – Ravioli vom Vortag, die sie nicht einmal warm gemacht hatte. Als sein Wagen endlich in die Auffahrt einbog, war es fast elf. Sie schafften es nicht einmal mehr bis in den ersten Stock, sondern liebten sich in der Küche im Stehen.

Als sie später zwischen den sauberen, noch ganz leicht nach Lavendel duftenden Laken im Bett lagen, erzählte Nancy, dass Jackie gestorben und begraben worden war. Dass Chris sie zum Mittagessen eingeladen und vor den Gefahren eines Beitritts zum Leopardi-Zirkel gewarnt hatte. Und dass Lakritze (die Oates genauso liebte wie sie) jetzt zu den Unberührbaren unter den Süßigkeiten zählte.

»Das ist ja eine ganze Menge«, sagte Oates. »Meinst du, du könntest alldem noch etwas hinzufügen?«

»Kommt ganz darauf an«, sagte Nancy.

»Ich möchte dich nämlich heiraten«, sagte Oates.

»Darüber haben wir doch schon gesprochen«, erwiderte Nancy.

»Wir haben zwar darüber gesprochen«, sagte Oates, »aber ich habe noch nie offiziell um deine Hand angehalten. Also tue ich das hiermit.«

»Warum ausgerechnet heute?«

»Auf dem Heimflug sah ich Lichter in der Ferne – kleine gelbe Lichter von Häusern und Städten – und fragte mich, ob ich auch deine sehen kann. Das waren die einzigen Lichter, die mir wichtig waren. Und wenn du alles bist, was mir wichtig ist – warum sollten wir dann nicht auch den letzten Schritt wagen und heiraten?«

»Es macht mir immer noch ein wenig Angst«, sagte Nancy. »Ich liebe unser Leben, so wie es ist.«

»Du hast Angst davor, mich zu verlieren, sobald wir verheiratet sind?«

»Hm-hm«, machte Nancy leise.

»Das war ein anderer Mann, und das ist lange her«, sagte Oates. »Ich werde dich nicht verlassen, das verspreche ich dir.«

»Muss ich dir schon heute Nacht eine Antwort geben?«, fragte Nancy.

»Wenn deine Antwort ›Ja‹ lautet, wüsste ich es gern so bald wie möglich. Ich würde gern in diesem Wissen einschlafen.«

Nancy schmiegte sich in Oates' Armbeuge. »Meine Antwort lautet ›Ja‹«, sagte sie.

Es war so still, dass sie den Fluss hinter dem Haus gegen die Ufer schlagen und Oates' Herz klopfen hörte. Es war so still, dass sie beinahe hören konnte, wie die Stute der Kleinholzes im Sägemehl scharrte.

# *Chris*

Als er noch Chef vom Dienst bei der *Yorktown Tribune* gewesen war, hatte Chris das Vorwort zu einer Anthologie mit Artikeln eines ihrer Kolumnisten beigesteuert. Das Buch hatte nur eine kleine Auflage, war aber in schönes blaues Leinen mit Goldprägung gebunden, und auf dem Umschlag prangte ein Bild von Vermeer. Davor hatte sich Chris nie für die Ausstattung eines Buches interessiert, aber das Gewicht und die sorgfältige Herstellung dieses Buches gefielen ihm. Außerdem war er begeistert von seiner Unverwüstlichkeit. Über ein Jahr lag das Buch auf dem Tisch neben dem Sofa, trotzdem waren der Umschlag noch glatt und die Seiten weiß. Die Seiten der *Trib* dagegen vergilbten und rollten sich an den Rändern auf wie vertrocknete Blätter. Selbst die im Archiv aufbewahrten Ausgaben hielten sich schlecht.

Chris hatte sich schon immer für Journalismus interessiert. Er liebte das Tempo, das Gefühl, immer unter Strom zu stehen und am Puls der Zeit zu sein. Als er zunächst als Reporter zur *Trib* gestoßen war, hatte er über Stadtratsversammlungen, Gemeinderats- und Planungssitzungen berichtet. Er fand es spannend, auf eine Versammlung zu gehen, das, was dort passierte, in Worte zu fassen und diese schon am nächsten Nachmittag gedruckt zu sehen. Als unumstößliche Wahrheit, ganz so, als erklärte er seinen Lesern die Welt. Und am Morgen danach lag seine Sicht der Dinge bereits bei den Leuten im Briefkasten. Auf eine Nachricht folgte die nächste, und es wurde nie langweilig.

Erst nachdem die Anthologie erschienen war, begann ihn die Kurzlebigkeit von Zeitungen zu deprimieren. Eine fantastische Artikelserie, die er über ländliche Armut geschrieben hatte (und für die er den Pulitzer-Preis verdient hätte) landete wie alles andere in der Recyclingtonne. In dieser Hinsicht unterschied sie sich nicht vom Wochenhoroskop, von den Heirats- oder Lebensmittelanzeigen. Die Seiten der *Trib*, seine Worte, seine Gedanken, kleideten Papageienkäfige aus, wurden von Wüstenrennmäusen vollgeschissen und von inkontinenten Welpen durchnässt. Sie wurden zusammengeknüllt und verfeuert. Manchmal, oder besser gesagt oft, wurden sie nicht einmal gelesen. Und wenn die Abonnenten in Urlaub fuhren und vergaßen, den Vertrieb zu informieren, weichte die Zeitung vor der Haustür auf.

Bücher dagegen, so dachte Chris, werden für die Ewigkeit geschrieben oder wenigstens fast. Er war intelligent, er konnte fantastisch schreiben, wozu also sein Talent an die Zeitung vergeuden? Wenn man einen Roman schreibt, soll man über etwas schreiben, das man kennt. Und er kannte sich mit New Yorker Zeitungen aus; mit Lokalpolitik; mit Kleinstadtkriminalität. Sämtliche Bausteine waren vorhanden, er brauchte sich nur noch zu bedienen.

Etwa um dieselbe Zeit scheiterte die Ehe mit seiner ersten Frau, seiner Freundin aus Studienzeiten. Valerie war Sozialarbeiterin in einer Einrichtung für Jugendliche und arbeitete häufig auch an den Wochenenden, der einzigen Zeit, in der er freihatte. Sie sahen sich kaum noch, woraufhin ihnen auffiel, dass ihnen nichts fehlte. Elegant hatte er die Sache allerdings nicht beendet. Eine kurze, alberne Affäre mit einer Freundin von Valerie – und zwar ausgerechnet, als sie gerade halbherzig versuchten, sich einander wieder anzunähern –

hatte genügt, dass Valerie ihn ihr ganzes weiteres Leben hassen würde. Valeries Freundin versöhnte sich wieder mit ihr, nur um im Gegenzug auf ihn loszugehen. Dabei war sie diejenige gewesen, die ihm Avancen gemacht hatte. Er war nur zögerlich darauf eingegangen, weil ... Na ja, weil er ihr nichts abschlagen konnte. Er konnte Frauen nur selten etwas abschlagen. Und genau das gab ihm Rätsel auf: Wie konnte es sein, dass sich die Frauen am Ende immer gegen ihn wandten, obwohl er sie doch so liebte? Er bewunderte Bernard und Virginia.

Nach der Scheidung schrieb Chris seinen ersten Roman. Er musste nur ein halbes Jahr suchen und hatte schon einen Verleger. Der Vorschuss war niedrig, aber der Erfolg stieg ihm dermaßen zu Kopf, dass er bei der *Trib* kündigte. Er war jetzt Schriftsteller, ein richtiger Schriftsteller. Er mietete das Ferienhaus eines Freundes im ländlichen Massachusetts für einen Monat und beschloss dann, dort sesshaft zu werden. Mit dem Erlös aus dem Verkauf des Hauses in Westchester, der genau durch zwei geteilt wurde, hatte er genug Geld, um ein Jahr davon leben zu können. Nach Valerie hatte er drei intensive Beziehungen kurz nacheinander. Bei jeder glaubte er sofort, die Frau seines Lebens gefunden zu haben.

Die erste, Julie, machte irgendwas mit Landschaftsarchitektur. Sie konnte wunderbar massieren, glaubte allerdings aufrichtig an Astrologie. Die Beziehung dauerte nur wenige Monate. Die nächste, Simone, war Bibliothekarin für Nachschlagewerke. Sie war überqualifiziert, unterbezahlt, aber viel zu wenig ehrgeizig. Diese Beziehung hielt etwas länger. Die dritte, Susan Pratt, war eine ehrgeizige Geschäftsfrau und Vizepräsidentin in der Hypothekenabteilung einer Geschäftsbank. Sie besaß viel Energie, die er anfangs mit Leidenschaft verwechselte. Obwohl sie es erst aufregend fand, dass er Schriftsteller war, störten sie sein unstrukturierter Tagesablauf und sein unregelmäßiges Einkommen zunehmend. Innerhalb von drei Jahren hatten sie gemeinsam zwei Söhne zustande gebracht. Und er allein zwei weitere Romane sowie eine Ex-Frau, die ihn aus unerfindlichen Gründen verachtete. Susan war noch brutaler als Valerie, und anders als Valerie hatte sie zwei Waffen, die sie gegen ihn einsetzen konnte: Samuel und Benjamin (Susan weigerte sich, die Namen mit Sam und Ben abzukürzen) hatten das schmale Gesicht ihrer Mutter geerbt und seine großen, dunklen Augen. Chris staunte immer wieder, wie sehr er sie liebte. Wie bedingungslos.

Am Morgen vor seiner Darmspiegelung wartete Chris im Wohnzimmer auf seine Schwester Lydia. Sie wohnte im zwei Stunden entfernten Boston, hatte ihm aber angeboten, ihn zur Untersuchung zu begleiten. Man wollte ihn nur in die Obhut einer Person entlassen, die die Verantwortung für ihn übernahm. Und eine der Ausreden, warum er die Untersuchung immer wieder hinausgeschoben hatte, war die gewesen, dass er keine solche Person hatte. Und weil Lydia nicht ausschließen konnte, dass er den Termin in letzter Minute doch noch absagte, wollte sie ihn unbedingt hinbringen. Dass sie so viel Zeit und Mühe auf sich nahm, hätte Chris eigentlich für Lydia einnehmen müssen. Natürlich liebte sie ihn und wollte nur sein Bestes. Aber Chris, der zwar kein Hypochonder war, aber dafür eine Heidenangst vor ärztlichen Untersuchungen hatte, von denen ihm jetzt die scheußlichste überhaupt bevorstand, machte sie dafür verantwortlich. Er mochte die Vorstellung nicht, dass irgendeine Sonde in seinen Körper eingeführt wurde, während ihr ein winziges Licht den Weg leuchtete und eine Miniaturkamera alles aufnahm und die Ruhe seines Darms störte. Nicht umsonst gab es dunkle Höhlen in seinem Körper, die lieber unerforscht blieben. Wenn man sie in Ruhe ließ, funktionierten sie prächtig. Wozu sie also reizen?

Chris' Golden Retriever, Maybe, raste schwanzwedelnd zur Tür, als Lydia kam. Chris hatte Maybe als Geschenk für Sam und Ben gekauft, aber Susans Reaktion auf den Welpen hatte darin bestanden, Chris in Hörweite der Jungen als unverantwortlich zu bezeichnen und ihn zu zwingen, das Tier wieder mitzunehmen.

»Wie geht es dir?«, fragte Lydia, nachdem sie Maybe begrüßt und Hundesabber von ihrer Jeans gewischt hatte.

»Was glaubst du wohl?«, fragte Chris.

»Armer Kleiner«, sagte Lydia und umarmte Chris. »Du wirst sehen, es ist nicht der Rede wert. Danach wirst du dir albern vorkommen, dass du dir deswegen überhaupt so viele Sorgen gemacht hast.«

»Wenn ich dann noch lebe«, sagte Chris.

»Jetzt mach mal halblang, Chris – man stirbt nicht an einer Darmspiegelung.«

»Nein, Lydia, aber an der erniedrigenden Erfahrung.«

Lydia machte schmale Augen. »Hol deinen Mantel!«, sagte sie.

In der Praxis (wenigstens war es kein Krankenhaus), winkte Lydia Chris zum Abschied zu, als man seinen Namen aufgerufen hatte und er durch die Tür zu den ominösen hinteren Räumen ging. In einer übertrieben ausgeleuchteten Umkleide tauschte er wie gewünscht seine Sachen gegen einen höchst lächerlichen Kittel sowie Socken mit Gumminoppen an den Sohlen. Ben und Sam hatten solche Socken getragen, als sie noch klein waren. Eine Schwester wies ihn an, seine Kleider in einen kleinen Spind zu sperren, und band ihm das dazugehörige Schlüsselarmband um. Er hatte gar nicht gemerkt, dass seine Hände zitterten.

»Vielleicht möchten Sie mir Ihre Uhr geben«, sagte sie und zeigte auf sein anderes Handgelenk. »Ich bringe sie Ihrer Frau: sie kann sie für Sie verwahren.«

»Das ist meine Schwester«, sagte Chris, während er die Uhr abmachte und sie ihr aushändigte. Da sie denselben Nachnamen trugen, war das ein verständlicher Fehler. Andererseits sahen sie sich so ähnlich, dass die meisten Leute sie für Geschwister hielten. Wieder einmal fühlte sich Chris schmerzlich unbeweibt. Obwohl er das Glück hatte, eine Schwester zu haben, die ihn so sehr mochte, dass sie ihn zu seiner Darmspiegelung begleitete, war es traurig, dass es sonst niemanden gab, den er hätte fragen können. Keine Frau, keine Geliebte. Nicht einmal einen guten Freund.

Der Raum, in den Chris geführt wurde, war von verstellbaren Liegesesseln gesäumt, die durch Vorhänge voneinander abgetrennt waren. Der Linoleumfußboden war dermaßen blank gewienert, dass er wie nass glänzte. In seiner Verzweiflung überlegte er kurz, zum Ausgang zu rennen, und war dankbar für die Socken mit Gumminoppen. Aber es war bereits zu spät. Er musste auf einem Liegesessel Platz nehmen, dann sah sich eine Schwester seine Patientenakte an und stellte ihm leise Fragen, die er ihr bestimmt schon schriftlich in dem Formular beantwortet hatte. Sie sagte, sie heiße Julie, und als sie ihm für seinen Geschmack viel zu detailliert erklärte, was ihn erwartete, hielt er seine Angst in Schach, indem er an die andere Julie dachte. Die, in die er vor einem Jahrzehnt kurzzeitig verliebt gewesen war. Die andere Julie trug hochgekrempelte Freizeithosen und schwere Stiefel. Sie hatte langes, krauses blondes Haar, das sie mit einem Bandana-Tuch bändigte. Sie rasierte sich für ihn die Achseln, aber nicht die Beine.

»Nur ein kleiner Piks«, sagte die jetzige Julie nun, während sie eine Nadel in seinen Handrücken stach und einen schmalen Plastikschlauch in seine Vene schob.

Wie er feststellte, war der Liegesessel so etwas wie ein riesiger Kinderwagen. Er wurde durch Schwingtüren geschoben und dann durch den Flur bis in den OP, wo man ihn auf einen Tisch unter einer grellen Lampe hievte. Ein Monitor war mit Unmengen von Apparaten verbunden. Ein Arzt, der aussah wie eine übergewichtige Version von Woody Allen erklärte ihm die Prozedur noch mal. Es waren Schwestern dabei, die auch etwas sagten, aber er verstand nicht, was. Dann befand er sich wieder auf dem Liegesessel in einem durch Vorhänge abgeteilten Bereich, allerdings nicht im selben wie vorher. Eine Schwester, von der er nicht wusste, ob er sie schon mal gesehen hatte oder nicht, bot ihm Saft und Kekse an.

»Alles in bester Ordnung«, verkündete der Arzt, der sich über ihn beugte. Und dann beugte sich plötzlich Lydia über ihn und sagte: »Siehst du, ich hatte recht! Es war nicht der Rede wert.«

»Ich hatte recht!«, beharrte Chris. »Sie haben nichts Schlimmes gefunden, das Ganze war also unnötig.«

Als er später zu Hause auf dem Sofa lag, während sich Maybe neben ihm auf dem Boden ausgestreckt hatte, stritt Chris mit Lydia über seine Worte im Aufwachraum.

»Du hast dem Arzt gesagt, du fändest es faszinierend, die Prozedur am Monitor mitzuverfolgen, und wolltest diese Erfahrung in deinem nächsten Roman verarbeiten.«

»So etwas habe ich nie gesagt«, beharrte Chris. »Und ich habe die Prozedur nicht am Monitor verfolgt. Ich war weg, bewusstlos, bevor es überhaupt losging.«

»Dieses Betäubungsmittel spielt deinem Gedächtnis einen Streich«, sagte Lydia. »Ich war nicht dabei, also kann ich dir nicht sagen, was du gesehen hast. Aber ich war im Aufwachraum und wurde Zeugin deines ausführlichen Gesprächs mit dem Arzt.«

»Ich kann das einfach nicht glauben«, sagte Chris. »Ich kann nicht glauben, dass ich bei Bewusstsein war, mich aber an nichts erinnere.«

»Deshalb soll man ja auch bis einen Tag danach keine wichtigen Schriftstücke unterzeichnen, damit die Wirkung des Betäubungsmittels bis dahin verflogen ist.«

Lydia beugte sich vor und strich Chris das Haar aus der Stirn. »Ich mach dir was zu essen«, sagte sie.

Während sie in der Küche war, döste Chris beinahe ein, zwang sich jedoch, wach zu bleiben. Er hatte schon immer gewusst, dass es Medikamente gab, die solche Gedächtnislücken hervorrufen. Aber am eigenen Leib zu erleben, dass ein Medikament einem Teile des Lebens vorenthält, auf die man Zugriff haben sollte, war etwas ganz anderes. Er würde das in seinem neuen Buch verwenden.

Lydia brachte ihm sein Mittagessen und ging mit Maybe spazieren. Anschließend schickte sie sich an, in ihr eigenes Leben zu ihrem Mann und ihrer Tochter zurückzukehren.

»Kommst du alleine klar?«, wollte Lydia wissen.

»Natürlich«, sagte Chris.

»Versprichst du mir, dass du dich schonst und keinen Unsinn machst?«

»Ja, das verspreche ich dir, Lydia«, sagte Chris. »Ich bin erledigt. Ich werde mir wahrscheinlich noch einen Film ansehen und dann ins Bett gehen. Sollte ich doch noch etwas Energie haben, werde ich, wenn überhaupt, an dem Kapitel arbeiten, das ich am Sonntag in meinem Hexenzirkel vorstelle.«

»Wie ist es denn damit ausgegangen?«, fragte Lydia.

»Wir haben ein neues Mitglied. Eine Romanautorin namens Nancy Markopolis.«

»Ich glaube nicht, dass ich von ihr schon mal was gehört habe.«

»Da bist du nicht die Einzige«, sagte Chris. »Ich habe sie gestern zum Mittagessen ausgeführt. Eine nette Frau. Sie wirkt ein bisschen eingebildet und tut sehr vornehm, aber ich mag sie.«

»Oh Chris, bitte nicht! Fang nichts mit einer von deinen Schriftstellerfreundinnen an«, sagte Lydia. »Du hast selbst gesagt, dass das nie gut gehen würde.«

»Wer sagt denn, dass ich etwas mit ihr anfange?«

»Das sagst du jedes Mal«, meinte Lydia.

»Diesmal kannst du ganz entspannt bleiben. So wie es aussieht, ist Nancy bereits vergeben.«

»Ich wünschte, ich könnte dir vertrauen«, sagte Lydia. »Hör zu, ich muss jetzt los. Ruf mich morgen an, und sag mir, wie es dir geht!«

»Ich komm schon zurecht«, sagte Chris. »Morgen darf ich die Jungs übrigens zum Abendessen ausführen.«

»Wie ist eigentlich die Geschichte ausgegangen, die du mir neulich erzählt hast, nämlich dass Susans Anwalt dir wegen der Unterhaltszahlungen Probleme macht?«

»Susan hat irgendwo aufgeschnappt, dass man mir für mein nächstes Buch eine sechsstellige Summe angeboten haben soll. Da hat sie ihrem Anwalt weisgemacht, dass ich mit meinem Agenten unter einer Decke stecke und Vermögenswerte vor ihr verheimliche. Ich musste Steuererklärungen vorlegen, Verlagsverträge, beeidigte Erklärungen, lauter solche Sachen, damit Dave den Vorwurf bis zum vom Richter festgesetzten Termin aus der Welt räumen kann.«

»Ich weiß, dass Dave dein alter Freund aus Collegezeiten ist, Chris«, sagte Lydia. »Aber ich weiß nicht, ob er wirklich was taugt. Vielleicht solltest du dir einen besseren Anwalt suchen.«

»Mach dir um mich keine Sorgen, Lyddie. Ich bin fest davon überzeugt, dass Dave das alles rechtzeitig aufklären kann.«

Lydia seufzte, legte ihre Hand auf Chris' Fuß und schüttelte ihn. Sie hatte Susan noch nie leiden können und Chris vor der Heirat gewarnt. Chris war dankbar, dass sie so einfühlsam war, ihm das jetzt nicht mehr aufs Brot zu schmieren.

Am nächsten Tag fühlte sich Chris gerädert, aber gleichzeitig euphorisch, weil er seine Darmspiegelung überlebt hatte. Er war seinem Darm dankbar, allen hundert Quadratmetern. Er war stolz, die Prozedur tatsächlich hinter sich gebracht zu haben, und hatte ein bisschen ein schlechtes Gewissen, Lydia damit so zur Last gefallen zu sein. Er schickte ihr einen riesigen Blumenstrauß.

Vor Susans Haus wartete Chris in der Auffahrt im Wagen, bis Sam und Ben herauskamen. Er wäre gern ausgestiegen, um seine Söhne zu umarmen, hätte ihnen gern die Wagentür aufgehalten. Aber Susans Anwalt hatte ihm deutlich zu verstehen gegeben, dass er keinen Fuß auf ihr Grundstück setzen durfte. Und sein Anwalt, der das ebenfalls grotesk fand, hatte ihn überredet, sich zu fügen. Ben und Sam trugen die gleichen marineblauen Jacken, die viel zu groß an ihnen wirkten. Vor der Autotür drehten sie sich noch einmal zum Haus um – wo Chris eine Gestalt hinter der Scheibe ausmachen konnte –, winkten aber nicht.

Wenn die Jungs einstiegen, waren sie zunächst schüchtern. Es dauerte eine Weile, bevor Chris ihnen ein Lächeln entlocken konnte. Chris bezeichnete das als Auftauen, nachdem er sie aus Susans Eishaus herausgeholt hatte.

»Also, Jungs, wo wollt ihr hin?«, fragte er. »Zu Jimmy's!«, riefen sie im Chor. Das war ihr festes Ritual. Chris stellte immer dieselbe Frage, und sie wollten immer zu Jimmy's gehen. Anfangs waren ihre Lieblingslokale Fastfood-Restaurants in der Nähe des Einkaufszentrums gewesen, aber Chris hatte es geschafft, sie für Jimmy's zu begeistern, worüber er sehr froh war. McDonald's und Friendly's waren Lokale, in die Susan mit den Jungen ging, wenn sie eine Belohnung verdient hatten.

Jimmy's war ein Diner, das einem Griechen gehörte. Sie hatten ihren Lieblingstisch, den sie »unseren« Tisch nannten, und Jimmy, der Besitzer, mit dem sich Chris angefreundet hatte, sprach sie jedes Mal mit ihren Namen an. Wenn Chris seine Söhne manchmal so vermisste, dass er es nicht mehr aushielt, fuhr er die hundertzwanzig Kilometer zu Jimmy's, um dort zu Abend zu essen. Dann setzte er sich nicht an »unseren« Tisch, sondern an den Tresen auf einen der roten Barhocker und plauderte mit Jimmy, wenn der nicht gerade abkassierte.

Jedes Mal versuchte Chris, den Jungen griechisches Essen schmackhaft zu machen, aber sowohl Sam als auch Ben waren diesbezüglich nicht sehr experimentierfreudig. Ben war besonders eigen. Einmal hatte er ein Putensandwich mit Mayonnaise bekommen, obwohl er die nicht mochte. Ben weigerte sich, vom Putenfleisch zu kosten, auch nicht, nachdem Chris sämtliche Mayonnaise mit seiner Papierserviette entfernt hatte.

»Und wie ist es mit eurem Plakat gelaufen?«, erkundigte sich Chris bei Sam. Beide Jungen saßen ihm gegenüber. Ben drückte auf die Tasten der neben ihnen aufgestellten Jukebox. Chris hatte ihm einen Vierteldollar gegeben, aber er konnte sich für kein Lied entscheiden.

»Gut«, sagte Sam.

»Hat Ms Cornwell es ans Schwarze Brett gehängt?«

»Ja«, erwiderte Sam.

»Das ist ja großartig!«, sagte Chris.

»Sie hängt alles ans Schwarze Brett«, sagte Sam. »Selbst die doofen Plakate.«

»Mom hat Sam verboten, neue Filzstifte zu kaufen«, sagte Ben.

»Was ist mit den alten?«, wollte Chris wissen.

»Die sind ausgetrocknet.«

»Nur der blaue und der gelbe«, sagte Sam.

Chris notierte sich alles, was ihm die Jungs bei den gemeinsamen Abendessen erzählten. Als Journalist hatte er gelernt, zuzuhören und danach alles so schnell wie möglich zu Papier zu bringen. Er bewahrte ein Notizbuch im Wagen auf, und gleich nachdem er seine Söhne abgesetzt hatte, schrieb er ein, zwei Seiten voll. Mit den Notizen verfolgte er zwei Ziele: Zum einen wollte er sämtliche Details aus dem Leben seiner Söhne festhalten, damit sie das Gefühl hatten, dass er aufrichtig daran Anteil nahm. Ohne hätte er Angst gehabt, etwas zu vergessen. Zum anderen wollte er alles dokumentieren, was ihm vor Gericht weiterhelfen konnte. Er fragte sie nie nach Susan aus, aber das, was er aufschnappte, dürfte eigentlich genügen, dass ihm ein vernünftiger Richter, der noch ein Herz im Leib hatte, gerührt das Sorgerecht zusprach.

Die Leute sagten immer, wie gut erzogen Ben und Sam seien, und obwohl Chris stolz darauf war, beunruhigte es ihn auch.

»Ich will kleine Gentlemen großziehen«, hatte Susan einmal gesagt. Aber er hatte Bedenken, sie könnten zu brav, zu gefügig werden.

Zum Nachtisch gab es Eis, eine Spezialität des Diners. Die Eisbecher waren so riesig, dass Chris den von Ben zu Ende aß, manchmal auch noch den von Sam. Chris fand, dass beide Jungen viel zu dünn waren.

Ben hopste auf seinem Stuhl auf und ab.

»Willst du noch mal aufs Klo gehen, bevor wir fahren?«, fragte Chris.

Ben nickte und rannte in Richtung Toilette.

»Und bei dir ist alles klar?«, erkundigte er sich bei Sam.

»Hm-hm«, machte der.

Sam hatte ein paar von seinen Pommes in eine Serviette gewickelt, die Chris Maybe mitbringen sollte. Und obwohl Chris wusste, dass sie nicht gesund für den Hund waren, nahm er das Geschenk an und versprach, es dem Hund zu geben. Er streckte die Hand über den Tisch und verstrubbelte Sams Haar, das kurz geschnitten und vorne hochgegelt war. Am liebsten hätte er Sams Kopf in beide Hände genommen und ihn auf die Brauen geküsst wie sein Vater es bei ihm getan hatte, als er noch klein war. Aber er hatte Angst, ihm könnten dabei die Tränen kommen. Wenn er die Jungs bei Susan abgesetzt hatte, weinte er oft auf der Heimfahrt. Aber vor Sam oder Ben wollte er auf gar keinen Fall weinen.

Am Straßenrand, unweit von Susans Auffahrt, entdeckte Chris ein Einsatzfahrzeug der Polizei, dachte sich aber nichts dabei. Er bog in die Auffahrt ein und machte den Motor aus, damit er die Jungen zum Abschied umarmen konnte. Sie saßen auf dem Rücksitz, und er musste um den Vordersitz herumgreifen, um sie zu umarmen. Er sah zu, wie die Jungen auf das Haus zurannten. Die Tür des überdachten Durchgangs fiel hinter ihnen ins Schloss, aber er wartete noch, weil er wusste, dass sie quer durchs Haus ins Wohnzimmer rennen und ihm von dort aus zuwinken würden. Er fixierte ihre von den Sprossen des Erkerfensters eingerahmten Gesichter, als ihm bewusst wurde, dass das Einsatzfahrzeug der Polizei hinter ihm in die Auffahrt eingebogen war. Ein Cop stieg aus.

Chris war sich ziemlich sicher, dass er nicht zu schnell gefahren war – er fuhr immer vorsichtig, wenn die Jungen im Auto saßen. Aber vielleicht gab es in diesem verrückten Ort eine Radarfalle, die er übersehen hatte. Er zeigte dem Polizisten wie gewünscht seinen Führerschein und wunderte sich, dass der auch den Fahrzeugschein sehen wollte.

»Würden Sie bitte aussteigen«, sagte der Cop. Er war noch jung, mindestens dreißig Zentimeter größer als Chris und hatte Segelohren. Der Cop fragte Chris nach seinem Namen und verglich dann sein Gesicht mit dem Foto im Führerschein.

»Was ist denn?«, fragte Chris.

»Ich habe hier einen Haftbefehl gegen Sie«, sagte der Cop.

»Das soll wohl ein Witz sein?«, sagte Chris.

»Ich fürchte nicht«, sagte der Cop. »Ich verhafte Sie wegen ausstehender Unterhaltszahlungen.« Daraufhin zeigte er Chris ein amtliches Dokument.

»Ach darum geht es!«, sagte Chris. »Das ist längst geregelt. Das war nur ein Missverständnis. Mein Anwalt hat sich mit dem Anwalt meiner Ex-Frau geeinigt; es liegt nichts mehr gegen mich vor.«

»Anscheinend doch«, sagte der Cop.

»Aber das ist doch verrückt!«, sagte Chris. »Ich habe meinem Anwalt alle erforderlichen Unterlagen übergeben. Ich habe Tage damit verbracht, meine alten Steuererklärungen herauszusuchen, nur um zu beweisen, dass ich kein Vermögen verschleiere.«

»Es tut mir leid«, sagte der Cop. »Der Gouverneur geht streng gegen zahlungssäumige Väter vor, und wir haben die Aufgabe, Sie festzunehmen.«

»Aber ich bin kein zahlungssäumiger Vater«, sagte Chris. »Ich zahle mehr, als ich müsste, und das Monat für Monat.«

»Tut mir leid«, sagte der Cop erneut. »Aber da kann ich nichts machen. Ich muss Sie ins Gemeindegefängnis bringen, und wenn Sie erst mal dort sind, dürfen Sie Ihren Anwalt verständigen.«

»Das glaube ich einfach nicht!«, sagte Chris.

»Vielleicht möchten Sie Ihre Wertsachen im Wagen lassen«, empfahl ihm der Cop. »Im Gefängnis verschwinden die nämlich gern. Und lassen sie Ihren Gürtel da, den wird man Ihnen ohnehin abnehmen.«

»Haben Sie Kinder?«, fragte Chris.

Der Cop nickte.

»Dann werden Sie mich verstehen. Ich habe zwei Jungen,

Ben und Sam.« Chris zeigte auf Susans Haus. »Ich hatte sie seit einer Woche nicht gesehen. Ich bin hundertzwanzig Kilometer gefahren, nur um ein wenig Zeit mit ihnen zu verbringen. Ich durfte mit ihnen zum Abendessen gehen und musste sie gleich anschließend wieder abliefern. Ich werde sie erst in einer Woche wieder zu Gesicht bekommen.«

»Ich wünschte, ich könnten Ihnen helfen«, sagte der Cop. »Aber mir bleibt nichts anderes übrig, als Sie mit aufs Revier zu nehmen.«

Chris ließ seine Uhr und den überwiegenden Inhalt seines Portemonnaies im Handschuhfach. Er zog seinen Gürtel aus der Hose und legte ihn auf den Beifahrersitz. In der Mittelkonsole lag noch die Serviette mit den Pommes. Das Fett hatte das Papier bereits an einigen Stellen durchweicht, an denen sich jetzt durchsichtige Flecken befanden.

Chris hielt dem Cop die Pommes entgegen. »Ich habe meinem Sohn versprochen, sie dem Hund mitzubringen«, sagte er.

Der Cop schüttelte mitleidig den Kopf. »Es tut mir leid«, sagte er.

Aber obwohl er Chris eigentlich Handschellen anlegen musste, wartete er damit, bis er rückwärts aus der Auffahrt herausgefahren und außer Sichtweite der beiden kleinen Gesichter hinter der Scheibe war.

## *Nancy*

Als Nancy am Sonntagmorgen nach unten kam, fand sie Oates in der Küche vor. Durchs Fenster einfallendes Sonnenlicht teilte den Raum je zur Hälfte in strahlendes Licht und dunklen Schatten. Oates stand am Herd, eine Körperseite in der Sonne. Er summte vor sich hin, während er Rührei machte. Er legte den Bratenwender auf den Pfannenrand, drehte sich um und küsste sie.

»Meine Braut«, sagte er.

»Hab ich dir gestern Abend irgendetwas versprochen?«, fragte Nancy.

»Und ob!«, sagte Oates.

»Vielleicht ging es mir wie Leuten unter Medikamenteneinfluss: Man sagt etwas, kann sich aber am nächsten Tag nicht mehr daran erinnern.«

»Das wohl kaum«, sagte Oates.

Sie band seinen Bademantel auf und schob sein T-Shirt hoch, damit sie sich an ihn schmiegen konnte und nackte Haut auf nackte Haut traf.

»Und du wirst mich auch noch lieben, nachdem wir geheiratet haben?«, fragte sie.

»Ich liebe dich jetzt, und ich werde dich auch danach lieben«, sagte er.

»Es ist wahrscheinlich noch zu früh, um Aliki anzurufen. Oder was meinst du?«

Oates schaute auf die Uhr an der Wand und sah dann Nancy an. »Wir könnten zuerst frühstücken«, schlug er vor.

»Aber bei so einer Neuigkeit hat Aliki bestimmt nichts dagegen, geweckt zu werden.« Oates stocherte noch einmal in dem Rührei, legte einen Deckel auf die Pfanne und machte den Herd aus.

»Komm, wir rufen sie sofort an!«

Aliki klang noch ganz verschlafen, aber als Nancy sagte: »Wir haben Neuigkeiten!«, war sie sofort hellwach. »Hurra!«, rief sie. »Das wurde aber auch endlich Zeit. Gib mir Oates.«

»Ich bin schon dran«, sagte Oates. »Wir haben auf Lautsprecher gestellt.«

»Wie hast du Mom endlich zur Vernunft gebracht?«, erkundigte sich Aliki.

»Man musste mich gar nicht erst zur Vernunft bringen«, sagte Nancy. »Jetzt ist einfach der richtige Zeitpunkt.«

»Endlich!«, sagte Aliki.

»Du freust dich also für uns?«, fragte Nancy.

»Na logisch!«, erwiderte Aliki.

Es gab noch andere, denen die frohe Nachricht überbracht werden musste. Aber das konnte bis nach dem Frühstück warten. Oates verteilte das Rührei auf Teller, und Nancy holte Toast. Sie saßen sich gegenüber, und Nancy ließ ihre Fußsohlen auf Oates' warmen Füßen ruhen. Als kleines Mädchen hatte sie mit ihrem Vater auf der Hochzeit eines Cousins Walzer getanzt, und zwar während ihre Füße in schwarzen Lackschuhen auf seinen standen. Wie sie durch den Raum gewirbelt waren! Sie hatte die Tanzschritte nicht gekonnt, sondern nur das Gleichgewicht halten und aufpassen müssen, dass sie nicht abrutschte.

Der Frühstückstisch stand direkt am Fenster, und die Sonne fing sich in der geriffelten Butterdose und brachte sie zum Leuchten. Die Butter auf dem Toast bildete Pfützen, die die

Form von Kontinenten annahmen. Der Zeiger der Wanduhr rückte von einem Minutenabschnitt zum nächsten. Und das würde die ganze nächste Stunde so weitergehen, den ganzen Tag, für immer und ewig. So fühlt sich Glück an, dachte Nancy. Und obwohl sehr viel von dem, was sie dachte und fühlte, in ihr Schreiben einfloss, wusste sie, dass dieser Moment nicht dazugehörte. Er gehörte nur ihr, ihr allein.

Später saß Oates quer auf dem Wohnzimmersofa, aß eine Zimtwecke und las den Wochenrückblick der *Sunday New York Times*. Die restliche Zeitung war neben ihm auf dem Boden ausgebreitet. Ein klebriges Walnussstückchen hing in seinem Mundwinkel, und er leckte es weg.

»Ich habe ein schlechtes Gewissen, dass ich dich heute Nachmittag allein lasse«, gestand Nancy. »Du bist erst einen Tag wieder da.«

»Das ist schon in Ordnung«, sagte Oates. »Ich habe das Haus so selten für mich allein. Ich werde gemütlich vor mich hinwursteln.«

»Ich muss da nicht hingehen«, sagte Nancy. »Es ist Sonntag. Wir sollten den Tag gemeinsam verbringen.« Inzwischen war das ganze Zimmer sonnendurchflutet. Es roch nach Kaffee und Tagesanbruch.

»Geh!«, sagte Oates und musterte sie über den Rand seiner Brille hinweg. »Ich weiß, dass du Angst hast, ihnen etwas vorzulesen, Schatz. Aber glaub mir, sie werden von deiner Arbeit begeistert sein.«

»Sie werden mein Kapitel in der Luft zerreißen«, sagte Nancy.

»Das ganz bestimmt nicht«, sagte Oates, aber Nancy fiel ihm ins Wort.

»Und dann werde ich das ganze Projekt infrage stellen.«

»Du wirst dein Buch nicht infrage stellen, Nancy. Du glaubst daran. Ich glaube daran.«

»Ich muss das nicht tun«, sagte Nancy. »Ich kann Bernard anrufen und ihm sagen, dass ich meine Meinung geändert habe.«

»Nancy: Geh einfach hin«, sagte Oates. »Amüsier dich mit deinen Leo-Leuten, oder wie immer sie sich nennen.«

»Leopardi-Zirkel«, sagte Nancy. »Nach einem berühmten italienischen Dichter und Philosophen vom Anfang des neunzehnten Jahrhunderts.«

»Huch«, sagte Oates. »Nie gehört. Hast du vor, deine Meinung in Bezug auf dein gestriges Versprechen auch zu ändern?«

Nancy beugte sich vor und küsste ihn. »Das macht nichts, mein Schatz«, sagte sie. »Ich musste ihn selbst im Lexikon nachschlagen. Bernard war bestimmt schockiert über meine Unwissenheit, aber er war ungewöhnlich nachsichtig.«

Nancy strich den Bund ihres langen grauen Rocks glatt. »Wie sehe ich aus?«, fragte sie.

»Gut«, sagte Oates.

»Du findest mich also nicht zu aufgetakelt?«

»Du siehst gut aus.«

Nancy beugte sich erneut vor und küsste ihn zum Abschied. »Wie hältst du das nur mit mir aus?«, fragte sie.

»Das weiß ich auch nicht«, sagte Oates.

»Möchtest du mich immer noch heiraten?«

»Na, was denkst du?«, fragte Oates und zog sie an sich, um sie noch einmal zu küssen.

*

Nancys Vater korrigierte die Aufsätze seiner Schüler in der Küche. Er besaß auch einen Schreibtisch – einen Mahagonischreibtisch, dessen Tischplatte mit grünem Leder bezogen und durch eine Glasplatte geschützt war –, aber Nancy konnte sich nicht erinnern, dass er jemals daran gesessen wäre. Der Schreibtisch stammte noch aus der Arztpraxis seines Vaters, der Kardiologe gewesen war. Später fragte sich Nancy, ob er deshalb unbenutzt geblieben war. Nancy mochte es, dass ihr Vater in der Küche arbeitete, während ihm die Brille schief auf der Nase saß und er einen roten Buntstift hinters Ohr geklemmt hatte. Er gehörte zu ihrem Familientableau, genau wie ihre Mutter, die am Herd stand und in der Linsensuppe rührte, ihr kleiner Bruder Nick, der seine Matchboxautos über die Dielenbretter sausen ließ, und sie selbst, lesend auf dem alten Sofa unter dem Fenster. Immer wenn der Bleistift ihres Vaters gespitzt werden musste, sprang sie auf und erledigte das für ihn. Er besaß einen durchsichtigen Spitzer, sodass sie zusehen konnte, wie sich die rot geränderte Holzhaut kräuselte, während sie den Stift an der Klinge drehte.

Als Nancy noch klein war, erzählte man ihr, dass ihr Großvater Papou »Herzarzt« sei. Doch auch als sie schon älter war und es eigentlich besser wusste, assoziierte sie ihn immer noch mit den Papierherzen, die zum Valentinstag verschenkt wurden. Sie begriff, dass er ein bedeutender Mann war, weil er das wichtigste Organ überhaupt behandelte, jenes, das über Leben und Tod bestimmte. Doch was er tat, wirkte so gar nicht menschennah. Er kümmerte sich um einen ganz bestimmten Teil des menschlichen Körpers, nicht um den Menschen selbst. Er war niemand, zu dem man rannte, wenn man sich übergeben musste, Fieber hatte oder Nesselausschlag bekam. Als sie sich auf dem Badesteg einen Splitter einfing, war ihre Großmutter diejenige, die ihn entfernte. Und als ihr Arm operiert werden musste, den sie sich beim Sturz vom Pferd gebrochen hatte, besuchte ihr Papou sie mit einem Teddy im Krankenhaus. Er trug keinen weißen Ärztekittel, sondern sah aus wie ein ganz normaler Besucher.

Nancys Vater liebte seine Schüler. Nicht so wie seine eigenen Kinder, aber fast. Und auch nicht so überschwänglich wie Mrs Reilly, ihre Lehrerin in der fünften Klasse, die immer ein Riesengetue um alle machte, sondern auf eine aufrichtigere, ja fast ehrfürchtige Art. Jedes Kind, selbst der verstockteste Junge hatte seine schier endlose Geduld und Freundlichkeit verdient. Er setzte sich unermüdlich für sie ein, auch wenn er nicht zu den Lieblingslehrern gehörte, zu den coolen, die sich mit dem Vornamen ansprechen ließen und die Kids zur Begrüßung abklatschten. Doch Nancy wusste, dass ihn alle seine Schüler rückblickend sehr zu schätzen wussten. Sie selbst hatte nie Unterricht bei ihrem Vater gehabt, und sie vermied es möglichst, ihm in der Schule über den Weg zu laufen. Dort versuchte sie, sich unsichtbar zu machen. Einmal war sie gerade auf der Toilette gewesen, als sie mitbekam, wie sich zwei Mädchen aus seiner Klasse über eine Klassenarbeit beschwerten, die sie gerade zurückbekommen hatten.

»Er hat mir fünf Punkte abgezogen, nur weil meine Gliederung falsch war«, beklagte sich eines der Mädchen. »Er ist so ungerecht!«

»Ja«, bestätigte das andere Mädchen.

Nancy wäre am liebsten zu ihnen in die Kabine gerannt. Ihr Vater war niemals ungerecht, er war der gerechteste Mensch, den man sich nur vorstellen konnte. Sie wartete in ihrer Kabine, bis die anderen die Toiletten verlassen hatten, und traute sich nicht, zu spülen, vor lauter Angst, sich zu verraten.

Nancy wollte nicht, dass man ihr unterstellte, sie werde vorgezogen, nur weil ihr Vater an der Schule unterrichtete. Sie war eine übertrieben vorbildliche Schülerin, damit man ihr ja nicht vorwerfen konnte, begünstigt zu werden. Selbst auf der Highschool und im College, wo ihr Vater keinerlei Einfluss mehr hatte, ja selbst, nachdem er schon Jahre in Pension war, hatte sie nach wie vor das Gefühl, sich keinen Fehler erlauben zu dürfen, damit sie ihre Einsen (und sie bekam lauter Einsen) auch wirklich verdient hatte. Sie hatte nämlich nicht nur Angst vor dem Vorwurf, dass sie begünstigt wurde, sondern insgeheim auch, dass dieser Vorwurf gerechtfertigt sein könnte.

Ihrem zwei Jahre jüngeren Bruder Nick waren solche Ängste fremd. Er hasste Lesen und war ein sehr schlechter Schüler, obwohl er bei Multiple-Choice-Tests hervorragend abschnitt. Als Erwachsener machte er im Silicon Valley Karriere. Er hatte es also doch noch zu etwas gebracht, nur dass ihr Vater das nicht mehr erlebte. Und trotzdem machte sich ihr Vater nie Sorgen um Nick. Er vertraute darauf, dass etwas aus ihm würde, wenn er erst die nötige Reife hätte.

Auch wenn es nie direkt zur Sprache kam, wusste Nancy, dass die Berufswahl ihres Vaters eine Enttäuschung für seine Eltern gewesen war. Ganz so, als hätten sie erwartet, dass er mehr zustande brachte, etwas Anspruchsvolleres tat, als Elfjährige zu unterrichten. Nancys Großmutter klang stets so, als hoffte sie, dass der Job ihres Sohnes nur eine Zwischenlösung sei und er sich noch verbessern würde.

Nancy erinnerte sich noch genau, wie ihre Großmutter einmal sagte: »In unserem Bezirk ist eine Stelle als Studiendirektor frei.« Aber ihr Vater schüttelte nur sanft den Kopf und legte eine Hand auf ihre Schulter. »Danke, Ma«, sagte er, sonst nichts. Daraufhin ließ Nancys Großmutter einen übertriebenen Seufzer los, der ihre ganze Enttäuschung und Resignation ausdrückte.

Nancys Mutter war ebenfalls Lehrerin, Kunstlehrerin, was ihre Eltern wiederum kein bisschen enttäuschend fanden. Nancy wusste nicht, ob es daran lag, dass an Frauen einfach niedrigere Erwartungen gestellt wurden, oder daran, dass die Familie ihrer Mutter nicht aus Griechenland stammte. Aber während ihr Vater mit seinem Beruf zufrieden war, ja ihn als Berufung verstand, war Nancys Mutter nicht sehr begeistert vom Unterrichten. Sie schien immer von etwas getrieben, wollte mehr sein als nur eine Lehrerin – sie wollte als Künstlerin Karriere machen. Sie machte den Zeitgeist und die Arroganz des Kunstmarkts für ihr Scheitern verantwortlich, zweifelte aber keine Sekunde an ihrem Talent. Und das sogar noch jetzt, wo sie in einem Seniorenheim in Florida lebte und kaum noch malte. Sie beschwerte sich ständig, wie wenig Geld öffentliche Schulen für Kunsterziehung ausgaben, und dass ihr Fach offenbar als entbehrlich galt. Kurz vor ihrer Pensionierung war ihr Kunstsaal aus Platzmangel in ein normales Klassenzimmer umgewandelt worden, sodass sie gezwungen war, die Unterrichtsräume zu wechseln und alle ihre Utensilien in einem Wägelchen herumzuschieben.

»Wie ein Zimmermädchen!«, klagte sie.

Nancy sah förmlich vor sich, wie ihre gekränkte Mutter mit ihrem Wägelchen durch die Flure der Middlebrook Elementary School donnerte, eine Spur aus Filzstiften und Plakafarben hinter sich lassend.

Nancys Vater glaubte ebenfalls an die Künstlerkarriere ihrer Mutter. Er baute den überdachten Durchgang in ein Atelier um. Er nahm Nancy und Nick auf Wochenendausflüge mit, damit Nancys Mutter ungestört war. Sie arbeitete mit Silberstift, fertigte extrem detaillierte graue Zeichnungen von ganz alltäglichen Gegenständen an, die sich jedoch unter ihren Händen verwandelten und etwas Strahlendes bekamen. Bis die Zeichnung eines schlichten Gallapfels fertig war, konnte es Monate dauern. Ab und zu stellte sie ihre Arbeiten aus, ab und zu verkaufte sie ein paar Zeichnungen, aber das Honorar stand in keinem Verhältnis zu den vielen Stunden, die sie in ihre unendlich feinen Linien investierte. Sie wollte keine schönen Dinge malen – was vielleicht besser angekommen wäre –, sondern unförmige, fehlerhafte Dinge. Sie verachtete Auftragsarbeiten. Auf ihren Zeichnungen sahen die Dargestellten, selbst Menschen, die sie liebte, immer leicht verzerrt aus, wie auf einem schlechten Schnappschuss. Sie zeichnete Nick mit Zornesfalten und Nancy mit ungewaschenen Haaren. Porträts, die die schlimmsten Befürchtungen bestätigten, statt einen so zu zeigen, wie man aussehen wollte. Und obwohl Nancy recht hübsch war, sah sie sich selbst ganz anders, was die Zeichnungen ihrer Mutter nur bestätigten.

Bei ihrem Vater hatte Nancy nie das Gefühl, dass ihr Äußeres eine Rolle spielte. Er wollte nur wissen, was sie dachte. Ihrem Vater war es egal, wie sie aussah. Nancys Mutter interessierte sich für Proportionen. Für Linien. Für Licht und Schatten. Nancys Vater interessierte sich dafür, wie etwas funktionierte. Für das Warum.

Ein Roman, dachte Nancy, ist eine Art Eisblock, der fast nur aus Wasser besteht. Darin befindet sich ein Kiesel, der Kern der Geschichte, ihre eigentliche Aussage, um die alles andere herumgebaut wird. Wenn das Eis schmilzt, bleibt nur noch diese Aussage übrig. Bei dem Roman, den sie schrieb, stammte der eigentliche Kern der Geschichte aus einem Gespräch mit ihrem Vater, das sie kurz vor seinem Tod auf ihrer letzten gemeinsamen Autofahrt geführt hatten.

Er hatte sie vom Flughafen abgeholt, als sie gerade kurz vor der Promotion stand und zu Weihnachten nach Hause kam. Es regnete, sodass die Seitenfenster des Wagens beschlagen waren und sie von der Außenwelt isolierten. Im Wagen war es behaglich und vertraut. Nur im Auto – wenn man nebenbei noch etwas anderes erledigt, wie von A nach B fahren – kann man über schwierige Themen sprechen. Aber wenn man sich in einem Zimmer gegenübersitzt, geschieht gar nichts. Vielleicht empfand sie das In-Bewegung-Sein beruhigend. Oder die Tatsache, dass sie sich nicht anschauten, dass ihr Vater den Blick nach vorn gerichtet hatte, und sie nur sein Profil sah, seine rechte Gesichtshälfte.

Sie waren schon seit einer halben Stunde unterwegs, als sie das Gespräch auf das Thema lenkte, das sie mit ihm besprechen wollte. Es war leichter, es zunächst nur bei ihrem Vater anzusprechen statt bei beiden Eltern auf einmal. Außerdem war er derjenige, dem sie schon immer vertraut hatte und dessen Rat sie schätzte. Sie atmete tief durch und begann dann zu reden, schnell, bevor sie es sich anders überlegte. »Ich habe beschlossen, mein Studium abzubrechen.«

»Oh«, sagte Nancys Vater. »Wann?«

»Ich denke schon seit Semesterbeginn darüber nach.«

»Gefällt dir Michigan nicht?«

»Es liegt nicht an der Universität. Ich möchte bloß nicht promovieren. Ich studiere noch das Sommersemester zu Ende, für das ich mein Stipendium habe, aber dann höre ich auf.«

»Interessierst du dich nicht mehr für Mathematik?«

»Es ist nicht so, dass …«

»Du gibst doch nicht auf, weil es schwierig wird?«

»Nein. Ehrlich gesagt, ist es nicht besonders schwierig. Ich bin gut, Daddy.« Sie sah ihn an, und er wandte den Blick von der Straße und sah sie direkt an.

»Es ist bloß nicht das, was ich will.«

»Verstehe«, sagte er. Dann fragte er, »Gibt es etwas anderes, was du gerne machen würdest?«

»Ich würde gerne schreiben.«

Er reagierte nicht sofort. »Etwas Bestimmtes?«

»Einen Roman.« Als er immer noch nichts sagte, fügte sie hinzu: »Ich weiß noch nicht genau wovon er handelt, aber es gibt ein paar Figuren, über die ich während meines Kurzgeschichten-Seminars am College geschrieben habe. Ich möchte sie weiterentwickeln.« Sie zögerte einen Moment und sagte dann: »Ich bewerbe mich für den Studiengang Creative Writing.«

Er sagte nichts darauf.

»Ist das in Ordnung?«, fragte sie.

»Natürlich ist das in Ordnung.«

»Mom wird nicht erfreut sein.«

»Es ist nicht ihre Entscheidung«, sagte Nancys Vater. »Sondern deine.«

Nancy wischte ein kleines Guckloch frei, damit sie hinaussehen konnte. Sie waren gerade auf einem Viadukt, der über einen Fluss führte, aber in der Schlucht herrschte dichter Nebel. Dass sich dort unten ein Fluss wand, wusste sie nur, weil sie ihn schon mal gesehen hatte.

»War es Yiyas und Papous Entscheidung, dass du Arzt geworden bist? Warst du deswegen nicht glücklich damit?«, fragte sie.

»Nein, es war meine Entscheidung«, sagte ihr Vater. »Sie haben stets gehofft, dass ich einmal Arzt werde – aber sie haben mich zu nichts gedrängt. Ich habe mich selbst dazu gedrängt. Ich wusste so gar nicht, was ich wollte, und da war es leicht, mich an ihnen und ihren Ambitionen für mich zu orientieren.«

»Und wann hast du dann gemerkt, dass du etwas anderes willst?«

»Erst, als ich bereits als Arzt praktizierte. Ich habe das Medizinstudium gehasst, schaffte es aber, es abzuschließen und meinen Facharzt zu machen. Und nachdem ich schon so viel Zeit investiert hatte, fand ich es nur logisch, weiterzumachen.«

Und dann erzählte er ihr von dem toten Baby. Von der Nacht, in der sich sein Leben änderte. Sie hatte die Geschichte noch nie zuvor gehört. In ihrer Kindheit und Jugend hatte sie nur vage gewusst, dass ihr Vater früher einmal einen anderen Beruf gehabt hatte. Dass er als junger Mann, noch bevor er ihre Mutter heiratete, Arzt gewesen war. Es wurde nie darüber gesprochen. Sie wusste bloß, dass er nicht gern Arzt gewesen war.

Damals wusste sie noch nicht, dass sie einmal darüber schreiben würde. Sie dachte nicht: Eines Tages werde ich das verwenden, das ist Stoff für einen Roman. Damals wusste sie noch nicht, dass sie jemals etwas über ihren Vater schreiben würde. Sie wusste nur, dass ihr Vater ihr etwas erzählt hatte, auf das sie nie gekommen wäre. Dass er etwas preisgegeben hatte, das viel über ihn und seinen Charakter verriet.

»Du hast die Medizin an den Nagel gehängt, weil du einen Fehler gemacht hast«, sagte sie. »Aber machen nicht viele Ärzte irgendwann mal Fehler, vor allem zu Beginn ihrer Karriere?«

»Oh, nein«, sagte ihr Vater. »Das war es gar nicht. Ich habe keinen Fehler gemacht. Damit hätte ich leben können. Ich hätte mir irgendwann verziehen, wenn es mein Fehler gewesen wäre. Das hätte mich vielleicht sogar zu einem besseren Arzt gemacht. Ich war jung und hätte daraus gelernt. Der Schmerz darüber hätte mir helfen können. Nein, es war nicht mein Fehler – die Medizin war der Fehler. Das Baby war nicht zu retten. Deshalb habe ich die Medizin an den Nagel gehängt.«

»Das verstehe ich nicht«, sagte Nancy. »Wenn es nicht dein Fehler war ...«

»Es war einfach zu viel für mich. Ich fühlte mich machtlos. Ich begriff, dass es Krankheiten gibt – und nicht nur diese –, die nie geheilt werden können. Babys sterben. Menschen leiden. Und selbst der genialste, gewissenhafteste Arzt mit dem glücklichsten Händchen kann sie nicht retten.«

Er schwieg einen Moment, danach war seine Stimme leiser. »Wir bilden uns ein, so viel über den menschlichen Körper zu wissen, dabei wissen wir so wenig. Das meiste davon ist uns nach wie vor ein Rätsel. Ich konnte mein Leben nicht in einem Beruf verbringen, in dem ich so einen mächtigen Gegner habe.«

In diesem Moment begriff sie, warum er der Lehrer war, der er war. Warum er jeden Tag mit dem kaputten Lederranzen losgezogen war, mit vorgeneigtem Kopf in freudiger Erwartung dessen, was vor ihm lag. Warum er, sobald er sich mit einem Stapel Schulaufgaben an den Küchentisch gesetzt hatte, diesen geradeklopfte wie ein Kartenspieler, die Ärmel seines karierten Hemds hochkrempelte, an seinem Kaffee nippte und zufrieden grunzte wegen der Aufgabe, die nun vor ihm lag. Warum er so gestrahlt hatte, als sich der Baumarktangestellte, der auf die Leiter gestiegen war, um ihnen einen Luftentfeuchter zu holen, als früherer Schüler entpuppte und sagte: »Hallo, Mr Markopolis, schön Sie zu sehen!«

Aber die Geschichte ihres Vaters von dem toten Baby war in der Welt, nahm insgeheim immer mehr Raum ein und wartete auf sie. Wartete darauf, dass die Jahre vergingen. Wartete, bis sie Mutter wurde, ihr eigenes, lebendiges Baby in den Armen hielt und sich vorstellte, wie es wohl wäre, es zu verlieren. Wartete, bis ihr Vater starb, bis sie den Verlust einigermaßen überwunden hatte.

Erst als Aliki aufs College ging und Nancy sich zu Hause mit einem ganz neuen Leben konfrontiert sah, begann ihr neuer Roman Gestalt anzunehmen.

In Alikis Zimmer zog sie ein über der Stuhllehne hängendes Sweatshirt auf rechts, faltete es zusammen und legte es in eine Kommodenschublade. Sie rückte ein Mobile mit Papiervögeln gerade und sammelte einen Schuh ein, der halb unter das Bett gerutscht war, und stellte ihn zu seinem Pendant in den Schrank. Aber jetzt, wo das Zimmer aufgeräumt war, wirkte es noch unbelebter als vorher, und Nancy bereute bitterlich, überhaupt etwas angefasst zu haben. Sie zog sich in ihr Arbeitszimmer zurück, setzte sich an ihren Schreibtisch und sah auf den Fluss hinaus.

Als Nancy aufs College gegangen war, hatte ihre Mutter

ziemlich viel Aufhebens darum gemacht, wie sehr sie sie vermissen würde. Aber erst neulich hatte Nancy erfahren, wie es ihrem Vater damit gegangen war.

»Er war völlig aufgelöst«, erzählte ihr die Mutter. »Ich dachte, er wäre mit deinem Bruder in der Garage. Aber als ich sie zum Abendessen rufen wollte, war dein Vater nicht da. Ich fand ihn oben in deinem Zimmer. Er saß am Fußende deines Bettes und starrte ins Leere. ›Ich versuche, mich an diesen neuen Lebensabschnitt zu gewöhnen‹, hat er zu mir gesagt.«

»Diesen neuen Lebensabschnitt.« Worte, die Nancy nicht mehr aus dem Kopf gingen. Ein Schmerz zog den nächsten nach sich. Ihr neuer Verlust vermischte sich mit dem vorhergehenden. Aliki hatte sich verabschiedet, als sie erwachsen geworden war, was Nancy im Grunde nur befürwortete. Ihr Vater hatte sich ebenfalls verabschiedet, indem er gestorben war. Er war jetzt nicht mehr für sie da, konnte ihr nicht mehr zuhören und dabei helfen, mit ihrem neuen Lebensabschnitt klarzukommen.

Sie dachte an die Autofahrt zurück, die sie vor vielen Jahren unternommen hatten. Daran, wie er ihr zugehört hatte, als sie ihm sagte, sie wolle ihr Leben ändern. Sie begann, über die Geschichte nachzudenken, die er ihr erzählt hatte, über die Entscheidung, die er getroffen hatte, und daran, wie sie sein Leben verändert hatte. Sie hatte sie vorher nie als Geschichte wahrgenommen, aber jetzt begann sie als solche Gestalt anzunehmen. Sie hatte ihren Vater nie von der Figur unterschieden, die ihm nachempfunden war, aber langsam bekam sie immer individuellere Züge. Sie entwickelte einen regelrechten Sog. Sie begann, sich die Figur als jungen Arzt vorzustellen, der nachts das Krankenhaus verlässt. Sie begann, sich den Kittel vorzustellen, den er tragen könnte, das Gefühl bei der Berührung der Glastür, die hochgewachsenen Kiefern auf dem Krankenhausparkplatz. Sie begann zu schreiben.

*

Virginias Haus, in dem das Treffen stattfand, war das einzige Haus in dem eleganten Villenviertel, das dringend einen neuen Anstrich brauchte und bei dem ein Fensterladen schief saß. Efeu beanspruchte einen Teil der Ziegelfassade und rankte sich an der Regenrinne empor. Wacholder, der einmal als Bodendecker gedacht war, durfte wild wuchern und sich nach allen Seiten hin ausbreiten. Nancy musste ganz am Wegrand auf die Haustür zulaufen, um seinen kratzigen Zweigen zu entgehen.

Der Mann, der ihr aufmachte, stellte sich als Virginias Mann, Joe, vor.

»Keine Sorge«, sagte er, »ich leiste euch heute nicht Gesellschaft, sondern mache nur den Portier. Du kannst deine Sachen in der Bibliothek lassen.« Im Zimmer, das er ihr zeigte, standen an jeder Wand Regale, die mit ihrer Aufgabe überfordert waren. Bücher waren quer hineingequetscht und stapelten sich daneben auf dem Boden. Der Saum des Sofabezugs war aufgerieben, und die Armlehnen des Sofas sahen zerkratzt aus. Es roch nach Katze.

Nancy war die Erste, aber bald darauf trafen auch Gillian und Bernard ein. Nancy entschied sich für einen Sessel mit hoher Rückenlehne und hölzernen Armlehnen. Sie bildete sich ein, dass es angenehmer zum Vorlesen wäre, wenn sie erhöht und gerade säße statt auf einem niedrigen Sofa. Dafür bereute sie jetzt, einen Rock anzuhaben. Virginia trug Freizeithosen (die so kurz waren, dass man ihre knalligen Socken sah, als sie sich setzte) und Gillian Jeans und abgestoßene Stiefel, denen man allerdings deutlich ansah, dass sie teuer gewesen waren.

»Chris kommt wahrscheinlich später«, sagte Virginia. »Er hat die letzte Nacht im Gefängnis verbracht.«

Gillian johlte. »Im Gefängnis! Wie spannend!«, sagte sie. »Was hat er verbrochen? Wartet, lasst mich raten …«

»Chris hat gar nichts verbrochen«, sagte Virginia. »Sein Anwalt hat einen Abgabetermin für irgendwelche Unterlagen zu Unterhaltszahlungen verpasst, und man konnte ihn aus irgendeinem Grund nicht gegen Kaution entlassen.«

»Chris im Gefängnis!«, sagte Gillian und grinste breit. Einer ihrer Schneidezähne stand ein bisschen schief. Anscheinend trug sie als Kind keine Zahnspange, dachte Nancy. Bisher hatte sie angenommen, dass Gillian aus begüterten Verhältnissen stammte, aber nun begann sie daran zu zweifeln.

»Sei nett!«, sagte Bernard zu Gillian und hob mahnend den Zeigefinger.

»Wie du weißt, bin ich nie nett«, sagte Gillian.

Als Chris kam, sah er nicht so rosig aus wie an dem Tag, als Nancy ihn zum Mittagessen getroffen hatte.

»Ich habe die Nacht in einer Gefängnisturnhalle verbracht«, berichtete Chris. »Drei Reihen mit Feldbetten, die von einem Basketballkorb zum anderen reichen. Grelles Flutlicht. Da waren bestimmt hundert Leute.«

»Da hast du ja gleich ein paar tolle Anregungen für dein neues Buch«, sagte Gillian.

»Mehr als genug«, erwiderte Chris. »Aber wenn du nichts dagegen hast, würde ich jetzt lieber das Thema wechseln.«

»Selbstverständlich«, sagte Virginia. »Hast du nicht ein Kapitel für uns, Chris? Und Nancy wird aus ihrem neuen Buch vorlesen. Ich selbst kann ebenfalls ein Kapitel beisteuern.«

»Ich glaube, wir sollten nicht länger auf Adam warten«, sagte Bernard. Aber das war auch gar nicht nötig, da Adam wie auf ein Stichwort hin auftauchte. Er setzte sich neben Virginia und sah noch eher als Chris so aus, als hätte er die Nacht in einer Gefängnisturnhalle verbracht.

»Alles okay?«, fragte Virginia.

»Klar«, sagte Adam, entschuldigte sich aber nicht für seine Verspätung. Er sah in die Runde, und Nancy merkte, dass sein Blick einen Moment bei Gillian verharrte, bevor er schnell wegsah. Oh nein!, dachte sie, der arme Kerl ist in Gillian verliebt. Wundern tat sie das nicht.

»Nancy, möchtest du den Anfang machen?«, fragte Virginia. »Oder lieber jemand anders?«

»Oh, lieber jemand anders«, sagte Nancy. Eigentlich hatte sie es gleich hinter sich bringen wollen, doch sie fühlte sich noch nicht in der Lage, vorzulesen.

»Warum fangen wir nicht mit Chris an?«, schlug Virginia vor.

»Gern«, erwiderte der. Er konnte es offenbar kaum erwarten, vorzulesen, und hatte die Büroklammer bereits von seinen Blättern entfernt.

»Tut mir leid, Leute, aber ich habe keine Kopien für euch«, sagte er. »Das ist der erste, noch druckfrische Entwurf. Gerade erst geschrieben.« Er fasste den Plot seines Romans kurz für Nancy zusammen und stellte anschließend sein neues Kapitel vor. Es war temporeich, aber Nancy war nervös, weil sie bald drankam, und musste sich zwingen, genau zuzuhören.

Chris' Hauptfigur, ein ehemaliger Journalist einer Kleinstadtzeitung, kam in allen Romanen von Chris vor, und Nancy verstand sofort, warum sie so erfolgreich waren. Der Protagonist passte genau ins Beuteschema bestimmter Leserinnen – nach außen hin war er ein taffer Kerl, aber ausgestattet mit dem erforderlichen Feingefühl und ein paar unabdingbaren Schwächen. Irgendjemand hat mal gesagt, dass der einzige Erzähler, den man sich nicht ausdenken kann, einer ist, der intelligenter ist als man selbst. Was Nancy jedoch überraschte, war, dass Chris' Erzähler eine Sensibilität besaß, die sie bei ihm nie erwartet hätte.

»Jede Menge Action«, stellte Gillian fest, als Chris eine Pause einlegte, »aber ich frage mich mal wieder, ob die Gewalt nicht überflüssig ist, oder ob sie dem Roman etwas hinzufügt.«

»Sie dient dazu, den Plot zu entwickeln«, sagte Bernard.

»Dann sollten wir uns vielleicht über den Plot unterhalten«, sagte Gillian.

»Moment!«, sagte Chris. »Ich bin noch nicht fertig.« Er wandte sich wieder seinem Manuskript zu.

*Er fand Juracks Hund zuerst. Selbst wenn man keine Hunde mochte, hätte einem dieser hier leidgetan. Der arme Kerl war so durstig gewesen, dass er versucht hatte, aus einer Blumenvase zu trinken, war aber nur mit einem Maulvoll Scherben belohnt worden.*

*»He, Kumpel«, sagte Dreever. »Wie hast du dich bloß hierher verirrt?« Er entdeckte eine Schale auf dem Tisch und füllte sie mit Wasser. Stellte sie auf den Boden. Sie sah aus, als hätte sie mindestens hundert Mäuse gekostet. Nichts in diesem Haus sah billig aus. Der Tisch war aus massivem Kirschholz, kein Furnier. In den Jah-*

*ren mit Claire hatte er gelernt, dass Billigkram vielleicht aus der Ferne überzeugt, aber nicht aus der Nähe. Jurack schaffte es immer wieder, Freundinnen mit Geld und Geschmack aufzutreiben. Als er noch Single gewesen war, hatte Dreever nicht eine gefunden, die entweder oder hatte.*

*Dreever wusste nicht mit Sicherheit, dass es Alfie Juracks Hund war, aber es war mehr als wahrscheinlich. Nicht viele sind so verrückt, sich einen Beagle anzuschaffen.*

»Eine Frage noch, Chris«, sagte Bernard, nachdem Chris zu Ende gelesen hatte. »Was hast du gegen Beagles?«

»Gar nichts«, sagte Chris.

»Warum äußerst du dich dann abfällig über sie?«

»Wer bist du? Ein Fürsprecher der Beagles?«, fragte Chris.

Bernard atmete wieder einmal übertrieben laut ein, wie ein Bariton, der gleich eine Kadenz aus dem *Messias* zum Besten geben würde. »Als ich noch klein war, hatten wir auch einen Beagle«, sagte er. »Er war zuverlässig und hübsch gefleckt. Das ist keine Rasse, über die man sich lustig macht.«

»Ich wusste gar nicht, dass du einen Beagle hattest!«, rief Virginia. »Der einzige Hund aus deiner Kindheit, von dem du mir erzählt hast, war Maisie.«

»Maisie war ein Beagle«, sagte Bernard.

Virginia lächelte, aber so, dass Bernard es nicht sah. »Darauf wäre ich nie gekommen«, sagte sie.

»Welche Hunderasse stellen wir uns in Verbindung mit Kindern vor, Bernard?«, fragte Gillian.

Chris wedelte mit den Armen wie ein Schiedsrichter beim Foul. »Ich dachte, wir reden über meinen Roman!«, sagte er.

»Oh, Chris!«, sagte Gillian. »Du darfst ruhig mal kurz aus dem Rampenlicht treten.«

»Ich habe dabei eher an einen Hund von …«, Virginia wählte ihre Worte mit Bedacht, »Format gedacht. An einen Komondor vielleicht, an einen Pyrenäenberghund oder Russischen Wolfshund.«

»Aber sie hieß Maisie«, sagte Adam. Die anderen schienen sich fast zu wundern, dass er den Mund aufmachte. »Das ist ein eher gewöhnlicher Name.«

»Wenn ich mich recht erinnere, wurde sie nach einer Romanfigur von Henry James benannt. Sie hatte also literarische Ambitionen«, sagte Virginia. Angesichts von Adams verständnislosem Gesichtsausdruck fügte sie freundlicherweise hinzu: nach dem Roman *Maisie*.«

»Ich habe den Roman immer gemocht«, sagte Nancy. »Und für einen Henry James ist er gar nicht mal so dick.«

»Von seinen kürzeren Werken ist *Die Schätze von Poynton* bei Weitem das Beste«, sagte Gillian. »Dann hätte Bernard seinen Hund Fleda Vetch nennen können.«

»Kein Hund sollte jemals Fleda Vetch heißen!«, sagte Bernard, um dann an Virginia gewandt fortzufahren: »Ein Beagle mag zwar nur mittelgroß sein, aber er hat Format.«

»Ich möchte euch nur daran erinnern, dass ich dran bin«, sagte Chris. »Hat jemand zu dem, was ich gerade vorgelesen habe, noch etwas zu sagen?«

»Ich hätte da noch eine Anmerkung zu deiner Auffassung von Geld und Geschmack«, sagte Gillian. »Ich finde sie – na ja – ein bisschen vorhersehbar.«

»Wovon redest du?«, fragte Chris.

»Vom Tisch aus massivem Kirschholz, kein Furnier.«

»Furnier kann ebenfalls für Geld und Geschmack stehen«, sagte Bernard. »Denkt nur an die Details bei den wunderbaren Aufsetzkommoden im Federal Style.«

»Meine Güte!«, sagte Chris, schaute Hilfe suchend in die Runde und sah dann Nancy an.

»Ich fand die Beschreibung des durstigen Hundes ziemlich eindrucksvoll«, sagte sie. »Was den Tisch anbelangt, frage ich mich eher, ob dein Protagonist Dreever so etwas überhaupt bemerken würde.«

»Ich denke schon«, sagte Adam. »Er ist Detektiv und darin geschult, auf Details zu achten.«

»Mir geht es weniger darum, ob ihm Details auffallen«, sagte Nancy. »Sondern darum, ob er wirklich der Typ Mann ist, der Furnier und Massivholz auseinanderhalten kann.«

»Ich glaube schon«, sagte Virginia. »Chris' Figur ist unter anderem deshalb so reizvoll, weil sie eine künstlerische, feminine Seite hat.«

»Ich sollte dich bitten, ein lobendes Zitat für den Klappentext meines Buches beizusteuern«, sagte Chris.

»Gern, allerdings wäre mein Name auf dem Umschlag wenig aussagekräftig für deine Zielgruppe. Außerdem bist du schon längst nicht mehr auf lobende Zitate angewiesen. Dreever hat auch so schon genug Fans.«

Chris freute sich, versuchte jedoch, sich das nicht anmerken zu lassen.

»Hör auf, dich so aufzublasen, Chris«, sagte Gillian. »Der Erfolg deiner Reihe beweist nur, dass die Leute heutzutage alles lesen.«

Virginia warf Gillian einen vorwurfsvollen Blick zu, aber Chris grinste. »Ich liebe es, wenn Gillian beinahe platzt vor Neid«, sagte er.

»Nancy, du bist neu bei uns«, sagte Bernard, »und es wäre sehr bedauerlich, wenn du nach diesen kindischen Eifersüchteleien den Eindruck hättest, dass wir uns bei unseren literarischen Bemühungen nicht gegenseitig unterstützen.« Bei diesen Worten warf er Gillian einen strengen Blick zu.

»Hört, hört!«, sagte Chris.

»Vielleicht sollten wir einfach weitermachen«, sagte Virginia. »Nancy?«

Nancy schüttelte kaum wahrnehmbar den Kopf. »Ist es dir lieber, wenn ich erst vorlese?«, fragte Virginia freundlich. Nancy nickte. Sie empfand tiefe Dankbarkeit. Ihr war nie klar gewesen, welche körperliche Reaktion damit verbunden war, aber jetzt durchströmte sie sie warm bis in die Fingerspitzen. Das Problem bestand nicht nur darin, dass sie ihr zuhören und ihre Prosa kommentieren würden. Sondern auch darin, dass sie ihnen damit Einblick in ihr Schreiben gab, in diesen geheimen Teil ihres Lebens, in den nur Oates eingeweiht war. Damit legte sie alle ihre Anstrengungen offen, die sie unternommen hatte, um sich das alles auszudenken – denn genau das tat man, wenn man einen Roman schrieb: Man dachte sich haufenweise Sachen aus, wie ein Verbrecher, der während des Verhörs ein Lügengeflecht spinnt.

Virginias vorheriges erfolgreiches Buch war im Mittelalter angesiedelt gewesen. Weil Nancy davon ausgegangen war, dass Virginia sich auch weiterhin in diesem Zeitalter bewegen würde, nachdem sie jahrelang dazu recherchiert hatte, staunte sie nicht schlecht, dass diese sich jetzt aufs alte Griechenland und damit auf eine völlig andere Kultur, Region und Zeitspanne verlegt hatte. Aber Virginias Prosa war dermaßen klar und natürlich (war das ihr Geheimnis?), dass man meinen könnte, sie hätte sich schon zeitlebens mit Agamemnon und seiner Welt beschäftigt.

*Die Hitze würde erst im Laufe des Tages kommen und die Landschaft um Argos erobern, die Festungsstadt Mykene, die sie umgebenden Felder und Olivenhaine. Aber jetzt war die Luft noch von einer vielschichtigen morgendlichen Kühle. Zweiunddreißig Jahrhunderte später würde sie noch genauso voranschreiten und gen Mittag erst die Felsblöcke der Ringmauer und dann die Flanken des Löwenreliefs über dem Toreingang zur Burg erfassen: Stein, Holz, Erde und alles, was lebte. Die Blätter eines jeden Olivenbaums würden darum kämpfen, das kleine Fleckchen Schatten darunter zu erhalten.*

*Abends würde die Hitze dann auf demselben Weg den Rückzug antreten. Erst Stunden nachdem die Sonne hinter den Bergen versunken war, würden sich die Gemäuer langsam abkühlen. Das steinerne Tor zum Palast ganz zuletzt, so als wären die beiden spiegelbildlich angeordneten Löwen, die sich auf die Hinterbeine stellten und ihre Pranken nach den Göttern ausstreckten, aus Fleisch und Blut.*

Aus der nachfolgenden Diskussion schloss Nancy, dass alle Virginias Arbeit bewunderten. Alle außer Adam hatten etwas dazu zu sagen. Trotzdem kam Nancy nicht umhin, sich zu fragen, ob sie sich wirklich mit dem alten Griechenland auskannten oder sich nur vor Virginias Lesung schlau gemacht hatten, um jetzt mit ihrem Wissen zu prahlen.

»Ich kann mich gar nicht daran erinnern, dass wir in Mykene waren, Ginny«, sagte Bernard. »War das auf unserer Kretareise?«

»Ich war nie mit dir in Mykene««, sagte Virginia. »Ich war mit meiner Mutter dort, als ich achtzehn war. Und ich bin vor zwei Jahren mit Joe hingefahren.«

»Oh«, sagte Bernard, nach wie vor verwirrt. »Aber wir haben Delphi gemacht, oder?«

»Ja«, sagte Virginia. »Aber man ›macht‹ Delphi nicht, man besichtigt es.«

Bernard ignorierte Virginias Bemerkung und konzentrierte seine Aufmerksamkeit auf Adam. »Du hast noch gar nichts gesagt«, meinte er.

»Das klang großartig«, erwiderte Adam. »Ich habe keinerlei Verbesserungsvorschläge.«

Nancy drehte sich zu Gillian um, die ein merkwürdiges Geräusch von sich gab. Es stammte von ihrem Stiefel, der am Stuhlbein scharrte. Nancy hob den Kopf, ertappte Gillian bei einem feinen, stillen Lächeln und sah daraufhin gleich wieder zu Adam hinüber. Sie begriff, dass sie sich vorhin getäuscht hatte. Adam war nicht hoffnungslos in Gillian verliebt – irgendwas war da zwischen ihnen.

»Wenn ihr nichts dagegen habt, machen wir jetzt mit Nancy weiter«, schlug Virginia vor.

Als Nancy in die sechste Klasse ging, musste sie ein Referat über das Sonnensystem halten. Hinter ihr lehnte das von ihr vorbereitete Plakat an der Tafel. Es zeigte sämtliche Planeten, die sie aus Alufolie ausgeschnitten und – weil der Kleber nicht hielt – auf schwarze Pappe getuckert hatte. Als sie zu Hause geübt hatte, zitterten die Blätter in ihren nervösen Händen, woraufhin ihr Vater vorschlug, sie solle sie doch auf ihren Schreibblock legen. Als sie dann vor der Klasse stand, den Geschmack des Frühstücks nach wie vor im Mund, informierte sie ihre Mitschüler gewissenhaft über Jupiter, Neptun und Pluto, während ihre Finger zwischen der Spiralbindung ihres Blocks steckten – ihr Geheimtrick gegen die Panik.

Genau daran musste sie jetzt wieder denken. Sie legte das Manuskript auf die von ihr mitgebrachte Mappe und presste den Zeigefinger gegen das spitze Ende der Büroklammer. Während sie las, sah sie alles ganz genau vor sich, so als befände sie sich im Kino und wäre durch die zweidimensionale Leinwand in die Welt dahinter vorgedrungen. Sie befand sich in der Krankenhauslobby, lehnte im Dunklen an der Wand, sah, wie der junge Arzt vorüberging, doch er bemerkte sie nicht. Er besaß die Statur ihres Vaters, aber sein Gesicht, das sie vielleicht ursprünglich einer Fotografie von ihrem Vater als jungem Mann nachempfunden hatte, war ein Gesicht, das sie selbst geformt hatte – und zwar so lange, bis es das Gesicht eines anderen geworden war, der nur in ihrer Fantasie vorkam. Sie beobachtete, wie er durch die Drehtür nach draußen ging, folgte ihm, nach wie vor unsichtbar, und sah zu, wie er zu seinem Wagen auf dem Parkplatz lief, einstieg und losfuhr.

Als sie mit dem Lesen fertig war, sah sie von ihren Seiten auf, und die Szene aus ihrem Roman wich dem Raum um sie herum, den Gesichtern von Virginia, Chris, Adam und Gillian. Sie senkte gleich wieder den Blick. Aber jetzt war es zu spät. Jetzt konnte sie nichts mehr zurücknehmen. Ihr Roman gehörte nicht mehr nur ihr allein.

Bernard ergriff als Erster das Wort. »Packend«, sagte er. »Die Geschichte hat mich sofort in den Bann gezogen.«

»Mich auch«, sagte Chris. »Ein toller Einstieg, das mit dem toten Baby gleich am Anfang.«

»Du schreibst so schön«, sagte Virginia. »Wir sehen die Szene genau vor uns, können uns in deine Figur hineinversetzen. Und das ist natürlich das Wichtigste.«

Gillian schien auch etwas sagen zu wollen, und der Zuspruch, den Nancy aus Bernards, Chris' und Virginias Worten herausgehört hatte, war sofort vergessen.

»Vor Gillian musst du dich ganz besonders in Acht nehmen«, hatte Chris gesagt.

»Ja, wir können uns in sie hineinversetzen«, sagte Gillian. »Trotzdem wird nur angedeutet, was da schieflief. Bestimmt nicht, um uns damit neugierig zu machen – so einen billigen Trick würde ich dir niemals unterstellen. Aber etwas enthältst du uns vor, was irgendwie künstlich vorenthalten wird. Der Erzähler weiß, was passiert ist. Er weiß, wie das Baby starb, aber er verrät es nicht.«

»*Noch* nicht«, sagte Chris. »Das ist doch erst der Anfang, hab ich recht, Nancy?« Er sah sie an, und Nancy nickte.

»So viel ist mir auch klar«, sagte Gillian. »Aber während Chris es toll findet, dass ein totes Baby die Bühne betritt, sollten wir lieber auf das eigentliche Thema eingestimmt werden.«

»Was ist denn deiner Meinung nach das eigentliche Thema?«, fragte Bernard.

»Schuld«, sagte Gillian. »Wir müssen wissen, welchen Fehler dieser Arzt gemacht hat. Wir müssen wissen, warum er sich so quält, warum er sich so schuldig fühlt.«

»Aber er fühlt sich gar nicht schuldig«, erklärte Nancy.

»Umso besser!«, sagte Gillian. »Trotzdem müssen wir wissen, warum er sich schuldig fühlen sollte. Wir müssen wissen, worin sein Versagen besteht.«

»Aber er fühlt sich deshalb nicht schuldig, weil er gar nicht versagt hat«, sagte Nancy. »Es ist überhaupt nicht seine Schuld.«

»Wessen Schuld ist es dann?«, fragte Gillian.

»Es ist niemandes Schuld«, sagte Nancy. »Es ist einfach so passiert.«

»Wird er wegen eines Kunstfehlers verklagt?«

»Nein, nichts dergleichen«, sagte Nancy.

»Wo bleibt dann die Story?«, fragte Gillian.

»So eine Frage ist eher etwas für Chris«, sagte Bernard.

»Ich sehe den Anfang einer Story«, sagte Chris.

»Vielleicht hat Nancy gar kein Interesse an einem konventionellen Plot«, sagte Virginia. »Vielleicht ist es eher ein Entwicklungsroman.«

»Aber wenn es, wie Nancy sagt, ›einfach so passiert ist‹, ist das nicht wirklich ein Entwicklungsroman«, sagte Gillian.

»Natürlich kann es ein Entwicklungsroman sein!«, entgegnete Virginia. »Wir können uns dafür interessieren, wie die Figur auf den Vorfall reagiert.«

»Schuld«, sagte Gillian, »ist die interessanteste Empfindung überhaupt. Wenn es hier keine Schuld gibt, weiß ich nicht, was die Figur antreibt. Was die Handlung antreibt.«

»Manchmal muss ich mich wirklich über dich wundern, Gillian«, sagte Chris. »Wir alle wissen, dass du eine hervorragende Lyrikerin bist, aber du hast noch keine Zeile eines Romans zu Papier gebracht. Wie kannst du dich da erdreisten, darüber zu dozieren, was eine Handlung antreibt?«

»Ich mag zwar Lyrikerin und keine Romanautorin sein, aber das heißt nicht, dass ich nichts von Romanen verstehe«, sagte Gillian. »Vielleicht liest du nur Bücher deines Genres, Chris, aber du musst ja nicht gleich von dir auf andere schließen.«

»Wie wär's, wenn wir ein bisschen weniger aggressiv diskutieren würden?«, schlug Bernard vor. »Hier werden alte Konflikte ausgetragen, die Nancy kaum weiterhelfen dürften.«

»Es wäre vielleicht gut zu wissen, in welcher Phase sich dein Buch befindet«, sagte Virginia. »Es ist schließlich ein Unterschied, ob wir etwas aus dem ersten Kapitel der endgültigen Fassung zu hören bekommen oder ob das ein erster Entwurf ist. Nancy?«

»Ich habe das Buch noch nicht zu Ende geschrieben«, sagte Nancy. »Aber es ist von vorne bis hinten durchdacht. Ich weiß also, wie es ausgeht. Ich weiß, wer die Hauptfigur ist und was sie tun wird.«

»Du schreibst über einen Arzt«, sagte Chris. »Kennst du dich in dieser Welt aus?«

»Mein Mann ist Arzt«, sagte Gillian. »Und das ist wirklich eine ganz eigene Welt, so viel kann ich euch sagen.«

»Mein Großvater war Arzt«, sagte Nancy. »Und mein Vater ebenfalls, als er noch jung war.«

Gillian grinste. »Ach so, jetzt verstehe ich!«, sagte sie.

Nancy fühlte sich wie ertappt. Wenn sie etwas auf keinen Fall enthüllen wollte, dann, dass ihre Romanfigur etwas mit ihrem realen Vater zu tun hatte. Dass sie nur deshalb wusste, was sie tun würde, weil er es getan hatte.

»Das ist ein Roman!«, sagte Nancy. »Und keine Biografie.« Aber Gillian grinste immer noch.

Bernard räusperte sich laut und sah Adam an.

»Adam!«, sagte er. »Du hast heute noch kaum etwas gesagt. Würdest du netterweise auch etwas beitragen?«

Adam erhob sich abrupt. »Ehrlich gesagt geht es mir nicht besonders gut. Ich werde jetzt lieber gehen.« Er hob seine Mappe auf, griff nach der Lederjacke, die er über die Stuhllehne gehängt hatte, und verließ das Zimmer. Er knallte zwar nicht gerade die Tür hinter sich zu, hätte sie aber durchaus leiser schließen können.

»Was war denn das?«, fragte Chris.

»Keine Ahnung«, sagte Bernard.

»Es schien ihm nicht gut zu gehen«, meinte Virginia.

Nancy sah zu Gillian hinüber, die aus dem Fenster sah. Adam war soeben in seinen Wagen gestiegen und ließ den Motor an. Weil er als Letzter gekommen war, hatte er weiter unten in der Auffahrt statt direkt vor dem Haus geparkt. Er setzte zurück auf die Straße, den Arm um die Sitzlehne gelegt. Nancy fiel auf, dass Gillian auch noch aus dem Fenster sah, nachdem sein Wagen längst verschwunden war.

## *Rachel*

Bernards und Virginias Tochter Rachel (für Freunde »Peachie«) war ein altkluges, engelhaftes Kind mit flachsblonden Locken gewesen. Jetzt war sie eine unscheinbare, dünne junge Frau mit Brille und braunen Haaren. Bei Eltern wie Bernard und Virginia hatte sich nie jemand über ihre Altklugheit gewundert.

Rachel war sehr harmoniebedürftig. Sie war das nachgiebige Kindergartenkind, das die Schaukel aufgab, um einer Konfrontation zu entgehen; die kleine Schwester, die den Fensterplatz im Flugzeug an ihren Bruder abtrat; die Zimmergenossin, die die unbeliebte obere Etage des Stockbetts nahm. Aber trotz ihrer Bemühungen war es auch ihr nicht gelungen, die Ehe ihrer Eltern zu retten. Sie bemühte sich, die Liebesaffären, von denen ihr ihr Vater erzählte, nicht zu verurteilen, und ignorierte die anderen. Ihr Bruder Teddy dagegen war seinem Vater gegenüber weitaus weniger nachsichtig.

»Bitte!«, hatte Rachel ihn vor Bernards Hochzeit angefleht. »So schlimm ist Aimee gar nicht.«

»Es stört mich gar nicht, dass er eine Frau heiratet, die seine Tochter sein könnte«, sagte Teddy. »Mich stört, dass er so ein Heuchler ist.«

Als Teddy eine Forscherkollegin aus dem Biologielabor geheiratet hatte, eine um elf Jahre ältere Russin, hatte Bernard gesagt, er werfe sich vor, dass sein Sohn so wenig Selbstbewusstsein habe, sich mit einer Frau »nach der Menopause« zufriedenzugeben. Rachel dagegen verstand, was Teddy an Marika fand. Sie teilte nicht nur seine Begeisterung für Pilze, sondern hatte auch den hellwachen Gesichtsausdruck eines Pinseläffchens. Wenn sie bei Begegnungen mit Bernard kaum den Mund aufbekam, dann sicherlich aus Angst und nicht, weil sie eine Langweilerin war, wie ihr Bernard unterstellte. Aber Bernard hatte nichts für die Gedankenwelt einer Naturwissenschaftlerin übrig und tat so, als wäre Teddys Wahl eine schwere Enttäuschung.

Rachel war ebenfalls bestürzt gewesen, dass ihr Vater Aimee heiraten wollte, schaffte es aber, die nötige Begeisterung für den Anlass und für die Braut aufzubringen. Obwohl sie Virginia gestand, was sie wirklich von Aimee hielt, verriet sie niemandem, welchen Schmerz sie empfand, als Aimee ihr früheres Zuhause umbauen und weißeln ließ, so als wollte sie es von seiner Vergangenheit befreien.

»Egal, wie nett ich zu ihr bin«, sagte Rachel, »sie bleibt mir gegenüber misstrauisch, so als wollte ich einen Keil zwischen sie und Bernard treiben. Dir gegenüber verhält sie sich nicht so.«

»Weil sie mich als alt und verbraucht wahrnimmt. Ich bin keine Bedrohung für sie.«

»Wieso bin ich eine Bedrohung?«, fragte Rachel.

»Du hast Anspruch auf Bernard«, sagte Virginia. »Und zwar ein Leben lang.«

»Und du nicht?«

»Nein«, sagte Virginia. »Nicht mehr.«

Als Rachel feststellte, dass sie schwanger war, beschloss sie, die ganze Familie an Thanksgiving einzuladen. Nicht zuletzt in der Hoffnung, dass die Ankündigung einer neuen Generation eine Versöhnung zuwege brächte. Ihr Mann, Dennis, schüttelte nur lakonisch lächelnd den Kopf. »Eher stiftest du den Weltfrieden«, sagte er.

Aber Rachel blieb optimistisch. Als Virginia und Joe zusagten, rief sie Bernard an. Rachel wusste, dass Aimee bestimmt nicht scharf darauf war. Aber weil Virginia Großzügigkeit bewies, blieb ihr wohl nichts anderes übrig, als dasselbe zu tun, sodass Bernard anrief und ebenfalls zusagte. Jetzt musste Rachel nur noch ihren Bruder überreden, was allerdings das schwierigere Unterfangen war. Er stand gerne zeitig auf, weshalb sie beschloss, ihn gleich frühmorgens anzurufen, bevor er mit seinen Gedanken bei *Rhizopogon occidentalis* war.

»Es gibt Truthahn«, sagte Rachel. »Einen Riesentruthahn.« Dennis und sie waren Vegetarier, aber sie mussten den Truthahn ja nicht essen, sondern nur servieren. Ihre Mutter würde ihn bestimmt für sie zubereiten.

»Nicht, dass ich es nicht toll finde, dass du das auf dich nimmst«, sagte Teddy. »Aber ich will einfach nicht mit Bernie an einem Tisch sitzen.«

»Er hat sich für seine Bemerkung entschuldigt«, sagte Rachel. »Kannst du ihm nicht endlich verzeihen?«

»Es geht nicht nur um mich und Marika, sondern auch darum, wie er Mom behandelt hat. Damit meine ich nicht nur, dass er Aimee geheiratet hat, sondern auch den ganzen Mist davor.«

»Wenn Mom die Vergangenheit ruhen lassen und wieder mit Bernie befreundet sein kann, solltest du das eigentlich auch schaffen.«

»Wenn Mom die Vergangenheit ruhen lassen will, ist das ihre Sache«, sagte Teddy. »Ich für meinen Teil finde das verwunderlich. Du etwa nicht?«

»Nein«, sagte Rachel. »Ich finde es ehrlich gesagt fantastisch. Du irrst dich, Teddy. Sie lässt die Vergangenheit nicht ruhen, sie betrachtet sie nur aus einer anderen Perspektive. Sie ist jetzt sehr glücklich. Joe und sie lieben sich wirklich.«

»Ach ja, der Matratzenkönig!«

»Ich dachte, du magst Joe.«

»Natürlich mag ich Joe«, sagte Teddy schon etwas freundlicher.

»Du überlegst es dir also? Du fragst Marika?«

»Ich überlege es mir«, sagte Teddy.

An jenem Tag fuhr Rachel gut gelaunt zur Arbeit, den Kopf voller Tagträume. Sie stellte sich die lange Tafel vor (eigentlich zwei zusammengeschobene Tische mit einem weißen Leinentischtuch darüber) und Essen im Überfluss. Überbordende Teller mit gegrilltem Gemüse, eimerweise Cranberry-Sauce, Zweiliterflaschen mit Wein. Sie stellte sich vor, wie Dennis mit der Gabel gegen sein Glas schlug, den Arm um sie legte und verkündete: »Peachie und ich bekommen ein Baby.« Daraufhin würden sich alle in die Arme sinken, und ihr Vater würde tränenüberströmt seinem einzigen Sohn, Teddy, um den Hals fallen.

Rachel unterrichtete Englisch an der Akademie. Ihr Spezialgebiet waren die metaphysischen Barockdichter, aber sie konnte nicht darauf hoffen, John Donne zu unterrichten. Der Lehrplan wurde von den älteren Mitgliedern ihres Fachbereichs erstellt, und sie durfte nicht einmal mitbestimmen, welche Bücher gelesen wurden.

»Wir unterrichten gar keine Literatur mehr«, hatte sie sich bei Bernard beschwert. »Es geht nur noch um Multikulti. Ich rede über Zora Neale Hurston und Amy Tan.«

»Amy Tan?«, fragte Bernard.

»Frag mich bitte nicht!«, sagte Rachel.

»Keinen Shakespeare?«

»Wir haben *Der Kaufmann von Venedig* behandelt«, sagte Rachel. Aber wir haben uns dabei auf das Thema Antisemitismus konzentriert. Momentan besprechen wir *Sinn und Sinnlichkeit*, aber einen Jane-Austen-Roman darf ich nur auf den Lehrplan bringen, weil sie gerade so angesagt ist.«

»Jane Austen ist angesagt?«, fragte Bernard.

»Ja, Daddy«, sagte Rachel. Dennis war der Meinung, dass Bernard sich manchmal begriffsstutziger gab, als er es tatsächlich war. Aber Rachel glaubte an die »popkulturelle Unschuld« ihres Vaters, wie sie sie nannte.

»Was ist mit Aimee?«, fragte Dennis. »Sie ist hip, und sie leben zusammen. Ein bisschen was muss da doch auf ihn abfärben.«

Rachel wählte ihre Worte stets mit Bedacht, wenn sie über Aimee sprach, selbst Dennis gegenüber.

»Auch Aimee kann ihn nur geringfügig ändern«, sagte sie.

Rachels gute Laune hielt bis Mittag. Dann wurde sie unerwartet zum Direktor gerufen. Sie hatte sich gerade erst an ihren Schreibtisch gesetzt und wollte, während sie etwas aß, ein paar Arbeiten korrigieren. Sie schob den zur Hälfte aufgegessenen Avocado-Wrap zurück in ihre Brotbox, griff nach ihrem Blazer und überquerte den viereckigen Innenhof.

Der Direktor Donald Bruer, der sich von Kollegen und Studenten mit »Bru« ansprechen ließ, hatte seinen Stuhl vor seinen Schreibtisch gestellt. Er war ein kleiner, peinlich auf Sauberkeit bedachter Mann. Neben ihm saß Stewart Joralemon, der Vorsitzende des Fachbereichs Englisch. Rachel kannte Stewart nicht sehr gut, wusste aber, dass er schon seit vielen Jahren an der Akademie war. Er war dickbäuchig und stark behaart. Außerdem schielte er ein wenig, sodass man nie wusste, welches Auge man fixieren sollte.

»Wir haben hier ein kleines Problem«, sagte Bru.

»Es geht um geistigen Diebstahl«, sagte Stewart. »Da gibt es nichts schönzureden.«

Bru schluckte, nickte und fuhr fort: »Stewart hat zwei Arbeiten bekommen, die zu beanstanden sind. Beide enthalten Passagen, die weit über dem Niveau der Schüler zu liegen scheinen. Nicht, dass hiesige Schüler nicht auch Großartiges zuwege bringen – aber diese Leistungen sind doch außerordentlich.«

»Es sind Plagiate!«, sagte Stewart.

»Nachdem er die beiden Schüler getrennt voneinander befragt hat«, fuhr Bru fort, »stellte sich heraus, dass der eine dem anderen die Arbeit geschrieben hat. Und dass beide Arbeiten auf ungenannten Quellen beruhen.«

»Verdammt noch mal!«, sagte Stewart und schlug mit der Faust auf den Tisch neben ihm. »Wir reden hier nicht von schlecht zitierten Quellen. Wir reden hier von geistigem Diebstahl!«

Rachel duckte sich in ihrem Ohrensessel, wie um zwischen seinen Lehnen Schutz zu suchen.

Bru blieb ungerührt, aber Rachel sah, wie sich die Muskeln unter seinem Kinn verhärteten.

»Laut unserem Ehrenkodex können gewisse Verstöße mit einem Verweis, ja sogar mit einem Rauswurf geahndet werden. Oft liegen jedoch mildernde Umstände vor. Und hier sind wir auf Ihre Hilfe angewiesen.«

Stewart stand auf und schob seinen Stuhl zurück. »Verweis, Rauswurf – Sie entscheiden«, sagte er. »Aber in meinem Kurs sind beide Jungen durchgefallen. Und wenn das ihre Chance auf einen Studienplatz in Harvard zunichtemacht, dann umso besser.« Er ließ die Bürotür hinter sich offen stehen. Bru erhob sich, um sie zu schließen.

»Es tut mir leid, dass wir Sie mit so etwas belästigen müssen«, sagte er zu Rachel, nachdem er seinen Platz wieder eingenommen hatte. »Sie fragen sich jetzt bestimmt, was der Vorfall mit Ihnen zu tun hat. Einer der betroffenen Schüler, Paul Traub, ist, glaube ich, in ihrer Tutorengruppe.«

»Und wer ist der andere?«, fragte Rachel.

»Thayer Henniman.« Sein Gesicht zeigte so gut wie keine Regung. Aber Rachel begriff sofort: Thayer, der Sprössling jener Familie, die der Akademie das neue Wohnheim gestiftet hatte, war ein begriffsstutziger, fauler und noch dazu tyrannischer Schüler. Eines Tages würde er zweifellos zum Präsidenten dieses Landes aufsteigen.

Die Frage war überflüssig, trotzdem stellte sie sie: »Wer hat wem die Arbeit geschrieben?«

»Paul scheint sie für Thayer geschrieben zu haben«, sagte Bru. »Paul wollte sich nicht dazu äußern, aber Thayer hat gestanden. Er hat es sogar als Vorwand benutzt, sich gegen Stewarts Plagiatsvorwurf zu wehren. Er war wütend darüber, dass Paul ihm ›eine Scheißarbeit‹ geschrieben hätte, wie er sich ausdrückte.« Jeder außer Bru hätte gegrinst.

»Und was soll ich jetzt tun?«, fragte Rachel.

»Ich möchte, dass Sie mit Paul sprechen, sein Vertrauen gewinnen, herausfinden, was tatsächlich passiert ist. Verkauft er Arbeiten an andere Schüler?«

»Und wann soll ich das tun?«, fragte Rachel.

»Heute«, sagte Bru. »Ich werde Paul ausrichten lassen, dass er sein nachmittägliches Eishockeytraining ausfallen lassen und nach dem Unterricht in Ihr Büro kommen muss.«

»Verstehe«, sagte Rachel.

»Und anschließend können wir uns beide hier besprechen.«

Rachel war schwindelig. Sie wollte sich schon einverstanden erklären, aber der Anblick von Brus steifen Bügelfalten in seiner Freizeithose ließ sie schweigen. Sie konnte sich nicht mit Paul zu einem vertraulichen Gespräch treffen und Bru anschließend alles brühwarm weitererzählen. »Ich werde länger bleiben, um mich noch heute mit Paul zu treffen«, sagte Rachel. »Aber danach werde ich leider gehen müssen.«

Bru blinzelte. »Dann sehen wir uns eben morgen«, sagte er.

Nach dem Unterricht wartete Rachel in ihrem Büro auf Paul. Sie kannte ihn nicht besonders gut. Er war still, unauffällig und bis auf die offiziellen Pflichtgespräche noch nie bei ihr gewesen. Sie sah sich noch einmal die mit seinem Namen beschriftete Mappe an, aber sie enthielt nichts Aufschlussreiches. Er war Tagesschüler, kein Internatszögling, wie übrigens alle Schüler, die ihr zugeteilt waren. Er hatte weder durch besondere Leistungen noch durch Versagen auf sich aufmerksam gemacht. Er schrieb ordentliche Noten und hatte als Sport Eishockey gewählt. Er spielte Klarinette.

Rachel wusste von Virginia, dass er der Stiefsohn von Gillian Coit, einer mit ihren Eltern befreundeten Autorin, war, aber auch nicht mehr. Sie warf einen erneuten Blick in die Mappe. Er hatte eine staatliche Schule in Connecticut besucht, wo seine Mutter Linda derzeit lebte. Rachel fragte sich, warum Paul nicht bei ihr wohnte, und legte die Arme um ihren Bauch. Für sie war es unvorstellbar, die Erziehung ihres zukünftigen Kindes einer Stiefmutter zu überlassen. Nicht einmal dann, wenn das Kind ein schwieriger Teenager wäre – und Paul war ein sympathischer Junge, soweit sie das beurteilen konnte. Aber genauso unvorstellbar war es für Rachel, dass sie und Dennis einmal nicht mehr zusammen sein könnten. Dass Dennis eine andere Frau und sie einen anderen Mann haben könnte. Sie begriff, dass ihre geschiedenen Eltern das bestimmt auch einmal gedacht hatten. Aber Dennis und sie waren anders, da war sie sich sicher.

Paul hatte schon ein, zwei Minuten vor ihrer halb offenen Bürotür gestanden, bevor sie den Kopf drehte und ihn entdeckte. Sie hatte erwartet, dass er anklopfte, aber das war wohl ein Irrtum gewesen. Jungen wie Paul klopften nicht an, sie warteten einfach. Die etwas Mutigeren hüstelten oder räusperten sich.

»Hallo«, sagte sie. »Komm, setz dich.«

Paul hatte dunkle lange Haare – vielleicht, um dahinter sein Gesicht und seine Akne zu verstecken, obwohl sie das Akneproblem wahrscheinlich eher verschlimmerten. Rachel musste an ihre eigene aknegeplagte Jugend denken, die noch gar nicht so weit zurücklag. Seine Wangen glühten – entweder weil er von draußen kam (vielleicht war er hierhergerannt), oder weil er sich schämte. Vermutlich war es eine Mischung aus beidem. Jetzt saß er zusammengesunken im Sessel neben ihrem Schreibtisch. Seine Schultern waren eingefallen und seine Beine so weit von sich gestreckt, als hätte man ein Geschöpf ohne Knochen in den Sessel gegossen.

»Ursprünglich wollte ich unser Gespräch damit einleiten, dass ich dich nach dem Eishockeyspielen und deinen Lieblingsbands befrage«, sagte Rachel. »Aber dann habe ich mir gedacht, dass du ohnehin weißt, weshalb du hier bist. Also kommen wir gleich zur Sache und bringen es hinter uns.« Rachel seufzte. »Wahrscheinlich möchtest du gar nicht darüber reden«, sagte sie.

Paul sah zu ihr auf. Ihre Worte hatten ihn offenbar überrascht.

Rachel beugte sich zu ihm, ihre Stimme war kaum mehr als ein Flüstern. »Ehrlich gesagt, möchte ich auch nicht darüber reden«, gestand sie ihm. »Aber Mr Bruer« – sie brachte es einfach nicht über sich, ihn Bru zu nennen – »hat mich darum gebeten. Wahrscheinlich, weil du ihm gegenüber nicht sehr gesprächig warst, und weil ich deine Tutorin bin ... Wie dem auch sei – hier wären wir also.« Sie lächelte Paul an, aber er war noch nicht so weit, zurückzulächeln.

»Wenn ich mich nicht irre«, so Rachel, »werden dir zwei Dinge vorgeworfen. Zum einen, dass du eine Arbeit abgegeben hast, die nicht ausschließlich von dir war. Zum anderen, dass du eine Arbeit für einen anderen Schüler geschrieben, ja sie ihm vielleicht sogar verkauft hast. Das hat er zumindest behauptet.«

»Ich habe sie nicht verkauft«, sagte Paul.

»Das habe ich auch gar nicht angenommen«, sagte Rachel. »Aber warum hast du sie für ihn geschrieben?«

Paul sah zu Boden.

»Na gut«, sagte Rachel. »Reden wir über den ersten Vorwurf. Eines verstehe ich dabei nicht: Du bist ein ziemlich guter Schüler, vor allem in Englisch – hab ich recht?«

Paul nickte.

»Warum musstest du dann Sachen aus dem Internet kopieren? Dir wäre doch bestimmt auch etwas eingefallen.«

»Keine Ahnung«, sagte Paul.

»Hast du das schon mal gemacht?«, fragte Rachel.

»Nein«, erwiderte Paul.

»Mr Joralemon nimmt solche Dinge ziemlich ernst.« Rachel bremste sich. »Und ich tue das, ehrlich gesagt, auch. Das gilt für alle hier. Hast du nur nicht gewusst, wie man zitiert? Wie man korrekt mit Sekundärmaterial umgeht?«

Paul starrte auf seine Beine und musterte einen Fleck auf seiner Jeans.

»Nein«, sagte Paul. Er sprach so leise, dass sich Rachel noch weiter vorbeugen musste, um ihn zu verstehen. Sie war erleichtert, dass er das sagte. An der Akademie gab es keinen einzigen Studenten, der ernsthaft behaupten konnte, nicht zu wissen, wie man mit Sekundärmaterial umgeht. Vor allem nicht in Stewart Joralemons Kurs. Aber viele Kids in Pauls Situation hätten das als Entschuldigung vorgebracht.

»Du weißt doch hoffentlich, dass Plagiate mit einem Verweis oder dem Rauswurf eines Schülers geahndet werden können?«, sagte Rachel.

»Ja.«

»Hast du es deshalb getan?«

»Hä?«, fragte Paul.

»Du bist nicht dumm, Paul. Du kennst die Konsequenzen«, sagte Rachel. »Also muss ich davon ausgehen, dass du es absichtlich getan hast. Dass du vielleicht erwischt werden wolltest.«

»Warum sollte ich?«, sagte Paul. Er sah zu ihr auf, ohne den Kopf zu heben.

»Damit du der Schule verwiesen wirst?«

»Glauben Sie, ich will mich rauswerfen lassen?«

Rachel zuckte die Achseln. »Ich habe nur vermutet, dass du vielleicht einen Grund brauchtest, um wieder zu deiner Mutter ziehen zu können.«

Paul hob abrupt das Kinn und sah ihr direkt in die Augen. »Das ist doch Unsinn!«, sagte er. »Wenn ich nicht hier sein wollte, wäre ich nicht hier. Ich könnte bei meiner Mom wohnen. Ich brauche keinen Grund.«

»Warum hast du es dann getan?«

»Ich hatte keine Zeit, zwei Arbeiten zu schreiben. Ich musste mir etwas einfallen lassen.«

Rachel drehte sich kurz zu ihrem Schreibtisch um. Sie strich über den Deckel ihrer Brotbox und richtete sie parallel zu ihrem Notebook aus.

Dann sah sie wieder zu Paul hinüber. »Warum musstest du zwei Arbeiten schreiben? Ich kann mir nicht vorstellen, dass du mit Thayer Henniman befreundet bist. Warum solltest du ihm eine Arbeit schreiben? Hat er dich dazu gezwungen, Paul? Oder schuldest du ihm was?« Kaum dass sie das gesagt hatte, tat es ihr auch schon wieder leid. Paul sah plötzlich um Jahre gealtert aus. Er wandte sich ab und sah aus dem Fenster, allerdings nicht schnell genug. Er blinzelte, konnte die Tränen jedoch nicht zurückhalten.

»So ist es nicht«, sagte er. »Er hat mich nur darum gebeten, weil er weiß, dass ich gut in Englisch bin. Und es schien mir keine große Sache zu sein.«

»Aber was hast du dir davon erhofft?«, fragte Rachel.

»Ich wollte einfach nur, dass er mich mag. Er ist echt beliebt. Jetzt ist er sauer auf mich, weil ich seine Arbeit versaut habe, und er damit erwischt wurde. Und alle seine Freunde werden jetzt auch sauer auf mich sein.«

»Er hat es verdient, erwischt zu werden«, sagte Rachel.

»Und ich kann mir nicht vorstellen, dass seine Freundschaft wirklich so viel wert ist.«

»Sie haben leicht reden!«, sagte Paul und drehte sich wieder zu Rachel um. »Es ist schließlich nicht so, dass ich hier echte Freunde hätte.«

»Das tut mir leid«, sagte Rachel und musste sich beherrschen, nicht instinktiv die Hand auf Pauls Arm zu legen. Sie war sich ziemlich sicher, dass er nicht angefasst werden wollte.

»Flieg ich jetzt von der Schule?«, fragte Paul.

»Das weiß ich nicht«, sagte Rachel.

»Mein Dad wird ausflippen«, gestand Paul. »Wahrscheinlich schickt er mich zurück zu meiner Mom, auch wenn sie mich nicht rauswerfen. Außer, Gillian will das verhindern.«

Rachel hatte das Gefühl, in einen Bereich vorzudringen, den sie gar nicht erst erkunden wollte. Trotzdem war sie neugierig.

»Verstehst du dich gut mit Gillian?«, fragte sie.

»Von wegen!«, sagte Paul. »Aber Gillian gefällt es, dass ich mich entschieden habe, dieses Jahr mit Dad zu verbringen. Es gefällt ihr, meine Mom auszustechen. Jennifer, meine Schwester, wohnt bei meiner Mutter. Sie und Gillian kommen gar nicht miteinander aus.«

»Aber du schon?«

»Manchmal«, sagte Paul.

Draußen auf dem Campus gingen die Laternen an. Es war noch hell genug, dass ihr Licht schwach wirkte, aber Rachel wusste, dass es bald dunkel wurde. Sie sah auf die Uhr an der Wand.

»Ich glaube, für heute haben wir genug geredet«, sagte Rachel. »Erwischst du noch den Bus nach Hause?«

Pauls Blick folgte dem ihren zur Uhr, anschließend sah er auf die Taschenuhr, die an seinem Rucksack baumelte. »Ja, den schaff ich noch«, sagte er. »Kein Problem.«

Am liebsten hätte sie ihn in die Arme genommen und ihm gesagt, dass er schon bald erwachsen wäre und dass diese Institution und die damit verbundenen lächerlichen Kleinigkeiten dann endgültig der Vergangenheit angehören. Am liebsten hätte sie ihm gesagt, dass Thayer Henniman es gar nicht wert sei, sein Freund zu sein, ja dass er zigmal wertvoller als Thayer Henniman war. Sie sah aus dem Fenster, sah, wie er, den Rucksack über eine Schulter gehängt, erst den Weg entlang und dann quer über die Wiese zur Eissporthalle rannte. In der Ferne, im Dunkeln, sah er aus wie ein Junge mit einem Buckel.

## *Paul*

Paul lief auf die Eissporthalle zu. Als er zur Straße kam, zögerte er kurz, bevor er sie überquerte. Auf der Straße war es leise, und aus der Eissporthalle drang keinerlei Lärm. Dafür hörte Paul den Lärm in seinem Kopf umso lauter, das Zischen der Schlittschuhe über das Eis, das Knallen des Pucks gegen den Schläger, den Doppelpfiff aus der Trillerpfeife des Trainers. Die Fenster der Halle begannen direkt unter dem gewölbten Dach. Jetzt, wo sie erleuchtet waren und sich von den weißen Wänden abhoben, wirkten sie wie zwei umgedrehte lächelnde Münder. Bald war das Training vorbei. Dann würden die Doppeltüren aufgehen und die Jungen auf den Parkplatz neben der Halle strömen. Innerhalb weniger Minuten würden die Autos der Eltern und die Schulbusse kommen.

Paul zog den Rucksack auf seiner Schulter zurecht. Anstatt die Straße zu überqueren, ging er nach links und entfernte sich von der Akademie. Dass er es noch rechtzeitig zur Bushaltestelle auf dem Campus schaffen würde, war jetzt ausgeschlossen. Er hatte keine Ahnung, wie er jetzt nach Hause kommen sollte, aber es war ihm egal. Er hatte auch so schon genug Probleme. Kurz fühlte er sich merkwürdig erleichtert. Er war es nicht gewohnt, impulsiv zu handeln, ohne sämtliche Konsequenzen zu bedenken und sich darüber Sorgen zu machen.

Der ehemals asphaltierte Gehsteig war gerade neu mit Granitplatten gepflastert worden, hörte aber ohne Vorwarnung einfach hinter dem Gelände der Akademie auf. Von da aus musste Paul auf dem unebenen Kiesbett neben der Straße weiterlaufen. Der Verkehr kam überwiegend aus der Gegenrichtung: Autos, die am Ende des Arbeitstages die Stadt verließen, aber sie waren ziemlich schnell unterwegs. Ein Eichhörnchen lag auf der Straße, zerquetscht und blutverschmiert. Paul wollte zuerst nicht hinsehen, konnte aber den Blick dann doch nicht abwenden, als er dicht daran vorbeiging. Sein Schweif bewegte sich, was Paul erst für eine groteske Gebärde seines Todeskampfes hielt – aber das war natürlich Unsinn, da ein Eichhörnchen, dem die Eingeweide heraushängen, nicht mehr am Leben sein kann. Dann merkte Paul, dass der Wind den Eichhörnchenschweif bewegte. Das Eichhörnchen war also höchstwahrscheinlich tot. Sofort ging es ihm besser. Er hängte sich den Rucksack über die andere Schulter und versuchte ein Stück zu joggen, aber die Schulbücher waren schwer, und er war müde. Also wurde er wieder langsamer. Es begann zu dämmern.

Ein paar Kilometer weiter bog er in eine Seitenstraße ein, gleich hinter einer Kirche, die auf einem Hügel stand. Die Straße war breit und hatte eine Verkehrsinsel in der Mitte. Diese wurde von Rhododendren und Azaleen gesäumt, die man erst vor Kurzem mit Kiefernrindenmulch gedüngt hatte. Der Geruch war dermaßen berauschend, dass Paul sich am liebsten hingelegt und die Nase im Mulch vergraben, ja, sich am liebsten ganz darin eingegraben hätte. Warum eigentlich nicht?, dachte er. Ich könnte es einfach tun. Aber stattdessen lief er weiter die Straße entlang, den Blick fest auf ein Haus an der nächsten Ecke gerichtet.

Es war ein großes Haus im Tudor-Stil und so alt, dass es von den ehemaligen Zierbäumen und -büschen ganz zugewuchert war. Als Kind hatte Paul hier gewohnt, damals, als seine Eltern noch zusammen gewesen waren. Er war schon einmal an diesen Ort zurückgekehrt. Sein Vater und er waren in der Nähe gewesen, als sein Vater beschlossen hatte, kurz vorbeizufahren. Im Moment war niemand zu Hause, nichts regte sich. Paul lief zu dem Grundstück hinüber und blieb bei der Hemlocktanne daneben stehen. Er sah an der Ziegelmauer hoch. In die geschwungene Ziegelfassade war ein kleines Sprossenfenster eingelassen. Es befand sich über dem Treppenabsatz und war so tief angebracht, dass er als kleiner Junge hinausschauen konnte. Er hatte diesen Ort im Haus geliebt, den kleinen mit Teppich ausgelegten Bereich, der weder zum ersten Stock noch zum Erdgeschoss gehörte und ein eigenes kleines Fenster besaß, von dem aus er die ganze Straße beobachten konnte. Zwischen den gedrechselten Geländersäulen hindurch konnte er quer durch die Halle zur Haustür und in das Wohnzimmer rechts daneben sehen.

Nach der Trennung seiner Eltern hatte seine Mutter sich das Haus nicht mehr leisten können. Sie war der Arbeit wegen nach Connecticut gezogen, wo sie ein nur halb so großes Haus gekauft hatte. Pauls Vater hatte das Haus geliebt, aber Gillian wollte nicht darin wohnen. Also hatten sie sich ein neues Haus weiter draußen auf dem Land gebaut, ein modernes Haus, in dem es große Panoramafenster gab und die Böden aus hellen, ungebeizten Holzdielen bestanden, die nur hie und da von ein paar wenigen, flach gewebten Teppichen bedeckt wurden.

Im Vorgarten ging eine Laterne an, und Paul machte einen Satz zurück ins Gebüsch. Aber niemand kam aus der Hintertür, wahrscheinlich war ein Bewegungsmelder dafür verantwortlich gewesen. Trotzdem hatte er Angst, hier erwischt zu werden, also überquerte er die Straße und ging zur Verkehrsinsel. Dort verharrte er einen Augenblick und betrachtete die Fassade des Hauses. Seit er sechs oder sieben war, wohnte er nicht mehr hier, aber er wusste noch genau, wie die Zimmer geschnitten waren, und welche Fenster wohin gehörten. Links vom Haus gab es einen neuen Anbau, einen Wintergarten, der irgendwie deplatziert aussah. Hätte Paul einen Stein in der Hand gehabt, hätte er ihn am liebsten durch eine der Scheiben geworfen. An der Küchenwand neben der Kellertür hatte seine Mutter jedes Jahr vermerkt, wie groß er und seine Schwester Jennifer waren. Seine Mutter hatte geweint, als sie beim Auszug die Bleistiftmarkierungen mit den Zeitangaben daneben gesehen hatte.

Und als er sich im August von seiner Mutter verabschiedet hatte, um aus Connecticut weg- und zu seinem Vater zu ziehen, hatte seine Mutter ebenfalls geweint.

»Du kannst jederzeit wieder nach Hause kommen, Paul«, hatte sie gesagt. »Ruf mich einfach an – egal, wann –, dann komme ich dich holen.« Aber inzwischen galt das bestimmt nicht mehr, nicht jetzt, wo er sich schuldig gemacht hatte und von der Akademie geflogen war.

Er konnte sie damals nicht weinen sehen und war zum Wagen seines Vaters in der Auffahrt gegangen, sodass sein Vater den letzten Koffer holen musste. Aber er hatte sich noch einmal umgedreht. Das Gesicht seiner Mutter war rot verquollen gewesen, wie das eines kleinen Kindes.

»Komm schon, Linda!«, hatte sein Vater gesagt. »Gönn dem Jungen eine Pause.«

Da hatte seine Mutter seinen Vater geohrfeigt, und zwar mit voller Wucht.

Die Erkenntnis, welch ernsthafte Konsequenzen er zu erwarten hatte, traf Paul nach der Ablenkung der letzten Stunde umso heftiger. Er musste zurück zur Akademie. Er musste seinen Vater anrufen, der ihn hoffentlich abholen würde. Er konnte ihn nicht von hier aus anrufen, weil niemand wissen durfte, dass er wieder hierhergekommen war, um sich das Haus anzusehen. Er wusste zwar nicht genau, warum, aber er wusste, dass er das für sich behalten musste.

Er ging zurück zur Hauptstraße und trat den Rückweg an. Sein Rucksack fühlte sich noch schwerer an als zuvor. Er machte ihn auf und überlegte, welches Buch er wegwerfen könnte. Sein Biobuch war das schwerste, aber er hatte es erst zur Hälfte aus der Reißverschlussöffnung gezogen, bevor er den Mut verlor und es zurückstopfte. Jetzt kehrte er dem Verkehr den Rücken zu, und jedes Mal, wenn ein Auto vorbeikam, spürte er den Luftzug und roch seine Abgase. Er war so müde, und es war schon dunkel. Er fragte sich, ob er es je zurück schaffen würde. Er war in seinem ganzen Leben noch nie Anhalter gefahren, hatte sich das niemals getraut. Aber an der nächsten Querstraße drehte er sich unter dem Schein der Straßenlaterne zu den heranrasenden Autos um und hielt den Daumen raus. Wenn man ihn beim Trampen erwischte, wäre das noch ein Vergehen mehr. Er war oft genug vor den Gefahren gewarnt worden und wusste, dass auch Jungen zu Opfern werden können, nicht nur Mädchen. Aber er wusste einfach nicht, was er sonst machen sollte, und glaubte, den Rückweg nicht mehr zu schaffen.

Drei Autos und ein Lastwagen fuhren an ihm vorüber, aber dann verlangsamte ein Pick-up die Fahrt und hielt am Straßenrand. Paul hatte schon halb gehofft, dass niemand anhielte, dass er seine verrückte Idee nicht in die Tat umsetzen müsste. Auf der Ladefläche des Pick-ups lag jede Menge Bauschutt, und ein schwarzer Labrador streckte den Kopf aus dem Fenster.

»Wo willst du hin?«, rief ihm der Fahrer zu.

»Nur ein paar Kilometer die Straße hoch«, sagte Paul.

»Steig ein!«, befahl ihm der Typ. Er hatte krauses braunes Haar und einen dicken, krausen Bart, der sein Gesicht dermaßen überwucherte, dass er fast dahinter zu ersticken drohte. Paul zögerte einen Moment. Der Typ sah nicht so aus wie die Entführer und Mörder aus der Zeitung, aber wegen der vielen Haare war sein Gesichtsausdruck nur schwer zu erkennen. Er schien allerdings nicht betrunken zu sein, und der Hund war bestimmt ein gutes Zeichen. Mörder hatten normalerweise keine Hunde dabei – oder vielleicht doch?

»Kommst du?«, fragte der Typ.

Paul schluckte und stieg ein. Der Typ drückte den Hund in den kleinen Raum hinter dem Sitz. Es schien keinen Sicherheitsgurt zu geben, und Paul wagte nicht, danach zu fragen. Der Hund schnupperte an Pauls Nacken und kratzte am Sitz.

»Das ist Nero«, sagte der Typ.

»Ein schöner Hund«, sagte Paul. Etwas anderes fiel ihm nicht ein.

Der Typ schwieg. Er fuhr schnell, allerdings ohne den Wagen vor ihnen zu überholen. Sie kamen an einem Stück Wald vorbei, und Paul drängte sich der Gedanke auf, dass das genau der richtige Ort wäre, um eine Leiche zu verstecken. Aber schneller als erwartet erreichten sie das Gelände der Akademie. Vorhin war ihm die Entfernung wesentlich größer vorgekommen.

»Irgendwo hier«, sagte Paul.

»Du hast es geschafft«, meinte der Typ. Er hielt unweit der Eissporthalle und sah über den Rasen. Paul merkte, dass er die Szene mitsamt dem Kind, das er mitgenommen hatte, in sich aufnahm.

»Vielen Dank noch mal«, sagte Paul, stieg aus und griff nach seinem Rucksack. Der Hund sprang zurück auf den Sitz und wedelte wild mit dem Schwanz.

»Gern geschehen«, sagte der Typ und fuhr los. Paul hätte heulen können, so erleichtert war er. Er ging die Anhöhe hoch und stellte seinen Rucksack ab. Dann rief er seinen Vater auf dem Handy an und hatte ein zweites Mal Glück, denn sein Vater ging dran. Er erzählte ihm, dass er noch länger hätte bleiben müssen, um mit einem Internatsschüler an einem Projekt zu arbeiten. Er war kein guter Lügner, aber sein Vater stellte keine Fragen. Eine halbe Stunde später holte er Paul ab. Die Heimfahrt über erzählte er von einem Patienten, der früher Profi-Baseballspieler gewesen sei, ein Southpaw, der ein paar Saisons bei den Red Sox gespielt hätte. Bru hatte sich offenbar noch nicht mit ihm in Verbindung gesetzt. Vielleicht hatte er mit Gillian gesprochen. Aber als sie nach Hause kamen, begrüßte sie beide mit ihrer kühlen, angenehmen Art und machte keine Anstalten, Jerry vor dem Abendessen beiseitezunehmen und unter vier Augen mit ihm zu reden.

Aber bei Gillian wusste man nie: Sie war undurchschaubar. Ihr konnte alles Mögliche durch den Kopf gehen – vielleicht wartete sie nur darauf, den richtigen Moment zu erwischen?

Sie aßen Chinesisch zu Abend. Der Tisch war mit Essstäbchen gedeckt, aber Paul benutzte eine Gabel. Immer wieder sah er verstohlen zu Gillian hinüber. Ihre Essstäbchen waren glänzend rot wie Nagellack, und sie aß behutsam, nahm mit den schmalen Enden der Essstäbchen erst einen Pilz und dann ein paar Reiskörner auf. Lange nachdem Paul aufgegessen hatte, war sie immer noch mit ihrer kleinen Portion beschäftigt. Ihr Arm bewegte sich langsam zwischen Teller und Mund hin und her, die Essstäbchen wirkten wie eine Verlängerung ihrer schlanken Finger.

Sobald das Abendessen beendet war, zog Paul sich auf sein Zimmer zurück. Das Haus war in einen Hügel hineingebaut, und seines und Jennifers Zimmer mit anschließendem Bad und einem großen Wohnzimmer lagen im Untergeschoss. Das Schlafzimmer befand sich im ersten Stock über dem Wohnzimmer, weit genug weg, dass kein Kind etwas von dem Liebesleben der Erwachsenen mitbekommen konnte, wie Linda bemerkt hatte, als er und Jennifer noch klein waren. Und zu weit weg, als dass die Erwachsenen hätten hören können, wenn ein krankes Kind nachts nach ihnen rief. Pauls und Jennifers Zimmer hatten große Fenster, von denen man über den Rasen sah, aber in ihnen roch es nach Keller, ein Geruch, gegen den kein Luftentfeuchter ankam. Jennifer weigerte sich, in ihrem Zimmer zu schlafen, also hatte Jerry Gillian überredet, das Gästezimmer im Erdgeschoss Jennifer zu überlassen. Aber das spielte ohnehin keine große Rolle, da Jennifer so gut wie nie zu Besuch kam. Linda, die Bedenken wegen des Schimmels und Allergien hatte, wollte nicht, dass ihr Sohn in einem Keller schlief, wenn er bei seinem Vater war. Aber Paul mochte sein Zimmer, mochte es, dass es ganz tief unten im Haus lag, weit weg von allen anderen. Es gab eine Glasschiebetür, durch die man direkt ins Freie konnte. Also konnte Paul kommen und gehen, wann er wollte, ohne dass es jemand merkte. Nicht, dass er das jemals ausgenutzt hätte.

Wenn Gillian irgendetwas wüsste, hätte sie es beim Abendessen oder kurz danach bestimmt angesprochen, dachte Paul. Aber als er ankündigte, nach unten in sein Zimmer zu gehen, kam keine Reaktion. Hier, an seinem Rückzugsort, fühlte sich Paul in Sicherheit, zumindest für eine Weile. Sein Vater und Gillian kamen fast nie herunter. Er musste Hausaufgaben machen, hatte aber keine große Lust dazu. Mr Joralemon hatte ihnen aufgetragen, ein Buch zu lesen, aber warum sollte er, wo der ihn ohnehin durchfallen lassen würde? Warum sollte er Hausaufgaben machen, wenn man ihn ohnehin hinauswerfen würde? Keine Ahnung, was er am nächsten Tag tun sollte. Es kam ihm komisch vor, am nächsten Morgen ganz normal zur Schule zu gehen. Trotzdem, noch hatte ihm keiner das Gegenteil gesagt. Er musste auf jeden Fall noch mal zur Schule, da er noch Sachen im Spind hatte und Bücher, die er aus der Bücherei geliehen hatte. Seine schöne Sporttrinkflasche war ebenfalls in seinem Spind in der Schule. Die würde er bestimmt nicht einfach dort liegen lassen. Er griff nach seinem Skizzenheft und einem Stift, setzte seine Kopfhörer auf und machte es sich auf seinem Bett gemütlich. Dort zeichnete er, während er Musik von einer Band hörte, die ihm ein alter Freund aus Connecticut empfohlen hatte und die keiner auf der Akademie kannte. Der Schlagzeuger spielte zu laut und nicht sehr abwechslungsreich, aber das war schon in Ordnung so. Laut war in Ordnung.

Im Kunstunterricht hatte mal ein Lehrer gesagt, dass man beim Zeichnen stets gerade am Tisch sitzen solle, aber Paul zeichnete am liebsten im Liegen auf dem Bett. Er war von Anfang an gut in Kunst gewesen – seine Mutter hatte das Selbstporträt, das er in der sechsten Klasse gemacht hatte, noch immer an der Wand hängen –, aber den Kunstunterricht an sich hatte er noch nie besonders gemocht. Er wollte die Geschichten zeichnen, die er im Kopf hatte, und nicht irgendeine Obstschale. Seine Freunde in Connecticut waren fest davon überzeugt, dass aus ihm einmal ein fantastischer Comiczeichner würde, aber an der Akademie hatte er niemandem seine Zeichnungen gezeigt.

Sie mussten geklopft haben, aber Paul hörte es nicht. Er zuckte erst zusammen, als er sah, wie die Tür langsam aufging und sein Vater plötzlich den Kopf hereinsteckte wie der Schachtelteufel, vor dem er sich als Kind so gefürchtet hatte. Er setzte sich im Bett auf und machte die Musik leiser.

»Können wir dich kurz sprechen?«, fragte Jerry.

Paul musste nicht fragen, worum es ging. Er schob sein Skizzenheft unter sein Kissen und zog die Knie an. Sein Vater betrat das Zimmer, Gillian direkt hinter ihm. Er sah, wie sie sich umschauten und nach einem Sitzplatz suchten. Zum Glück lag auf dem Bett jede Menge Zeug. Paul wollte nicht, dass man ihm zu nahe kam, dass sich einer von ihnen aufs Bett setzte. Jerry räumte ein paar Kleider vom Schreibtischstuhl auf den Schreibtisch und bot ihn Gillian an. Sie setzte sich, und Jerry stand neben ihr, eine Hand auf ihre Schulter gelegt. Diese Geste zeigte ihre Verbundenheit und auch, dass alles, was jetzt kam, vorab besprochen worden war, dass sie ein Team waren. Pauls dunkelblaues Akademie-Sweatshirt hing noch über der Stuhllehne, ein Ärmel baumelte schlaff herab.

Jerrys Gesicht wirkte aufgebläht, genau wie damals, wenn er kurz davorstand, Pauls Mutter anzuschreien. Gillians Gesicht war gelassen, aber sie lächelte nicht. Sie sah Paul direkt an.

»Gillian wurde heute vom Direktor deiner Schule angerufen«, hob Jerry an. »Was sie zu hören bekam, hat sowohl sie als auch mich tief bestürzt.«

Paul rückte näher an die Wand und starrte auf seine Füße. Er hatte ein Loch in seiner Socke, und sein Zeh schaute weiß daraus hervor, wie ein Glatzkopf.

»Ich erwarte eine Erklärung«, sagte Jerry schon deutlich lauter. »Was ist nur mit dir los? Was hast du dir dabei gedacht?«

Paul schwieg.

»Sieh mich an!«, schrie Jerry.

Paul sah auf. Gillians Hand bewegte sich und blieb oben auf Jerrys Schulter liegen. Ihre Stimme war leise und kühl.

»Paul«, sagte sie. »Wir verstehen nicht, wie du so etwas …«, sie schwieg, weniger, um nach dem perfekten Wort zu suchen, sondern um es zu betonen, »… Verwerfliches tun konntest«, sagte sie. »Es ist uns beiden ein Rätsel, da du in diesem Fach noch nie Probleme hattest. Für mich ist es besonders bestürzend, weil du bei mir wohnst und das geistige Eigentum eines Autors eigentlich schätzen solltest. Das Internet mag so manches erleichtern, aber das ist keine Entschuldigung.«

»Das habe ich auch nicht behauptet«, murmelte Paul.

»Wie bitte?«, sagte Jerry.

»Nichts«, sagte Paul. Er drückte sich noch näher an die Wand, aber er saß in der Falle, er konnte nirgendwohin.

»Wenn du etwas von einem anderen Autor verwendest«, so Gillian, »musst du es umformulieren, es verbessern. Du musst es zu etwas Eigenem machen.«

»Junger Mann, du wirst jetzt Folgendes tun«, sagte Jerry. Er wurde schon wieder laut. »Du wirst dich heute Abend hinsetzen und die ganze Arbeit noch einmal schreiben. Und dann wirst du sie morgen mit in die Schule nehmen und deinem Lehrer geben.«

»Ich falle sowieso durch«, sagte Paul.

»Es geht nicht darum, ob du durchfällst oder nicht«, sagte Jerry. »Es geht darum, das Richtige zu tun.«

»Und was ist mit Thayers Arbeit? Muss ich die auch noch mal schreiben?«

»Thayer?«, fragte Jerry.

»Der andere Junge.«

Jerry sah Gillian an. »Wovon redet er?«, fragte er.

Gillian zuckte die Achseln. »Keine Ahnung«, sagte sie. »Mir hat man nur von Plagiatsvorwürfen berichtet und von den Konsequenzen, die das für Paul haben kann.«

»Lenk nicht vom Thema ab!«, sagte Jerry. »Und, Paul, ich möchte nicht, dass du versuchst, die Schuld einem anderen in die Schuhe zu schieben.«

»Das hatte ich auch gar nicht vor«, sagte Paul.

»Wenn du von der Akademie fliegst«, sagte Jerry, »müssen wir zusehen, dass du einen Platz auf einer staatlichen Schule bekommst, das ist dir doch hoffentlich klar? Weißt du eigentlich, was für eine Enttäuschung das für Gillian und mich ist? Es war nicht leicht, dich auf der Akademie unterzubringen. Gillian musste sämtliche Beziehungen spielen lassen, nur damit du aufgenommen wurdest.«

»Ich kann wieder zu Mom ziehen«, sagte Paul. »Und dort zur Schule gehen.«

»Das habe ich mir auch schon überlegt«, sagte Jerry. »Aber Gillian sagt, dass du weiterhin bei uns wohnen darfst. Sie möchte dir noch eine Chance geben, und ich hätte gern, dass du dich bei ihr bedankst.«

»Paul muss sich nicht bei mir bedanken«, sagte Gillian. »Ich kann mir vorstellen, wie leid ihm das bereits alles tut.« Sie stand auf und ging zur Tür, wobei sie Jerry mitzog.

Jerry seufzte. »Na gut«, sagte er. Er folgte Gillian, aber bevor er den Raum verließ, blieb er noch einmal stehen und warf Paul einen strengen Blick zu. »Ich will, dass du jetzt sofort aufstehst, dich an deinen Schreibtisch setzt und diese Arbeit noch einmal schreibst. Ich erwarte von dir, dass du das erledigt hast, bevor du heute schlafen gehst.« Er schlug mit den Knöcheln gegen das Fußende des Bettes.

Paul schloss die Augen, aber seine Lider konnten die Tränen nicht zurückhalten. Er öffnete die Augen erst wieder, als sein Vater und Gillian weg waren, als sein Zimmer ihm wieder allein gehörte.

## *Virginia*

In Rachels kleiner, aber dafür umso heißeren Küche begoss Virginia den Truthahn, während Rachel die vegetarische Füllung anrührte, die in sicherer Entfernung von dem gebratenen Vogel in einem extra Topf hergestellt wurde. Rachel hatte Joe und Dennis damit beauftragt, sich um die Gäste im Wohnzimmer zu kümmern. Bernard und Teddy würden sich bemühen, aber die Spannung zwischen ihnen war mit Händen zu greifen, sodass es besser war, sie zu trennen, bis das Essen serviert wurde. Es stand außer Frage, dass Teddy Bernard mied, aber Virginia war sich nicht sicher, ob Bernard auch Teddy aus dem Weg gehen würde.

Rachel trug einen warmen Angorapulli. Ihr Gesicht war gerötet, und ihre Nickelbrille war ihr auf die Nasenspitze gerutscht. Virginia wusste, dass der Pulli ein Geschenk von Bernard und Aimee gewesen war, das eindeutig Aimee ausgesucht hatte. Und dass Rachel ihn trotz ihrer Bedenken trug, für seine Herstellung könnten Kaninchen gequält worden sein. Aimee dagegen trug nur maßgeschneiderte, teure Kleidung in Grau und Schwarz. Und obwohl Rachels Stil weniger streng war, hätte sie sich nie einen pinkfarbenen, paillettenbesetzten Pulli mit tiefem Ausschnitt ausgesucht. Virginia fragte sich, ob Aimee wirklich so ein Bild von Rachel hatte, oder ob sich hinter dem Geschenk nicht eher ein Hauch von Herablassung verbarg. Das ist nicht sehr nett von mir, dachte sie und freute sich, nicht allzu nett zu sein, nicht einmal Aimee gegenüber.

Virginia schob den Truthahn zurück in den Ofen und wandte sich an Rachel. »Soll ich dich ablösen, Peachie?«, fragte sie. »Du siehst aus, als könntest du etwas frische Luft gebrauchen.«

»Danke, Mommy«, sagte Rachel. »Es geht mir gut, ehrlich!«

Virginia lächelte, und weil sie so glücklich war und sich einfach nicht zurückhalten konnte, beugte sie sich vor und küsste Rachel auf ihre glänzende Stirn.

»Mein Liebling!«, sagte Virginia. Sie hatte vor zwei Wochen von Rachels Geheimnis erfahren und wusste, dass Rachel für diesen Anlass gesorgt hatte, um auch den Rest der Familie einzuweihen. Als Rachel angerufen hatte, um sich ihr anzuvertrauen – was an und für sich schon ein Wunder war, denn Rachel hatte sich ihr gegenüber erst in den letzten Jahren wirklich geöffnet –, hatte Virginia den Kopf auf den Schreibtisch gelegt und vor lauter Glück und Erleichterung geweint. Sie ließ sich Rachel gegenüber nie etwas anmerken, aber insgeheim fürchtete sie bereits, dass die ernsthafte, hart arbeitende Rachel vielleicht gar nicht mehr daran dachte, Mutter zu werden, bis es zu spät dafür war. Oder dass Rachel und Dennis, die arm waren, aber kein Geld annehmen wollten, das Gefühl hätten, sich keine Kinder leisten zu können.

Rachel hatte Virginia gebeten, niemandem etwas zu sagen, nicht einmal Joe, aber Virginia hatte sie angefleht und gesagt: »Er wird sehen, wie ich glückstrunken durchs Haus laufe, und was soll ich ihm dann sagen, wenn er wissen will, worüber ich mich so freue? Ich kann Joe nicht anlügen.«

»Du bist ein hoffnungsloser Fall, Mommy«, hatte Rachel gesagt. »Aber Dennis und ich wollen an Thanksgiving alle damit überraschen, und wenn Joe Bescheid weiß, wird er nicht überrascht sein, und dann weiß Daddy, dass ich dich eingeweiht habe, aber nicht ihn.«

»Ich werde Joe schwören lassen, dass er sich angemessen überrascht zeigt«, sagte Virginia.

In Wahrheit hatte Virginia Joe gar nichts erzählt, zumindest nichts Genaues. Sie wollte das Vertrauen ihrer Tochter wert sein, gleichzeitig aber keine Geheimnisse vor ihrem Mann haben, also befreite sie sich mit einem semantischen Trick aus ihrer moralischen Zwickmühle.

»Rachel hat mir etwas Wunderbares anvertraut«, hatte sie zu Joe gesagt, »aber noch soll es ein Geheimnis bleiben. Du errätst bestimmt, was es ist – aber macht es dir was aus, wenn ich die Ankündigung Rachel überlasse?«

Als Antwort hatte Joe Virginia in die Arme genommen. »Oh, Ginny«, hatte er geflüstert. »Was für wunderbare Neuigkeiten!«

Dennis kam in die Küche, angeblich um sich zu erkundigen, ob sie zurechtkämen, aber in Wahrheit eher, um vor Bernard zu fliehen, der ihn gern bevormundete, aber auch vor Aimee, die ihn gern ignorierte. Er küsste Rachels Nacken.

Rachel drehte sich abrupt zu ihm um. »Du lässt doch nicht bestimmte Gäste unbeaufsichtigt aufeinander los?«, fragte sie.

»Joe unterhält sich mit Teddy und Marika«, sagte Dennis, »und Aimee ist draußen auf der Veranda und telefoniert mit ihrem Handy. Bernie ist auch irgendwo. Wo genau, weiß ich zwar nicht, aber auf jeden Fall in sicherer Entfernung von Teddy.«

»Bitte schau nach ihm!«, sagte Rachel.

»Brauchst du keine Hilfe in der Küche?«, erkundigte sich Dennis.

»Mommy und ich haben hier alles unter Kontrolle«, sagte Rachel. »Ihr Männer seid dann mit dem Aufräumen dran – schon vergessen?«

»Mich eingeschlossen?«, fragte Bernard, der mit einem Weinglas in die Küche gekommen war.

»Klar, Daddy. Wir haben eine Schürze in deiner Größe.«

»Ich spüle gern ab, Peachie«, sagte Bernard. »Ich bin ein Spezialist für Gläser, die nicht in die Spülmaschine dürfen, und ich habe immer die Töpfe deiner Mutter abgespült – stimmt's, Virginia?«

»Das waren nicht meine Töpfe«, sagte Virginia. »Sondern genauso gut deine.« Aber sie gab Bernard einen freundlichen Stups. Sie würden beide Großeltern werden. Warte nur!, hätte sie ihm am liebsten gesagt, du wirst gleich etwas Wunderbares erfahren.

»Vielleicht kann dir Aimee beim Tischdecken helfen«, sagte Rachel. »Wenn sie mit ihren Anrufen fertig ist. Ich habe die Sitzordnung aufs Klavier gelegt.«

»Gut«, sagte Dennis und verschwand ins Esszimmer. Virginia war sich ziemlich sicher, dass er Aimee nicht um Hilfe bitten würde.

Nachdem Dennis weg war, machte es sich Bernard auf einem Küchenhocker gemütlich, ohne sich von dem Chaos um ihn herum stören zu lassen. Wie Virginia auffiel, schien ihm auch die Hitze nichts auszumachen. Er hatte schon immer gut gegen extreme Temperaturen angekonnt und machte jetzt nicht einmal Anstalten, die Krawatte zu lockern oder den neuen Cashmere-Blazer auszuziehen, den ihm bestimmt Aimee aufgedrängt hatte.

»Also, Peachie, erzähl doch mal, was an der Akademie mit Gillians Stiefsohn los ist«, sagte Bernard. »Sie hat was von einer Art Bewährungsfrist erwähnt. Er scheint Probleme zu haben, und da dachte ich, du kannst mir bestimmt mehr erzählen.«

»Ach, das!«, rief Rachel aus. Sie reduzierte die Flamme unter dem Topf mit der Füllung und legte den Deckel drauf. »Armer Paul! Er wurde gezwungen, einem furchtbaren Jungen eine Arbeit zu schreiben. Einem gewissen Thayer, dessen Familie zu den größten Sponsoren der Akademie zählt. Und als Stewart Joralemon merkte, dass einige Passagen aus dem Internet kopiert worden waren, hat er Thayer zu sich rufen lassen. Und weißt du, was Thayer zu seiner Verteidigung vorgebracht hat?« Rachel schwieg, und Virginia lächelte ihre Tochter kopfschüttelnd an. Sie bewunderte die Leidenschaft, mit der Rachel ihren Beruf ausübte, auch wenn sie ihr manchmal Sorgen machte.

»Er hat behauptet, keinen geistigen Diebstahl begangen zu haben, da er die Arbeit gar nicht verfasst hätte. Das wäre Paul Traub gewesen. Aber das Beste kommt erst noch: Er war regelrecht empört, dass Paul ihm eine ›Scheißarbeit‹ gegeben hatte, wie er sich ausdrückte!«

»Warum hat Paul einem anderen Schüler die Arbeit geschrieben?«, fragte Virginia.

Rachel strich sich das Haar zurück und holte tief Luft. »Das ist ja das Herzzerreißende!«, sagte sie. »Paul ist eines von diesen schüchternen, nicht sehr beliebten Kindern. Er wollte mit Thayer befreundet sein.«

Bernard räusperte sich. »Vielleicht ist Paul klüger, als du denkst, Peachie. Vielleicht fühlte er sich gezwungen, diesem Thayer die Arbeit zu schreiben, und hat extra Passagen aus dem Internet eingefügt, damit Thayer auffliegt. Die perfekte Rache.«

»Oh nein, Daddy, das ganz bestimmt nicht«, sagte Rachel. »Auf so etwas würde Paul niemals kommen. Er ist unschuldig, und wie! Seine eigene Arbeit enthielt ebenfalls nicht als solche markierte Zitate. Er hat versucht, innerhalb kürzester Zeit zwei Arbeiten zu schreiben, und wusste sich nicht anders zu helfen. Du sagst, laut Gillian macht er Probleme. Ich glaube eher, dass Gillian das Problem ist.«

Bernard hob die Brauen, und Virginia musste lächeln. Wahrscheinlich war da mal kurz was zwischen Bernard und Gillian gewesen, als sie nicht mehr zusammen waren. Aber davon wusste Rachel mit Sicherheit nichts.

»Du magst diesen Jungen, stimmt's?«, sagte Virginia.

Rachel seufzte. »Ich hasse es, wenn Kinder unfair behandelt werden«, sagte sie.

»Wenn er nur eine Bewährungsfrist bekommen hat, ist man ja noch ziemlich nachsichtig mit ihm umgegangen«, meinte Bernard.

»Aber auch nur deshalb, weil ich das mit Thayer wusste«, sagte Rachel. Ihr Gesicht war inzwischen ganz rot. »Donald Bruer wollte Paul rauswerfen und Thayer davonkommen lassen. Und das wäre eine himmelschreiende Ungerechtigkeit. Wie könnte ich darüber Stillschweigen bewahren?«

»Waren das deine Worte?«, fragte Virginia.

Rachel nickte achselzuckend. »So was in der Art.«

Virginia lächelte. Sie sah förmlich vor sich, wie ihre schmale Tochter, wie ihre schmale, schwangere Tochter diesen Unglücksburschen verteidigte.

»Ich kenne Stewart Joralemon«, sagte Bernard. »Ich habe

ihn eigentlich immer für einen ziemlich aufrechten, ehrlichen Kerl gehalten.«

»Oh, er war fair. Er wollte beide Jungen in seinem Fach durchfallen lassen. Aber Donald Bruer konnte nicht zulassen, dass Thayer Henniman irgendwo durchfällt. Also hat er dafür gesorgt, dass beide Jungen das Fach nicht mehr belegt haben und demnach auch keine schlechte Note bekommen können.«

»Und darauf hat sich Joralemon eingelassen?«

»Eigentlich nicht«, sagte Rachel. »Er hat sich ganz plötzlich frühpensionieren lassen. So lautet zumindest die offizielle Version. Aber in Wahrheit hat man ihn gezwungen, zu gehen. Er bekommt eine ordentliche Abfindung, aber er darf nicht mehr unterrichten.«

»Oh, Peachie!«, sagte Virginia. »Es tut mir so leid, dass du an so einer Schule arbeiten musst!« Beinahe hätte sie noch hinzugefügt, dass Rachel, wenn das Kind erst mal da wäre, den Job vielleicht aufgeben könnte.

»Aber ich mag die Schüler«, sagte Rachel. »Na ja, die meisten jedenfalls.«

»Du solltest an einem College unterrichten«, sagte Bernard. »Du solltest Donne und Marvell lehren.«

»Es gibt hier nur wenige entsprechende Jobs, Dadddy, und das weißt du auch«, sagte Rachel. »Ich kann von Glück sagen, dass ich die Stelle habe.«

Teddy, dicht gefolgt von Marika, deren Kopf beinahe auf seiner Schulter zu ruhen schien, stand in der Tür.

»Wie sieht's mit dem Abendessen aus, Peachie?«, fragte er. »Wir haben noch eine lange Heimfahrt vor uns.«

»Ich glaube, wir sind so weit«, sagte Rachel. »Stimmt's, Mommy?«

»Ich denke schon«, sagte Virginia. Sie sah zwischen ihren beiden Sprösslingen hin und her. »Ich liebe es, euch beide zusammen zu sehen«, verkündete sie und ergänzte dann beim Anblick Marikas noch schnell: »Ich liebe es, wenn wir an Thanksgiving alle zusammen sind.«

Auf jedem Teller stand eine handgeschriebene Platzkarte, die bestimmt Rachel angefertigt hatte, da war sich Virginia sicher. Rachel hatte Teddy und Marika an das eine Ende der Tafel gesetzt und Bernard und Aimee an das andere. Sie und Joe saßen Rachel und Dennis gegenüber. Es gab solche Mengen zu essen und zu trinken, dass sie sie nicht mal bewältigen würden, wenn sie eine ganze Woche zusammensäßen, erkannte Virginia. Es war Virginia, die den Truthahn angeschnitten hatte. Mit Rücksicht auf Rachel und Dennis lag der Vogelkadaver in der Küche, stattdessen stand nur eine Platte mit Bratenscheiben auf dem Tisch. Joe, der von Virginia rechtzeitig instruiert worden war, hob sein Glas und sagte: »Auf Peachie und Dennis, dafür, dass sie uns zu diesem üppigen Festmahl eingeladen und uns alle zusammengeführt haben. Ich wünsche allen ein frohes Thanksgiving!«

Marika hatte den Kopf gesenkt und die Augen geschlossen, als spräche sie ein Tischgebet, aber ansonsten schien das niemand zu vermissen. »Hossa!«, rief Bernard, und alle hoben die Gläser. Obwohl die Tafel zu lang war, als dass alle miteinander hätten anstoßen können, versuchte Bernard quer über den Tisch hinweg mit Teddy und Marika die Gläser klingen zu lassen. Damit das auch wirklich klappte, erhob er sich mit großer Geste von seinem Platz und ging zu ihnen hinüber. Er hatte seine weiße Leinenserviette aus Rachels Aussteuer unters Kinn geklemmt. Das tat er auch im Restaurant, auch wenn er dann aussah wie ein Riesenbaby mit Lätzchen. Eine weitere Macke, die Virginia genervt hatte, als sie noch verheiratet waren, aber jetzt fand sie sie nicht nur harmlos, sondern fast schon amüsant.

Beim Gedanken an Babys sah Virginia zu Rachel hinüber, die Bernard schräg gegenübersaß. Sie sah ein wenig erschöpft, aber glücklich aus. Sie legte ihren Kopf auf Dennis' Schulter. Wahrscheinlich würden sie die Neuigkeit verkünden, wenn alle ihre erste Portion intus hatten.

»Ich habe es geschafft!«, sagte Joe leise, und Virginia drehte sich zu ihm um.

»Was?«, fragte sie.

Joe zeigte auf einen Tropfen Cranberry-Sauce auf dem weißen Tischtuch.

»Ich werde den Fleck später in kaltem Wasser einweichen«, sagte Virginia. »Aber bis es so weit ist …« Sie sah in die Runde, merkte, dass alle vollkommen mit sich beschäftigt waren, und versteckte den Fleck unter ihrem Brotteller, wobei sie Joe verschwörerisch zulächelte.

Man hörte, wie ein Messer gegen ein Glas geschlagen wurde. Virginia sah sich suchend nach dem Geräusch um. Es kam von Bernard. Virginia hätte sich gern gefreut, dass Rachel ihrem Vater diese Ehre überließ. Aber sie staunte doch, dass Dennis dieses Privileg an Bernard abgetreten hatte. Und sie war enttäuscht, dass Rachel sich mit Bernard verschworen hatte, während sich doch sie, Virginia, die ganze Zeit über privilegiert gefühlt und gedacht hatte, sie wisse als Einzige Bescheid.

Sobald er die Aufmerksamkeit aller besaß, räusperte sich Bernard.

»Da wir uns hier wie unsere Pilgerväter zu diesem seltenen

Anlass versammelt haben, möchte ich euch gern eine freudige Mitteilung machen.«

Virginia lehnte sich in ihrem Stuhl zurück, ihre Enttäuschung war bereits verflogen. Es spielte schließlich keine Rolle, wer die Neuigkeit verkündete – wichtig war nur, dass Rachel Mutter wurde. Sie sah Rachel an, aber ihr zufriedener Gesichtsausdruck war wie weggeblasen. Rachels Gabel schwebte zwischen Teller und Mund in der Luft, ein Stück Süßkartoffel war darauf gespießt.

»Aimee und ich«, sagte Bernard und machte eine bedeutungsvolle Pause, »bekommen ein Baby.«

Virginia hörte Bernards Worte, aber ihre Bedeutung drang erst zu ihr durch, als sie sah, wie Rachel die Gabel auf den Teller fallen ließ.

»Ach du meine Güte«, sagte Rachel leise.

»Was?«, fragte Teddy. Virginia drehte sich zu ihrem Sohn um, der neben ihr saß. Der warf seine Serviette zu Boden, schob seinen Stuhl zurück und erhob sich von der Tafel. »Das soll wohl ein Witz sein!«, sagte er.

»Bitte, Teddy, setz dich. Bitte!«, rief Marika.

»Nun ja«, sagte Joe nach einem Moment des Schweigens. »Da sind wohl Glückwünsche angebracht.« Er hob das Glas.

»Es tut mir leid, Peachie«, sagte Teddy. »Aber ich fürchte, damit komme ich nicht klar. Komm, Marika, wir gehen!«

»Bitte, Teddy, wir können jetzt nicht gehen!« Marika zeigte auf den Tisch, das Essen, die Gäste.

Bernard, der seinen Arm um Aimee gelegt hatte, starrte seinen Sohn an. Aimee hatte die Augen zugekniffen. Virginia wusste, dass Aimee sich sonst wohin wünschte, nur nicht hierher, an diesen Tisch, zu diesen Leuten. Sie hätte gern so etwas wie Mitleid mit Aimee empfunden, aber ihr ganzes

Mitgefühl gehörte Rachel. Jetzt würden sie und Dennis ihre Neuigkeit bestimmt nicht mehr verkünden. Bernard hatte ihr den großen Moment verdorben, und nicht nur das. Bernie, dachte Virginia, wie konntest du nur? Wie konntest du das unserer Peachie nur antun?

Rachel sah ihren Vater an, der neben ihr saß. Virginia sah ihr an, wie sehr sie sich beherrschen musste, damit ihr die Gesichtszüge nicht entglitten und sie nicht verriet, was sie wirklich fühlte.

# *Adam*

Adam hatte nicht vorgehabt, an Thanksgiving nach Hause zu fahren. Aber Kim hatte ihn eingeladen, die Feiertage bei ihrer ganz in der Nähe lebenden Familie zu verbringen, und er brauchte dringend eine Ausrede, nicht mitfahren zu müssen. Er hatte Angst, in Selbstmitleid zu ertrinken, wenn er allein in seiner Wohnung blieb, und Kims Einladung hinterher doch noch anzunehmen. Noch schlimmer wäre es, wenn sie feststellte, dass er allein war und daraufhin mit einer Servierplatte bei ihm vor der Tür stünde, auf der sich ein cranberrybeschmierter Truthahn und saucendurchweichter Kartoffelbrei befänden.

Es war zu spät, um noch einen Flug zu reservieren, also fuhr Adam mit dem Auto nach Western Pennsylvania und kündigte sein Kommen unterwegs von einer Tankstelle aus an. Seine Eltern lebten nach wie vor in dem geziegelten Farmhaus, in dem er aufgewachsen war. Sie hatten beschlossen, raus aufs Land zu ziehen, statt in Pittsburgh zu wohnen, wo sein Vater arbeitete. Ganz einfach, weil sie das besser für die Kinder fanden. Aber dann war das Farmland um sie herum dem Tagebau geopfert worden. Als Kind war Adam von den Aushubarbeiten begeistert gewesen. Damals hatte es ihm leidgetan, als das Land schließlich wieder zurückgegeben wurde. Aber jetzt, wo er mit seinem neuen Roman begonnen hatte, der in dieser Gegend spielte, sah er den Tagebau mit anderen Augen. Obwohl die Hügel beinahe wieder ihre ursprünglichen sanften Konturen zurückerhalten hatten, war die Landschaft unwiderruflich verändert worden. Zuerst hatte er die Kohle als Krebsgeschwür beschrieben, das man aus der Erde geholt hatte, um die Haut anschließend wieder über die Wunde zu breiten. Aber die Metapher ließ den Tagebau eher wie etwas Heilendes und weniger wie etwas Ausbeuterisches wirken. Kohle war ein uralter, der Erde eigentümlicher Bestandteil. Und obwohl neues Gras angesät worden war, wirkte es wie Narbengewebe, das jene Stelle bedeckte, an der man ein überlebenswichtiges – und in diesem Fall gesundes – Organ entfernt hatte. Während er durch diese Hügel fuhr, kam es ihm vor, als hätte die von ihm beschworene Landschaft nur auf seine Rückkehr gewartet. Sie bestätigte lebhaft die traurige Vergangenheit, die er zu dokumentieren versucht hatte.

Er erreichte das Haus seiner Eltern. Bevor Adam den Spießrutenlauf bei seinen Verwandten begann, deponierte er seinen Matchsack auf das Einzelbett in seinem alten Zimmer. Während das Zimmer, das sich seine Schwestern geteilt hatten, in ein Arbeitszimmer umgewandelt worden war, war sein Zimmer unverändert geblieben – ein Tempel seiner Pubertät. An der Wand über seinem Schreibtisch hing eine beeindruckende Sammlung von Zeugnissen und Urkunden, die seine vorbildliche Jugend verdeutlichen sollten: ein Preis beim Naturwissenschaftswettbewerb, eine Auszeichnung vom Jugendsymphonieorchester, eine Würdigung beim Literaturwettbewerb. Er wollte sie alle in den Schrank legen, aber als er das erste gerahmte Zeugnis von der Wand nahm, blieb ein weißes Rechteck zurück, das heller war als die es umgebende Wand. Eine Art Negativbild seiner Errungenschaft. Beim Familienabendessen ertrug er tapfer die ungetrübte Anerkennung seiner Eltern, ihre Begeisterung über seine Freundin Kim, von der sie nur Fotos gesehen hatten, und die Bewunderung für seinen Job. Er verdiente mehr, als seine Eltern je verdient hatten – was ihn beschämte und sie freute. Er ertrug zahlreiche Witze über Schuhe. Einige Verwandte wollten wissen, wann sie »sein Buch« zu lesen bekämen, woraufhin er seine Mutter in der Küche bedrängte, die Situation richtigzustellen.

»Ich habe es noch nicht mal fertig geschrieben«, sagte er. »Und selbst wenn ich es fertig schreibe, weiß ich noch nicht, ob es jemals gedruckt wird.«

Seine Mutter wischte sich eine Hand an der Schürze ab, bevor sie sie auf seine Wange legte. »Natürlich wird es das«, sagte sie.

Spätabends, nachdem er halbherzig Hilfe beim Spülen angeboten hatte, ging er mit seinem Cousin Rick aus und betrank sich dermaßen, dass er ihm gestand, wie sehr ihn sein Job nervte, und dass er am liebsten nur an seinem Roman arbeiten würde. Aber über Gillian verlor er kein einziges Wort. Selbst wenn er völlig daneben war, würde er kein einziges Wort über sie verlieren.

Die Leopardis hatten nur noch ein Treffen nach Thanksgiving geplant. Dann gab es eine lange Pause bis nach Weihnachten. Adam hätte sich am liebsten jede Woche mit ihnen getroffen, aber die anderen – Chris vielleicht ausgenommen – hatten um diese Jahreszeit zu viel um die Ohren. Adam hielt es kaum aus, Gillian so lange nicht zu sehen, aber wenn er sie bei ihren Gruppentreffen sah, war das ebenfalls kaum auszuhalten.

Kim machte Adams Job für seine »Stimmungsschwankungen« verantwortlich, und er vermied es, sie eines Besseren zu belehren. Seine Arbeitssituation war tatsächlich beschissen – Phil, den er einst für seinen Freund gehalten hatte, hatte ihn aus einem Projekt gedrängt –, aber im Grunde war ihm das egal. Er wollte nur noch schreiben, und wenn er seinen Roman verkaufte (falls er überhaupt so etwas denken durfte – sollte er nicht vielmehr sagen, wenn er seinen Roman jemals verkaufte?), würde er seinen Job kündigen und sich nie mehr mit Laufschuhen beschäftigen. Kim taute seinen Kühlschrank ab, kaufte so ein Holzkugelding, um seinen Rücken zu massieren, buk ihm Pfannkuchen und verteilte die Blaubeeren so darauf, dass sie ein lachendes Gesicht bildeten, wenn auch in der Farbe eines blauen Flecks. Es war einfacher, Sex mit ihr zu haben, als es zu lassen.

Er machte Weihnachtseinkäufe mit Kim im Einkaufszentrum. Sie wollte, dass er sich neue Jeans kaufte.

»Meine sind doch noch in Ordnung«, sagte er.

»Ich fände es gut, wenn du welche hättest, die richtig sitzen und ein bisschen cooler aussehen«, erwiderte sie.

»Jeans sind Jeans«, sagte er, probierte aber für sie mehrere an: mit *boot cut*, mit geradem Bein, mit ausgestelltem Bein … Anschließend kaufte er zwei Paar, um ihr einen Gefallen zu tun. Ständig musste er daran denken, was wohl Gillian gefallen würde – falls sie überhaupt einen Blick für Jeans-Passformen hatte, was er bezweifelte.

Kim strickte ihm einen Pulli zu Weihnachten. Es war ein kompliziertes Muster, für das man viele Stricknadeln mit Stoppern an den Enden und mehr als nur zwei Hände zu brauchen schien. Er wusste, dass er ihr auch etwas schenken musste, und verlangsamte seinen Gang, als sie an einem Schaufenster mit Silberschmuck vorbeikamen. Bei Ohrringen konnte man nichts falsch machen, damit legte man sich auf nichts fest. Adam fuhr mit dem Finger an einer Reihe von ihnen entlang und versetzte die Bammeldinger in Bewegung.

»Gefallen dir welche?«, fragte er Kim.

»Die hier sind hübsch«, sagte sie. Sie betrachtete eine Reihe von Steckern, die alle etwas mit Meer zu tun hatten: Seesterne, Delfine, Muscheln. »Für wen sollen sie denn sein?«

Adam schwieg und lächelte. Als Kim begriff, dass es um sie ging, gab sie ein kurzes »Oh!« von sich. Er kaufte ihr Delfine, die auf silberne Pfähle gespießt waren.

»Muss ich bis Weihnachten warten?«, fragte sie.

»Nö«, erwiderte er.

Sie machte die Ohrringe ab, die sie gerade trug, und legte die neuen an, bewunderte sie im Spiegel neben dem Schaufenster. Aus der Ferne wirkten sie eher wie Halbmonde und nicht wie kleine Delfine, die über Kims weichen Ohrläppchen auf ewig in der Luft schwebten.

Die Leopardis trafen sich bei Nancy. Es war das erste Mal, dass Nancy die Gastgeberin war, und sie hatte offensichtlich großen Aufwand betrieben und Napfkuchen, *cranberry bread* und Zitronenschnitten gebacken. Becher, Gläser und Löffel waren auf der Küchentheke aufgereiht, daneben lag ein aufgefächerter Stapel Cocktailservietten. Es gab Kaffee, Tee, Cider, Bier und Wein. Adam nahm sich ein Bier und wollte schon aus der Flasche trinken, als er es sich anders überlegte und sich ein Glas einschenkte.

»Wir sind solche Köstlichkeiten gar nicht gewohnt«, sagte Bernard. »Nancy, aus dir wird eines Tages noch mal eine prächtige kleine Ehefrau.«

Wenn sich Adam nicht täuschte, hätte Virginia ihm am liebsten eine geschmiert.

Nancy war offenbar schon einiges von Bernard gewohnt. »Genau das habe ich auch vor«, sagte sie. »Und wenn du brav bist, wirst du zur Hochzeit eingeladen.«

»Wer heiratet?«, erkundigte sich Chris, der gerade ins Zimmer gekommen war.

»Unsere geliebte Nancy«, sagte Bernard.

»Werde ich auch zur Hochzeit eingeladen?«, fragte Chris.

»Ihr seid alle eingeladen«, erwiderte Nancy.

»Hör nicht auf Chris!«, sagte Virginia. »Du bist zu großzügig. Du bist nicht verpflichtet, überhaupt jemanden von uns einzuladen.«

»Ich betrachte das nicht als Verpflichtung«, sagte Nancy, obwohl Adam das Gegenteil vermutete.

Gillian kam erst, als sie schon loslegen wollten. Er sah, wie sie den Blick durch Nancys Wohnzimmer schweifen ließ und es abschätzig taxierte. Er fragte sich, welches Detail wohl das leicht amüsierte Lächeln auf ihrem Gesicht hervorrief. Die auf dem Couchtisch ausgebreiteten Untersetzer? Die Schale mit den Kiefernzapfen? Das Häkelkissen, das wahrscheinlich ein Kind angefertigt hatte?

»Hallo, Adam«, sagte Gillian, als sie ihn sah. Ganz so, als wäre nie etwas zwischen ihnen gewesen.

Chris hatte eine Romanpassage überarbeitet, die er gern vortragen wollte.

»Es geht um den Vorfall im Gerichtssaal, den ich vor ein paar Wochen vorgestellt habe«, sagte er. »Ihr habt mir vorgeschlagen, ihn zu einer ganzen Szene auszubauen. Hier ist sie also.«

»Ich fürchte, ich kann mich nicht mehr daran erinnern«, sagte Bernard.

»Das war mein Vorschlag«, sagte Gillian. »Wie sagtest du noch so treffend, Bernard? Wir alle unterstützen uns sehr bei unseren literarischen Bemühungen.«

Chris räusperte sich laut.

*Vor dem Gerichtsgebäude von Westshire County schien es eher August statt April zu sein. Die von der Gemeinde gepflanzten Tulpen hatten schon in der Vorwoche die Köpfe hängen lassen. Der Bereich um den Aschenbecher neben der Tür war mit Kippen übersät, die ihr Ziel verfehlt hatten.*

»Wie ihr gleich hören werdet, gibt es hier einen Bruch«, unterbrach Chris seinen Vortrag. »Ich weiß noch nicht, ob ich das lassen oder einen besseren Übergang schaffen soll.«

»Lies einfach weiter«, befahl Gillian.

Chris wollte schon etwas sagen, widmete sich dann aber wieder seinem Manuskript:

*Er würde niemandem auffallen. In dem überhitzten zweiten Stock des Gerichtssaals warteten fünfzig Bürger darauf, ob sie in die Jury gewählt würden. Es war erst halb neun, aber schon sehr heiß. Die Stühle waren so aufgereiht, dass sie nach vorn zu dem Fernseher zeigten, in dem eine Kochshow lief. Der Empfang war so schlecht, dass es aussah, als wäre bei Schneegeriesel gefilmt worden. Zwei Deckenventilatoren schafften es nur mit Mühe, die warme Luft durcheinanderzuwirbeln.*

*Einige Leute dösten, andere sahen fern, wieder andere lasen.*

*Niemand schenkte dem Mann in der zweiten Reihe besondere Aufmerksamkeit. Wenn hier jemand auffiel, dann die Frau mit den Tätowierungen auf dem schwabbeligen Oberarm. Oder der junge Kerl mit den dicken Ketten, der eher auf die Anklagebank als zur Jury zu gehören schien. Der Mann sah aus wie der Absolvent einer Eliteuniversität. Er hatte einen Teint, wie man ihn nur vom Segeln und nicht von der Feldarbeit bekommt. Er trug ein blau gestreiftes Hemd und ordentliche dunkelblaue Baumwollhosen. Aber die Schuhe passten nicht dazu – es waren Wanderschuhe, an denen noch Schlamm klebte. Schlamm, der höchstens einen Tag alt war. Er schien zu dösen, aber er döste nicht.*

Chris las in normalem Tempo weiter, aber als gegen Ende des Kapitels alle in den Saal geschickt wurden, in dem die endgültige Geschworenenauswahl stattfand, wurde er langsamer.

*Einer nach dem anderen wurde nach vorn gerufen, und der Richter verkündete, ohne wen der Prozess stattfinden sollte. Der Verteidiger stand zwischen ihm und dem Gerichtsreporter. Der Verteidiger trug einen Anzug, den er sich offensichtlich für das Verfahren zugelegt hatte. Er war gerade erst beim Friseur gewesen.*

*Die Staatsanwältin war eine Blondine in einem limettenfarbenen Kleid. Ihr Kleid zeichnete sich scharf gegen die blauen Vorhänge und die amerikanische Flagge vor dem Fenster ab. Beide Anwälte beäugten jeden der potenziellen Geschworenen. Aber keiner beäugte sie aufmerksamer als der Angeklagte, ein Mann, der wegen einem Dutzend Vergewaltigungen und sechzehn sexuellen Nötigungen mit Körperverletzung hier saß.*

»Hab ich was verpasst?«, sagte Virginia. »Ist Alfie Jurack der Angeklagte?«

»Nicht Alfie«, sagte Chris, »sondern sein Kumpel.«

»Hilf mir bitte auf die Sprünge«, sagte Bernard. »Wer ist der Herr mit dem gebräunten Teint? Doch nicht Dreever?«

»Das weiß man noch nicht«, sagte Chris.

»Aber er spielt doch eine wichtige Rolle, nehme ich an«, sagte Bernard.

»Worauf du dich verlassen kannst!«, sagte Chris.

»Es heißt *eines*«, sagte Gillian.

»Wer ist der Herr eines gebräunten Teints?«, fragte Chris.

»Aber keiner beäugte sie aufmerksamer als der Angeklagte, ein Mann, der wegen eines Dutzends Vergewaltigungen und sechzehn sexueller Nötigungen mit Körperverletzung hier saß«, sagte Gillian gereizt.

»Das war ein Witz, Gillian«, sagte Chris. »Ich wusste genau, was du meinst. Aber auch wenn du dir nicht vorstellen kannst, dass ich in der Lage bin, Genitiv und Dativ auseinanderzuhalten – ich möchte meine Variante damit verteidigen, dass sie in der gesprochenen Sprache durchaus üblich ist.«

»Schlampige Grammatik sollte niemals üblich sein«, sagte Gillian.

»Aber wir müssen auch ein Gefühl für die Stimme des Erzählers haben«, sagte Bernard. »In diesem Fall erscheint mir *wegen einem Dutzend* – auch wenn ich zugegebenermaßen ein etwas mulmiges Gefühl dabei habe – als durchaus angemessen. Das muss der Autor entscheiden.«

»Meiner Meinung nach wird es der Korrektor verbessern und dich bitten, es zu ändern«, sagte Nancy.

»Ich habe mein halbes Leben damit verbracht, meine Texte gegen die Korrektoren zu verteidigen«, sagte Chris.

»Ich würde lieber über die Gesamtwirkung der Szene reden«, sagte Virginia. »Sie macht uns neugierig. Wir wollen wissen, wer der Mann ist und was er im Schilde führt. Es sieht so aus, als würde seine Anwesenheit bei dem Gerichtsverfahren nicht ohne Folgen bleiben. Wie immer kannst du hervorragend Spannung erzeugen, Chris. Deine Beschreibungen sind wie üblich sparsam dosiert. Ich darf vielleicht anmerken, dass mir deine anfänglichen Bemerkungen über die Hitze redundant vorkommen.«

Chris nahm sich wieder die erste Seite seines Manuskripts vor. »Vielleicht kann ich das mit der warmen Luft weglassen«, sagte er. »Wie wär's mit abgestandener Luft?«

»Luft reicht auch«, sagte Virginia.

»Ich bin derselben Meinung wie Virginia«, sagte Nancy. »Die Szene macht neugierig. Und der Gerichtssaal wirkt sehr realistisch. Ich musste neulich selbst als Geschworene antreten, wurde dann aber letztlich doch nicht in die Jury gewählt. Aber vielleicht solltest du noch einmal über das Wort Blondine für die Staatsanwältin nachdenken.«

»Sie ist blond!«, sagte Chris.

»Das ist die Haarfarbe«, sagte Nancy. »Du hast sie aber als Blondine bezeichnet, was ganz anders klingt als ›sie war blond‹«.

»Ich glaube, das ist Absicht«, sagte Adam. Er hatte ursprünglich vorgehabt, gar nichts zu sagen, wollte aber, dass Gillian auf ihn aufmerksam wurde und wenigstens zur Kenntnis nahm, dass er da war. »Der schnoddrige Ton passt zur Erzählhaltung.«

»Wenn Chris das so beabsichtigt hat, von mir aus«, sagte Nancy. »Aber ich dachte, wir hätten es hier eher mit einer neutralen Erzählperspektive zu tun.«

»Ich würde gerne eine Anmerkung zu dem Klischee ›Absolvent einer Elite-Universität‹ machen«, sagte Gillian.

»So sieht er halt aus«, verteidigte sich Chris.

»Dann zeig es uns, und schon wissen wir Bescheid.«

»Du hast zu viele Creative-Writing-Workshops gegeben«, sagte Chris. Ich kenne die Regel: »Zeigen, nicht behaupten!«

»Als ich noch ein bemitleidenswerter Studienanfänger war, ging ich ebenfalls auf eine Elite-Uni«, sagte Bernard. »Aber deswegen entspreche ich noch lange nicht einem Klischee.«

»Aber du bist gesegelt«, fuhr Virginia ihn an. Adam wunderte sich über ihre ungewohnte Schärfe. An die anderen gewandt sagte sie schon freundlicher: »Als ich Bernie kennenlernte, erwähnte er eine *Yawl*, was ich eher für Südstaatendialekt als für ein Boot hielt.«

»Ich habe es lieber etwas markanter«, sagte Gillian. »Und damit meine ich die Figur, nicht Bernard.«

»Ich glaube, genau darum geht es«, sagte Nancy. »Er hat nichts Markantes an sich. Deshalb fällt uns ja der Schlamm an seinen Schuhen auf.«

»Ein geheimnisvolles Detail«, sagte Bernard.

»Ich finde es nicht geheimnisvoll«, sagte Adam. »Ich glaube, das soll nur heißen, dass er gerne draußen an der frischen Luft ist. Vielleicht ist er Farmer.«

»Und trägt ein blau gestreiftes Hemd?«, sagte Gillian und sah ihn an.

»Sogar ein Farmer kann ein blau gestreiftes Hemd tragen«, sagte Adam. »Er kommt schließlich nicht in seiner Arbeitskleidung in den Gerichtssaal.«

»Da hast du auch wieder recht«, gab Nancy zu. »Trotzdem

glaube ich, dass der Schlamm geheimnisvoll wirken soll. In vielen Krimis …«

»Du hast zu viele Krimis gelesen, Nancy«, sagte Adam.

»Solange sie alle meine Krimis liest …«, sagte Chris.

»Ich glaube, wir sollten weitermachen«, schaltete Virginia sich ein. »Adam, du hast uns diese Woche auch etwas mitgebracht – stimmt's?«

Adam nickte. Er zog Kopien seines Kapitels hervor und ließ sie herumgehen. Er sah zu, wie Gillian die von einer Büroklammer zusammengehaltenen Seiten auf ihren Schoß legte und den Stapel an Bernard weiterreichte. Auch wenn ihm nichts anderes übrig blieb, als sie aufzugeben, wollte er wenigstens, dass sie ihn als Autor ernst nahm. Er musterte sie noch eine Minute länger und konzentrierte sich dann auf das, was er gleich vorlesen würde.

*Erst im April – in einem scheußlichen April, der mit Stromausfall und derart heftigen Regenfällen einherging, dass sich der bereits aufgeweichte Boden in eine einzige Schlammwüste verwandelt hatte – nahm ich Sonia mit in den Club, in dem mein alter Freund Mickey mit seiner Band auftrat. Der Club lag in einer Gegend, die man beim halbherzigen Versuch zur Stadterneuerung komplett vergessen hatte.*

*»Fallen Archangels?«, fragte Sonia, wobei sie das Wort falsch betonte. »Was bedeutet das, Bill?«*

*»Es bedeutet gar nichts«, sagte er. »Jede Band, die heute Abend spielt, hat einen dümmeren Namen als die nächste.«*

*Als wir kamen, stand Mickey bereits an der Bar und versuchte, eines der beiden Mädchen abzuschleppen, die so jung aussahen, dass sie bestimmt ihre Ausweise gefälscht hatten. Seine Drumsticks ragten aus seiner hinteren Hosentasche, und seine Jeans hing so* tief, dass man einen Großteil seiner Boxershorts mit blauen, Skateboard fahrenden Pinguinen sah, samt einem Stück von seinem blassen, fast unbehaarten Po. Ich stellte ihm Sonia vor, aber die Band, die gerade ihre letzte Nummer spielte, war so ohrenbetäubend laut, dass ich genauso gut nur die Lippen hätte bewegen brauchen. Ich bekam schnell hintereinander zwei Bier, ohne Sonia überhaupt nach ihren Wünschen gefragt zu haben, und führte sie zur Bank an der Wand. Obwohl die Bürgersteige wegen des Regens mit Pfützen übersät waren, trug sie die Peeptoes, die sie am Vortag gekauft hatte – über zehn Zentimeter hoch, aus orangefarbenem Stoff und mit um die Schienbeine gewickelten Bändern. Und obwohl ich sie gewarnt hatte, dass sie unter Umständen den ganzen Abend stehen müsse, weil ich schon ahnte, dass sie sich nur mühsam darauf halten konnte, aber zu schüchtern wäre, etwas zu sagen, hatte ich jetzt Mitleid mit ihr. Sie ließ sich dankbar auf die Bank sinken, deren Bezug dermaßen alt und bierbekleckert war, dass man den einst roten Samt kaum noch ausmachen konnte. Dann zeigte sie auf das Schild über unseren Köpfen mit der Aufschrift: »Kopfhörer 1 $«.

»Das sein Witz?«, fragte sie

»Das ist kein Witz«, sagte ich.

Mickeys Band bestand aus vier Typen und einem Mädchen namens Viv, die sang und Keyboard spielte. Mit ihr hatte mich Mickey einst verkuppeln wollen, aber es war nicht viel daraus geworden. Viv war so groß wie eine Zehnjährige. Sie hatte gebleichtes Haar, das sie zu einem Dutzend Zöpfchen gebunden hatte, eindringliche, dunkle, etwas zu eng stehende Augen, magere Schenkel und winzige Brüste, die ich weder damals noch heute hatte berühren wollen. Sonia, die, seit ich sie kannte, abnehmen wollte, obwohl ich ihr immer wieder sagte, dass sie mir gefiel, wie sie war, kam mir jetzt im Vergleich dazu so üppig vor wie Rubens' Angelika. Wie ein ganzer Kontinent aus Fleisch.

So wie Adam Sonia ursprünglich beschrieben hatte, hatte sie runde, sinnliche Formen gehabt und damit den Frauentyp verkörpert, den er einst begehrt oder zu begehren geglaubt hatte. Aber als er dann später Gillians schmale Figur vor Augen gehabt hatte, kam es ihm vor, als beginge er Verrat an ihrer Schönheit, wenn Bill, sein Erzähler, lüstern von Sonias Kurven schwärmte. Also hatte er die ganze Passage umgeschrieben, Vivs und Sonias Körper vertauscht und nur ihre Köpfe gleich gelassen. Das hatte er eigentlich auch mit dem Rest des Romans tun wollen, um Sonias Körper seinem derzeitigen Ideal anzupassen. Aber die von ihm erschaffene Figur Sonia funktionierte nicht mit Körbchengröße AA. Und Viv, die er sich erst als magersüchtiges, kleines Mädchen vorgestellt hatte, war nicht mehr Viv, wenn er ihr fünfundzwanzig Kilo mehr auf die Rippen packte. Das Problem beim Romanschreiben bestand darin, dass die Figuren, sobald sie erst mal erfunden waren, ein Eigenleben führten. Genau wie im wirklichen Leben wehrten sie sich dagegen, einen neuen Kopf oder Körper verpasst zu bekommen.

Adam las sein Kapitel zu Ende und sah dann langsam von seinem Manuskript auf. Virginia strahlte ihn an. Gott sei Dank gab es Virginia!

»Eine schöne Szene, eine wirklich schöne Szene«, sagte Bernard. »Was ist das für eine Gruppe, diese *Fallen Archangels?*«

»Das ist keine echte Band«, sagte Adam. »Die habe ich bloß erfunden.«

»Guter Name«, sagte Chris.

Adam wunderte sich nicht, dass man zwar seinen Dialog lobte, ihm aber wieder Geschwätzigkeit vorwarf. Virginia störte sich an Sonias Schuhen.

»Du musst uns nicht sagen, dass sie mehr als zehn Zentimeter hohe Peeptoes aus orangefarbenem Stoff mit um die Schienbeine gewickelten Bändern trug«, sagte sie. »Über zehn Zentimeter hohe Absätze reichen vollkommen.«

»Aber dann stellt sich der Leser vielleicht etwas völlig Falsches vor – Schuhe aus schwarzem Lackleder zum Beispiel«, sagte Adam.

»Das sind zu viele Details«, bemängelte Virginia.

»Ich glaube, orangefarben ist wichtig«, warf Nancy ein. »Es sagt viel über Sonia aus.«

»Dann behalte orangefarben«, sagte Virginia. »Aber wir müssen nicht wissen, dass es Peeptoes aus Stoff sind.«

»Adam ist Schuhdesigner«, sagte Chris. »Auf diesem Gebiet wird er sich nie kurzfassen. Ich glaube, dass eher Mickey Kürzungen vertragen kann.«

»Mir gefällt Mickey«, sagte Bernard.

»Meiner Meinung nach kann der Absatz, in dem es um das Aprilwetter und die Gegend geht, ›die man beim halbherzigen Versuch zur Stadterneuerung komplett vergessen hatte‹, noch gestrafft werden«, sagte Nancy. Sie trug seine Zeilen in einem Tonfall vor, der wirklich geschwätzig klang, dachte Adam. »Könntest du nicht einfach nur von einer schäbigen Gegend sprechen?«, fragte Nancy.

»Schäbig ist so was von schäbig«, warf Chris ein.

»Ihr hängt euch alle bloß an Details auf«, sagte Gillian. Wenigstens beteiligte sie sich an der Diskussion. »Adams Roman hat ein großes Problem, und es wird Zeit, dass wir uns darauf konzentrieren.«

»Bist du auch so nett und verrätst uns, welches das ist?«, erkundigte sich Chris.

»Es ist die Ich-Perspektive«, sagte Gillian. »Bill mag zwar der Hauptprotagonist des Romans sein, ist aber als Erzähler ungeeignet.«

»Er klingt glaubwürdig«, sagte Virginia.

»Es geht nicht darum, ob er glaubwürdig ist«, sagte Gillian. »Es geht um die Beschaffenheit seiner Stimme. Er ist geschwätzig, weil er so mit sich beschäftigt ist. Er kann keine seiner Betrachtungen opfern, weil er sie zu wichtig nimmt. Er ist in seiner Perspektive gefangen.«

»Aber so vieles in diesem Roman hängt von seiner besonderen Perspektive ab – es ist unverzichtbar, dass wir Sonia mit seinen Augen sehen«, sagte Virginia.

»Ein personaler Erzähler in der dritten Person kann das ebenfalls leisten«, sagte Gillian. »Bitte erspar uns Bills einengende Stimme.«

»Moment mal!«, sagte Bernard. »Das ist aber ein bisschen viel verlangt. Adam hat schon mehrere Hundert Seiten geschrieben.«

»So schwierig ist es auch wieder nicht, die Erzählperspektive zu wechseln«, sagte Gillian. Sie griff nach Adams Kopie.

*Mickeys Band bestand aus vier Typen und einem Mädchen namens Viv, die sang und Keyboard spielte. Mit ihr hatte Mickey Bill einst verkuppeln wollen, aber es war nicht viel daraus geworden. Viv war so groß wie eine Zehnjährige. Sie hatte gebleichtes Haar, das sie zu einem Dutzend Zöpfchen gebunden hatte, eindringliche, dunkle, etwas zu eng stehende Augen, magere Schenkel und winzige Brüste, die Bill weder damals noch heute hatte berühren wollen.*

»Ist das nicht besser?«

Adam schaffte es nicht, den Kopf zu heben und sie anzusehen. »Mit sich selbst beschäftigt«, »gefangen«, »einengend« – die Worte, die sie verwendete, beschrieben seine Figur Bill, aber in Wahrheit sagte Gillian damit, was sie von ihm hielt.

## *Gillian*

Gillians Weihnachtsbaum, der vor dem Fenster der Halle stand, war so üppig und symmetrisch, dass er fast künstlich wirkte. Während ihrer gesamten Kindheit hatte Gillian sich nach jenem Baum gesehnt, den sie bei Freunden gesehen hatte: nach einem Baum mit bunten Lichterketten, Glitzerkugeln und allem möglichen Weihnachtsschmuck. Aber jetzt, wo sie jeden nur erdenklichen Baum haben konnte, ließ sie ihren früheren Traum unerfüllt. Ihr Baum war schlicht und nur mit winzigen durchsichtigen Lichtern, mundgeblasenen Glaskugeln, die wie Seifenblasen aussahen, und silbernem Schmuck verziert. Es gab weder Engel – Gillian hasste Engel – noch Weihnachtsmänner, noch Rentiere.

Gillians Eltern hatten stets behauptet, kein Geld für so etwas Überflüssiges wie einen Weihnachtsbaum zu haben. Stattdessen entschieden sie sich für einen Kranz mit einer traurigen Schleife und kleinen künstlichen Äpfeln, bei denen der Lack abblätterte. Und ihre Tante, die ihr das College gezahlt hatte und einen beeindruckenden Baum hätte aufstellen können, machte sich gar nicht erst die Mühe. An dem Weihnachten, an dem Gillian elf war, hatte sie ihren Bruder Ned – der inzwischen bei der Handelsmarine war, und den sie schon seit Jahren nicht mehr gesehen hatte – überredet, sich zusammen mit ihr in den Wald zu wagen und einen Baum zu fällen. Sie bog die Zweige zur Seite, damit Ned darunter hindurchkriechen und mit der Säge den Stamm erreichen konnte. Die Kiefernnadeln stachen in ihre nackten

Handgelenke, und die Zehen drohten ihr abzufrieren – trotzdem fühlte sie sich inmitten des Kieferndufts herrlich geborgen. Sie rührte sich nicht von der Stelle, bis Ned rief, »Vorsicht, Gilly!«, woraufhin der Baum zu Boden fiel. Sie trugen den Baum nach Hause und stellten ihn in einen improvisierten Ständer. Im Wald, in Gesellschaft anderer Weißkiefern, hatte er dicht und grün ausgesehen. Aber als er dann so ganz allein im Wohnzimmer stand, entpuppte er sich als armseliges Ding, dessen kümmerliche Zweige unter dem Gewicht des Salzteigschmucks, den Gillian gebastelt hatte, tief nach unten hingen. Ihr Vater hatte bei dem Anblick laut aufgelacht.

»Wozu so was ins Haus schleifen?«, fragte er.

Obwohl Gillian am liebsten ganz auf Weihnachten verzichtet hätte, hatten Jerry und sie einen Baum aufgestellt und eine Party gegeben – gewissermaßen, um sich für ein Jahr voller Einladungen zu revanchieren. Die Gästeliste bestand aus Jerrys Krankenhauskollegen und Gillians Freunden aus dem Literaturbetrieb – keine sehr harmonische Mischung. Zum Glück war das Haus so groß, dass sich beide Gruppen nicht in die Quere kamen. Gillians angesehener, aber etwas zerstreuter Literaturagent sowie ihr angesehener, recht jugendlich wirkender Verleger (der allerdings nicht mehr ganz so jung war, wie er aussah) reisten aus New York an – eine Verpflichtung, der sie mannhaft nachkamen. Gillian bemühte sich redlich, sie von den aufdringlichen anderen Gästen zu trennen. Dazu zählten nicht nur Autoren, sondern auch Ärzte, die – wenn sie einen Verleger aus New York witterten – sofort wieder an ihre tolle Buchidee denken mussten.

Paul hatte Jerry und Gillian nicht beim Baumschmücken helfen müssen. Dafür hatte Jerry keinen Zweifel daran gelassen, dass seine Anwesenheit auf der Party Pflicht war. Seit der Plagiatssache an der Akademie hatte Jerry versucht, Paul unmissverständlich klarzumachen, was er von ihm erwartete. Gillian war es im Grunde egal, ob Paul an der Party teilnahm oder nicht. Aber sie verstand durchaus, warum Jerry ihn dabeihaben wollte, nämlich um einen auf Familie zu machen. Aber wenn sie dann irgendwann im nächsten Jahr vorschlug, dass Paul zu seiner Mutter zurückkehrte, würde ihr Jerry schon beipflichten. Nur eines wollte sie auf keinen Fall, und zwar, dass Paul Linda von sich aus bevorzugte.

»Darf ich die Bar übernehmen?«, fragte Paul.

»Seit wann verstehst du was von der Arbeit eines Barkeepers?«, fragte Jerry.

»Noch verstehe ich nichts davon«, erwiderte Paul. »Aber ich könnte es lernen. Ich habe da so ein Buch. Es geht um Mischungsverhältnisse, wie im Chemielabor.«

»Der Catering-Service stellt einen professionellen Barkeeper«, sagte Jerry. »Sei du lieber nett zu den Gästen.«

»Ehrlich gesagt, könnte ich durchaus deine Hilfe gebrauchen«, sagte Gillian. »Chris, einer der Schriftsteller, bringt seine beiden Söhne mit. Ich dachte, du könntest dich um sie kümmern.«

»Wie alt sind sie denn?«, fragte Paul.

»Das weiß ich nicht genau«, sagte Gillian. »Sechs oder acht vielleicht?«

»Ich soll also babysitten!« Paul richtete sich in seinem Stuhl auf.

»Babysitten würde ich das nicht nennen«, sagte Gillian. »Ihr Vater ist schließlich auch noch da.«

»Können sie sich nicht einfach ein Video angucken oder so was?«

Gillian hielt den Kopf schräg und lächelte Paul an. »Du hattest schon immer ein Händchen für Kinder«, sagte sie. »Ich fände es schön, wenn du sie mit etwas Anspruchsvollerem beschäftigst.«

Paul sackte seufzend in seinem Stuhl zusammen.

Gillian lächelte ihn erneut an. »Danke, Paul!«, sagte sie. »Ich weiß deine Hilfe wirklich sehr zu schätzen.«

Als Gegenleistung unterstützte Gillian Paul bei seinem Wunsch, auf der Party Jeans tragen zu dürfen. Aber Jerry bestand auf einer Krawatte und Blazer. Obwohl Jerry und Paul ähnlich gekleidet waren, wirkten sie so gar nicht wie Vater und Sohn, als sie vor der Party nebeneinander in der Küche standen. Wahrscheinlich würde das nie der Fall sein, dachte Gillian. Selbst wenn Paul kräftiger wurde und Jerrys Figur bekam, hatte er doch den langen Hals seiner Mutter und ihre schmale Nase. Jennifer sah ihrem Vater viel ähnlicher.

Gillian nahm an, dass Adam nicht zur Party kam, aber die Möglichkeit bestand durchaus. Er ging ihr schon seit Wochen aus dem Weg – nicht so, dass es auffällig gewesen wäre, aber Gillian hatte es durchaus bemerkt. Wahrscheinlich war es nur gut, dass er auf Abstand gegangen war. Trotzdem hoffte sie, dass er zur Party kam. Sie wollte, dass er das Haus sah. Die Leopardis trafen sich bei den Mitgliedern, die mehr in Stadtnähe wohnten, und letztes Jahr war er nicht da gewesen und hatte ihre Party verpasst. Sie wollte, dass er sie zusammen mit Jerry sah.

Sie entschied sich für ein knöchellanges schwarzes Samtkleid mit einem Schlitz, der ein langes, schlankes Bein sehen ließ. Gillian hatte kleine Brüste, aber das Kleid war ärmellos und tief ausgeschnitten. Außerdem war es eng genug, dass es ihre hervorstehenden Hüftknochen betonte. Sie mochte keinen Schmuck, aber um Jerry eine Freude zu machen, trug sie ein gehämmertes Silberarmband, das er für sie hatte anfertigen lassen. Ihr dünner, weißer Arm sah aus wie die Extremität eines beringten Vogels.

Jerrys Freunde kamen eher früh und sammelten sich rasch vor der Bar. Die Schriftsteller trudelten später ein. Nancy war die Erste. Sie kam mit dem Mann, mit dem sie jetzt anscheinend verlobt war und den sie als Oates vorstellte. Er hatte eine hohe Stirn und blasse Brauen. Seine Züge wirkten irgendwie so, als hätte man sie in der unteren Gesichtshälfte zusammengedrängt. Gillian konnte sich gut vorstellen, wie er die Ärmel hochkrempelte und nach dem Abendessen die Töpfe abspülte. Aber im Bett konnte sie ihn sich so gar nicht vorstellen. Nancy trug eine weiße Rüschenbluse, einen roten Rock und Ohrringe, an denen kleine goldene Glöckchen baumelten. Gillian verspürte den Drang, eines davon mit ihrem Fingernagel zu berühren und es dicht vor Nancys Ohr klingeln zu lassen.

Gillian sah, wie Nancy Jerry musterte und dabei versuchte, ihn einzuschätzen. Sicher wollte sie ergründen, was er an ihr fand. Nancy hielt Oates' Hand, und Gillian fragte sich, ob sie den ganzen Abend so an ihm kleben würde. Sie wollte Nancy etwas fragen. Sie würde sie später beiseitenehmen, wenn Nancy sich vielleicht von Oates gelöst hatte.

Gillian behielt die Haustür im Auge, beobachtete das Eintreffen der Gäste. Sie wollte nicht nach Adam Ausschau halten, konnte aber nicht anders. Gerade als sie gar nicht mehr mit seinem Kommen gerechnet und den Blick von der Tür abgewandt hatte, musste er sich eingefunden haben. Denn als sie das nächste Mal hinsah, entdeckte sie ihn neben der Tür. Ein Mädchen stützte sich auf seinen Arm und zog den

Reißverschluss ihrer Stiefel auf. Adam starrte Gillian an, und selbst, als sie ihn anlächelte, blieb sein Mund ein gerader Strich.

Das Mädchen, Adams Freundin, war in ein Paar spitze Pumps mit hohen Absätzen geschlüpft. Jetzt richtete sie sich auf und sah Gillian an. Sie war erstaunlich jung. Selbst mit den hohen Absätzen war sie mehrere Zentimeter kleiner als Gillian. Sie sah aus wie ein kleines Kind, das sich herausgeputzt hat.

»Das ist Kim«, sagte Adam.

Kim. Aha, dachte Gillian. Sie waren also zusammengeblieben.

»Hallo!«, sagte Kim. »Vielen Dank für die Einladung.« Sie hatte ein rundes Gesicht und langes, seidiges blondes Haar. Wie jung sie war! Damit hatte Gillian nicht gerechnet, aber was war eigentlich so erstaunlich daran? In Button hatte ihr Adam erzählt, dass Kim noch aufs College ging. »Info«, hatte er gesagt. Und obwohl sie süß aussah, musste sie ziemlich intelligent sein.

»Schön, dass ihr kommen konntet!«, sagte Gillian. Sie sah Adam an, der jetzt allerdings Kim betrachtete.

»Ihr Baum ist wundervoll!«, sagte Kim. »Ist der echt?«

»Oh ja, der ist echt«, erwiderte Gillian.

Kim trat näher an den Baum heran und streckte die Hand aus, um einen Zweig zu berühren. Hätte man ihr eine Harfe und einen Heiligenschein verpasst, hätte sie einen überzeugenden Engel abgegeben.

»Warum kommt ihr nicht rein und holt euch was zu trinken?«, sagte Gillian. Während sie ins Wohnzimmer gingen, legte sie ihre Hand auf Adams Schulter. Sie wusste, dass sich Adam alles ganz genau ansah, es auf sich wirken ließ.

»Wow, was für ein Haus!«, sagte Kim. »Hey, Adam, findest du das Haus nicht auch großartig?«

Adam nickte und grunzte zustimmend. Kim hatte sich bei ihm eingehakt. Gillian sah, wie sie seinen Arm drückte.

»Danke«, sagte Gillian. »Bitte, fühlt euch ganz wie zu Hause!«

Ein Kellner kam mit einem Tablett voller Hors d'œuvres. Gillian hörte, dass es klingelte, und sah, wie Jerry die nächsten Gäste begrüßte. Es waren Chris und seine Söhne. Sie schaute sich suchend nach Paul um, der sich neben der Bar herumdrückte.

»Paul!«, rief sie leise. Als er aufsah, winkte sie ihn heran. Er trottete zu ihr hinüber.

»Das ist mein Stiefsohn Paul«, sagte sie. »Paul, das sind Adam und Kim. Kim interessiert sich für das Haus, und da dachte ich, du könntest einen kleinen Rundgang mit ihr machen.«

»Klar«, sagte Paul. Er wirkte verdattert, so als hätte man ihn gebeten, einen Filmstar zu begleiten.

»Adam, ich brauche deine Hilfe«, sagte Gillian. »Dort drüben steht Nancy mit Oates, ihrem Verlobten. Sie kennen hier niemanden. Bist du so nett und unterhältst dich eine Weile mit ihnen? Chris ist gerade eingetroffen, und ich muss etwas finden, mit dem sich seine Jungs beschäftigen können.« Sie führte Adam quer durchs Wohnzimmer zu Nancy und Oates, die beide ein Weinglas in der Hand hielten und sich miteinander unterhielten. Adam sah sich nach Kim um, und Gillian tat es ihm nach. Kim befand sich in sicherer Entfernung am anderen Ende des Raums und winkte. Man hätte sie mit einer Highschool-Schülerin verwechseln können, mit einer Freundin von Paul.

Chris' Söhne – von denen der eine Sam und der andere Ben hieß, obwohl Gillian nicht wusste, wer wer war – machten einen schüchternen, wenig unternehmungslustigen Eindruck. Chris hatte einen Film für sie dabei, und Gillian hatte keine Skrupel, sie sich selbst zu überlassen.

»Sind schon alle da?«, fragte Chris.

»Virginia und Bernard fehlen noch, aber Adam und Nancy sind hier.«

»Ist das der berühmte Verlobte?«, fragte Chris und zeigte quer durchs Wohnzimmer.

»Er heißt Oates«, erwiderte Gillian.

»Ich schnapp mir was zu trinken und sehe ihn mir aus der Nähe an«, sagte Chris. »Ist das die übliche Ärztehorde, da an der Bar?«

»Ja, genau.«

»Du solltest ihnen Nancy vorstellen. Da kann sie was für ihren Roman lernen.«

»Ich weiß gar nicht, ob Nancy irgendetwas lernen will. Sie scheint sehr genau zu wissen, was sie will.«

Chris drohte Gillian mit dem Finger. »Du magst es nur nicht, wenn man deinen Rat nicht annimmt«, sagte er.

»Das kann schon sein«, entgegnete Gillian. »Aber wenn man sich nicht anhören will, was wir zu sagen haben, sollte man auch nicht unsere kostbare Zeit in Anspruch nehmen.«

»Oh, anhören tut Nancy sich das durchaus«, sagte Chris. »Aber ihr beide habt einfach unterschiedliche Vorstellungen, worum es in ihrem Roman geht.«

»Du fandest das anmaßend – stimmt's? Dass ich, eine bloße Lyrikerin, einer Romanautorin sagte, wie sie ihren Roman umschreiben soll.«

Chris lachte. »Ich glaube nicht, dass ich es wagen würde,

dich anmaßend zu finden«, sagte er. »Und ich würde auch nie von jemandem sagen, dass er ›bloß‹ Lyriker ist.«

»Aber hast du mir nicht gesagt, dass ich es doch einfach mal selbst versuchen soll, wenn ich der Meinung bin, dass das Dozieren übers Romanschreiben genauso einfach ist wie das Romanschreiben selbst?«

»So ähnlich«, erwiderte Chris. »Ich meinte wohl eher, du solltest dich mal dazu herablassen, es selbst zu probieren.«

Virginia und Joe gesellten sich zu ihnen, Joe mit einer Flasche Wein, Virginia mit einem Korb Weihnachtsplätzchen.

»Sind wir die Letzten?«, fragte sie.

»Bernard ist noch nicht aufgetaucht«, sagte Gillian.

»Oh, Bernie«, sagte Virginia. Gillian hatte den Eindruck, dass sie erleichtert wirkte.

»Wo sind deine kleinen Jungen?«, wollte Virginia von Chris wissen. »Ich habe genügend Plätzchen gebacken – sie können welche mit nach Hause nehmen.«

»Die haben es sich mit *Das Wunder von Manhattan* gemütlich gemacht«, sagte Chris und zeigte den Flur hinunter. Paul kehrte gerade mit Kim zurück. Er hatte einen leicht dämlichen Gesichtsausdruck und war offensichtlich verknallt in sie.

»Hat Paul jetzt eine Freundin?«, fragte Virginia.

»Das ist Adams kleine Freundin«, sagte Gillian. »Paul hat sie nur durchs Haus geführt.«

Gillian stellte Kim den anderen vor und Paul allen, die ihn noch nicht kannten. Dann näherte sie sich Adam.

»Paul hat mit Kim schon eine Runde durch das Haus gedreht. Sollen wir das auch tun?«, fragte sie.

Adam nickte und folgte Gillian ohne ein Wort zu Kim. Sie hatte nichts anderes erwartet. Zuerst zeigte sie ihm das

Untergeschoss: Pauls Zimmer, das Zimmer, das Jennifer verschmähte, den Hobbyraum mit Fitnessgeräten, die keiner mehr benutzte. Im Erdgeschoss besichtigten sie die Küche, die Vorratskammer, die Waschküche, das Gästezimmer und Jerrys Arbeitszimmer. Gillian zeigte auf einen Bücherschrank mit Glastüren. »Jerry ist mein Archivar«, sagte sie. »Er hebt je ein Exemplar von allen Auflagen meiner Bücher auf.« Adam legte den Kopf schräg, um einige der Titel zu lesen, gab jedoch keinen Kommentar dazu ab.

Chris' Söhne sahen kurz auf, als sie zu ihnen ins Zimmer kamen, sagten »Hallo« und konzentrierten sich dann wieder auf ihren Film. Jemand hatte ihnen ein Tablett mit einer Schale Chips und etwas zu trinken hingestellt.

»Mein Arbeitszimmer ist oben«, sagte Gillian. Ihre nackten Füße machten ein trappelndes Geräusch auf den hölzernen Stufen. Adam folgte ihr mit lauteren Schritten. Gillian betrat das Schlafzimmer. Das Bett in der Raummitte war niedrig und weiß. Ihr schwarzes Kleid verfing sich an der Daunenbettdecke, als sie den Raum durchquerte. Sie stieß die halb offene Tür zum Bad auf, damit er einen Blick hineinwerfen konnte. Der Marmorwaschtisch glänzte, als sei er nass. Vom Schlafzimmer aus gelangte man auch in ihr Arbeitszimmer. Der Schreibtisch stand unter einem Fenster, von dem aus man über die Wiese sah.

»Setz dich hier hin«, befahl Gillian und zog den Schreibtischstuhl vor. Adam setzte sich.

»Diesen Schreibtisch hat mir ein junger Mann gebaut, der bei mir studierte, als ich einen Sommer lang in Harvard lehrte. Er hat das Dichten aufgegeben und sich stattdessen dem Schreinerhandwerk zugewandt.«

Gillian strich über die Tischplatte. »Riech das Holz«, sagte sie. »Es ist Kirsche, und wurde mit einem ganz besonderen Bienenwachs eingelassen.«

Adam beugte sich über den Tisch, schloss die Augen und schnupperte.

»Du hast mein Arbeitszimmer in Truro gesehen«, sagte Gillian. »Hier schreibe ich, wenn ich zu Hause bin. Jetzt weißt du so gut wie alles über mich.«

Adam legte eine Wange auf die Tischplatte. Gillian fuhr mit dem Finger sein Ohr entlang, bis zu seinem gewölbten Jochbein. Es war so still im Raum, dass sie hören konnte, wie ihre Fingerspitze über die feinen Härchen an seinem Ohrläppchen und anschließend über seine Bartstoppeln strich.

»Wenn ich mal wieder in Truro bin, darfst du erneut zum Abendessen kommen«, sagte sie.

## *Bernard*

Durch das große Hallenfenster warf Gillians Weihnachtsbaum einen Lichtstreifen auf die Kiesauffahrt. Bernard hielt kurz davor und drehte sich zu Aimee um.

»Wir bleiben nicht lange«, sagte er, während sie sich ihr glattes, dunkles Haar hinters Ohr strich. »Versprochen.«

»Das hast du letztes Jahr auch gesagt«, konterte Aimee. »Und dann hast du zu viel Brandy getrunken und dich in eine Diskussion mit deinen Schriftstellerfreunden verwickelt, sodass ich dich mit Gewalt da rausholen und anschließend nach Hause fahren musste.«

»War es wirklich so schlimm?«, fragte Bernard.

»Ja«, sagte Aimee.

»Aber das war letztes Jahr«, sagte Bernard. »Jetzt werde ich Vater. Ich werde mich vorbildlich benehmen.«

»Soweit ich weiß«, sagte Aimee ohne jede Ironie, »bist du schon seit Jahrzehnten Vater.«

Bernard seufzte, fuhr näher ans Haus heran und parkte direkt neben der Haustür. Aus irgendeinem Grund hatte keiner der anderen Gäste diesen Platz beansprucht. Alle hatten in respektvoller Entfernung geparkt. Als er um den Wagen herumlief, um Aimee behilflich zu sein, war sie längst ausgestiegen.

»Es geht mir gut«, sagte sie, »es gibt keinen Grund, so ein Getue um mich zu machen.«

»Der Kies ist so tief, da dachte ich, du könntest Hilfe gebrauchen.«

»Ich trage flache Schuhe«, sagte Aimee. »Und so dick, dass ich einsinken könnte, bin ich auch wieder nicht.« Tatsächlich hatte Aimee seit dem Beginn ihrer Schwangerschaft noch gar nicht zugenommen.

Virginia, erinnerte sich Bernard, war enorm dick gewesen, als sie mit Teddy schwanger war, ja sogar, als sie Peachie erwartete, die ein Kümmerling gewesen war.

Als Peachie angerufen hatte, um ihm zu sagen, dass sie schwanger war, hatte es ihm für einen Moment die Sprache verschlagen. Er hatte sich immer noch nicht an die Vorstellung gewöhnt, dass seine kleine Tochter erwachsen, ja verheiratet war. »Das ist ja großartig!«, hatte er zu Peachie gesagt. Aber alles, was er denken konnte war: Wie ist denn das passiert? Wie konnte nur so schnell so viel Zeit vergehen? Denn wenn Peachie Mutter wurde, wurde er Großvater. Er, ein Großvater! Er würde das Beste daraus machen müssen, ja mehr als das: Er würde sich mit der Vorstellung anfreunden müssen.

»Virginia wird überglücklich sein«, sagte er zu Peachie.

»Das ist sie auch«, erwiderte Peachie. Eine kurze Pause entstand. Hätte sie nur mit »Ja« geantwortet, hätte er nicht gewusst, dass Virginia vor ihm informiert worden war. Aber Peachie hatte einfach nur die Wahrheit gesagt, so wie es ihre Art war. Andererseits war es nicht weiter verwunderlich, dass eine Tochter sich in diesen Dingen als Erstes der Mutter anvertraute. Trotzdem war Bernard verletzt gewesen.

Seit er Peachies Neuigkeit erfahren hatte, ja eigentlich seit dem furchtbaren Thanksgiving-Essen, an dem Teddy so unverschämt zu ihm gewesen war, hatte er noch keine Gelegenheit gehabt, allein mit Virginia zu sprechen (von dem Leopardi-Treffen einmal abgesehen). Und da war Virginia nicht so nett zu ihm gewesen wie sonst – sie war irgendwie anders. Er fragte sich, was sie dazu bewogen hatte, ihm nicht mehr so herzlich zu begegnen. War sie vielleicht beleidigt, weil er sie nicht vor allen anderen von Aimees Schwangerschaft unterrichtet hatte? Vielleicht konnte er sie auf Gillians Party beiseitenehmen und mit ihr reden. Er musste nur eine elegante Lösung finden, sich kurz von Aimee zu trennen, was allerdings nicht leicht sein würde, da Aimee ihn in Gegenwart der Leopardis nicht aus den Augen ließ. Und jetzt, wo sie schwanger war, war sie unberechenbar und leicht reizbar geworden.

»Wenigstens weißt du Gillians Haus zu schätzen«, sagte Bernard, als sie vor der Haustür stehen blieben.

»Ich weiß Duncan, den Architekten, zu schätzen«, sagte Aimee. »Auch wenn er dem Kunden hier ein zu großes Mitspracherecht eingeräumt hat.«

»Du bist wirklich schwer zufriedenzustellen«, sagte Bernard.

Als Bernard und Aimee das Wohnzimmer betraten, war das Abendessen bereits serviert worden, und alle hatten sich einen Platz zum Essen gesucht – auf Stühlen, Sofas, Sofalehnen, und Sitzkissen auf dem Boden.

»Ich freue mich sehr, dass ihr kommen konntet«, sagte Gillian mit einem Blick auf Aimee, aber sie gratulierte Aimee nicht zu ihrer Schwangerschaft wie von Bernard erhofft. Als er den Leopardis gegen Ende ihres Treffens die Neuigkeit verkündet hatte, hatte Gillian nur gesagt: »So, so, Bernard, da wirst du ja sehr beschäftigt sein.«

»Möchtest du dich setzen, und ich hole dir etwas zu essen?«, fragte Bernard Aimee.

»Ich kann mir selbst etwas holen«, erwiderte sie. »Und

ich wäre wirklich dankbar, wenn du mich nicht mehr wie eine Invalide behandeln würdest.«

»Ich wollte nur galant sein«, sagte Bernard.

»Lass es!«, sagte Aimee. Bernard sah zu, wie sie sich eine große Portion Artischockenherzen auftat, es sich anschließend anders überlegte und die Hälfte davon wieder auf die Platte zurückschob.

Mit dem Essen in der Hand sah Bernard sich nach einem geeigneten Sitzplatz um. Auf jeden Fall nicht neben Virginia und auch nicht neben Gillian. Aus irgendeinem Grund war Aimee in Gillians Nähe immer auf der Hut. Da entdeckte Bernard Nancy. Sie würde bestimmt nichts Anstößiges von sich geben. Und sie war mit diesem Oates da, den sie wahrscheinlich heiraten würde. So gesehen würde Aimee sie nicht als Bedrohung empfinden, denn Aimee sah in allen Singlefrauen eine Bedrohung.

Nancy schien sich zu freuen, ihn zu sehen. »Ich glaube nicht, dass ihr euch schon mal begegnet seid«, sagte Nancy und stellte Oates und Aimee einander vor. Dann sagte sie zu Oates: »Aimee ist Bernards Frau.« Oates hatte ein breites, offenes Gesicht, und Bernard hatte bemerkt, wie er versuchte zu ergründen, in welcher Beziehung er zu Aimee stand, bis er erfuhr, dass Bernard ihr Mann war. Bernard war diese Reaktion gewohnt, und sie amüsierte ihn eher, als dass sie ihn ärgerte.

Erst weit nach dem Dessert schaffte es Bernard, sich von Aimee zu lösen. Er hatte gesehen, wie Virginia allein in Richtung Halle lief, und folgte ihr unauffällig. Er entdeckte sie im Gästezimmer, wo sich die Mäntel auf dem Bett türmten. Sie wühlte darin herum und schien nach etwas zu suchen. Der Stoff ihrer pfauenblauen Bluse spannte am Rücken, und Bernard konnte sehen, wie der BH in ihre Haut schnitt. Virginia war korpulent und großbusig, ihr Fleisch weich. Für eine Sekunde bedauerte Bernard, dass er keinen Anspruch mehr auf dieses Fleisch erheben konnte, es nicht mehr berühren durfte. Als Virginia aufsah, war sie überrascht, dass er in der Tür stand und sie beobachtete.

»Bernie!«, sagte sie.

»Ich wollte dich einen Moment alleine sprechen«, hob er an.

»Ich habe nur kurz meine Lesebrille geholt«, sagte Virginia und hielt sie in die Höhe. »Ich fand sie nicht in meiner Handtasche, und dann fiel mir ein, dass sie in meiner Manteltasche steckt.«

Bernard lehnte sich an die Wand und stellte seine Kaffeetasse auf die Kommode.

»Ich habe das Gefühl, dass du mir aus dem Weg gehst«, sagte Bernard. »Bist du sauer wegen irgendwas?«

Virginia sah ihn mit schräg gelegtem Kopf an und schüttelte ihn leicht.

»Was ist, Virginia?«

»Oh, Bernie!«, sagte sie seufzend. Bernard wartete darauf, dass sie weitersprach, allerdings vergeblich.

»Das war ganz schön starker Tobak, wie uns Teddy an Thanksgiving behandelt hat«, sagte er.

»Teddy war verstört«, sagte Virginia. »Und das ist nicht allein seine Schuld.«

Bernard richtete sich auf. »Natürlich ist es seine Schuld!«, sagte er. »Er war unverschämt. Er war aggressiv.«

»Er war verletzt«, sagte Virginia.

Bernard riss die Augen auf. »*Er* war verletzt? Was glaubst du wohl, wie ich mich gefühlt habe? Dabei habe ich mich so bemüht, auf ihn zuzugehen!«

Virginia seufzte erneut. »Hör dir doch einmal zu, Bernie«, sagte sie. »Du kreist immer nur um dich.«

»Und was ist mit Aimee? Hat die vielleicht keine Gefühle?«

»Für Aimee tat es mir natürlich leid«, sagte Virginia. »Aber ich wünschte, du würdest dir etwas mehr Gedanken machen, wie deine Worte bei deinen Kindern, Teddy und Peachie, ankommen.«

»Peachie?«, sagte Bernard. »Wieso erwähnst du jetzt Peachie? Peachie hat sich für mich gefreut.«

»Was blieb ihr auch anderes übrig«, meinte Virginia.

»Warum sollte sie sich nicht für mich freuen?«, fragte Bernard.

»Genau das verstehe ich nicht, Bernie«, sagte Virginia. »Als Schriftsteller kannst du dich unheimlich gut in deine Figuren hineinversetzen. Aber wenn es um die Menschen aus deiner nächsten Umgebung geht, scheinst du die Welt kein bisschen aus ihrer Perspektive betrachten zu können oder gar zu wollen.«

»Und welche Perspektive habe ich deiner Meinung nach versäumt, einzunehmen?«

»Bernie«, sagte Virginia und lief dann auf die Tür zu. »Ich habe keine Lust auf dieses Gespräch.«

Bernard packte sie am Arm. »Virginia, bitte!«, sagte er. »Lass mich nicht einfach so stehen.«

Virginia drehte sich zu ihm um. »Es tut mir leid, Bernie«, sagte sie. »Ich möchte nicht mit dir streiten. Ich bin nicht mehr mit dir verheiratet. Es ist nicht meine Aufgabe, dir die Augen zu öffnen. Und es ist auch nicht meine Aufgabe, dich von irgendetwas zu überzeugen oder dein Verhalten zu beeinflussen. Lass uns einfach Freunde sein.«

»Was hätte ich denn tun sollen, Virginia?«, fragte Bernard. »Hätte ich Aimees Schwangerschaft etwa verheimlichen sollen?«

»Du hast uns vollkommen damit überrumpelt«, sagte Virginia.

»Ich wurde überrumpelt!«, verteidigte sich Bernard.

Virginia hob die Brauen.

»Ich wollte das eigentlich niemandem sagen«, meinte Bernard, »aber es ist die Wahrheit! Vielleicht glaubst du, dass ich vorhatte, ein drittes Mal Vater zu werden, aber so war das nicht. Es ist einfach so passiert.«

Virginia sah ihn kopfschüttelnd an. »Du bist ein erwachsener Mann, Bernie. Babys ›passieren‹ nicht einfach so, und das weißt du auch.«

»Anscheinend wünschte sich Aimee ein Kind, befürchtete aber, mir würde es anders gehen. Ich wurde nicht wirklich gefragt.«

»Bernie, ich möchte das gar nicht wissen. Wenn deine Frau schwanger wird, obwohl du ihr eindeutig klargemacht hast, dass du nicht noch einmal Vater werden willst, scheinst du gravierende Eheprobleme zu haben.«

»Ich habe es nicht eindeutig klargestellt«, sagte Bernard. »Ich dachte einfach, dass Aimee kein Interesse daran hat, Mutter zu werden.«

»Bernie, das tut mir wirklich leid für dich, aber ich bin einfach nicht die Richtige für dieses Thema. Ich kann über deine Beziehung zu Teddy und Peachie mit dir reden, aber nicht über deine Beziehung zu Aimee.«

Sie ging wieder zur Tür, diesmal außerhalb seiner Reichweite.

»Bitte verrat mir nur eines, Virginia – bist du auf Aimee eifersüchtig?«

Virginia drehte sich um. »Warum sollte ich?«, fragte sie. »Ich möchte nicht mehr deine Frau sein, Bernie. Ich bin glücklich mit Joe verheiratet.«

»Weil sie schwanger ist«, sagte Bernard. »Weil sie Mutter wird.«

Virginia trat ganz nah an Bernard heran und legte ihre Hände auf seine Arme, wie um ihm eine Lektion zu erteilen.

»Bernie«, sagte sie. »Ich *bin* Mutter. Ich bin die Mutter zweier erwachsener Kinder. Ich habe absolut keine Lust, noch mal schwanger zu sein. Ich werde jetzt Großmutter. Das passt zu mir und meinem Alter. Und nur damit du es weißt: Ich finde es vorbehaltlos wunderbar!« Sie ließ ihn los, machte auf dem Absatz kehrt und verließ das Zimmer.

Bernard schob ein paar Mäntel zur Seite und setzte sich ans Fußende des Bettes. Er griff nach seiner Kaffeetasse, aber es war nicht mehr viel Kaffee drin, außerdem war er kalt. Langsam erhob er sich und machte Anstalten, zur Party zurückzukehren. Gillian und Nancy unterhielten sich in der Tür zur Küche. Bernard hatte Aimee bei Nancy zurückgelassen und konnte sie nirgendwo entdecken.

»Hast du Aimee irgendwo gesehen?«, fragte er Nancy.

»Ich glaube, sie steht drüben am Fenster und unterhält sich mit Chris und Adam«, sagte Nancy.

»Bernard ist so rührend altmodisch«, sagte Gillian. »Er darf seine Frau nicht aus dem Auge verlieren.«

»Was führt ihr zwei im Schilde?«, fragte Bernard, um das Thema zu wechseln.

»Gillian wollte wissen, wie mein Roman ausgeht«, sagte Nancy. »Aber ich fürchte, das lässt sich nicht so leicht zusammenfassen.«

»Das darfst du getrost als Kompliment auffassen, Nancy«,

sagte Bernard. »Wenn Gillian sich so sehr für deine Figuren interessiert, dass sie wissen will, wie es mit ihnen weitergeht, hast du schon viel erreicht.«

»Es ist immer problematisch, wenn man nur Teile eines Romans kennt«, sagte Gillian. »Bei einem Gedicht hat man gleich alles vor sich und kann es in seiner Gesamtheit beurteilen. Aber bei einem Roman fällt es schwer, die Passagen, die man jede Woche zu hören bekommt, richtig einzuordnen. Weil ich nicht wusste, was Nancy mit ihrem Roman vorhat, verstand ich nicht, was das Kapitel, das Nancy neulich gelesen hat, sollte.«

Bernard versuchte, sich an dem Gespräch zu beteiligen, aber manchmal war Gillian einfach nicht zu bremsen. Das war hier schließlich eine Party und kein Literaturseminar. Er hatte bemerkt, dass Aimee aus dem Wohnzimmer rannte.

»Meine Damen, wenn Sie mich jetzt bitte entschuldigen …«, sagte er.

Er fand Aimee im Gästezimmer wieder. Sie hatte ihren Mantel ausgegraben und schlüpfte gerade hinein.

»Was ist?«, fragte er.

Aimee war angespannt. Ihre Augen waren nur noch zwei glänzende schwarze Stecknadelköpfe.

»Kannst du mir bitte eines verraten?«, sagte sie. »Gibt es auch eine Frau auf dieser Party, mit der du noch nicht geschlafen hast?«

»Wie bitte?«, fragte Bernard. »Wovon redest du?«

»Ich möchte einfach nur die Wahrheit wissen, Bernard«, sagte Aimee. »Hattest du Sex mit jeder Autorin aus deinem Schreibzirkel?«

»Aimee, was soll das? Was hat man dir erzählt?«

»Dein Freund Chris dachte wohl, ich wüsste, dass du und

Gillian mal ›was miteinander hattet‹, wie er sich ausdrückte. Er hat Witze über Autoren und Inzest gerissen. Bin ich denn hier die Einzige, die nicht weiß, dass du neben Virginia auch noch was mit Gillian und wahrscheinlich auch mit Nancy hattest?«

»Oh, Aimee!«, hob Bernard an.

»Lüg mich nicht an, Bernard! Mach, was du willst, aber lüg mich nicht an.«

»Ich hatte nie eine Affäre mit Nancy«, sagte Bernard. »Wir sind einfach nur befreundet, mehr nicht.«

»Aber du hattest eine Affäre mit Gillian.«

»Das ist Jahre her«, sagte Bernard. Fast hätte er noch hinzugefügt, »bevor du überhaupt geboren warst«, aber er konnte es sich gerade noch rechtzeitig verkneifen.

»Wie konntest du nur?«, fragte Aimee. »Wie konntest du nur eine Affäre mit ihr haben? Sie ist so …« Aimee verstummte, unfähig, etwas zu sagen.

»Es hat nicht besonders gut funktioniert«, rechtfertigte sich Bernard. »Und es hat nicht lange gedauert.«

»Aber du wolltest es vor mir verheimlichen?«

»Nein, nichts dergleichen. Ich habe es dir einfach nur nicht erzählt.«

»Und warum nicht?«

Bernard zuckte die Achseln. »Es war nicht wichtig«, sagte er.

»Aber für mich ist es wichtig«, beharrte Aimee.

»Das war lange vor unserer Zeit«, sagte er. »Warum hätte ich es dir erzählen sollen?«

Aimees Gesicht war mittlerweile verquollen, rot und verquollen.

»Ich bin auf ihre Party gegangen!«, sagte sie. »Ich habe ihr Essen gegessen! Ihr beide macht mich krank!«

»Aimee, bitte«, sagte Bernard und war schlau genug, keinen Kosenamen zu verwenden, »ich wollte keine große Sache daraus machen. Ich wollte nur …«

»Mir reicht's!«, sagte Aimee. »Ich gehe. Ich nehme das Auto und gehe. Und bilde dir bloß nicht ein, dass du mitfahren kannst.«

Sie zwängte sich an Bernard vorbei. Als er versuchte, sie zu packen, hieb sie mit ihren Fäusten auf ihn ein und stürmte hinaus. Er eilte ihr in der Kiesauffahrt hinterher, aber sie stieg schnell in den Wagen und knallte die Tür zu. Sie sah wütend aus, während sie den Motor anließ und den Fahrersitz in die richtige Position brachte. Er blieb noch einen Moment vor dem Wagen stehen, um Aimee umzustimmen, aber als der Motor aufheulte, trat er einen Schritt zurück und ließ sie vorbei.

# Teil zwei

## *Nancy*

In den Wochen vor der Hochzeit lag Nancy noch lange wach, nachdem Oates eingeschlafen war. Sie konzentrierte sich auf das Rauschen des Flusses hinter dem Haus, der unbeirrt weiterfloss. Auf seine sichere, verlässliche Gegenwart. Sie stellte ihn sich im Frühling vor, wenn die braunen Fluten dahinwirbelten und er wahllos alles mitnahm, was ihm überlassen wurde, das Gewicht von allem trug, was er tragen konnte, und nur das bisschen auf den Grund sinken ließ, was ihm zu schwer war: Steine und Metall. Glas.

Auf dem Nachtkästchen lag ein Block. Darauf notierte Nancy alles, was sie sonst fürchtete, zu vergessen. Wenn sie es am nächsten Morgen las, kam ihr ihre Schrift groß und ungewohnt vor, so als stammte sie von einer Fremden. Manchmal waren die Wörter nicht zu entziffern, und das, was sie hatte festhalten wollen, war für immer verloren. In Bezug auf Oates war sie sich sicher. Sie war sich sicher, dass sie ihn heiraten wollte, und trotzdem witterte sie so etwas wie Gefahr. Sie konnte sich keine richtige Vorstellung davon machen, aber sie begleitete sie und lastete schwer auf ihrer Brust, wenn sie einatmete, noch bevor sich die Lunge mit Luft füllen konnte.

»Vielleicht habe ich Angst, dass alles anders wird, wenn wir erst einmal verheiratet sind«, sagte sie zu Oates. »Angst, dass du mich weniger lieben wirst, dass wir nicht mehr so glücklich sein werden wie jetzt.«

»Ich werde dich nicht weniger lieben«, sagte Oates. »Wir bleiben, wie wir sind, genauso glücklich.«

»Vielleicht habe ich Angst, dass du mich verlässt«, sagte sie.

»Das war jemand anders, nicht ich«, sagte Oates. »Ich werde dich nie verlassen – du bist jetzt schon ein Teil von mir.«

Sie wusste, dass er recht hatte. Sie wusste, dass sie sich keine Sorgen wegen Oates machte, sondern wegen etwas anderem. Sie fand abends keinen Schlaf mehr, und jetzt, wo die Hochzeit näherrückte, wachte sie bereits auf, bevor es hell wurde, ohne wieder einschlafen zu können. Sie war den ganzen Tag über müde und nervös. Schließlich beschloss sie, einen Psychiater aufzusuchen, bei dem sie vor Jahren einmal kurz in Behandlung gewesen war, um ihre Scheidung zu verarbeiten.

Das vom Wartezimmer abgehende Bad in Dr. Viefrecks Praxis war mit venezianischen Fensterläden ausgestattet. Sie waren hochgeklappt, sodass man auf den Parkplatz blicken konnte, ohne von den Leuten draußen gesehen zu werden. Es gab eine Badewanne, die anscheinend nicht benutzt wurde. Ein alter Duschvorhang hing noch da. Das Vinyl war brüchig und fleckig. Er war ein Relikt aus der Zeit, als eine Familie hier geduscht hatte und das Gebäude noch ein Zuhause für ganz normale Menschen gewesen war, statt mehrere Therapeuten zu beherbergen, die sich im Fünfzigminutentakt die Lebensgeschichte von einem Unglücklichen nach dem anderen anhörten. Plötzlich fand sie es lächerlich, hergekommen zu sein, um Dr. Viefreck zu konsultieren. Sie war glücklich. Sie hatte alles, was sie wollte – einen netten Mann, den sie bald heiraten würde, und eine wunderbare Tochter. Sie hatte nur etwas Bammel vor dem Heiraten. Sie war fünfzehn Jahre lang Single gewesen, da war das doch normal? Nancy nahm das Rezept für ein Mittel gegen die Angst, das ihr Dr. Viefreck verschrieben hatte, und steckte es in ihr Portemonnaie. Sie wusste, dass sie es nicht einnehmen würde – sie wollte fühlen, was sie fühlte, sie wollte die authentische Erfahrung –, aber es wäre ihr unhöflich vorgekommen, das Rezept abzulehnen. Außerhalb der Praxis fühlte sich Nancy wie befreit, ja bestätigt. Schon im Fahren öffnete sie das Verdeck und freute sich über ihre gefühlte Flucht. Als sie nach Hause kam, fand sie Oates im Garten vor. Er strich gerade die Tür des Schuppens, in dem sich beim Hochzeitsempfang die Bar befinden würde.

Er hielt seinen Pinsel zur Seite, als sie auf ihn zukam, und umarmte sie mit einem Arm. »Was ist?«, fragte er.

Sie küsste ihn leidenschaftlich auf den Mund. »Ich glaube, wir sollten nach oben gehen«, sagte sie, nahm ihm den Pinsel ab und legte ihn auf den Boden.

»Lass mich wenigstens den Farbeimer zumachen«, sagte er. Sie beobachtete, wie er den Deckel nahm und auf den Eimer drückte. Farbe quoll hervor und bildete einen weißen Ring um den Behälter.

Oben in ihrem Schlafzimmer ließen sie ihre Kleider auf den Boden fallen. Nancy schlug die Bettdecke zurück und legte sich quer aufs Bett. Das Oberlicht warf ein makellos blaues Viereck auf sie. Sie drehte sich zu Oates um. Er hatte Farbe im Haar und Schweiß in den Stirnfalten. Sie küsste seine Stirn, seine Nase, seinen Hals. Sie schloss die Augen und drängte sich an ihn. Sie spürte keine Zwänge mehr, war für ihre Grübeleien unerreichbar. Sie war nicht mehr Nancy. Sie war nur noch Haut und Schweiß, Zunge an Zunge, Körper an Körper. Ein einziges Keuchen und Aufschreien, Zittern und Seufzen.

Nancys Mutter Deirdre kam in der Woche vor der Hochzeit zu Besuch. Um ihnen zu helfen, wie sie sagte. Nancy wusste, dass sie keinerlei Hilfe war, aber das konnte sie ihr auf keinen Fall sagen, ohne sie zu verletzen.

Deirdres Haar, das einmal so blond gewesen war wie das von Nancy, war mittlerweile grau. Ein Samtband hielt es ihr aus dem Gesicht, aber mehrere Strähnchen hatten sich gelöst. Anders als Nancy und ihr Vater war Deirdre nicht sehr ordentlich. Sie hinterließ eine Spur der Verwüstung in Nancys Haus. Wenn sie versuchte, zu putzen oder aufzuräumen, schaffte sie nur noch mehr Unordnung. Sie arrangierte die Dinge neu nach ihrem Geschmack und sorgte für einen künstlerischen Touch, der Nancys Einrichtung irgendwie infrage zu stellen schien.

Als Nancy noch ein Kind war, verlegte ihre Mutter ständig irgendetwas – die Autoschlüssel, ihre Handtasche –, sodass der Rest der Familie ständig in archäologische Expeditionen verwickelt war. Jetzt, im Alter, hatte sich diese Tendenz noch verstärkt, und in den wenigen Tagen, die Deirdre bei ihnen war, verlor sie ihre Brille, ihr Handy, ihren Geldbeutel, ihre Tabletten und – was am erstaunlichsten war – das Kleid, das sie zur Hochzeit tragen wollte. (Sie hatte es hinter die Tür des Gästezimmers gehängt.) Damit sie nicht noch mehr Probleme verursachte, bat Nancy ihre Mutter, die Tischkärtchen für den Hochzeitsempfang vorzubereiten. Ihre Mutter hatte schon immer großes handwerkliches Geschick besessen und für Nancy und Nick aufwendige Halloweenkostüme und Geburtstagsdekorationen kreiert. Deirdre stürzte sich mit einer bemerkenswerten Tatkraft auf die ihr zugeteilte Aufgabe. Sie ging in die Stadt und kaufte glyzinienfarbenes Papier (die Farbzusammenstellung war ihr Beitrag zur

Hochzeit – Nancy hatte sich über so etwas noch gar keine Gedanken gemacht), und fuhr dann noch einmal los, um einen Cutter und einen Kalligrafiestift zu besorgen. Sie belegte den gesamten Esstisch mit Beschlag.

»Sie macht ein Riesenaufhebens deswegen«, flüsterte Nancy Oates nachts im Bett zu. »Ich wünschte, ich hätte sie nicht darum gebeten.«

Aber als Nancy am nächsten Tag sah, wie Deirdre sich über ihre Arbeit beugte, tat sie ihr leid. Weil Deirdre schlecht sah, hatte sie die Stehlampe an ein Verlängerungskabel angeschlossen, um sie näher heranholen zu können und mehr Licht zu haben. Außerdem hatte sie ein Kissen zwischen Stuhllehne und ihren schmerzenden Rücken geschoben. Sie mühte sich mit den Tischkärtchen ab, die sie zurechtgeschnitten hatte, beschriftete sie und schmückte ein jedes mit einem feinen handgezeichneten Rahmen. Nancy fragte sich, ob die Gäste den künstlerischen Aufwand überhaupt bemerken würden.

»Wie wär's mit einem gemeinsamen Spaziergang?«, fragte sie ihre Mutter.

»Ich sollte die hier lieber fertig machen.«

»Es ist so schön draußen«, sagte Nancy. »Mach eine Pause – nachher ist noch genug Zeit.«

Deirdre hielt die Liste mit den Namen der Leute hoch, die zugesagt hatten. »Einige Namen hier auf deiner Seite des Tisches sagen mir gar nichts«, bemerkte sie.

Nancy warf einen Blick auf die Liste. »Das sind die Leute aus dem Schreibzirkel, dem ich beigetreten bin«, sagte sie. Bernard kam allein, jetzt, wo Aimee ausgezogen war. Adam kam nicht, aber dafür Chris. Virginia und Joe kamen, und zu Nancys Überraschung auch Gillian und ihr Mann. Wie Nancy jetzt erst bewusst wurde, hatte sie gehofft, dass Gillian nicht käme.

»Ich dachte, das wird eine Hochzeit im kleinen Kreis, nur mit engen Freunden«, sagte Deirdre.

»In diesem Fall musste ich eine Ausnahme machen. Ich wollte meinen alten Freund Bernard einladen, aber er ist einer der Schriftsteller, und ich konnte ihn schlecht einladen, ohne die anderen auch zu fragen.«

»Ich wundere mich, dass du einem Schreibzirkel beigetreten bist«, sagte Deirdre. »Ich dachte, du magst so etwas nicht.«

»Normalerweise nicht«, sagte Nancy. »Aber das sind ziemlich renommierte Schriftsteller, und ich fühlte mich geschmeichelt, dass sie mich dabeihaben wollten.«

»Oh, wenn man sich geschmeichelt fühlt, tut man so einiges«, sagte Deirdre. »Aber ich kann mir trotzdem nicht vorstellen, dass du dir gern von anderen Autoren sagen lässt, was du schreiben sollst.«

»Sie sagen mir nicht direkt, was ich schreiben soll«, sagte Nancy und lachte.

»Na, dann kritisieren sie eben, was du schreibst«, sagte Deirdre. »Sind das jetzt alle deine Freunde?«

Nancy zeigte auf die Liste. »Virginia auf jeden Fall – du wirst sie mögen, Mom – und Chris vielleicht. Aber nicht Gillian, die nicht.«

»Oje«, sagte Deirdre. »Warum nicht?«

»Sie ist ambitiös, egoistisch und … Ich traue ihr einfach nicht«, sagte Nancy. »Bisher war sie stets ausgesprochen nett zu mir, aber sie hat so was an sich …«

»Und sie kommt zu deiner Hochzeit!«, rief Deirdre.

»Eigentlich habe ich keinerlei Grund, ihr zu misstrauen«, sagte Nancy. »Außerdem ist sie eine gute Freundin von Bernard.«

»Bernard!«, sagte Deirdre. »Dem wirst du doch hoffentlich auf keinen Fall trauen.«

»Bernard ist in Ordnung, Mom«, sagte Nancy. »Der ist wirklich harmlos. Außerdem geht es ihm gerade nicht besonders gut, also spring über deinen Schatten und sei nett zu ihm. Seine Frau – Aimee, also seine aktuelle Frau – hat ihn verlassen.«

»Das überrascht mich nicht«, sagte Deirdre.

Deirdre zog ihre Laufschuhe an, neue, viel zu weiße Schuhe mit extrem dicken Sohlen. Besorgt warf sie einen Blick auf Nancys ausgetretene Turnschuhe. »Die sehen nicht so aus, als gäben sie dir ordentlich Halt«, sagte sie.

»Die sind in Ordnung«, sagte Nancy.

»Soll ich dir ein anständiges Paar Schuhe kaufen, solange ich hier bin?«, fragte Deirdre.

»Mom!«, sagte Nancy. »Wenn ich neue Schuhe haben möchte, kaufe ich sie mir selbst.«

»Na gut«, sagte Deirdre und hob ergeben die Hände. Nancy hatte ein schlechtes Gewissen, weil sie so scharf reagiert hatte. Sie legte den Arm um die Schultern ihrer Mutter und drückte sie. Nancy war klein, genau wie ihre Mutter. Jetzt war Deirdre geschrumpft, sodass sie zwei, drei Zentimeter weniger maß als Nancy, aber ihre dicken Schuhsohlen machten sie beide annähernd gleich groß.

Sie waren noch nicht weit gelaufen, als Deirdre sich zu Nancy umdrehte. »Was macht dein Roman?«, fragte sie.

»Er ist fertig«, sagte Nancy. »Ich wollte ihn vor der Hochzeit vom Tisch haben, also habe ich geschuftet wie verrückt, um ihn beenden und abschicken zu können.«

»Bravo!«, sagte Deirdre. »Wann bekomme ich ihn zu lesen?«

»Noch ist das Buch nicht da, Mom«, sagte Nancy. »Ich habe ihn gerade erst an meine Agentin geschickt.«

»Was hat sie gesagt?«

»Dass er ihr sehr gut gefallen hat, aber ein leiser, elegischer Roman sei – genauso hat sie sich ausgedrückt –, der sich wahrscheinlich schwer verkaufen lässt.«

»Warum schickt sie ihn nicht einfach deinem alten Verleger? Wie heißt er noch gleich?«

»Gareth«, sagte Nancy. »Aber der ist nicht mehr bei Simon and Schuster; der macht jetzt nur noch Promibiografien.«

Deirdre seufzte. »Ich bin mir sicher, dass du jemanden finden wirst, der froh ist, ihn veröffentlichen zu dürfen. Mach dir deswegen keine Sorgen.«

»Das tue ich auch gar nicht«, sagte Nancy. »Ich hatte so viel mit der Hochzeit um die Ohren, dass ich gar nicht dazukam, wegen meines Romans nervös zu werden.«

»Wie wär's, wenn du mir in der Zwischenzeit das Manuskript zu lesen gibst?«

»Ich weiß nicht …«, erwiderte Nancy. »Es ist lieb von dir, dass du es lesen willst, aber ich glaube, ich möchte lieber warten, bis es tatsächlich veröffentlicht wurde, bevor ich es jemandem zeige.«

»Du warst schon immer recht empfindlich, was deine Arbeit anbelangt«, sagte Deirdre.

»Empfindlich?«, hakte Nancy nach.

»Du wolltest nie etwas herzeigen, bevor nicht alles fertig war. Du hast mir deine Aufsätze nie gezeigt, bevor du sie nicht vom Lehrer zurückbekamst. Du hast sie deinem Vater gezeigt, aber nicht mir.«

Sie hatten es fast bis zur Kleinholz-Farm geschafft. Trotz ihrer Hightech-Laufschuhe zeigte Deirdre erste Anzeichen der Erschöpfung.

»Möchtest du umkehren?«, fragte Nancy.

»Vielleicht«, sagte Deirdre. »Die Tischkärtchen müssen noch fertig gemacht werden.« Sie drehte sich zu Nancy um. »Du hast mir noch nicht mal erzählt, worum es in dem Roman geht«, sagte sie.

Nancy brauchte einen Moment, um ihre Antwort zu formulieren. Es war ihr schwergefallen, ihren Roman mit dem Leopardi-Zirkel zu teilen. Ihn ihrer Mutter zu zeigen stellte ein ganz anderes Problem dar. Letztlich mochte ihr Roman zwar fiktiv sein, aber ihre Mutter würde sofort bis zum Kern der Geschichte vordringen, alles Künstlerische beiseiteschieben und das eigentliche Porträt erfassen, wofür Nancys Vater Modell gestanden hatte. Das, was an der Romanfigur wahr war, würde sie kaum weniger verstören als die Freiheiten, die sich Nancy herausgenommen hatte.

»Es geht um Veränderungen, die Menschen in ihrem Leben vornehmen«, sagte Nancy. »Um die Wahlmöglichkeiten, die ihnen gar nicht bewusst sind, und jene, die sie für sich nutzen.«

Zum Glück ließ Deirdre sich ablenken. »Veränderungen!«, sagte sie. »Meiner Nancy stehen große Veränderungen bevor! Positive Veränderungen! Oates ist so ein netter Mann.«

»Das finde ich auch«, sagte Nancy.

Sie hatten einen Punkt erreicht, an dem sich die Straße einer Flussbiegung annäherte. Sie blieben am Hochufer stehen und sahen flussabwärts. Aliki hatte vorgeschlagen, dass Nancy und Oates mit dem Kanu zur Trauung fahren und sich mit dem Strom zu den Gästen treiben lassen sollten. Diese würden am Ufer warten, um sie zu begrüßen. Diese Idee war so romantisch, dass Nancy sie ernsthaft in Erwägung gezogen hatte, bevor sie sie als nicht praktikabel verwarf.

»Natürlich schien auch Douglas ein netter Mann zu sein, als du ihn geheiratet hast«, sagte Deirdre.

Nancy schwieg und hoffte, dass Deirdre ein anderes Thema anschneiden würde. Aber nach einer Weile fragte Deirdre: »Hast du mir nicht erzählt, dass Douglas einen merkwürdigen neurologischen Tick entwickelt hat, nachdem er dich verlassen hat?«

»Eine Trigeminusneuralgie, auch ›Tic douloureux‹ genannt«, sagte Nancy. »Sie geht mit schubartig auftretenden starken Gesichtsschmerzen einher. Ich habe in meinem Newsletter einen Artikel darüber geschrieben.«

»Alle haben ihm damals die Pest an den Hals gewünscht, und es freut mich zu hören, dass wir nicht enttäuscht wurden.«

»Ich habe ihm nicht die Pest an den Hals gewünscht«, sagte Nancy. Doch damals hatte sie es nur gerecht gefunden, dass er eine Krankheit bekam, die ihn dazu zwang, zusammenzuzucken – gewissermaßen als Reaktion auf die Lügen in seinem Leben.

»Dein Problem ist, dass du viel zu nett bist«, sagte Deirdre. »Du solltest deine Rache genießen.«

»Ich spare mir meine Rachegelüste für den Moment auf, in dem ich sie wirklich brauche«, sagte Nancy lachend. »Und, weißt du, Mom, ich bereute das mit Douglas kein bisschen. Ich habe Aliki. Und jetzt habe ich Oates. Alles hat sich wunderbar gefügt.«

Sie traten den Rückweg an. Nancy hoffte, dass das Thema

Douglas damit beendet wäre, aber bei den Rhododendronbüschen am Straßenrand berührte Deirdre Nancys Schulter.

»Ich habe mir nämlich damals Vorwürfe gemacht«, sagte sie.

»Du hast dir Vorwürfe gemacht? Weswegen?«

»Wegen Douglas. Weil ich ihn nicht durchschaut, dich nicht gewarnt habe, ihn zu heiraten.«

»Ich selbst hätte ihn durchschauen müssen, Mom. Ich habe ihn schließlich geheiratet.«

»Aber du warst blind vor Liebe«, sagte Deirdre. »Ich nicht. Ich hätte ihn besser einschätzen müssen. Dein Vater hat das getan. Er hatte so seine Zweifel, was ihn anbelangte, aber leider habe ich sie ihm ausgeredet.«

»Wie meinst du das?«, fragte Nancy. »Ich kann mich nicht daran erinnern, dass er jemals etwas über Douglas gesagt hätte.«

»Er war hochnervös auf der Hochzeit, und alle dachten, es läge daran, dass sein kleines Mädchen heiratete. Dabei lag es daran, dass er Douglas nicht wirklich mochte. Dein Vater hat ihn ziemlich gut durchschaut«, sagte Deirdre. »Als Lehrer schaute er immer tief in die Seele seiner Schüler. Normalerweise heißt es ja, dass Frauen sehr intuitiv sind, aber dein Vater besaß eine ausgezeichnete Intuition.«

Deirdre seufzte. »Du kannst dir gar nicht vorstellen, wie weh es mir tut, dass er nicht mehr da ist. Dass er nicht auf deiner Hochzeit sein wird. Dass er nicht weiß, dass schließlich doch noch alles gut für dich ausgegangen ist.«

Nancy hielt inne. Ihr wurde schwindelig, als sie das hörte. Es war, als hätte ihre Mutter ihr genau das entlockt, was ihr so großen Kummer bereitet hatte, damit es ihr endlich bewusst wurde.

Genau das war es: Ihr Vater würde nicht dabei sein. Dass er sie nicht zum Altar führen würde, war nicht einmal das Schlimmste, auch nicht, dass Oates und er einander niemals kennenlernen würden. Das Schlimmste war, dass er nicht mehr mitbekam, wie schließlich doch noch alles gut für sie ausgegangen war. Sie hätte es sich so sehr gewünscht. Er war in Sorge um sie gestorben, in Sorge um seine alleinerziehende, von ihrem Mann verlassene Tochter. Auch dass seine Enkelin mit einem abwesenden Vater aufwuchs, bereitete ihm Sorgen. Und Nancy hatte nicht mehr die Möglichkeit, ihm zuzurufen: »Siehst du, Daddy, ich habe es geschafft. Jetzt ist alles gut.«

»Ich muss mich wieder um die Tischkärtchen kümmern«, sagte Deirdre. »Bis L bin ich schon gekommen. Mir fehlen noch etwa zwanzig.«

Sie eilte voraus zum Haus, und Nancy folgte ihr wie betäubt.

*

Am Tag der Hochzeit regnete es. Sie hatten vorgehabt, die Trauung draußen am Fluss vornehmen zu lassen, und mussten das Ganze stattdessen nach drinnen verlegen.

»Mach dir keine Sorgen, Mom, ich kümmere mich um alles«, sagte Aliki. »Geh du nach oben und zieh dich um.«

»Aliki, geh und hilf deiner Mutter!«, bat Oates. »Deirdre und ich werden uns hier unten um alles kümmern.«

Nancy schenkte Oates ein dankbares Lächeln. Deirdre hatte schon mit ihr nach oben eilen wollen, aber er hatte seine Hand auf ihren Arm gelegt.

Nancys langes Kleid lag auf dem Bett, ihre Schuhe standen davor auf dem Boden. Sie setzte sich auf die Bettkante, während Aliki ihr Haar bürstete und sie schminkte. Niemand hatte ihr mehr so die Haare gebürstet, seit Aliki ein kleines Mädchen gewesen war und »Schönheitssalon« gespielt hatte.

Ursprünglich hatte sie ein Kleid kaufen wollen, das sie sonst auch noch anziehen konnte, aber Aliki hatte sie zu diesem überredet, obwohl Nancy kein anderer Anlass einfiel, zu dem sie es hätte anziehen können. Aber die Schuhe, elfenbeinfarbene Pumps, würde sie vermutlich wieder tragen.

Aliki hatte einen Kranz aus Wildblumen gewunden. »Ich fürchte, sie sind bereits verwelkt«, sagte sie.

»Ich bin auch schon ein bisschen verwelkt«, erwiderte Nancy.

»Nein, Mom, du siehst absolut fantastisch aus.« Aliki packte Nancy an den Schultern und drehte sie so, dass sie in den Spiegel sah. Nancy nahm erst ihr Spiegelbild in sich auf – diese Braut in einem hellblauen, ärmellosen Kleid – und musterte dann Alikis Gesicht, deren Kinn auf ihrer Schulter ruhte. Sie drehte sich um und küsste sie.

»Meine schöne Tochter!«, sagte sie.

Unten stimmte das Streichquartett die Instrumente. »Es ist tatsächlich so weit«, sagte Nancy.

»Es wurde auch höchste Zeit«, sagte Aliki.

»Glaubst du, ich tue das Richtige?«

Aber Aliki antwortete nicht. Sie brach in Tränen aus und musste dann selbst darüber lachen. Sie umarmte Nancy. »Oh, Mommy!«, sagte sie. »Ich bin so froh.« Ihre Stimme war gedämpft, und ihr Gesicht lag warm an Nancys Hals.

Die Trauung fand vor dem Kamin im Wohnzimmer statt. Die Gäste verteilten sich auch im Esszimmer und im Flur, manche saßen auf der Treppe und spähten zwischen den Stäben des Geländers hindurch. Es war eine bunte Mischung aus Verwandten und Freunden aus verschiedenen Lebensphasen – angefangen von ihrer besten Freundin aus der Grundschule über ihre Zimmergenossin am College bis hin zu den Autoren des Leopardi-Zirkels. Nancy stellte sich vor, dass ihr Vater irgendwo unter ihnen war und alles mitbekam.

Der Empfang fand in einem Zelt im Garten statt. Es hatte aufgehört zu regnen, und die mutigeren Gäste wagten sich hinaus auf den nassen Rasen. Die Blumengestecke, die Teresa zur Hochzeit beigesteuert hatte (Nancy hatte keine Geschenke gewollt, aber Teresa hatte darauf bestanden), waren vom Wind umgeworfen worden und hatten nasse Flecken auf dem Tischtuch hinterlassen. Hand in Hand machten Nancy und Oates die Runde bei den grüppchenweise herumstehenden Gästen, die alle Champagnerflöten in der Hand hielten. Chris' Söhne waren nicht eingeladen gewesen, aber Chris hatte sie trotzdem mitgebracht.

»Dass ich die Jungs dieses Wochenende habe, war nicht vorgesehen«, erklärte er Nancy. »Aber ich war mir sicher, du hast nichts dagegen.«

Nancy hatte etwas dagegen, sagte aber nichts. Gillians Mann hatte einen Notfall im Krankenhaus und war somit verhindert, also schlug Nancy vor, die beiden sollten sich an seinem Platz zusammenquetschen. Der Catering-Service würde schon damit klarkommen (statt eines Erwachsenen waren da jetzt zwei Kinder, die wenig aßen und keinen Alkohol tranken), und der Gedanke, dass Gillian neben zwei kleinen Jungen festsitzen würde, amüsierte sie.

Nancy sah, wie Deirdre die Runde machte und sich allen vorstellte, die sie nicht kannte, sowie Leute einander vorstellte, die sie kannte. Sie hatte Oates' Verwandtschaft aus dem

Mittleren Westen im Schlepptau. Irgendwann nach dem Essen fiel Nancy auf, dass Deirdre sich zu den Leopardis gesetzt hatte. Nachdem die Hochzeitstorte angeschnitten worden war und alle das Dessert genossen, kehrte sie an ihren Platz an Nancys und Oates' Tisch zurück.

»Ich an deiner Stelle würde die Person gut im Auge behalten, über die wir geredet haben«, flüsterte sie Nancy zu. »Sie ist intelligent und durchtrieben.«

»Danke, Mom«, sagte Nancy. Aber sie machte sich keine Sorgen um Gillian. Sie hätte die ganze Welt umarmen können, denn sie war jetzt für immer mit Oates verbunden und fühlte sich geschützt vor jedem nur möglichen Verrat.

## *Rachel*

Am frühen Nachmittag schien die Sonne zwischen den Gebäuden der Innenstadt hindurch, und Rachel blieb einen Moment stehen, um zu überlegen, welche Richtung sie einschlagen sollte. Sie war klein und schwanger und sah von Weitem betrachtet viel zu jung für eine werdende Mutter aus. Erst wenn man näher kam, sah man, dass sie schon älter war. Ihr Gesicht war zwar zart, gehörte aber eindeutig zu einer intelligenten Frau, die ihr Leben selbstbewusst meisterte.

Sie kam von einem Termin mit ihrer Hebamme und hatte bestätigt bekommen, was sie bereits wusste: Es war alles in Ordnung. Sie lebte im Einklang mit ihrem Baby, mit seinen Rhythmen und Bewegungen. Wäre etwas nicht in Ordnung gewesen, hätte sie seine Not gespürt. Sie kannte es so gut wie den Rest der Welt, ja wie sich selbst. Sie hatte das Geschlecht ihres Kindes nicht vorher wissen wollen, aber ein entscheidendes anatomisches Detail bei der letzten Ultraschalluntersuchung hatte das unmöglich gemacht, also betrachtete sie das Baby von diesem Moment an als Jungen. Sie wollte ihm keinen Namen geben, bevor sie sein Gesicht sehen konnte. Dennis und sie hatten beschlossen, das Geschlecht des Kindes noch niemandem zu verraten. Ihr Vater hatte überall verkündet, dass sein Kind laut Aimee ein Junge würde, und sie hatte es merkwürdig gefunden, etwas so Intimes von einem Menschen zu wissen, bevor er überhaupt geboren war. Rachel war der Meinung, dass auch Babys im Mutterleib ein Recht auf Privatsphäre hatten.

Bald würde sie Virginia zu einem späten Mittagessen treffen, doch vorher gönnte sie sich noch ein paar Stunden, um in Antiquariaten herumzustöbern. Leider hatte sie jetzt schon Hunger. Sie ging in ein Café, das selbst gemachtes Eis verkaufte, verharrte vor der Theke und musterte die gemalte Speisekarte und die Behälter mit Eis. Schließlich entschied sie sich für Joghurteis, eine bewusst vernünftige Wahl. Sie zahlte gerade, als sie eine vertraute Stimme hinter sich hörte. Es war Paul. Hier, so außerhalb der Schule, hätte sie ihn wahrscheinlich gar nicht erkannt, wenn sie ihn nicht anhand seiner Stimme identifiziert hätte.

»Hallo, Paul!«, sagte sie.

Er sah sie überrascht und leicht verwirrt an. »Hi.«

»Wie geht es dir?«

»Gut«, sagte Paul. Das Mädchen hinter der Theke machte Klopfgeräusche mit dem Eisportionierer. »Ach so, äh, zwei Kugeln Nugat«, sagte er. »Tut mir leid.«

Rachel hatte ihren Geldbeutel noch in der Hand. »Ich zahle«, sagte sie. »Du bist eingeladen.«

»Das müssen Sie nicht«, sagte Paul.

»Ich weiß«, erwiderte Rachel. »Ich möchte aber.«

Paul verließ mit ihr das Eiscafé, und als sie vorschlug, sich gemeinsam auf eine Bank im nahe gelegenen Park zu setzen, kam er mit. Als er sein Gesicht zur Eiswaffel herabbeugte, fielen seine Haare seitlich nach vorn, und Rachel unterdrückte wieder den Impuls, sie ihm aus dem Gesicht zu streichen. Als er zu ihr aufsah, klebte ein schiefer Schokoladenschnurrbart an seiner Oberlippe. »Danke«, sagte er.

»Gern geschehen. Ich hätte am liebsten dasselbe bestellt, aber ich versuche, vernünftig zu sein. So kann ich deines indirekt genießen.«

Sie hatte ihn eindeutig überrumpelt, aber er schien nichts dagegen zu haben, mit ihr zu reden.

»Was ist das?«, fragte sie und zeigte auf das Skizzenbuch, das er unter den Arm geklemmt hatte.

»Nur ein Buch, in das ich Dinge zeichne«, sagte er.

»Darf ich mal reinschauen?«

Er zögerte kurz und gab es ihr achselzuckend. Die Zeichnungen erstaunten sie. Sie waren unglaublich lebhaft, und die Figuren waren perfekt gezeichnet. Auf einer davon kreiste ein bewaffneter Mann auf einem Pterodactylus über einer Landschaft, die aussah wie eine Mischung aus Italien und dem Regenwald. Auf der nächsten Zeichnung befand sich der Flugsaurier gerade im Sturzflug, scheinbar, um unten eine Frau mit rundem Gesicht und langen, hellen Haaren in Sicherheit zu bringen. Sie entdeckte jede Menge Seiten mit Zeichnungen – ein ausgedehntes Abenteuer, bestehend aus einer Million feiner schwarzer Linien.

»Die sind richtig gut!«, sagte sie. »Ich wusste gar nicht, dass du ein Künstler bist.«

»Ich zeichne bloß gern«, erwiderte er.

»Na ja, das solltest du auch! Du hast richtig Talent«, sagte sie. »Nimmst du Unterricht?«

»Nein. Ich mache das nur für mich selbst.«

»Dein Stil erinnert mich ein bisschen an Escher«, sagte sie. »Kennst du sein Werk?«

»Ich habe noch nie von ihm gehört.«

Rachel strahlte. »M. C. Escher, ein niederländischer Künstler und Grafiker. Du wirst begeistert von ihm sein«, sagte sie. »Er hat diese wunderbare Lithografie von zwei Händen gemacht, die sich gegenseitig zeichnen. Ich werde dir ein Buch über ihn besorgen. Du wirst staunen!«

»Das wäre cool.«

»Danke fürs Zeigen«, sagte sie und gab ihm das Skizzenbuch zurück, das er schützend unter seinen Arm klemmte. Er war immer noch ganz rot wegen des unerwarteten Lobes.

»Wie geht es sonst so?«, erkundigte sie sich.

»Ganz gut eigentlich.«

»Ich weiß gar nicht, was du nächstes Jahr machst. Bleibst du an der Akademie?«

»Das weiß ich noch nicht«, sagte er. »Es ist nämlich so: Meine Mom will, dass ich wieder zu ihr ziehe, aber mein Dad will, dass ich hierbleibe. Er meint, dass ich von der Akademie aus bessere Chancen habe, aufs College zu kommen, als von der Highschool zu Hause.«

»Und was möchtest du?«

»Keine Ahnung. Es ist schon komisch, dass mich beide wollen, denn manchmal will mich keiner von beiden.«

»Das kann ich mir nicht vorstellen«, sagte Rachel rasch.

»Na ja, meine Mom will mich wahrscheinlich schon immer, aber bei meinem Dad weiß man das nie so genau. Er ist merkwürdig. Und Gillian – die Frau meines Vaters – ist noch viel merkwürdiger.«

Paul senkte seinen Kopf wieder in Richtung Eis. Er schien es wirklich zu genießen, und Rachel freute sich. Wahrscheinlich gab es nicht viel in seinem Leben, das so angenehm und unkompliziert war. Er sah wieder zu ihr auf, und seine Zunge schnellte hervor, um ein Klümpchen Eis von den Lippen zu lecken. »Wenn sich die Eltern scheiden lassen, geht viel kaputt«, sagte er.

»Das kann die Dinge tatsächlich ganz schön kompliziert machen«, bestätigte ihn Rachel. »Meine Eltern sind ebenfalls geschieden.«

An Pauls Gesicht sah sie, wie schwer ihm die Vorstellung fiel, dass sie überhaupt Eltern hatte. »Echt?«, fragte er.

Rachel nickte.

»Kommen sie miteinander aus?«, erkundigte sich Paul.

»Ja«, sagte Rachel. »Trotzdem gibt es Komplikationen.«

»Stimmt!«, sagte Paul. »Komplikationen. Mein Dad hat wieder geheiratet, meine Mutter nicht. Sie hatte mal einen Freund, aber das hat nicht gehalten. Und jetzt ist sie wirklich einsam. Sie würde jede hassen, die mein Dad heiratet, aber Gillian hasst sie ganz besonders. Ich glaube, mein Dad hatte schon was mit ihr, als er noch mit meiner Mom zusammen war.«

»Das ist hart«, sagte Rachel.

Paul senkte den Kopf und widmete sich für ein paar Minuten seinem Eis. Dann sah er auf. »Haben Ihre Eltern wieder geheiratet?«, fragte er.

»Ja, beide«, sagte Rachel. »Mein Vater und seine Frau bekommen sogar ein Baby.« Sie hatte nicht vorgehabt, Paul solche Dinge anzuvertrauen, es war ihr einfach so herausgerutscht.

»Wirklich?«, fragte Paul. »Sind sie dafür nicht ein bisschen alt?«

Rachel fragte sich, für wie alt Paul sie wohl hielt. »Mein Vater schon, aber seine Frau ist viel jünger.«

»Aha, so einer also!«, sagte Paul.

Rachel lachte. »Meine Eltern waren beide auf Gillians Weihnachtsfeier – mein Vater heißt Bernard und meine Mutter Virginia. Vielleicht hast du sie kennengelernt. Sie sind in Gillians Schreibzirkel.« Sie fragte sich, ob Paul Aimees dramatischen Abgang von der Party mitbekommen hatte.

Paul zuckte die Achseln.

»Du hast wahrscheinlich nicht groß auf sie geachtet«, sagte Rachel und grinste. »Sie sind alt. Wahrscheinlich hältst du jeden im Schreibzirkel für ›alt‹.«

»Es gibt einen Typen, der deutlich jünger ist«, sagte Paul. »Er hat seine Freundin mitgebracht. Sie heißt Kim. Sie ist echt scharf und nett dazu.«

Paul schob sich das untere Ende seiner Eiswaffel in den Mund und kaute. Nachdem er den letzten Krümel hinuntergeschluckt hatte, wischte er sich mit dem Ärmel seiner Jeansjacke über das Gesicht.

»Jennifer – meine Schwester – glaubt, dass mein Dad und Gillian ein Baby bekommen werden. Gillian hat keine Kinder. Und dass uns mein Dad fallen lassen wird, sobald es so weit ist. Aber noch ist es nicht so weit«, fügte er hinzu. »Mein Dad enttäuscht mich ständig. Er tut so, als wäre ich ihm wichtig, aber dann verhält er sich so, als wäre ich ihm völlig egal. Gillian dagegen ist ihm sehr wichtig. Für sie würde er alles stehen und liegen lassen.«

Rachel wartete. Sie war eine gute Zuhörerin.

»Ich behalte Gillian genau im Auge, um zu sehen, ob sie vielleicht schwanger ist. Aber inzwischen glaube ich nicht mehr, dass das noch passieren wird. Ich glaube nicht, dass sie Kinder will. Sie interessiert sich nur fürs Schreiben.«

»So ist das eben bei manchen Schriftstellern«, sagte Rachel. »Aber nicht bei allen«, fügte sie beim Gedanken an ihre eigenen Eltern hinzu. »Für manche jedoch schon.«

»Sie arbeitet an diesem neuen Buch«, erzählte Paul. »Es ist eine Art Geheimnis, sie redet nicht darüber. Ich glaube, nicht mal mein Dad weiß davon.«

»Das ist kein Geheimnis, Paul«, sagte Rachel. »Im Herbst

wird eine neue Anthologie mit ihren Gedichten erscheinen. Sie wird schon sehnsüchtig erwartet. Sogar ich weiß das.«

»Ach so, ja, über dieses Buch weiß ich auch Bescheid«, sagte Paul. »Aber ich meine nicht ihren Gedichtband, sondern ihren Roman. Er ist ganz hinten in ihrer Schublade versteckt. Ich weiß das auch bloß, weil ich mal zufällig reingekommen bin, als sie daran gearbeitet und dann getan hat, als ob nichts wäre. Aber sie merkte, dass ich was gesehen hatte, also bat sie mich, meinem Dad nichts davon zu sagen – vermutlich will sie ihn damit überraschen. Und da habe ich es ihr versprochen. Und später habe ich ihn in ihrem Ordner entdeckt.«

»Paul, du solltest deine Nase nicht in fremder Leute Ordner stecken«, sagte Rachel.

»Ich habe nicht nach Sachen von ihr gesucht«, verteidigte sich Paul. »Ich habe nur nachgeschaut, ob sie einen Brief von der Akademie über mich bekommen hat. Damals, Sie wissen schon, als das mit der Arbeit für Thayer passiert ist.«

»Trotzdem!«, sagte Rachel.

Paul zuckte die Achseln. »Ja, wahrscheinlich haben Sie recht«, sagte er.

»Apropos Akademie«, sagte Rachel. »Glaubst du, du hältst es noch zwei Jahre bis zu deinem Schulabschluss aus?«

»Keine Ahnung«, sagte Paul. »Meine Mom vermisst mich wirklich. Und irgendwie fehlt es mir auch, zu Hause, bei ihr zu leben. Ich habe auch keine wirklichen Freunde auf der Akademie, und Sie sind die einzige Lehrerin, die ich mag. Und jetzt sind auch Sie nicht mehr da.«

»Ach nein?«, fragte Rachel.

»Sie kriegen doch ein Kind, oder?«, sagte Paul.

»Mein Baby kommt zu Beginn des Sommers zur Welt, und ich habe vor, ab Herbst wieder zu unterrichten.«

»Oh«, sagte Paul verlegen.

»Wenn du dich entscheidest, zu bleiben«, sagte Rachel, »sehen wir uns im Herbst. Und weißt du was, Paul: Ich mag dich auch.«

Nachdem sie sich verabschiedet hatten, blieb Rachel noch eine Weile sitzen und sah, wie Paul mit seinem über die Schulter gehängten Rucksack davonschlurfte. Ein Scheidungskind, dachte sie und staunte, dass sie ihm erzählt hatte, selbst ein Scheidungskind zu sein. Normalerweise achtete sie strikt darauf, den Schülern kaum etwas über ihr Privatleben zu verraten. Sie wussten auch so schon genug, zum Beispiel, dass sie ein Kind bekam. Aber bei Paul war das was anderes: Wenn er wusste, dass sie die Scheidung ihrer Eltern überlebt hatte, würde er sich vielleicht leichter tun, an sein eigenes Überleben zu glauben. Für einen Moment stellte sie sich vor, Paul für ein Jahr bei sich aufzunehmen und ihm ein besseres Zuhause zu geben als sein Vater und Gillian. Aber das war natürlich lächerlich. In ihrem winzigen Apartment war schon kaum genug Platz für das Neugeborene.

Beim Mittagessen zog Virginia eine Tüte mit mehreren CDs hervor, die sie soeben gekauft hatte. »Die sind für das Baby«, sagte sie. »Sie verkaufen Klassik-Compilations für Kleinkinder, aber da ist nur Mozart drauf, der nicht einmal von den besten Musikern eingespielt wurde. Also habe ich die hier erworben. Warum nicht das Guarneri String Quartet?«

»Danke«, sagte Rachel und stand auf, um ihrer Mutter einen Kuss zu geben.

»Leute, die stricken, stricken für Babys«, sagte Virginia. »Und die, die nicht stricken können, kaufen CDs.«

Das Restaurant befand sich in einer umgebauten Fabrik,

in einem nüchternen Raum mit hohen Decken und nackten Holzdielen. Rachel studierte die Speisekarte, aber sie hatte keinen Hunger mehr, nichts machte ihr Appetit. Doch damit sich Virginia keine Sorgen machte, wenn sie nichts aß, bestellte sie Fisch und hoffte auf eine kleine Portion.

»Dad war am Sonntag bei uns zum Abendessen«, sagte sie.

Virginia legte den Kopf schräg.

»Ich mache mir Sorgen um ihn«, fuhr Rachel fort.

»Warum?«, fragte Virginia.

»Er ist ganz allein in dem großen Haus. Er ist unglücklich und einsam.«

»Hat er dir das erzählt?«, fragte Virginia.

»Nicht direkt«, gab Rachel zu.

»Bernie übertreibt wie immer maßlos. Ich bin mir sicher, dass er die meiste Zeit recht zufrieden ist. Bestimmt lässt er sämtliche Klamotten über den Möbeln hängen, vereinnahmt den ganzen Tisch mit seinen Papieren und genießt es, dass Aimee ihn nicht mehr an der kurzen Leine hält.«

»Trotzdem – er wirkt deprimiert«, beharrte Rachel. »Ich fühlte mich verpflichtet, mich um ihn zu kümmern.«

»Peachie!«, sagte Virginia, beugte sich über den Tisch und schaute Rachel direkt ins Gesicht. »Du brauchst dir keine Sorgen um deinen Vater zu machen. Bernie ist ein erwachsener Mann; du musst dich nicht um ihn kümmern.«

»Das tue ich ja auch gar nicht«, sagte Rachel. »Er tut mir einfach nur leid.«

»Ach, Schätzchen«, erwiderte Virginia und lehnte sich in ihrem Stuhl zurück. »Kümmere dich lieber um dich selbst und das süße kleine Baby in deinem Bauch. Kümmere dich um deinen reizenden Mann. Bernie kann auf sich selbst aufpassen. Er sollte nicht zu dir kommen, und dir was vorjammern. Er sollte sich um *dich* kümmern.«

»Er hat mir nicht wirklich etwas vorgejammert«, sagte Rachel.

Virginia runzelte die Stirn, und Rachel lächelte. »Na ja, nur ein bisschen«, gab sie zu.

»Bernie hätte Romane schreiben sollen«, sagte Virginia. »Die Biografien ermöglichen es ihm, bis zu einem gewissen Grad vor sich selbst zu fliehen, haben aber nicht die Bandbreite von Romanen, nicht die notwendige Dramatik.«

Der Fisch wurde mit einem Berg Couscous und ein paar Fadenbohnen serviert. Rachel entfernte die Mandelkruste und presste die Zitrone aus, woraufhin ihr Saft eine Lache auf dem Filet bildete.

»Mal ganz im Vertrauen«, sagte Rachel. »Aber weißt du, wer einen Roman schreibt?«

»Wer denn?«, fragte Virginia.

»Gillian Coit«, sagte Rachel.

Virginia runzelte die Stirn. »Woher weißt du das?«

»Von ihrem Stiefsohn Paul. Ich missbrauche sein Vertrauen, aber dir kann ich es ja sagen.«

»Oh, da muss er was verwechselt haben«, erwiderte Virginia. »Gillian ist Lyrikerin, sie schreibt keine Romane.«

»Jetzt anscheinend schon.«

»Das würde mich wundern«, sagte Virginia. »Sie hat keine einzige Seite davon zu einem unserer Treffen mitgebracht.«

»Paul sagt, sie schreibe heimlich daran.«

»Na ja«, meinte Virginia. »Jeder Lyriker glaubt, problemlos Prosa schreiben zu können, stirbt dann aber vor Eifersucht, wenn es einer von uns Prosaisten wagt, Gedichte zu schreiben.«

»Hast du jemals Gedichte geschrieben, Mom?«, fragte Rachel.

»Das ist *mein* Geheimnis«, sagte Virginia. »Aber ich habe vor, Gedichte für mein Enkelkind zu schreiben. Ich werde Mother-Goose- und Dr.-Seuss-artige Verse für jeden Anlass verfassen.«

»Dad hat mal ein Gedicht für mich geschrieben«, sagte Rachel.

»Wirklich?«, fragte Virginia.

»In jenem Sommer war ich in diesem furchtbaren Pfadfinder-Ferienlager in Upstate-New York und hatte furchtbares Heimweh.«

»Oh«, sagte Virginia. »Ich hatte immer ein schlechtes Gewissen, dass ich dich dorthin geschickt habe. Aber Teddy gefiel es dort, und du wolltest hinfahren.«

»Dad hat mir ein Gedicht geschrieben, das sich reimt. Es war sehr albern, aber gleichzeitig bombastisch, wenn du verstehst, was ich meine. Er wollte mich aufmuntern.«

»Das wusste ich gar nicht«, sagte Virginia. »Nun, das war echt lieb von ihm.«

»Ja«, sagte Rachel.

Die Bedienung, die den Tisch neben ihnen abräumte, ließ einen Teller fallen. Er krachte zu Boden, ohne zu zerbrechen. Rachel sprang auf, und plötzlich standen ihr Tränen in den Augen. Sie musste wieder an den Speisesaal des Ferienlagers denken, wo die Teller am Ende einer langen Tafel aufeinandergestapelt gewesen waren. An die Hütte mit dem Metallbett, dessen Federn unter ihrem Gewicht zitterten. Sie musste wieder an das Mädchen mit den Pickeln denken, das die Post verteilt hatte, an den unerwarteten Umschlag von ihrem Vater, an seine eckige Schrift in schwarzer Tinte. Aber weinte sie deswegen, ihretwegen, weil sie damals noch so klein und voller Heimweh gewesen war? Oder weinte sie wegen etwas anderem? Darüber, wie selten ihr Vater wirklich an sie dachte, sich für sie interessierte und etwas für sie tat. Es gab so vieles, was sie sich von ihm wünschte, aber er enttäuschte sie immer wieder aufs Neue. Er hatte sie den Großteil ihres Lebens enttäuscht.

Virginia war schon aufgestanden und legte die Arme um sie. Rachel schmiegte ihr Gesicht an den Bauch ihrer Mutter.

## *Virginia*

Gillian hatte alle in der Danksagung ihres neuen Gedichtbands mit dem Titel *Transzendenz* erwähnt, weshalb Virginia sich verpflichtet fühlte, zur Markteinführung des Buches nach New York zu fahren. Bei den Leopardis war es Tradition, Veranstaltungen zu besuchen, bei denen eines ihrer Bücher vorgestellt wurde. Nur bei Chris hatten sie etwas nachgelassen, worauf er auch hinwies, als über Gillians Buchpräsentation gesprochen wurde.

»Du bist so unglaublich produktiv, Chris«, sagte Virginia. »Wir schaffen es einfach nicht, auf jede deiner Lesungen zu gehen. Trotzdem waren wir bei dir am häufigsten.«

»Da ich nur alle zehn Jahre ein Buch veröffentliche«, sagte Bernard, »erwarte ich, dass ihr bei mir ausnahmslos Gewehr bei Fuß steht.«

»Das ist ein wichtiges Buch für Gillian«, sagte Virginia, »und die darin enthaltenen Gedichte sind jene, an denen sie mit uns gearbeitet hat. Ich finde, es wäre …«, sie schwieg einen Moment und suchte nach dem passenden Wort, »kleinlich, wenn wir nicht hingingen, um sie zu unterstützen.«

»Wir können die Lesung auch auslassen und auf die anschließende Party gehen«, schlug Chris vor, aber Bernard schenkte ihm einen derart strafenden Blick, dass er schnell hinzufügte: »Das war doch nur Spaß. Also gut, ihr könnt auf mich zählen.«

Sie fuhren gemeinsam in Bernards altem Mercedes nach New York. Virginia und Nancy saßen hinten und Adam neben Bernard auf dem Beifahrersitz. Chris nahm den eigenen Wagen, weil er am nächsten Tag direkt zu seinen Söhnen fahren würde. Aber auch sonst wäre er wohl kaum bei Bernard mitgefahren – er hatte einen neuen Sportwagen, der entweder deutlich teurer oder deutlich billiger war, als er aussah, aber das war Virginia nur recht. Zu fünft wäre es ziemlich eng geworden – außerdem: Welcher der Männer hätte sich schon gern zu den Ladys auf die Rückbank gequetscht?

Der Mercedes war dunkelblau – eine Farbe, die Virginia mit Jachten assoziierte – und war mit blauen Ledersitzen ausgestattet. Es war ein alter, völlig unpraktischer Wagen, aber Bernard hatte sich noch nie für praktische Dinge interessiert. Aimee war wieder bei ihm eingezogen, und mit ihm ihr Baby Horace (wer außer Bernard würde ein Baby Horace nennen?), und Bernard war geradezu lächerlich vernarrt in seinen Sohn. Er wechselte ihm die Windeln und bereitete Säuglingsnahrung zu (Aimee weigerte sich, zu stillen) – alles Dinge, die er nie getan hatte, als Rachel und Teddy noch klein waren. Virginia vermutete, dass Aimee in den paar Monaten ihres Alleinseins klar geworden war, was sie an ihm hatte. Also war sie zu Bernard zurückgekehrt (wobei sie ihm unzählige Zugeständnisse abverlangt hatte). Allerdings weniger aus Liebe als aus praktischen Erwägungen heraus. Wenn Horace erst einmal in der Schule wäre, würde Aimee bestimmt wieder ausziehen, da war Virginia sich ziemlich sicher. Wie gemein von mir, dachte Virginia.

Bernard begeisterte sich gerade für alles, was mit Babys zu tun hatte. Trotzdem war die tatsächliche Aufmerksamkeit, die er seinem Enkel Peter, sprich Rachels Baby, das wenige Wochen vor Horace zur Welt gekommen war, widmete, beinahe lächerlich im Vergleich zu der, mit der er seinen neuen

Sohn überschüttete. Virginia war sich sicher, dass Rachel gekränkt war, obwohl sie nichts dergleichen sagte. Wie so oft ärgerte sich Virginia über seine Gedankenlosigkeit und litt still mit Rachel mit. Obwohl sie natürlich voreingenommen war, war Peter deutlich hübscher als Horace, dieser kleine Buddha mit Schlitzaugen. Aber Bernard gab schamlos mit seinem Sohn, dem von ihm gezeugten Wunderkind, an und erwähnte Peter nur beiläufig.

Bernard hatte sich bereit erklärt, mit nach New York zu fahren, weil Aimee mit Horace bei ihren Eltern in Seattle war. Obwohl Bernard sich gern in der Nähe seines Sohnes aufhielt, um ihn zu bewundern, war der Gedanke an seine Schwiegereltern so ernüchternd, dass er Aimees Vorschlag, allein zu fahren, angenommen hatte.

»Das wird eine richtige Exkursion des Leopardi-Zirkels«, hatte Bernard fröhlich vorgeschlagen. »Und ich spiele den Chauffeur.« Virginia hätte sich wohler gefühlt, wenn Adam gefahren wäre, aber Adams Wagen war etwas klein für vier Personen. Und es war nun mal vernünftig, dass man mit einem Auto fuhr.

Virginia hatte die Armstütze zwischen sich und Nancy heruntergeklappt und es sich auf dem Rücksitz bequem gemacht. Sie konnte Nancys Parfüm riechen, oder war es ihr Shampoo? Nancy duftete immer so … Virginia suchte nach dem richtigen Wort und entschied sich für »fein«, ein Adjektiv, das sie nur selten verwendete.

Die Gruppe hatte eine Sommerpause eingelegt, da viele von ihnen länger weg waren – Nancy auf Hochzeitsreise in Griechenland, Gillian auf dem Cape und Virginia in Maine. Sie hatten sich erst wieder zu Beginn des Herbstes getroffen.

»Du warst so eine hübsche Braut!«, sagte Virginia. »Habe ich dir das eigentlich schon gesagt?«

Nancy lachte. »Ich glaube schon«, erwiderte sie. »Aber ich kann es gar nicht oft genug hören.«

»Es ist schön, dich so glücklich zu sehen«, sagte Virginia.

»Sah ich vorher nicht glücklich aus?«, fragte Nancy.

»Du hast immer etwas – wie soll ich sagen – nervös gewirkt. Aber vielleicht warst du unseretwegen nervös?«

»Wer ist unseretwegen nervös?«, fragte Bernie vom Fahrersitz aus.

»Niemand, Bernie«, sagte Virginia lauter. »Wir unterhalten uns nur. Frauengespräche. Konzentrier du dich aufs Fahren!«

Nancy lächelte schwach. »Ich glaube, ich war nervös, weil ich etwas aus meinem Roman vorlesen musste. Ich habe so lange allein daran gearbeitet, dass es mir schwerfiel, damit aus meinem stillen Kämmerlein zu kommen.«

»Hast du schon etwas gehört?«, fragte Virginia leise.

Nancy schüttelte den Kopf. »Meine Agentin verschickt ihn gerade, aber noch scheint niemand anzubeißen.«

Virginia tätschelte ihre Hand. »Das kommt schon noch. Es ist ein bemerkenswerter, tief empfundener Roman.«

»Danke«, sagte Nancy.

»Du hast noch nichts Neues angefangen?«

Nancy schüttelte den Kopf.

»Ich weiß«, sagte Virginia. »Du bist noch nicht so weit. Aber du wirst hoffentlich weiterhin zu unseren Treffen kommen. Ich zähle auf dein Feedback.«

»Natürlich kommt sie!«, sagte Bernard. Virginia hatte nicht damit gerechnet, dass er sie über den Verkehrslärm hinweg hören konnte, aber anscheinend war dem so.

»Wer einmal zum Leopardi-Zirkel gehört, muss auch kommen, um über die Arbeit der anderen zu diskutieren. Selbst wenn er nichts eigenes vorzustellen hat.«

»Ich wusste gar nicht, dass es Regeln gibt«, sagte Adam. Er war die ganze Fahrt über so still gewesen, dass Virginia seine Anwesenheit fast vergessen hatte.

»Das sind keine Regeln«, sagte Bernard. »Das ist eine moralische Verpflichtung.«

»Du hast mir nichts von moralischen Verpflichtungen erzählt, als ich beigetreten bin«, entgegnete Nancy.

»Die moralischen Verpflichtungen des Leopardi-Zirkels sind äußerst subtil«, sagte Bernard. »Sie ergeben sich aus der Situation heraus, so wie unsere Exkursion in die Großstadt, mit der wir das Erscheinen von Gillians neuem Buch unterstützen.«

»Gillians Buch bedarf wohl kaum unserer Unterstützung«, sagte Nancy.

»Warum bist du dann mitgekommen?«

»Weil es sich so gehört«, erwiderte Nancy.

»So etwas kannst auch nur du sagen, liebe Nancy!«, konterte Bernard.

»Sie fährt aus demselben Grund mit wie wir alle«, sagte Adam. »Weil Gillian es von uns erwartet und es als Verrat empfände, wenn wir nicht führen.«

»Ah, endlich sagt mal jemand die Wahrheit«, meinte Bernard. »Niemand wagt es, sich Gillian zur Feindin zu machen. Trotzdem glaube ich, dass du andere Motive hast als wir.«

»Was soll denn das jetzt heißen?«, fragte Adam rasch und drehte sich zu Bernard um.

Das Gespräch nahm eine Wendung, die Virginia ganz und

gar nicht gefiel, aber es war zu spät, um Bernard zurückzupfeifen.

»Es geht völlig in Ordnung, in Gillian verliebt zu sein«, sagte Bernard. »Das waren wir alle mal.«

»Meine Güte, Bernie!«, sagte Virginia. »Sprich von dir, wenn du es partout nicht lassen kannst. Aber sei wenigstens so anständig, nicht gleich von dir auf alle anderen zu schließen!«

»Ich weiß gar nicht, warum du dich so aufregst!«, sagte Bernard.

»Ganz einfach, weil du es nicht anders verdienst«, sagte Virginia und konnte nicht anders, als laut zu werden. »Du sagst verletzende Dinge und scheinst es gar nicht zu bemerken.«

»Das ist schon okay«, beschwichtigte sie Adam. »Bernard hat recht: Ich bin verliebt in Gillian.«

»Oje!«, sagte Virginia. »Du hast doch so eine wahnsinnig hübsche Freundin.«

»Du musst es ja wissen!«, sagte Adam.

Selbst Bernard hatte es die Sprache verschlagen. Gut, dachte Virginia, das wurde auch langsam Zeit. Von ihrer alten Zuneigung für Bernard, die seit seinem scheußlichen Fauxpas an Rachels Thanksgiving-Dinner deutlich nachgelassen hatte, war kaum noch etwas übrig. Er war unerträglich. Sie wünschte, sie säße nicht in seinem Wagen und müsste seine körperliche Nähe nicht ertragen, geschweige denn nach der Veranstaltung mit ihm zurückfahren.

Auf dem Beifahrersitz steckte Adam sich Ohrhörer in die Ohren, während die neben ihr sitzende Nancy die Augen schloss und vermutlich so tat, als schliefe sie. Virginia drehte den Kopf, damit sie nicht auf Bernards Hinterkopf starren musste. Über der in die Wagentür eingelassenen Armlehne befand sich ein Wurzelholzpaneel. Virginia folgte der dunklen Maserung mit dem Zeigefinger. Was für eine merkwürdige Vorstellung, dass dieses Stück Holz, das einmal zu einem lebenden Baum gehört hatte, jetzt mit ihnen reiste und an ihren Gesprächen teilhatte!

Sie fuhren gerade durch die südliche Bronx. Virginia hätte es bevorzugt, wenn Bernard den Weg durch Riverdale, also den West Side Highway, genommen hätte. Aber er hatte sich für den Major Deegan Expressway entschieden. Dieser Abschnitt der hochtrassierten Stadtautobahn führte durch jenen Teil der Bronx, der Virginia am traurigsten machte. Sie wandte den Kopf ab und versuchte, sich ganz auf die neben ihr sitzende Nancy zu konzentrieren – auf Nancy mit ihren Opal-Ohrringen und den frisch geschnittenen blonden Haaren, die jetzt genau kinnlang waren. Und trotzdem konnte sie nicht anders: Sie musste einfach aus dem Fenster schauen. Irgendjemand hatte die Idee gehabt, die zugenagelten Fenster der leer stehenden Gebäude mit Vorhängen zu bemalen, damit sie bewohnt aussahen. Jetzt wirkten sie wie eine Theaterkulisse. Ein Hund, der auf einem Ruinengrundstück festgekettet war und bewachte, was ohnehin niemand stehlen wollte, bellte den Himmel an.

Im ersten Stock der Borders-Filiale hatte man Bücherregale verrückt, um Platz für die Lesung zu schaffen. Trotzdem war es viel zu eng für die vielen Besucher. Auf einem Tisch lagen mehrere Stapel von *Transzendenz*, zusammen mit einem Roman namens *Wiedergutmachung* von M. G. Findlay. Der Name Findlay kam Virginia irgendwie bekannt vor, aber sie konnte sich nicht erinnern, schon einmal von diesem Autor gehört zu haben. Chris, der vor ihnen eingetroffen war, hatte

Plätze in den vorderen Reihen frei gehalten, auf denen »reserviert« stand. Für eine Buchpräsentation waren viele Leute da, für die eines Gedichtbandes sogar bemerkenswert viele. Man schien zu glauben, es mit der nächsten Pulitzer-Preisträgerin zu tun zu haben. Gillian war erfolgreicher, als Virginia gedacht hatte. Bernard hob die Brauen und schnitt eine Grimasse, um Virginia zu zeigen, wie beeindruckt er war.

Gillian, die von ihrem Agenten und Verleger flankiert wurde, stand am Rand. Sie trug ein langes, ärmelloses Kleid, und ihre Schultern wirkten weiß und verletzlich. Als sie ihren Blick schweifen ließ und sie entdeckte, nickte sie ihnen zu und lächelte. Es war das Lächeln eines albernen Kindes mit zwei schief stehenden Schneidezähnen. In der ersten Reihe entdeckte Virginia Gillians Mann, Jerry, und neben ihm Paul, den armen Kerl. Virginia, Nancy und Adam setzten sich in dieselbe Reihe wie Chris. Nur Bernard entschied sich für einen Hocker vor den Bücherregalen an der Seite. Da saß er nun, der Vater des Buddhas, während seine taupefarbene Hose an seinen kräftigen Oberschenkeln spannte. Seine fleischigen Hände – die Hände eines Menschen, der so gut wie keine körperliche Arbeit verrichten musste – waren blass und hatten Sommersprossen. Dieselben Hände hatten Gillian berührt, dachte Virginia. Sie hatte eigentlich gedacht, dass Bernards Affäre mit Gillian nach ihrer Trennung stattgefunden hatte, aber jetzt war sie sich da nicht mehr so sicher. Weil sie Joe hatte und mit ihm so glücklich war, hatte das nie eine Rolle gespielt. Aber vielleicht spielte es doch eine Rolle.

Die Buchhändlerin machte sich am Mikrofon auf dem Podium zu schaffen und verursachte aus Versehen zwei schrille Pfeiftöne, die die Aufmerksamkeit des Publikums erregten. Es handelte sich um eine gedrungene, kurzhaarige Frau mit ein paar Piercings zu viel in ihrem Ohr. Sie fasste Gillians Laufbahn als Lyrikerin zusammen und sprach den Namen Coit falsch aus, genauso wie einen der Titel.

»Bevor wir mit der Lesung beginnen«, sagte sie, »möchte Gillians Verleger bei Knopf, Robert McInnerny, noch einige einleitende Worte sagen.«

Virginia hatte sich auf der Weihnachtsfeier mit Rob unterhalten. Er war nicht älter als Rachel und hatte es geschafft, Karriere zu machen und seinen Ehrgeiz hinter einem jungenhaften Charme zu verbergen. Er sah gut aus, obwohl er ein kleines, weibisches Kinn hatte. Adam hasst ihn bestimmt, dachte Virginia.

Rob war groß, sodass er das Mikro zu seinem Mund hochziehen musste. »Ich habe eine kleine Überraschung für Sie«, hob er an. »Manche von Ihnen haben sich bestimmt schon gefragt, warum ein Roman neben Gillians neuem Gedichtband *Transzendenz* liegt. Der Name M. G. Findlay dürfte Ihnen unbekannt sein, aber die Autorin ist heute unter uns.« Er grinste dermaßen breit, dass Virginia sofort wusste, was los war.

»Ich habe das außerordentliche Glück, der Verleger von Gillians letzten drei Gedicht-Anthologien zu sein. Sie können sich vorstellen, wie begeistert ich war – und ich benutze dieses Wort wirklich äußerst selten –, als sie mir anvertraute, nebenbei, nur so zum Spaß, einen Roman geschrieben zu haben.«

Findlay, dachte Virginia. Gillians Tante stammte aus Findlay, Ohio, und Gillian hatte einmal davon gesprochen, sie dort zu besuchen. Das musste der Roman sein, den Gillian heimlich geschrieben hatte, und von dem Paul Rachel erzählt hatte.

»Im Verlagswesen mahlen die Mühlen langsam«, fuhr Rob fort, »aber es gibt Ausnahmen, und diese hier ist wirklich bemerkenswert: Es ist uns gelungen, diesen Roman gleichzeitig mit Gillians neuem Gedichtband herauszubringen, was wirklich ein Wunder ist. Ehrlich gesagt wusste ich bis heute früh selbst noch nicht, dass wir auf dieser Veranstaltung ein paar Vorabexemplare haben würden. Es ist ein atemberaubender Roman, in einem Stil, der so ganz anders ist als die Gedichte Gillians. Sie werden staunen, wie vielseitig diese Künstlerin ist. *Publisher's Weekly* spricht von der ›virtuosen Leistung einer neuen Romanautorin‹, da Gillian beschlossen hat, ihn unter einem Pseudonym zu veröffentlichen. Aber jetzt wurde das Geheimnis gelüftet.«

Eine PR-Strategie, die für Aufsehen sorgt, dachte Virginia. Nicht nur für die Lyrik sondern auch für den Roman. Ein brillanter Schachzug: Die Lyrikliebhaber würden auch einen Roman kaufen, den Gillian geschrieben hatte. Und diejenigen, die sich für den Roman interessierten, würden vielleicht auch noch den Gedichtband nehmen.

Als Gillian zum Mikro ging, hatte es genau die richtige Höhe. Sie machte keinerlei einführende Bemerkungen, sondern sah nur ins Publikum und begann zu lesen. Sie konnte mitreißend vorlesen, und Virginia versuchte herauszufinden, ob das eher an ihrer Stimme lag – die mehr einem Flüstern glich, so als bliebe die Luft in ihrem Mund und erreichte niemals den Brustkorb – oder an Gillians Präsenz, an ihrer schlanken Erscheinung, denn dünnen, nackten Armen und ihrem unglaublich langen Haar, das so locker zurückgebunden war, dass schon eine dramatische Zeile zu genügen schien, um das Band zu lösen. Einige Gedichte waren der Gruppe vorgetragen worden, und Virginia konnte sich bei manchen noch an ein paar erste Entwürfe erinnern. Und bei einem erkannte sie sogar einen Vorschlag von ihr, den Gillian tatsächlich aufgegriffen hatte. Es war mehr als angemessen, dachte sie, dass der Zirkel in der Danksagung Erwähnung fand.

Nach der Lesung scharten sich ihre Anhänger um Gillian. Schnell bildete sich eine Schlange mit Leuten, die für signierte Bücher anstanden. Virginia und die anderen Leopardis, die zur anschließenden Party gehen wollten, warteten am Rand.

»Was für ein Coup!«, sagte Bernard. »So wie es aussieht, hat sie deine Herausforderung angenommen, Chris.«

»Ihr Verleger ist ihr dermaßen ergeben«, sagte Chris, »dass er auch ein Kochbuch von ihr veröffentlichen würde, wenn sie denn eines schriebe.«

»Ich bin beeindruckt«, sagte Virginia. »Typisch für sie, uns damit zu überraschen.« Virginia sah zu Adam hinüber und las in seinem Gesicht, dass auch er nichts von dem Buch gewusst hatte. »Ich frage mich, wovon es handelt«, sagte sie.

Nancy hatte sich ausgeklinkt und war zu dem Büchertisch hinübergegangen. Sie blätterte in Gillians Roman.

»Während wir darauf warten, dass sich unser Star freimachen kann«, sagte Bernard, »werde ich mir mal die Kinderbuchabteilung ansehen. Ich baue eine Bibliothek für Horace auf.«

»Jedes Buch, das ich Ben und Sam geschenkt habe, und das sie mit nach Hause genommen haben, wurde von ihrer Mutter weggeworfen«, sagte Chris. »Ich muss jetzt alle ihre Bücher bei mir aufbewahren.«

»Bist du nicht neugierig, wovon Gillians Roman handelt?«, fragte Virginia.

»Von etwas künstlerisch Wertvollem«, sagte Chris. »Sie wird uns allen ein Exemplar schenken, und dann müssen wir es lesen.«

»Du bist nur beleidigt, weil sie in deinem Revier wildert«, sagte Bernard. »Sie wird dich mit deinen eigenen Mitteln schlagen.«

»Das wohl kaum!«, sagte Chris. »Gillian mag die liebe Nancy über den Plot ihres Romans ausgefragt haben, aber ich kann mir nicht vorstellen, dass Gillian weiß, wie man einen Plot aufbaut.«

Virginia sah zu Nancy hinüber. Die hielt Gillians Buch in der einen Hand und hatte die andere vor den Mund geschlagen. Sie starrte auf die offenen Buchseiten, als läse sie etwas Abscheuliches und gleichzeitig Faszinierendes. Sie klappte das Buch zu, klemmte es unter ihren Arm und ging zum Lift.

»Entschuldigen Sie bitte, aber Sie müssen das bezahlen!«, rief ihr die Buchhändlerin nach, aber Nancy hörte nicht auf sie. Sie fuhr bereits mit dem Lift nach unten.

Gillian signierte nach wie vor Bücher an ihrem Tisch. Wenn sie sich vorbeugte, fielen ihr ihre dunklen Haare über die Schulter.

»Bezahl du das Buch!«, befahl Virginia Bernard. »Ich werde versuchen, Nancy einzuholen.«

»Warum sollte ich Nancys Buch bezahlen?«, fragte Bernard.

»Bezahl das verdammte Buch, Bernie«, sagte Virginia und versetzte Bernard einen Stoß gegen die Brust. »Bezahl es einfach.« Dann rannte sie hinter Nancy her.

## *Nancy*

Das Buch umklammernd rannte Nancy aus der Buchhandlung und bog nach links in Richtung Innenstadt ab. Sie hatte ihre Jacke liegen lassen, einen blauen Cardigan, den sie über die Lehne ihres Stuhls geworfen hatte. Aber um nichts in der Welt wäre sie jetzt noch einmal umgekehrt. Sie rannte den Gehsteig entlang, bahnte sich einen Weg durch das Gedränge der Fußgänger. Sie hatte keine Ahnung, wohin sie wollte – sie rannte einfach. Sie sah sich nicht um, merkte nicht, dass Virginia ihr nachgelaufen war und es dann aufgegeben hatte – ein trauriges, schwer atmendes Häuflein Elend auf dem Gehsteig. Sie wusste nur, dass sie einen Ort finden musste, an dem sie lesen konnte, einen ungestörten Ort. Sie kam an einem Coffee Shop vorbei, an einer Kirche, einer Bibliothek. Jedes Mal überlegte sie kurz, doch nichts davon schien ihr geeignet. Sie rannte verzweifelt weiter, bis ihr Bloomingdale's einfiel. Sie hatte mal einen Sommer lang in der Kinderabteilung gearbeitet, vor vielen Jahren, als sie noch aufs College ging. Damals hatte sie bei einer Freundin gewohnt, deren Eltern ihnen ihr Apartment überlassen hatten, während sie den Sommer in den Hamptons verbrachten. Sie wusste, dass sich Bloomingdale's seit damals drastisch verändert hatte und jetzt eine trendy Wiedergeburt seines früheren Selbst feierte, aber eine abgelegene Umkleidekabine würde sie wohl irgendwo finden. Sie nahm den Lift nach oben in eine Abteilung, in der es Kleidung für ältere, nicht ganz so modische Frauen gab und in der nicht ganz so viele

Kunden anzutreffen waren. Es gelang ihr, bis zu den Umkleidekabinen vorzudringen, ohne von einer Verkäuferin entdeckt zu werden. Die Umkleiden waren leer, und sie eilte zu einer am Ende des Ganges. Sie schloss die Tür hinter sich und sank zu Boden. Sie rief Oates von ihrem Handy aus an, aber es meldete sich nur seine Mailbox.

»Ruf mich zurück«, sagte sie.

Der Umkleideraum war mit pfirsichfarbener Auslegeware und einem zierlichen Stuhl mit einem pfirsichfarbenen Samtpolster ausgestattet. An den Haken hingen keine Kleider, nur mehrere Kleiderbügel. Nancy fegte ein paar lose Stecknadeln, mehrere Kleenextücher und einen Umschlag zur Seite, auf dem »Ersatzknöpfe« stand. Sie setzte sich mit ausgestreckten Beinen auf den Boden und lehnte sich an die geschlossene Tür. Sie machte die Augen zu und gönnte sich etwas Zeit, um wieder zu Atem zu kommen. Sie war mehrere Blocks weit gerannt und war in Sicherheit. Hier würde sie garantiert niemand finden. Sie hatte ihren Griff um Gillians Roman nicht gelockert, so als hätte sie Angst, er könnte sich verflüchtigen und ihr entkommen. Als sie die Augen wieder aufmachte, sah sie ein Triptychon von sich selbst im Spiegel. Drei Versionen von sich, die diesen Moment bezeugen konnten.

Nancy atmete tief ein und widmete sich der Rückseite des Buches in ihrer Hand. Es gab kein Foto der Autorin. Der Text war kurz gehalten: »M. G. Findlay ist mit einem renommierten Chirurgen verheiratet. Dies ist ihr erster Roman.« Dann schlug Nancy das erste Kapitel auf. Sie hatte schon immer schnell lesen können, aber jetzt huschten ihre Augen nur so über die Seiten – weniger, um zu lesen, was dort stand, als es auf einen Blick zu erfassen. Der Roman war ihr unheimlich, so als erkenne sie darin eine ihr fremde Version ihrer selbst. So als wären die Spiegel vor ihr die Spiegel eines Spiegelkabinetts, die alles verzerrten. Das erste Kapitel war mit ihrem beinahe identisch und enthielt derart ähnliche Formulierungen, dass sie die Worte zunächst mit ihren eigenen verwechselte. Aber dann nahm der Roman einen anderen Verlauf, nahm Nancys Figur, die auf ihrem Vater beruhte, und stellte seine Geschichte auf den Kopf. In Gillians Roman war der junge Arzt für den Tod des Kindes verantwortlich und wurde zur Rechenschaft gezogen. Bei einem Sensationsprozess wegen eines ärztlichen Kunstfehlers wurde er rechtskräftig verurteilt und bekam seine Approbation entzogen. Derart beschämt und erniedrigt, wurde er schließlich Grundschullehrer, so als könnte er, indem er sich in den Dienst dieser jungen Leben stellte, Buße für das eine Leben tun, das er ausgelöscht hatte. Doch in jedem Kind erkannte er das Gesicht jenes Kindes, zu dem das Baby nie hatte heranwachsen dürfen, und sein Beruf wurde ihm zur Strafe. Er war eine Figur wie aus einem Hawthorne-Roman, ein schuldgeplagter, gebrochener Mann: kein Mann mit einem Gewissen, sondern ein Mann, dem dieses Gewissen aufgezwungen wurde.

Nancys Vater, der Held ihres Romans, hatte keine Schuld empfunden, weil es gar keinen Grund dafür gab. Man hatte ihm auch nicht das Recht aberkannt, als Arzt zu praktizieren. Stattdessen hatte er sich bewusst dagegen entschieden, um etwas zu tun, das ihm viel mehr entsprach. Er hatte den Beruf gewechselt, um nie mehr mit einem solchen Verlust, mit einer solchen Trauer konfrontiert zu werden. Nancys Roman handelte von einem Menschen, der eine Entscheidung getroffen hatte, von der er glaubte, dass sie ihn glücklicher machen würde. Er handelte von einer Entscheidung, nicht von einer Bestrafung für etwas.

Gillian hatte die Figur genommen, die Nancy bewundert und verehrt hatte, und diese in einen schändlichen statt ehrenwerten Menschen verwandelt. Sie hatte eine dramatische Gerichtsszene geschrieben – eine Szene, die sie Nancy vorgeschlagen hatte. Aber dass sie Nancys Roman gestohlen hatte, war noch nicht einmal das Schlimmste: Der Verrat bestand darin, dass sie Nancys Vater benutzt, mit ihm gemacht hatte, was sie wollte, ja ihn verleumdet hatte, nur damit er in ihren Plot passte.

Es war interessant, wie sich die Wut in ihr ausbreitete. Zunächst in Nancys Armen, als ob nur sie angegriffen worden wären. Dann dehnte sie sich auf ihre Schultern, ihre Brust und ihren Hals aus. Es handelte sich um eine klar umrissene, konkrete Wut – weniger um etwas, das ihr widerfuhr, sondern um etwas, zu dem sie wurde.

In einer Umkleidekabine, die näher am Ausgang lag, hatten sich eine Frau und eine jünger klingende Begleiterin niedergelassen – wahrscheinlich ihre Tochter.

»Denk jetzt nicht darüber nach, ob du noch mal Gelegenheit haben wirst, es zu tragen«, sagte die Tochter. »Du solltest einfach etwas haben, in dem du bei dem Abendessen gut aussehen wirst.«

»In meinem Alter sieht man in nichts mehr gut aus«, konterte die Frau, die offenbar starken Husten hatte.

Nancy war schwindelig, sie brauchte dringend frische Luft. Behutsam erhob sie sich. Außerhalb der Umkleiden war es angenehm kühl. Sie sah, wie sich eine Verkäuferin um die Regale herumschlängelte und auf sie zusteuerte. Doch bevor sie sie ansprechen konnte, ging Nancy zu den Aufzügen und verließ das Kaufhaus.

Wieder draußen, auf der Straße, bemerkte sie, dass es bereits Abend wurde. Sie hatte keine Ahnung, wie lange sie in der Umkleidekabine gewesen war. Mindestens eine Stunde, wahrscheinlich eher zwei. In dem fensterlosen Kämmerchen hatte sie sich gewissermaßen in einer zeitlosen Zone befunden. Sie sah auf die Uhr. Es war kurz vor sechs. Die Buchparty für Gillian war bestimmt noch in vollem Gange. Sie versuchte erneut, Oates zu erreichen, allerdings nach wie vor vergeblich. Sie konnte auf keinen Fall länger warten, sie musste ohne seinen Rat handeln, ohne seinen Trost. Sie entdeckte ein Taxi, bei dem gerade jemand ausstieg, und machte einen Satz auf die Straße.

»Das ist meines!«, rief eine Frau neben ihr, die Hand voller Einkaufstüten. Aber Nancy drängte sich an ihr vorbei, sprang ins Taxi und knallte die Tür zu.

# *Paul*

Paul fuhr jedes zweite Wochenende zu seiner Mutter. Auch an diesem Wochenende hätte er in Connecticut sein sollen, aber seine Eltern hatten sich anderweitig geeinigt, damit er zu Gillians Buchpräsentation gehen konnte. Er fragte sich, wie sein Dad das bloß hinbekommen hatte, da seine Mom, bei allem, was Gillian betraf, alles andere als großzügig war. Er fragte sich, was seine Mom wohl im Gegenzug von seinem Dad gefordert hatte. Die Vorstellung, von seinen Eltern hin und her gezerrt zu werden, machte ihn wütend. Aber der Gedanke, dass seine Mom sich seinem Dad gefügt hatte, verstörte ihn auch. Er hasste es, wenn seine Mom sich gegen seinen Vater auflehnte und sie stritten. Aber noch mehr hasste er es, wenn sie klein beigab.

Paul hätte das Wochenende lieber in dem langweiligen Haus seiner Mom verbracht, als zu diesem Riesentamtam um Gillians neues Buch nach New York geschleift zu werden. Aber sein Dad hatte ihm keine Wahl gelassen. Klar war es cool, nach New York City zu fahren und ein eigenes Zimmer im Waldorf Astoria zu haben, wo er die ganze Nacht aufbleiben und Filme schauen konnte. Aber dafür musste er Anzug und Krawatte tragen und Gillians Lesung über sich ergehen lassen. Jerry, der neben ihm in der ersten Reihe saß, hatte ein stolzes, besitzergreifendes Gesicht aufgesetzt. Er strahlte Paul fortwährend an, als erwartete er, dass Paul es ihm gleichtat – ganz so, als müsste er Gillians Erfolg ebenfalls genießen.

Die Lesung war schon lang und öde gewesen, aber dann mussten sie zu allem Überfluss noch weiter dort abhängen, weil Gillian noch Bücher signierte. Sie saß an einem Tisch, auf dem Stapel mit ihrem Gedichtband und ihrem Roman lagen. Vor ihr hatte sich eine lange Schlange gebildet, als wäre sie ein Star. Sie legte den Kopf schräg – wahrscheinlich ihre Art, aufrichtig zu wirken, so dachte Paul –, schenkte jedem Verehrer ein Lächeln und hörte sich seine Lobeshymnen an. Obwohl sie sich bei jedem endlos Zeit ließ, schreckte das niemanden in der Schlange ab. Paul sah sich ein bisschen um und entdeckte die Comic-Abteilung. Dort nahm er einen Band aus dem Regal und zog sich in eine Ecke zum Lesen zurück.

Er war völlig in das Buch vertieft, als Jerry plötzlich vor ihm stand. »Ich habe dich gesucht«, sagte er.

»Nun, hier bin ich«, erwiderte Paul. »Können wir jetzt endlich gehen?«

»Die Schlange wird kürzer«, sagte Jerry.

»Ich dachte, wir gehen auf eine Party«, bemerkte Paul.

»Das tun wir auch«, erwiderte Jerry.

»Wann gibt es endlich was zum Abendessen?«

»Auf der Party gibt es jede Menge zu essen«, sagte Jerry. »Und danach werden wir noch ins Restaurant gehen.« Jerry hielt ein Exemplar von *Wiedergutmachung* in die Höhe. »Und?«, sagte er. »Was sagst du dazu? Eine ganz schöne Überraschung, was?«

Paul antwortete nicht gleich. Er hatte vor der Lesung einen kurzen Blick in Gillians Roman geworfen, aber sein Interesse war nicht geweckt worden. Alle machten ein Riesentheater deswegen, so als wäre Gillian eine Konzertpianistin, die – wie sich jetzt plötzlich herausstellte – auch noch eine Weltklasse-Tennisspielerin war. Und selbst wenn ihn der Roman interessiert hätte, hätte er sich nichts anmerken lassen. Plötzlich dämmerte ihm, dass auch sein Vater vielleicht gar nichts von dem Roman gewusst hatte. Dass Gillian ihn bis zum Schluss vor ihm geheim gehalten hatte. Er spürte eine unbändige Macht und hatte zum ersten Mal das Gefühl, seinem Vater überlegen zu sein.

»Ich war nicht überrascht«, sagte Paul. »Warst du überrascht?«

Jerry lachte. »Nichts, was Gillian tut, kann mich noch überraschen«, sagte er. »Aber ich hatte nicht erwartet, dass sie einen Roman schreibt.«

Paul kostete den Moment aus. Er zitterte beinahe. »Ich wusste, dass sie daran arbeitet«, sagte er langsam. »Du nicht?«

In Jerrys Gesicht spiegelte sich zunächst Verwirrung und dann noch etwas anderes – Zweifel? Angst? Er schien sich nicht sicher zu sein, ob Paul ihn an der Nase herumführte oder nicht. Für einen kurzen Moment hatte Paul Mitleid mit seinem Vater und wünschte, er könnte das Gesagte zurücknehmen. Aber dieses Gefühl war nicht von langer Dauer. Ihm gefiel, dass sein Vater verwirrt war, er genoss es, ein wenig Macht über ihn zu haben. Jerry hatte die Hand auf Pauls Schulter gelegt, aber irgendjemand kam und störte sie. Also musste Jerry gehen, ohne Paul die Fragen, die ihm durch den Kopf gingen, gestellt zu haben. Ein- oder zweimal, bevor sie die Buchhandlung verließen, sah er, wie sein Vater versuchte, ihn allein abzupassen, aber es ergab sich einfach keine Gelegenheit.

In der Limousine, die sie zur Party fuhr, saß Paul seinem Vater schräg gegenüber. Gillian hatte den Kopf an Jerry gelehnt und die Augen geschlossen. Ihre Wimpern waren lang und schwarz und für ihr Publikum bestimmt. Aber ihre nackten Lider waren zart und erinnerten Paul an einen frisch geschlüpften Vogel, den er einmal gesehen hatte. Jerry legte den Arm um Gillian und zog sie besitzergreifend an sich, so als müsse er sich ihrer rückversichern, nachdem er sie an ihre Fans ausgeliehen hatte. Als er zu Paul hinübersah, blitzte kurz so etwas wie Verunsicherung in seinen Augen auf.

Wenigstens war die Party besser als die Lesung. Irgendein reicher Typ gab sie für Gillian, in seinem Apartment an der Fifth Avenue mit Blick auf den Central Park. Laut Jerry hatte das Apartment fünf Millionen gekostet. Klar, es war schon schick und so, dachte Paul, aber wahrscheinlich konnte man nach Einbruch der Dunkelheit keinen Spaziergang durch den Park machen, ohne überfallen und beklaut zu werden. Jerry wich nicht von Gillians Seite, so als weigerte er sich, seinen Besitzanspruch aufzugeben. Und Gillian, die irgendwie blass und abwesend aussah, mischte sich unter die Gäste. Um sie herum erhoben sich aufgeregte Stimmen, aber sie selbst sprach durchweg leise. Paul hielt nach Adam Ausschau. Hoffentlich hatte er Kim mitgebracht. Paul hatte Kim seit der Weihnachtsfeier nicht mehr gesehen, dachte aber oft an sie. Sein Skizzenbuch war voller Zeichnungen, die sie darstellten – so wie er sie in Erinnerung hatte. Sein Superheld Tark rettete sie vor allen möglichen Gefahren. Endlich entdeckte er Adam, aber Adam war allein und sah nicht so aus, als wollte er mit jemandem reden.

Das Catering kam von einem edlen Restaurant, das behauptete, nur Biosachen, frisch vom Bauernhof, zu verwenden. Kellner mit Tabletts, auf denen sich merkwürdig aussehende Hors d'œuvres befanden, liefen hin und her. Der Ziegenkäse roch wirklich nach Ziege, und Paul beobachtete, wie Gillians Verleger etwas davon auf einem Cracker probierte und diesen dann in seiner Papierserviette entsorgte, während er vorgab zu husten.

Paul lief durch die Räume, sah sich die Bilder an den Wänden und die Kunstobjekte in den Regalen an. Es gab eine Sammlung antik aussehender Tonfiguren, darunter ein Typ – ein Satyr vielleicht? –, der einen Steifen hatte, der länger war als seine Arme. Paul hatte Abbildungen von so etwas in seinem Kunstgeschichtsbuch gesehen, konnte sich aber nicht daran erinnern, ob die Statuen griechisch, römisch oder präkolumbianisch waren. Er fragte sich, ob das Originale oder nur Kopien waren. Wenn es sich um Originale handelte, mussten sie ziemlich wertvoll sein, und trotzdem standen sie offen im Regal. Wenn jemand zu weit mit dem Champagnerglas ausholte, konnte er damit den Penis abschlagen und die Figur zu Boden werfen.

Gillian unterhielt sich mit einem kleinen Mann, der so eine laute Lache hatte, dass man sie bis ans andere Ende des Raumes hörte. Jerry, der sich jetzt nicht mehr in ihrem Kielwasser befand, wurde von einer Frau in die Ecke gedrängt, die einen übertrieben breitkrempigen Hut trug. Paul fand es lächerlich, dass jemand in Innenräumen einen Hut trug, und das noch abends. Als Gillian Paul bemerkte, winkte sie ihm unauffällig. Als er auf sie zuging, streckte sie den Arm nach ihm aus, nahm seine Hand, und zog ihn zu sich heran.

»Das ist mein Stiefsohn Paul«, sagte sie zu dem Mann und dann an Paul gewandt: »Das ist mein lieber Freund Richard Weinberg, der uns heute großzügigerweise seine Räumlichkeiten zur Verfügung stellt.«

»Es ist mir eine Ehre«, sagte dieser und lächelte Gillian an. Dann schenkte er Paul einen Blick, als wolle er sagen: »Und, was hast du beizutragen?«

»Cooles Zeug, was Sie da drüben haben«, sagte Paul und wies mit dem Kinn zu den Regalen.

»Schön, auf einen echten Kenner zu treffen«, scherzte Richard. »Wissen Sie, Paul, man kann gar nicht früh genug mit dem Sammeln anfangen.«

Gillian lächelte nicht, drückte aber kurz Pauls Hand. »Paul macht gerade seinen Führerschein«, sagte sie. »Er nimmt Fahrstunden und hat schon ein Auge auf meinen Geländewagen geworfen.«

Paul wunderte sich, dass Gillian von seinen Fahrstunden wusste. Oft bekam sie solche Dinge gar nicht mit. Die Bemerkung über den Geländewagen war noch erstaunlicher. Er hatte tatsächlich ein Auge auf ihn geworfen, aber nie einen Ton gesagt.

Richard lachte laut auf. »Vergiss den Geländewagen!«, riet er Paul. »Wünsch dir von deiner Stiefmutter lieber einen Sportwagen, einen Ferrari oder Bugatti.«

»So gern ich Paul auch den Wagen schenken würde, den er sich wünscht – ein Bugatti dürfte doch etwas außerhalb meiner finanziellen Möglichkeiten liegen«, sagte Gillian.

Richard runzelte die Stirn und schüttelte den Kopf. »Warten Sie nur bis nach dem Pulitzer-Preis!«, sagte er. »Außerdem gehe ich davon aus, dass Ihr Roman ebenfalls ein Bestseller wird.«

Gillian ließ Pauls Hand los und legte einen Finger auf ihre Lippen. »Wir reden nicht über irgendwelche Preise«, sagte sie.

Ein Paar neben ihnen, das eine Gesprächspause witterte, mischte sich in die Unterhaltung ein. Paul stand dumm daneben. Gillian schien ganz vergessen zu haben, dass er noch da war. Nach einer Weile schlich er sich unbemerkt davon.

Am Buffet nahm er sich eine Handvoll Oliven – die wohl kaum von heimischen Bauernhöfen stammen dürften – und von dem Schinken. In dem Brot waren so viele Kräuter, dass es grün aussah.

Paul behielt die Bar im Auge, und als der Barmann erneut in die Küche verschwand, um den Eisvorrat aufzufüllen, goss er sich Champagner in das Glas, in dem vorher Ginger Ale gewesen war.

»Wie geht es dir?«, fragte eine Stimme, und Paul fuhr herum.

»Chris«, sagte der Typ und gab ihm die Hand. Er schien Pauls Aktion an der Bar beobachtet zu haben und zwinkerte ihm verschwörerisch zu. »Ich habe dich zu Hause bei deinen Eltern kennengelernt«, sagte er.

Einer aus Gillians Schreibzirkel, fiel Paul wieder ein. »Stimmt«, sagte er. »Das sind allerdings nicht meine Eltern«, fügte er hinzu. »Ich meine, mein Dad ist mein Dad, aber Gillian ist bloß seine Frau, nicht meine Mom.«

»Entschuldige meine schlampige Ausdrucksweise«, sagte Chris. »Dabei müsste ich es eigentlich besser wissen. Falls meine Ex-Frau wieder heiraten sollte, wollte ich auch nicht, dass sie und ihr Mann als die Eltern meiner Kinder bezeichnet werden.«

Paul zuckte die Achseln.

»Du findest es hier bestimmt ziemlich öde«, sagte Chris. Paul hatte etwas anderes erwartet. Jeder, der bisher auf ihn zugekommen war, hatte etwas von wegen wie aufregend das hier doch alles für ihn sein müsse gefaselt. Er wusste nicht recht, was er von Chris halten sollte, bis ihm einfiel, dass Chris vielleicht zu viel getrunken hatte.

»Mir fallen auf Anhieb tausendvierhundert Sachen ein, die ich lieber machen würde«, sagte Paul.

Chris lachte. »Aber eines musst du deiner Stiefmutter lassen!«, sagte er. »Sie weiß, wie man die literarische Welt in Atem hält.«

»Ich nehme an, Sie mögen sie nicht besonders«, sagte Paul. Der Champagner hatte noch nicht genügend Zeit gehabt, um seine Wirkung zu entfalten, aber er kam sich jetzt schon äußerst wagemutig vor.

»Ich bewundere sie rückhaltlos«, sagte Chris.

»Meine Rede!«, konterte Paul und benutzte damit eine Formulierung, die er bei anderen gehört hatte. Vielleicht sogar bei Gillian.

Eine beleibte, ältere Frau, die ihm irgendwie bekannt vorkam, trat zu ihnen.

»Virginia«, sagte Chris. »Was ist eigentlich aus Nancy geworden? Sie wollte doch auch kommen – oder?«

»Ich glaube nicht, dass sie noch kommen wird«, sagte Virginia.

»Was ist los?«, fragte Chris.

»Hast du noch keinen Blick in Gillians Roman geworfen?«, fragte Virginia.

»Nein«, sagte Chris. »Habe ich irgendwas verpasst?«

Virginia seufzte laut. Dann drehte sie sich abrupt zu Paul um und sagte fröhlich: »Du erinnerst dich wahrscheinlich nicht mehr an mich, aber ich bin Virginia, Rachels Mutter. Sie hat mir viel von dir erzählt.«

»Das könnte ein Problem sein«, sagte Chris. Er fand sich anscheinend unheimlich witzig.

»Oh nein, im Gegenteil«, sagte Virginia ernst. Sie sah Paul an und lächelte. »Sie mag dich sehr.«

Paul starrte auf den Teppich. Er wollte nicht, dass Chris die Freude in seinem Gesicht sah, die er bei diesen Worten empfand. Bei Virginia war ihm das egal. Er hatte mehr oder weniger angenommen, dass Rachel ihn mochte. Aber es tatsächlich gesagt zu bekommen, war noch mal etwas ganz anderes. Doch vielleicht wollte Virginia auch einfach nur nett sein – sie sah aus wie jemand, der nett ist. Aber als er kurz prüfend zu ihr aufsah, nickte sie ihm unmerklich zu.

»Ist das dort drüben Rachels Dad?«, fragte er. Ein Mann mit langen grauen Haaren und einem weißen Bart dozierte und gestikulierte mit einem Drink in der Hand.

»Ja, das ist Bernard«, sagte Virginia.

Paul versuchte, sich seine Eltern auf ein- und demselben Fest vorzustellen. Und dass sie sich amüsierten und in der Gegenwart des jeweils anderen wohlfühlten.

»Wie ist der Schinken?«, fragte Chris, und zeigte auf das angebissene Stück auf Pauls Teller.

»Ich hab schon schlechteren gegessen«, sagte Paul.

»Oje!«, sagte Virginia plötzlich alarmiert. »Da kommt Nancy.«

»Kannst du mir bitte verraten, was hier eigentlich los ist?«, sagte Chris. Aber Virginia schwieg. Paul folgte ihrem Blick. Er konnte sich auch noch an Nancy erinnern, von Gillians Weihnachtsfeier. Sie war eine der Autorinnen der Gruppe. Heute sah sie allerdings anders aus. Ihr Haar war verstrubbelt, als hätte es der Wind zerzaust. So als hätte sie keine Gelegenheit mehr gehabt, sich zu kämmen.

Nancy betrat den Raum, doch anstatt sich durch die Menge zu schlängeln, wie es die Choreographie für solche Partys vorsah, stürmte sie geradezu vorwärts. Wie eine Hockeyspielerin, die auf den Puck Jagd macht. Sie fuchtelte mit einem Exemplar von *Wiedergutmachung* herum.

Virginia folgte ihr. »Nancy!«, rief sie, aber Nancy wurde nicht langsamer, und als Virginia sie am Arm packte, riss sie sich los. Niemand außer Paul und Chris schien zu bemerken, was da vor sich ging. Jerry stand ein paar Schritte von Gillian entfernt und klammerte sich nicht mehr an sie. Gillian schaute in ihre Richtung und unterhielt sich mit jemandem. Sie sah, wie Nancy auf sie zukam, aber ihr Gesicht verriet nichts außer Neugier.

Nancy ging direkt auf Gillian zu und baute sich vor ihr auf. »Du hast mein Buch gestohlen«, sagte sie. Ihre Stimme war so laut, dass Paul alles mitbekam.

Gillian reagierte amüsiert. »Wovon redest du, Nancy?«, sagte sie.

»Du hast meinen Roman gestohlen und als deinen ausgegeben.«

In diesem Moment fuhr Jerry herum und trat auf Gillian zu, aber Gillian stemmte ihre Hand gegen seinen Brustkorb, wie um ihn fernzuhalten. Sie lachte kurz auf. »Nancy, du hast meinen Roman offensichtlich nicht gelesen«, sagte sie.

»Du bist eine Plagiatorin«, sagte Nancy noch lauter als zuvor. Vielleicht klang ihre Stimme auch nur lauter, dachte Paul, weil die Gespräche um sie herum verstummt waren.

»Ein Plagiatsvorwurf ist eine schwere Anschuldigung, Nancy«, sagte Gillian. »Ich finde, du solltest vorsichtig sein mit dem, was du sagst.«

»Ich bin vorsichtig«, sagte Nancy. »Und es geht nicht nur um das Plagiat, sondern auch darum, was du meinem Vater angetan hast.«

»Deinem Vater? Was hat denn dein Vater damit zu tun? Ich dachte, wir reden hier über einen Roman. Über Fiktion.«

»Er hat nie einen Fehler gemacht«, sagte Nancy. »Er wurde nicht gezwungen, den Arztberuf aufzugeben. Es war seine freie Entscheidung.«

»Das ist der Plot deines Romans«, sagte Gillian. »Wenn du ihn denn als Plot bezeichnen willst. Ich habe dir den Plot meines Romans angeboten, aber du hast ihn verworfen. Er war ein viel zu guter Plot, um ihn wegzuwerfen. *Wiedergutmachung* ist ganz anders als dein Roman. Weshalb meiner auch veröffentlicht wurde, was bei deinem, wenn ich mich nicht täusche, noch nicht der Fall ist.«

»O Gott!«, sagte Chris.

Paul sah, wie Nancy den Arm hob. Er sah die straff gespannte Haut ihres Handrückens, als sie zum Schlag ausholte. Er musste wieder daran denken, wie seine Mutter seinen Vater geohrfeigt hatte. An das Geräusch der flachen Hand auf dem Gesicht seines Vaters. An den plötzlichen Ausruf seines Vaters. Er wollte, dass Nancy zuschlug, wollte, dass ihre Hand durch die Luft sauste, ja dass diese Finger Gillians Wange berührten. Als Vergeltung für alles, was sie ihm angetan und was sie nicht für ihn getan hatte, wollte er plötzlich Haut auf Haut hören. Eine Erregung erfasste ihn, so als holte er selbst zum Schlag aus. So als wäre Nancys Hand seine eigene.

Aber Nancys Hand zog sich zurück, fiel schlaff neben ihrem Körper nach unten. Nancy wich vor Gillian zurück, als graute es ihr davor, sie auch nur anzufassen.

## *Chris*

Nach der Buchparty verbrachte Chris die Nacht mit seiner alten Flamme Amelia Sonnenberg, die ein Apartment in der East Ninety-Sixth besaß. Sie war Lektoratsassistentin bei Random House gewesen, als dort sein erstes Buch veröffentlicht worden war. Jetzt war sie Cheflektorin für Schulbücher. Damals war sie zu jung für ihn gewesen, und sie war es auch heute noch. Ihre Affäre war vorbei, als sie sich in einen Autor aus Argentinien verliebte. Aber die Zuneigung, die sie füreinander empfanden, war geblieben – etwas, das bei Chris selten vorkam. Sie hielten Kontakt und trafen sich ab und zu, nachdem der Argentinier in seine Heimat zurückgekehrt war und Amelia immer noch nicht wusste, ob sie ihm folgen sollte oder nicht.

Als Chris zu Amelia kam, überlegten sie, essen zu gehen, aßen dann aber letztlich ein paar Reste vom Chinesen und vernichteten einen faden Sandkuchen sowie eine Flasche Dessertwein, den Chris mitgebracht hatte. Chris war erschüttert über den Vorfall auf der Party. Gleichzeitig war er zu müde und zu alkoholisiert, um jetzt darüber reden zu wollen. Als er und Amelia in Richtung Schlafzimmer gingen, schienen die Flurwände auf ihn zuzukommen, und der Boden wirkte, als ob er sich wellte. Sie zogen sich aus und schlüpften ins Bett, wo Amelia sich eng an Chris schmiegte und ihre Wange auf seine Brust legte. Er strich ihr über die Hüfte. Sie war klein und drahtig und besaß eine rastlose Energie, die ihr Sexappeal verlieh. Trotzdem war Chris erleichtert, als er merkte, dass keiner von ihnen wirklich Lust auf Sex hatte. Weil sie einander nicht verletzen wollten, bedurfte es einiger vorsichtiger Erkundigungen, bis das Thema geklärt war. Sie lagen wie gute Freunde nebeneinander, spürten die vertraute Nähe des jeweils anderen. Chris hörte zu, wie Amelia die Vorzüge von Buenos Aires aufzählte, und es dauerte nicht lange, bis er einschlief.

Nach Nancys Abgang hatte sich Chris ein Exemplar von *Wiedergutmachung* gegriffen und war damit in der Speisekammer hinter der Küche verschwunden, um einen Blick hineinzuwerfen. Er begriff sofort, warum Gillians Roman Nancys erstaunliche, für sie so untypische Reaktion hervorgerufen hatte. Das erste Kapitel ähnelte dem ihren so sehr, dass es schon fast unheimlich war. Und obwohl das Buch anschließend eine andere Wendung nahm, ging es ihm auf die Nerven. Gillians Cleverness oder Unaufrichtigkeit überraschte ihn nicht. Ihn überraschten die Gewandtheit und das Tempo, mit dem sie agiert hatte. Sie hatte in kürzester Zeit einen Roman geschrieben – schneller als er, und er war immer stolz darauf gewesen, einen nach dem anderen raushauen zu können.

Er fragte sich, wie wohl die anderen Leopardis den Vorfall beurteilten. Virginia war gleich darauf zusammen mit Nancy verschwunden, und er hatte noch keine Gelegenheit gehabt, mit ihr zu reden. Bernard war außer Hörweite gewesen und hatte selbst über irgendetwas daherschwadroniert, während Adam einfach nur konfus gewirkt hatte. Adam war sowieso ein komischer Kauz, fand Chris. Er war wahrscheinlich sauer, dass Gillian in weniger als einem Jahr einen Roman herausbringen konnte, während er schon seit Jahren an seinem arbeitete, ohne dass ein Ende in Sicht wäre.

Gillian selbst schüttelte nur den Kopf und wandte sich von Virginia ab, die den Arm um Nancy legte und mit ihr verschwand. Jerry löste sich aus der Menge und führte sie weg, so als hätte Nancy dort etwas Gefährliches hinterlassen. Die Menge scharte sich noch enger um Gillian, wie um sie zu beschützen.

»Wer war diese Frau?«, fragte jemand.

Chris erhaschte einen Blick auf Paul. Er sah erstaunt und gleichzeitig erregt aus, so wie Ben, wenn er beim Bowlen gewann. Chris verließ die Party, ohne sich zu verabschieden. Hinter seinen Augen machten sich Kopfschmerzen bemerkbar, die sich wieder auf seine rechte Schläfe und dann bis zum Ohr ausbreiteten. Er nahm ein Taxi zu Amelias Apartment, drückte dem Fahrer eine Zehndollarnote in die Hand und war zu erschöpft, ein angemessenes Trinkgeld auszurechnen.

Am nächsten Morgen saß Chris auf einem Hocker am Tresen in Amelias kleiner Küche. Sie hatte das Apartment von ihren Eltern geerbt, die es gekauft hatten, als es nur einen Bruchteil seines jetzigen Werts gekostet hatte. Aus dem Fenster sah man ein Stück vom East River, aber wahrscheinlich nicht mehr lange. Es war ein altes, ziemlich hohes Ziegelgebäude für die damalige Zeit, aber überall wurden neue, noch höhere Gebäude hochgezogen, die den Luftraum für sich beanspruchten.

Amelia schenkte ihnen Kaffee ein und nahm auf dem Hocker gegenüber Platz. Sie trug ein T-Shirt und eine Schlafanzughose, und ihre Haare waren mit einer übergroßen Haarspange hochgesteckt. Sie sah aus wie jemandes kleine Schwester.

»Warum sind manche Frauen so hinterhältig?«, fragte Chris.

»Ich hoffe, du meinst nicht mich«, sagte Amelia.

»Nein, natürlich nicht, Schätzchen«, erwiderte Chris. »Jemand aus meinem Schreibzirkel.«

Amelia rührte in ihrem Kaffee. »Wahrscheinlich dürstet es sie nach Erfolg. Und dafür setzt sie ihre weiblichen Waffen ein.«

»Sie ist bereits erfolgreich. Ich rede von Gillian Coit und der Buchparty, auf der ich gestern Abend war. Du hast bestimmt von ihr gehört.«

»Die Lyrikerin?«

Chris nickte. »Jetzt gibt sie sich auch noch als Romanautorin aus. Nur, dass sie einen Teil ihres Buches aus dem Manuskript einer anderen geklaut hat.«

»Wow!«, sagte Amelia. »Von wem denn?«

»Von einer anderen Autorin aus unserer Gruppe, von Nancy Markopolis.«

»Dann wird sie bestimmt ihre wohlverdiente Strafe bekommen«, sagte Amelia.

»Hoffentlich!«, sagte Chris. »Aber Gillian ist erstaunlich kaltblütig, und ich bin mir nicht sicher, ob Nancy den Mut haben wird, sich wirklich mit ihr anzulegen. Sie ist ausgeflippt und hat Gillian zur Rede gestellt. Aber jetzt ist sie bestimmt wieder so vornehm und zurückhaltend wie immer.«

»Dann musst du ihr helfen«, sagte Amelia, klopfte mit dem Löffel gegen den Rand ihres Kaffeebechers und legte ihn klirrend auf die Küchentheke.

»Ich ganz bestimmt nicht!«, sagte Chris.

»Habe ich irgendwas verpasst?«, fragte Amelia. »Hast du was mit Gillian Coit?«

»Gott bewahre!«, sagte Chris.

»Und was ist mit der anderen Autorin – wie hieß sie noch gleich?«

»Nancy. Nein, auch das nicht. Nicht, dass ich sie nicht anziehend finde, aber sie ist bereits in festen Händen.«

»Du hast schon immer gern für eine gerechte Sache gekämpft«, sagte Amelia. »Und das ist doch eine gerechte Sache – oder?«

»Na, und ob!«, sagte Chris. »Aber ich habe genug eigene Probleme, mit denen ich fertigwerden muss.«

»Das tut mir leid«, sagte Amelia, stand auf und küsste ihn auf die Wange. »Noch etwas Kaffee?«, fragte sie.

»Nein, danke«, erwiderte Chris. »Ich würde es gern bis zu den Jungs schaffen, ohne einen Boxenstopp einzulegen.«

Die Bäume neben der Autobahn verfärbten sich herbstlich. Je weiter Chris nach Norden fuhr, desto röter und knallgelber wurde das Laub. Die fröhliche Farbpalette gab ihm wie immer neue Energie und stimmte ihn optimistisch. Er hatte erst kürzlich die Filmrechte an seinem zweiten Roman verkauft, und nun kam ihm der Gedanke, dass er sich ein Cabrio kaufen könnte. Um die Herbstfarben so richtig in sich aufsaugen. Keinen Sportwagen – den hatte er schon –, sondern einen amerikanischen Oldtimer wie einen Cadillac oder einen Lincoln Continental mit weichen Polstern. Die Sorte Auto, die seine Eltern hätten haben sollen, als er noch klein war, aber nie gehabt hatten. Die Jungs würden es lieben, da war er sich sicher.

Als er Susans Haus erreichte, beobachteten ihn Ben und Sam bereits vom Fenster aus. Nachdem er zehn Minuten in der Auffahrt gewartet hatte, wurde er langsam nervös. Er gab ihnen noch fünf Minuten. Als sie danach immer noch nicht aufgetaucht waren, rief er an. Susan ging ans Telefon. »Sie kommen gleich«, sagte sie und legte, ohne seine Antwort abzuwarten, gleich wieder auf.

Als die Jungen hinaus zum Wagen kamen, waren sie ungewöhnlich schlecht gelaunt. Das war nicht ihre übliche Zurückhaltung, die sich schnell wieder legte, sondern etwas anderes. Chris spürte, wie sich seine Rückenmuskulatur bis hinauf zum Nacken ängstlich verkrampfte. Erst eine Viertelstunde zuvor war er glücklich und gelassen gewesen.

Als sie dann bei Jimmy's waren, redeten die Jungen kaum mit ihm. Sie saßen in sich zusammengesunken auf ihren Plätzen. Eine neue Kellnerin mit unnatürlich dunkelroten Haaren nahm die Bestellung auf.

»Ich habe Jimmy noch gar nicht gesehen«, sagte Chris.

»Er hat eine Muskelzerrung in der Schulter«, sagte die Kellnerin. »Er muss operiert werden. Seine Frau verbietet ihm, zu kommen.«

»Das tut mir leid«, sagte Chris. »Also, was wollt ihr, Jungs?«, fragte er.

»Ich mag nichts«, sagte Sam.

»Ich auch nicht«, sagte Ben.

Chris bestellte sich das Spanakopita-Spezial und musterte seine ihm gegenübersitzenden Söhne.

»Soll ich euch einfach dasselbe wie immer bestellen?«

»Ich habe keinen Hunger«, sagte Sam.

»Wie wär's dann mit einem Eis als Vorspeise?«, fragte Chris.

»Nein, danke«, sagte Sam, aber immerhin hatte Bens Miene sich ein wenig aufgehellt, weshalb Chris ungerührt fortfuhr: »Einen Erdbeereisbecher mit Schokoladensauce,

Erdnussbutterchips und Marshmallow-Deko.« Dann fragte er Sam: »Und du hast wirklich keinen Hunger?«

»Wir haben schon zu Mittag gegessen«, sagte Ben.

»Na, dann bestellen wir dir eben auch einen Eisbecher, Sam. Und wenn du ihn nicht schaffst, helfe ich dir, sobald ich gegessen habe.« Er sah zur Kellnerin auf. »Zwei von diesen Eisbechern«, sagte er.

Nachdem sie gegangen war, beugte sich Chris quer über den Tisch zu seinen Söhnen.

»Wieso habt ihr schon gegessen?«, fragte er.

Ben rutschte noch weiter auf seinem Stuhl nach unten. »Mom hat für uns gekocht«, sagte er. Sam drehte sich um und sah seinen Bruder vorwurfsvoll an.

»Verstehe«, erwiderte Chris und bemühte sich, leichthin zu klingen. »Wusstet ihr nicht, dass ich euch heute zum Mittagessen ausführe?«

»Wir waren uns nicht sicher«, sagte Sam.

»Wieso nicht?«, fragte Chris. »Wir haben es doch so ausgemacht.«

»Wir wussten nicht, ob du kommen würdest«, erklärte Ben.

»Wieso sollte ich nicht kommen?«, erkundigte sich Chris. »Das ist mein absolutes Highlight der Woche.«

»Du bist gestern nicht gekommen«, sagte Ben.

»Nein«, erwiderte Chris. »Weil gestern nicht ausgemacht war. Wir waren für heute verabredet.«

»Mom hat gesagt, du wolltest gestern kommen«, sagte Ben. »Wir haben auf dich gewartet. Wir haben den ganzen Tag gewartet, aber du bist nicht gekommen.«

»Ben«, sagte Sam. »Psst! Das sollten wir doch nicht sagen.«

Chris' Herz geriet ins Stolpern. Er wusste, dass er die Termine nicht verwechselt hatte. Als ehemaliger Journalist pflegte er sich strikt an seine Termine zu halten. Und wenn es um die Jungen ging, war er sogar krankhaft pünktlich, weil er Susan keinerlei Grund zur Klage geben wollte.

»Eure Mutter muss sich geirrt haben«, sagte er. Er zog seinen Taschenkalender hervor und zeigte ihnen die Woche, in der unter Sonntag schwarz auf weiß »Mittagessen mit Sam und Ben« stand. »Jetzt hört mir mal gut zu, Jungs: Nie im Leben würde ich mir eine Gelegenheit entgehen lassen, mit euch zusammen zu sein.«

»Mom hat gesagt, du hättest es vergessen«, murmelte Ben. »Aber ich dachte, vielleicht ist was passiert.« Sein Gesicht zuckte, er kämpfte mit den Tränen.

»Wenn was passieren würde und ich nicht kommen könnte, würde ich anrufen«, sagte Chris. »Ich würde niemals einfach nicht auftauchen. Das verspreche ich euch.«

Die Kellnerin kam mit dem Spanakopita und den beiden Eisbechern. Das Spanakopita sah verbrannt aus; jemand hatte die oberste Schicht des Filoteigs abgekratzt.

Chris zwang sich zu einem Lächeln. »Sam«, sagte er. »Ist sonst noch irgendwas?«

Sam schüttelte den Kopf und sah zu Boden.

»Sam?«, fragte Chris, und als Sam widerwillig zu ihm aufsah, sagte er: »Komm schon, du hast doch irgendwas.«

»Mom hat Karten für die heutige Zirkusvorstellung besorgt, und jetzt können wir nicht hingehen«, sagte Sam.

»Wir können nicht hingehen?«, fragte Ben. »Wieso denn nicht?«

»Es ist zu spät«, sagte Sam an seinen Bruder gewandt.

»Um wie viel Uhr beginnt die Vorstellung?«, fragte Chris.

»Vielleicht schaffen wir es doch noch.« Er war bereits aufgesprungen.

Ben schüttelte den Kopf. »Nein, Mom meinte, dass wir sie verpassen, weil du am falschen Tag gekommen bist. Aber dass wir trotzdem mit dir zum Mittagessen gehen müssen.«

Chris konnte sich kaum noch beherrschen. »Das tut mir leid, Jungs. So ein blödes Missverständnis! Aber ich werde mir etwas einfallen lassen. Wenn ihr das nächste Mal bei mir seid, gehen wir alle zusammen in den Zirkus.«

»Der ist nur dieses Wochenende hier«, sagte Ben.

»Dann fahre ich mit euch in die Stadt zum Big Apple Circus«, sagte Chris. »Der wird euch noch viel besser gefallen.«

Als die Kellnerin kam, um die Teller abzuräumen, sah sie, dass er sein Spanakopita kaum angerührt hatte. »Soll ich es für Sie einpacken?«, fragte sie.

»Nein, danke«, erwiderte Chris. »Ich nehme nur noch einen Kaffee für unterwegs.«

Auf der Rückfahrt war der etwas besänftigte Ben beinahe wieder ganz der Alte. Dafür gab Sam sich jetzt ganz seiner Enttäuschung wegen der verpassten Zirkusvorstellung hin. Als sie Susans Haus erreichten, ließ er sich zum Abschied kaum noch von Chris küssen und huschte ins Haus, ohne sich noch einmal umzusehen. Chris blieb einen Moment im Auto sitzen, stieß dann aber die Autotür auf, stieg aus und lief die Stufen zur Haustür hoch. Die gerichtliche Abmahnung konnte ihn mal! Susan musste im Flur gestanden und aus dem schmalen Fenster neben der Haustür geschaut haben, da sie die Tür bereits aufriss, bevor er auch nur klingeln konnte. Ihre Brauen waren sehr dünn, so als hätte sie sie gezupft, ohne zu wissen, wann sie wieder damit aufhören musste.

»Was willst du hier?«, fragte sie.

»Du widerliche Schlampe«, sagte er. »Lüg sie nie wieder an!«

»Schlag mich doch!«, sagte sie gelassen. »Los, nur zu!«

Seine Hände wurden heiß. Er wollte ihr einen Fausthieb versetzen. Er wollte sie niederstrecken. Er wollte so sehr auf sie einprügeln, dass sie nie wieder aufstand. Er wollte sie bei den Schultern packen und schütteln, bis sie keine Luft mehr bekam. Aber merkwürdigerweise provozierte ihn ihre Stimme nicht, sondern brachte ihn wieder zur Vernunft. Er hatte das Gefühl, als würden seine Arme zwischen zwei magnetischen Polen feststecken. Sie zitterten in der Luft und fielen dann wieder neben seinem Körper herab. Er hatte einmal eine Romanfigur als »zitternd vor ohnmächtiger Wut« beschrieben. Genau diese hyperbolische Wendung kam ihm jetzt wieder in den Sinn, es war die Beschreibung seiner selbst. Er ging zurück zum Wagen, stieg ein, drehte den Zündschlüssel und fuhr rückwärts aus der Auffahrt. So brachte er sich vor Susan, vor sich selbst, ja vor allem in Sicherheit, was er jetzt am liebsten getan hätte.

*

Chris erreichte Nancy erst am nächsten Abend um acht.

»Ich würde dich gern sehen«, sagte er. »Darf ich vorbeikommen?«

»Ich bin gerade erst aus New York zurückgekehrt«, entgegnete sie. »Ich bin ziemlich müde.«

Chris wusste, dass Nancy krankhaft höflich war. Trotzdem gab er ihr keine Gelegenheit, zu protestieren. »Wir müssen reden«, sagte er. »Ich bin in einer halben Stunde bei dir.« Er hätte auch schon in einer Viertelstunde bei ihr sein können, aber die halbe Stunde würde es ihr erlauben, sich die Haare zu kämmen und ihr Wohnzimmer aufzuräumen – oder was auch immer Frauen wie Nancy tun mussten.

Chris war erst einmal bei Nancy gewesen, und zwar anlässlich ihrer Hochzeit. Jetzt kam ihm das Haus kleiner und bescheidener vor, als er es in Erinnerung hatte. An jenem Tag war natürlich alles fein herausgeputzt gewesen mit dem großen weißen Zelt im Garten und den vielen Blumen. Jetzt sah es schlicht aus, wie ein Mädchen ohne Make-up.

Nancy machte ihm auf. Sie sah müde aus, aber ihre Haare waren frisch gebürstet. Sie war lässiger angezogen, als Chris sie kannte – sie trug eine Cordhose und einen weiten Pulli. Außerdem hatte sie Pantoffeln an. Sie waren aus Schaffell und besaßen einen flauschigen Kragen, bei dem Chris an die Frau des Weihnachtsmanns denken musste.

»Was ist?«, fragte sie.

»Gillian.«

Nancy stieß einen Seufzer aus. »Komm rein«, sagte sie. Sie führte Chris durchs eher formelle Wohnzimmer und die große Küche zu einer Sitzecke dahinter. Oates hatte auf einem Sessel Platz genommen, seine bestrumpften Füße ruhten auf einem Hocker. Er stand auf und gab Chris die Hand. Im Vergleich dazu sah seine regelrecht klein aus.

»Möchtest du eine Tasse Tee?«, fragte Nancy. »Oder einen Kaffee?«

»Nein, danke«, sagte Chris.

»Wie wär's mit einem Glas Sherry?«, fragte Oates.

Chris entdeckte einen Teller mit Plätzchen auf dem Couchtisch. Sie sahen aus wie Haferkekse und waren kreisförmig auf dem Teller angeordnet. Wahrscheinlich selbst gebacken, dachte er.

»Gern. Ich könnte durchaus einen kleinen Sherry vertragen«, sagte er.

Oates brachte eine Karaffe und mehrere Gläser. »Möchtest du auch einen, Nancy?«, fragte er.

Nancy hatte auf einer Seite des Sofas Platz genommen. »Danke, mein Schatz«, sagte sie, »aber ein Glas Sherry, und ich schlafe ein.«

Chris interpretierte das nicht als Vorwurf, fühlte sich aber trotzdem verpflichtet, sich zu entschuldigen. »Tut mir leid, dass ich noch so spät vorbeischaue«, sagte er. »Aber ich habe seit gestern versucht, dich zu erreichen.«

»Ich bin erst heute Abend aus New York zurückgekommen«, sagte Nancy.

»Machen Sie es sich bequem«, sagte Oates und zeigte auf den Sessel gegenüber dem Tisch statt auf die andere Hälfte des Sofas, auf dem sich Nancy niedergelassen hatte.

Chris setzte sich und nippte an seinem Sherry. »Ich kann einfach nicht glauben, was Gillian dir angetan hat. Besser gesagt, ich glaube es sofort. Die Sache beschäftigt mich sehr, und ich wollte dir unbedingt persönlich sagen, dass ich vollkommen auf deiner Seite bin, egal, was du tust.«

»Das ist wirklich lieb von dir«, sagte Nancy. »Aber ich glaube nicht, dass ich etwas tun kann.«

Chris stellte sein Glas auf den Couchtisch. »Natürlich kannst du etwas tun!«, sagte er. »Damit kommt uns Gillian nicht davon. Sie hat dein Buch gestohlen. Das ist ein eindeutiges Plagiat. Ich verstehe nicht, wie sie sich einbilden kann, damit durchzukommen.«

»Leider ist es kein wirkliches Plagiat«, sagte Nancy.

»Wie meinst du das?«, fragte Chris. »Ich hab noch nicht alles gelesen, aber sie hat doch aus deinem Buch abgeschrieben – oder etwa nicht?«

»Nur das erste Kapitel«, sagte Nancy. »Danach hat sie so einiges verändert.«

»Das erste Kapitel also«, sagte Chris. »Sie hat es dir eins zu eins geklaut. Wort für Wort.«

»Nicht direkt«, entgegnete Nancy. »Und ich fürchte, nur das zählt.«

»Wovon redest du da?«, fragte Chris. »Ich habe gehört, wie du dein erstes Kapitel vorgelesen hast. Ich kann mich noch sehr gut daran erinnern.« Er hatte nicht vorgehabt, so laut zu werden. Nancy schien regelrecht in den Sofakissen zu versinken.

»Die Situation ist Folgende«, sagte Oates. »Nancy ist bis heute in der Stadt geblieben, weil sie gleich mit ihrer Agentin sprechen wollte. Sie haben sich heute Morgen getroffen. Ihre Agentin hat die beiden Texte Seite für Seite verglichen. Gillian hat Nancys Kapitel umformuliert, aber es nicht eins zu eins abgeschrieben.«

»Meine Güte!«, sagte Chris. »Die Ähnlichkeit ist doch verblüffend!«

»Leider reicht das nicht«, sagte Nancy. Sie richtete sich auf und sah Chris aufmerksam an. »Sie hat es äußerst schlau angestellt. Ihr Text ist wie ein Echo, aber eben doch anders. Ein Plagiat lässt sich wesentlich leichter nachweisen, wenn die Sätze identisch sind.«

»Jetzt hör schon auf!«, empörte sich Chris. »Du darfst das Gillian auf keinen Fall durchgehen lassen!«

»Ich habe vermutlich keine andere Wahl«, sagte Nancy.

»Natürlich hast du eine Wahl!«, sagte Chris. »Du musst sie anzeigen.«

»Meine Agentin meint, das wäre ein Fehler«, sagte Nancy. »Selbst wenn ich sie des Plagiats überführen könnte – und meine Agentin hält das für schwieriger als ursprünglich gedacht –, würde ich mir nur selbst schaden. Gillian ist so gut vernetzt, so einflussreich, dass die Leute nur eine bemitleidenswerte Möchtegernautorin in mir sehen würden, die sie ruinieren will.«

»Du bist keine bemitleidenswerte Möchtegernautorin, mein Schatz!«, sagte Oates.

»Willst du etwa damit sagen, dass sich Gillian, nur weil sie gerade so angesagt ist, alles erlauben kann? Dass sie den Text einer Kollegin klauen und ihn einfach als ihren eigenen ausgeben kann?«, fragte Chris.

»Es sieht ganz so aus«, sagte Nancy.

»Diese Vorstellung macht mich krank!«, erboste sich Chris. »Wusstest du, dass sie für den Pulitzer-Preis nominiert werden soll?«

»Darauf hat mich meine Agentin auch hingewiesen«, sagte Nancy. »›Legen Sie sich nicht mit jemandem an, der als Kandidat für den Pulitzer-Preis gilt, denn das kann sich nur negativ auf Sie auswirken. Besser, Sie lassen es ihr dieses eine Mal durchgehen.‹ So gesehen, muss ich ihren Rat wohl annehmen.«

»Das kann man auf keinen Fall so stehen lassen«, sagte Chris. »Es muss doch auch so etwas wie Gerechtigkeit geben!«

»Schön wär's!«, sagte Oates. »Aber heutzutage ist es gar nicht so leicht, zu seinem Recht zu kommen.«

Chris stellte sein Glas wieder auf die Tischplatte und schlug mit der Faust auf das Holz. »Ich werde dafür sorgen, dass dir Gerechtigkeit widerfährt«, sagte er.

Nancy streckte die Hand aus und berührte seinen Arm. »Ist schon okay, Chris. Ich weiß es sehr zu schätzen, dass du zu mir hältst, aber es genügt mir schon, dass du gekommen bist und mich so unterstützt.«

»Ich würde es auch meinetwegen tun«, sagte Chris. »Diese Sache macht mich wirklich wütend. Was für eine Arroganz! Was für eine Niedertracht!« Chris erhob sich. »Es ist wohl Zeit, schlafen zu gehen!« Er sah Nancy an. »Bleib sitzen!«, sagte er. »Ich finde schon hinaus.« Er ließ die Hand sinken und nahm einen Keks. »Für unterwegs«, sagte er.

»Danke, Chris«, sagte Nancy. Er hätte ihr einen Abschiedskuss gegeben, aber Oates war ebenfalls aufgestanden und begleitete ihn zur Tür.

»Nancy, das war noch nicht das letzte Wort«, sagte Chris.

»Danke, dass Sie gekommen sind«, sagte Oates und gab ihm erneut die Hand.

Chris stieg in seinen Wagen und ließ die Fenster sowie das Verdeck herunter, bevor er losfuhr. Um diese Zeit waren so gut wie keine anderen Autos unterwegs, und es war so leise, dass Chris den Fluss hören konnte. Er blieb eine Weile sitzen und betrachtete Nancys Haus. Oates musste in den vorderen Räumen das Licht gelöscht haben, bevor er wieder zu der Sitzecke zurückgekehrt war. Licht aus diesem Zimmer fiel in den Garten, aber dahinter war alles dunkel. Dass der Fluss da war, wusste Chris nur, weil er ihn bei Tageslicht gesehen hatte. Chris stellte sich vor, dass Oates und Nancy jetzt über ihn und seinen Besuch sprachen. Er ließ den Motor an und schaltete die Scheinwerfer ein, legte einen ganz neuen Teil der Welt innerhalb der Lichtkegel frei. Er fuhr auf die Straße. Er wollte das Haus nicht mehr beobachten, wenn das Licht im

Wohnzimmer aus- und oben im Schlafzimmer anging. Er war nicht neidisch, dass Nancy und Oates einander hatten, denn er hatte sie beide ins Herz geschlossen. Aber er wollte es vermeiden, in Selbstmitleid zu verfallen, weil er allein in sein dunkles Haus zurückkehrte.

## *Bernard*

Als Rachel und Teddy noch klein gewesen waren, hatte das Haus nach Windeleimer gerochen. Nicht, dass Bernard das aufgefallen wäre – er hatte ein feines Gehör, aber keinen ausgeprägten Geruchssinn –, aber er wusste noch, dass Gäste entsprechende Bemerkungen gemacht hatten. »Das ist wie bei Katzen, nehme ich an«, hatte Virginia gesagt. »Ihre Besitzer riechen sie nie.«

Aimee hatte einen sehr empfindlichen Geruchssinn. Sie ertrug keinerlei Körpergerüche und zwang Bernard zu einem ständigen Turnus von Waschungen, ja behandelte seine Körperöffnungen, als wären es Schmutzquellen. Unter ihrer Aufsicht benutzte er Zahnseide, reinigte seine Ohren mit Q-Tips, spreizte seine Pobacken unter der Dusche und wusch sich mit Seife, feilte sich die Fingernägel, knipste seine Zehennägel, gab Vaseline in den Zwischenraum neben den kleinen Zehen, wo sich seine Haut schälte, und entfernte Flusen aus seinem Bauchnabel. Nach Mahlzeiten, die Sauce oder Butter enthielten, wusch er seinen Schnurrbart und das Barthaar unter seiner Lippe, denn sonst wagte er es nicht, Aimee zu küssen. Nicht, dass sie oft den Wunsch verspürte, ihn zu küssen, seit sie wieder eingezogen war.

Statt der Stoffwindeln, die Virginia bevorzugt hatte, benutzte Aimee Wegwerfwindeln. Sie verfügten über bestimmte geruchsabsorbierende Chemikalien, und jeden Abend steckte Bernard sie in eine Mülltüte, band diese luftdicht zu und warf sie in die Mülltonne in der Garage. Wenn Aimee von der Arbeit kam, erwartete sie, dass Horace sauber, gebadet und geruchlos war.

Bernard hatte Körpergeruch immer sexy gefunden, und er zog einen Mund, der nach Knoblauch roch, dem, der nach Mundwasser schmeckte, vor. Er mochte den Geruch seines eigenen Kots und war besonders anfällig für den süßen Duft von Horaces Exkrementen. Er war für alles anfällig, was Horace produzierte, und ertrug sogar den Geruch der weißen Kotze, die Horace manchmal hochwürgte, und bei dem Aimee übel wurde.

Unter der Woche war Aimee mit Horace bei ihren Eltern gewesen, und Bernard hatte seine penible Körperpflegeroutine etwa schleifen lassen. Aber am Tag vor ihrer Rückkehr bemühte er sich fleißig, das Haus und seinen alternden Körper wieder auf Vordermann zu bringen. Er hatte Horace unglaublich vermisst, aber nicht so sehr, wie er gefürchtet hatte. Auf der Fahrt nach New York war ihm sogar aufgefallen, dass er seine vorübergehende Freiheit regelrecht genoss. Auf Gillians Buchparty hatte er wieder Kontakt zu wichtigen Leuten aus der Buchbranche aufgenommen, die er seit Langem vernachlässigt hatte. Er fühlte sich wieder wie ein Gelehrter, und obwohl er anfangs ein Foto von Horace herumgezeigt hatte, war ihm klar geworden, dass sich nur wenige dafür interessierten. Die Leute übergingen das Thema, das ihm so sehr am Herzen lag, und erkundigten sich stattdessen nach seinem derzeitigen Buch. Als er begann, über Georg Friedrich Händel zu sprechen, war Horace schon so gut wie vergessen.

Wieder zu Hause, fühlte sich Bernard schuldig deswegen. So als hätte er seinen Sohn betrogen, indem er sich in seiner Abwesenheit anderweitig getröstet hatte. Außerdem fühlte er sich schuldig, weil er Aimee nicht begleitet hatte, sodass sie den Flug allein mit Horace hatte bewältigen müssen. Diese Schuldgefühle verstärkten sich noch, als Bernard bei Aimees und Horaces Rückkehr am nächsten Abend sah, dass Horace in seiner Abwesenheit Windelsoor bekommen hatte.

»Ich geh gleich morgen zum Kinderarzt«, sagte er.

»Jetzt übertreib nicht gleich, Bernard«, lautete Aimees Antwort, während sie Bernard eine Tube mit Desitinsalbe reichte, die sie von ihrer Mutter bekommen hatte.

Der Fischölgeruch der Salbe rief bei Bernard Erinnerungen an die Zeit wach, in der seine beiden anderen Kinder noch Babys gewesen waren. Die Tube sah noch ganz genauso aus wie früher. Konnte es sein, dass die Salbe in all den Jahren unverändert geblieben war? Der Anblick von Horaces roten Schenkeln und Genitalien machte Bernard Gewissensbisse. Er hätte gern Aimee und seine Schwiegermutter dafür verantwortlich gemacht, denn das war bestimmt eine Folge von Vernachlässigung, aber das traute er sich nicht. Dann würde Aimee mit Sicherheit darauf hinweisen, dass er sein Kind vernachlässigt hatte, indem er in Monologe über Händel vertieft war, während die empfindlichsten Hautpartien seines heiß geliebten Sohnes der Gefahr ausgesetzt waren.

Am Tag nach ihrer Rückkehr ging Aimee zur Arbeit. Sie war am Vorabend früh schlafen gegangen, und sie hatten noch keine Gelegenheit gehabt, zu reden. Sie hatte gewusst, dass Bernard mit seinem Schreibzirkel zu einer Buchpräsentation nach New York gefahren war. Aber Bernard hatte ihr nicht direkt gesagt, wessen Buch da gefeiert wurde. Er bemühte sich, den Namen Gillian nicht mehr zu erwähnen. Er hoffte, auch jetzt damit durchzukommen.

Bernard war es gerade gelungen, Horace für ein Nachmittagsschläfchen hinzulegen, als Virginia anrief. Er hatte die Zeit eigentlich nutzen und an seinem Buch arbeiten wollen, war aber gar nicht erst bis zu seinem Schreibtisch vorgedrungen. Erschöpft vom Herumtragen des zappeligen Horace, hatte er sich in seinen alten Ledersessel fallen lassen – das einzige Möbelstück, das Aimee nicht hatte wegwerfen dürfen, als sie das Haus renovierte –, das Babyfon noch in der Hand.

»Virginia!«, sagte er. »Schön, von dir zu hören. Wieso hast du beschlossen, in der Stadt zu übernachten, statt nach der Buchparty mit mir zurückzufahren? Ich war am Boden zerstört.«

»Der weitere Verlauf des Abends hat mich erschöpft«, sagte Virginia.

Bernard hörte an Virginias Stimme, dass da noch mehr war, aber er wusste nicht recht, ob er überhaupt darüber Bescheid wissen wollte.

»Nancy ist auch nicht mit mir zurückgefahren«, sagte Bernard. »Also blieb nur noch Adam übrig, der nicht mal in wachem Zustand ein besonders anregender Gesprächspartner ist. In diesem Fall war es noch schlimmer, denn er ist eingeschlafen.«

»Du wirst doch sicherlich verstehen, warum Nancy keine Lust auf eine Rückfahrt mit den Leopardis hatte.«

»Was sollte die ganze Aufregung?«, fragte Bernard.

»Hast du Gillians Roman gelesen?«, fragte Virginia.

»Ich hab ihn überflogen.«

»Du solltest mehr tun, als ihn nur zu überfliegen«, sagte Virginia. »Und dann müssen wir darüber reden. Das ist auch der Grund meines Anrufs. Hast du morgen Zeit für ein gemeinsames Mittagessen?«

»Ich fürchte, nein«, sagte Bernard.

»Dann am Donnerstag oder am Freitag?«

»Ich habe mittags nie Zeit«, sagte Bernard und fügte dann widerwillig hinzu: »Da passe ich auf Horace auf.«

»Dann sollten wir uns vormittags oder am späten Nachmittag auf einen Kaffee treffen«, sagte Virginia.

»Das würde ich wirklich gern«, sagte Bernard. »Aber ich halte hier die Stellung, wenn Aimee im Büro ist.«

»Soll das heißen, dass du das Haus tagsüber nicht verlassen kannst?«, fragte Virginia.

»Das ist im Moment etwas schwierig«, sagte Bernard. Er zerrte an seinem Rollkragen und fuhr sich mit den Knöcheln über das Schlüsselbein. Er wusste, was Virginia jetzt dachte. »Aber wieso kommst du nicht vorbei? Morgen zum Beispiel.«

Wenn Aimee erfuhr, dass Virginia während ihrer Abwesenheit hier gewesen war, würde sie vielleicht Verdacht schöpfen. Noch blöder wäre es allerdings, Aimee abends allein zu lassen, um Virginia zu treffen – vor allem, wenn sie etwas zu besprechen hatten, das mit Gillian zu tun hatte.

Virginia zögerte. »Ich würde dich lieber woanders treffen«, sagte sie schließlich. »Aber wenn es nicht anders geht, werde ich wohl oder übel bei dir vorbeischauen müssen. Um wie viel Uhr?«

»Horace macht gegen zwei sein Schläfchen.«

»Also bis dann!«, sagte Virginia.

Es war schon lange her, dass Virginia bei ihm gewesen war, fiel Bernard auf. »Wie haben die Klingel abgestellt«, sagte er. »Aber bitte nicht klopfen! Horace hat einen leichten Schlaf. Ich lasse die Tür auf.«

Nachdem er aufgelegt hatte, ging Bernard nach oben, um

nach Horace zu sehen. Er traute dem Babyfon nicht so ganz, und das Haus hatte dicke Wände. Er war sich nicht sicher, ob er vom Arbeitszimmer aus hören würde, wenn Horace aufwachte und weinte. Er blieb kurz auf der Schwelle zu Horaces Zimmer stehen und betrachtete das kleine Bündel in dem Gitterbettchen. Das Zimmer war blassgrün gestrichen, in der Farbe von Frühlingsweiden, wie Aimee gesagt hatte. Bernard hätte ein kräftigeres Grün bevorzugt, aber er hatte es nicht gewagt, das auszusprechen. Horace schien tief zu schlafen, und mit etwas Glück blieben Bernard noch zwei Stunden. Er konnte es kaum erwarten, in die Welt des Georg Friedrich Händel zurückzukehren. Aber jetzt, wo ihm das Treffen mit Virginia bevorstand, blieb ihm keine andere Wahl, als einen Blick in Gillians Roman zu werfen. Nach der Rückkehr aus New York hatte er ihn gleich in das Regal in seinem Arbeitszimmer gestellt. Nun griff er danach und setzte sich in seinen Sessel, um darin zu lesen.

Er brauchte nicht lange, um zu verstehen, warum Nancy empört gewesen war. Er wusste noch genau, wie sie im Leopardi-Zirkel zum ersten Mal aus ihrem Manuskript vorgelesen hatte. Sie hatte ihre Nervosität bekämpft, indem sie sehr schnell gelesen und den Kopf gesenkt gelassen hatte. Er hatte sie noch unterbrechen müssen, damit sie sie überhaupt verstehen konnten. Sie hatte aufgesehen, und alle Farbe war aus ihrem Gesicht gewichen, als sie zum Anfang zurückkehrte. Beim zweiten Anlauf hatte sie lauter gelesen, aber immer noch zu schnell.

Er war mitten ins Buch vertieft und hatte anscheinend nicht gehört, wie die Küchentür aufging, denn plötzlich stand Aimee vor ihm. Er sprang aus seinem Sessel auf.

»Ich bin heute früher gegangen«, sagte sie. »Ich glaube,

ich bekomme eine Erkältung. Wahrscheinlich habe ich mich im Flugzeug angesteckt.«

»Das tut mir leid, Liebes«, sagte er. »Komm, ich mach dir einen Tee.«

Aimee ließ sich in seinen Sessel fallen, während er in die Küche trottete und Wasser aufsetzte.

»Kamille?«, rief er aus der Küche.

»Egal«, sagte Aimee.

Während das Wasser kochte, holte er ein Tablett und stellte eine Teekanne samt Tasse darauf. Er versuchte, sich daran zu erinnern, wie Aimee es am liebsten hatte. Die blaue Leinenserviette. Das Honigglas. Die Scheibe Zitrone in einem kleinen Glasschälchen. Der Löffel, der parallel zum Tablettrand zeigte.

»Bitte sehr!«, sagte Bernard, als der Tee fertig war. Er stellte ihn auf den Tisch neben dem Sessel, als ihm auffiel, dass Aimee das Exemplar von *Wiedergutmachung* in der Hand hielt, das er dort liegen gelassen hatte. Sie hielt es so in der Hand, dass die Buchseiten nach unten zeigten.

»Was ist das?«, fragte sie.

Als Bernard einen Blick auf den Umschlag warf, fiel ihm auf, dass da nur M. G. Findlay stand. Es gab keinen Grund, Aimee zu sagen, dass sie Gillian war. Es gab keinen Grund, ihren Namen zu erwähnen, und schon gar nicht jetzt, wo es Aimee nicht gut zu gehen schien.

»Bloß ein Roman«, sagte Bernard. Und weil er bei jeder Lüge dazu neigte, mehr zu sagen, als er eigentlich musste, fügte er noch hinzu: »Eine Neuerscheinung. Jemand hat ihn mir geschenkt.« Er wollte noch »in New York« hinterherschicken, war aber so schlau, sich das zu verkneifen. Er wollte nicht, dass Aimee ihn zu seinem Ausflug in die Stadt befragte.

»Ich wusste gar nicht, dass du Romane liest«, sagte Aimee, und legte das Buch zu Bernards Erleichterung zurück auf den Tisch.

»So dann und wann«, sagte er.

Aimee konzentrierte sich auf den Tee, kontrollierte, ob er ausreichend gezogen hatte, und goss ihn dann in ihre Tasse.

»In Kamillentee gehört keine Zitrone«, sagte sie.

»Du musst sie ja nicht verwenden«, sagte Bernard.

Sein Ton ließ Aimee aufhorchen. »Es tut mir leid, Bern«, sagte sie. »Es war ganz lieb von dir, dass du mir Tee gebracht hast. Aber ich fühle mich hundeelend. Ich geh ins Bett.«

Bernard beugte sich vor und küsste sie auf die Stirn. »Mein armer Schatz!«, sagte er.

»Steck dich nicht an«, sagte Aimee. »Du musst fit bleiben, damit du dich um Horace kümmern kannst.«

Nachdem Aimee nach oben gegangen war, trug Bernard das Teetablett wieder in die Küche und setzte die Lektüre von Gillians Roman fort. Ihm blieb nicht mehr viel Zeit, bis Horace aufwachte. Erst am späteren Abend, wenn alle gegessen hätten und sowohl Horace als auch Aimee schliefen, würde er das Buch zu Ende lesen können. Er war verärgert, dass Gillian so etwas getan hatte – es war zumindest nicht sehr sensibel –, trotzdem konnte er nicht anders, als das Endprodukt zu bewundern.

Am nächsten Morgen beschloss Aimee, nicht zur Arbeit zu gehen. Bernard brachte ihr das Frühstück ans Bett. Er wusste nicht, was er wegen Virginia unternehmen sollte. Während Aimee aß, gab er Horace das Fläschchen, und nachdem er dessen Windeln gewechselt, ihn angezogen und wieder für ein Vormittagsschläfchen hingelegt hatte, ging Bernard Aimees Tablett holen.

Sie lag auf dem Bauch, hatte den Kopf zur Seite gedreht und die Wange auf die Arme gelegt. »Ich könnte eine Rückenmassage vertragen«, sagte sie.

Bernard stellte das Tablett wieder auf das Nachtkästchen, entledigte sich seiner Slipper und legte sich neben sie aufs Bett. Sie schlug die Decke zurück, und er zuckte beim Anblick ihrer makellosen Haut, ihres kleinen, weißen Pos zusammen. Er beugte sich vor und fuhr mit der Zunge über das konkave Stück Wirbelsäule. Er rieb sich die Hände, um sie zu wärmen, knetete anschließend ihre Schultern und presste die Handballen so in ihren Rückens, wie sie es gern hatte. Sie schnurrte wohlig.

Er stand auf, öffnete seinen Gürtel, schlüpfte aus seiner Hose, knöpfte sein Hemd auf und zog es aus. Danach entledigte er sich seiner Unterhose. Er legte sich wieder aufs Bett. Jetzt massierte er Aimees unteren Rücken und begann langsam tiefer zu gehen, zu ihrem Po und den Oberschenkelinnenseiten vorzudringen. Sie holte aus und stieß seine Hand weg. Da fiel ihm das kurze, weiße Tamponfädchen auf, das sich von ihrer Haut abhob.

Virginia hatte nie etwas gegen Sex während der Menstruation gehabt. In diesem Fall legten sie ein Handtuch unter ihren Rücken, aber auch so waren Laken und Matratze stets voller Flecken gewesen. Als Nächstes erinnerte sich Bernard an diese Freundin auf dem College: Molly, eine Katholikin, die sich weigerte, zu verhüten, und es nur ungefährlich fand, wenn sie ihre Blutung hatte. Aber Aimee war in solchen Dingen kompliziert, und Bernards Hände zogen sich wieder zurück. Trotzdem genügte es, ihren Rücken zu berühren, dicht neben ihr zu liegen, dass er einen Ständer bekam.

Plötzlich hörte er, wie Horace nebenan weinte.

»Mist!«, sagte Aimee.

Bernard stand auf und eilte zu ihm. Er hob ihn aus seinem Bettchen und hielt ihn an seine Brust. Hatte er vielleicht schon eine ganze Weile geweint? Bernard trug Horace ins Schlafzimmer. Aimee hatte sich im Bett aufgesetzt und die Decke über ihre Schultern gezogen.

»Komm mir mit ihm bloß nicht zu nahe!«, sagte sie. »Ich möchte nicht, dass er sich ansteckt.«

Horace hatte aufgehört zu weinen, und Bernard hielt ihn in die Luft und führte einen Indianertanz mit ihm auf.

»Hältst du das für gesund?«, fragte Aimee. »Dass du ihn so im Arm hältst, während du nichts anhast?«

»Meinst du, weil er so mit Keimen von meinem besten Stück in Berührung kommen könnte?«, fragte Bernard. »Oder meinst du, dass er gestört wird, nur weil er seinen Vater nackt gesehen hat?«

»Keine Ahnung«, sagte Aimee. »Es sieht einfach nur pervers aus, wie du da splitternackt rumstehst und das Baby an dich presst.«

»Ich gebe ihm nur Stoff für seine spätere Biografie«, sagte Bernard.

»Mach dich nicht lächerlich!«, sagte Aimee, ließ sich in die Kissen zurücksinken und schloss die Augen.

Bernards Problem mit Virginia, das ihm entfallen war, während er Aimees Rücken liebkost hatte, wurde ihm plötzlich schlagartig wieder bewusst. Und je näher der Zeiger auf die Zwei zurückte, desto klarer wurde Bernard, dass er Aimee den Besuch kaum verheimlichen konnte. Also stellte er sich Aimee, nachdem er Horace für sein Nachmittagschläfchen hingelegt hatte. Aimee war immer noch im Bett, trug aber Jeans und arbeitete an ihrem Laptop.

»Virginia hat angerufen. Sie wollte irgendetwas mit mir besprechen«, sagte er. »Und da ich dich nicht mit Horace allein lassen kann, habe ich sie gebeten, bei uns vorbeizuschauen. Ich hoffe, du hast nichts dagegen.« Das war nicht direkt gelogen, und Aimee nahm bestimmt an, Virginia hätte erst kürzlich angerufen. Wahrscheinlich, als sie geschlafen hatte.

Aimee drückte ein paar Tasten und sah zu ihm auf. Normalerweise trug sie Kontaktlinsen, aber wegen ihrer Erkältung hatte sie jetzt ihre Brille auf, die sie sogar noch jünger wirken ließ.

»Wann kommt sie?«, fragte Aimee.

»Demnächst«, sagte Bernard.

»Ist irgendwas mit Rachel oder Teddy?«, fragte Aimee.

»Nein«, erwiderte Bernard. »Es geht um den Schreibzirkel. Um Nancy.«

»Oh«, sagte Aimee. »Das ist nicht gerade ein guter Zeitpunkt für Besuch. Aber du solltest schon bleiben, falls Horace aufwacht.«

»Ich erwarte nicht, dass du runterkommst«, sagte Bernard. »Und Virginia kann man wohl kaum als Besuch bezeichnen.« Er stand in der Tür, die Hand an der Klinke. »Am besten, ich mache die Tür zu, damit wir dich nicht stören«, sagte er. »Kann ich dir noch etwas raufbringen?«

»Nein, danke«, sagte Aimee. »Alles in Ordnung. Achte nur auf Horace.«

Virginia kam um Viertel nach zwei, und Bernard bot ihr eine Tasse Kaffee an.

Sie winkte ab. »Danke, Bernie, aber das hier ist weniger ein geselliges Beisammensein. Wir haben ein ernsthaftes Problem, und ich glaube, du bist der Einzige, der es lösen kann.«

»Ich?«, fragte Bernard, während sie in sein Arbeitszimmer gingen und sich setzten.

»Du willst, dass ich die verfeindeten Fraktionen unseres Zirkels miteinander versöhne?«

»Versöhnung?«, sagte Virginia. »Bernie, du hast sie wohl nicht alle! Ich wüsste nicht, wie sich der Leopardi-Zirkel jemals wieder versammeln sollte.«

»Nicht?«, fragte Bernard. An diese Möglichkeit hatte er noch gar nicht gedacht, und die Vorstellung, seine Gruppe zu verlieren, war äußerst schmerzhaft für ihn. Er brauchte die Unterstützung der Leopardis, um sein Händel-Projekt voranzutreiben, und nicht nur das: Die sonntäglichen Treffen waren eine der wenigen Unternehmungen, die er für sich allein hatte. Außerdem freute er sich, bei diesen Gelegenheiten Virginia zu sehen, freute sich über die Beziehung, die sie jetzt hatten. »Was, wenn wir Gillian sagen, dass sie nicht mehr länger willkommen ist?«

»Bernie, es ist aus und vorbei. Gillian hat alles kaputt gemacht.«

Bernard wollte schon fragen: »Aber was wird dann aus meinem Buch?«, konnte sich aber gerade noch zurückhalten. Denn dann hätte ihn Virginia bestimmt böse angesehen und gesagt: »Es geht hier nicht um dich, Bernie.«

»Was du da über den Leopardi-Zirkel sagst, klingt schrecklich«, sagte Bernard. »Und es ist doch sonst nicht deine Art, so pessimistisch zu sein, Virginia.«

»Nancy kommt bestimmt nie wieder. Und Chris sagt auch, das sei es für ihn gewesen. Ich würde mich nicht wundern, wenn Adam dasselbe sagen würde.«

»Du musst ihnen einfach etwas Zeit lassen«, sagte Bernard.

»Zeit?«, fragte Virginia.

»Schriftsteller brauchen solche Gruppen«, sagte Bernard. »Die Leopardis werden wiederauferstehen, wenn auch ohne Gillian natürlich.« Bei diesen Worten schwoll Bernards Stimme an, aber damit Virginia ihn nicht des Dozierens bezichtigte, fügte er bereits etwas weniger dramatisch hinzu: »Du wirst schon sehen.«

»Oh, Bernie!«, rief Virginia.

»Was sollen wir denn deiner Meinung nach unternehmen?«, fragte Bernard.

»Was den Leopardi-Zirkel anbelangt, gar nichts«, sagte Virginia. »Aber was Nancy betrifft, hoffentlich schon etwas. Chris hat mich deswegen aufgesucht – er ist genauso empört wie wir alle, aber er ist auch besser vernetzt. Er hat einen Freund an der Journalistenschule der Columbia, der in der Pulitzer-Preis-Jury sitzt, und der ist bereit, einzugreifen, wenn wir ihm hieb- und stichfestes Material liefern.«

Bernard hatte sich das Wort empört gemerkt. Es traf seine Gefühle in keiner Weise, und er war überrascht, dass Virginia davon ausging, dass er ebenso empfand.

»Wen meinst du mit ›wir‹?«, fragte er. »Wovon redest du?«

»Chris hat mit Nancy gesprochen«, sagte Virginia. »Anscheinend hat sie ihrer Agentin den Vorfall geschildert. Aber ihre Agentin hat ihr abgeraten, Gillian des Plagiats zu bezichtigen. Sie meinte, das ließe sich nur schwer beweisen und würde letztlich nur Nancys Karriere schaden.«

Bernard war erleichtert, das zu hören. Er hatte schon Angst gehabt, dass Virginia irgendetwas ausbrütete, bei dem alle Mitglieder des Leopardi-Zirkels vor Gericht aussagen müssten, was sie von Nancys Roman mitbekommen hatten.

»Das klingt vernünftig«, sagte er.

»Das mag schon sein«, meinte Virginia. »Aber du musst zugeben, dass etwas unternommen werden muss.«

Diese Worte riefen ein altbekanntes Unwohlsein bei ihm hervor. Virginias Gerechtigkeitsempfinden war schon immer sehr viel stärker ausgeprägt gewesen als das seine. Während ihrer Ehe hatte sie ihn oft in Dinge mit hineingezogen, mit denen er lieber nichts zu tun gehabt hätte.

»Ich finde, das geht nur Nancy etwas an«, sagte er. »Und nicht uns.«

»Es geht uns sehr wohl etwas an«, sagte Virginia. »Wir sind für das verantwortlich, was Nancy widerfahren ist – und ganz besonders du, weil du sie in die Gruppe eingeführt hast. Gillian hat die Regeln verletzt, das Vertrauen zerstört. Wir hängen da alle mit drin – ob wir das nun mögen oder nicht.«

Aus dem Babyfon drang ein Geräusch, und Bernard hob kurz die Hand und beugte sich vor. Leider war es nur das Geräusch eines vorbeifahrenden Lasters, sodass er keine Ausrede hatte, sich diesem Gespräch zu entziehen.

Er sah wieder zu Virginia hinüber, die ihn nicht aus den Augen gelassen hatte. »Gut, Virginia«, sagte er. »Ich kann verstehen, warum dich das aufregt, aber ich finde, du übertreibst ein wenig.«

»Ich übertreibe?«, rief Virginia, und Bernard hob ängstlich den Finger an die Lippen. »Auf wessen Seite stehst du eigentlich?«

»Ich wusste gar nicht, dass man auf irgendeiner Seite stehen muss«, sagte Bernard, beugte sich zu ihr vor und hoffte, sie dadurch zu veranlassen, etwas leiser zu reden.

»Was bleibt uns denn anderes übrig?«, fragte Virginia. »Nach dem, was Gillian getan hat?«

»Was hat Gillian denn getan?«, fragte Aimee. Keiner von beiden hatte sie kommen hören. Sie stand barfuß in der Tür.

»Tut mir leid, dass wir dich gestört haben, Liebes«, sagte Bernard. »Ich erzähle es dir später.«

Virginia schien überrascht zu sein, Aimee zu sehen, und Bernard fühlte sich verpflichtet, ihre Anwesenheit zu erklären. »Aimee hat sich freigenommen, um eine Erkältung auszukurieren«, sagte er.

»Ehrlich gesagt geht es mir schon wieder viel besser«, sagte Aimee, kam herein und setzte sich auf die Armlehne von Bernards Sessel. »Erzählt mir, was los ist.«

»Gillian hat einen Teil von Nancys Roman abgekupfert«, sagte Virginia, »und ihn unter einem Pseudonym selbst veröffentlicht.«

Leider lag das Buch, das Bernard auf dem Beistelltisch hatte liegen lassen, immer noch dort. Virginia griff danach und fuchtelte damit herum. Jetzt konnte er auf keinen Fall mehr behaupten, er hätte nicht gewusst, wer die eigentliche Autorin wäre.

»Aus verschiedenen Gründen will Nancy keinen Prozess gegen sie führen«, fuhr Virginia fort. »Aber ich bin heute vorbeigekommen, um eine andere interessante Strategie mit Bernard zu besprechen.«

Bernard hatte keine Ahnung, was Virginia meinte, spürte aber instinktiv, dass er nichts davon wissen wollte und Aimee noch viel weniger.

»Ich habe nicht die leiseste Ahnung, wovon du sprichst«, sagte er.

»Weißt du noch, dass ich anfangs etwas beunruhigt war, dass Gillian mit von der Partie sein sollte, als wir den Zirkel gründeten? Und zwar wegen eines Vorfalls aus ihrer Vergangenheit, von dem du mir einmal erzählt hattest, und bei dem sie Jahre zuvor wegen unethischen Verhaltens aufgefallen war?«

Bernard erinnerte sich an Virginias Zurückhaltung, dachte damals aber, dass sie ein persönliches Problem mit Gillian hätte – weil sie den Verdacht hegte, den sie hoffentlich nie hatte bestätigen können, er und Gillian könnten mal etwas miteinander gehabt haben. Aber im Moment konnte er dergleichen nicht erwähnen, denn alles, was er über Gillian sagte, und zwar egal, was, würde ihm mit Sicherheit Probleme mit Aimee bescheren.

»Ich weiß nicht, ob ich mich noch daran erinnere«, sagte Bernard.

Er hatte Angst, von Virginia überrumpelt zu werden. Konnte es sein, dass sie sich Aimees Anwesenheit zunutze machte, um ihn irgendwie in Verlegenheit zu bringen? Aber warum?

»Nun, das solltest du aber«, sagte Virginia. »Dein Freund Martin Jacobson, der Betreuer ihrer Abschlussarbeit, hat dir erzählt, dass sie einige Gedichtzeilen von einer anderen Studentin gestohlen hat, von einer russischen Austauschstudentin, und die dann in ihre eigene Arbeit eingebaut hat. Und als Martin sie mit dem Beweis konfrontierte, sagte sie zu ihrer Verteidigung, dass dies unbewusst geschehen sei. Sie gab zu, die Gedichte des anderen Mädchens im Rahmen eines Seminars gehört zu haben, bestand aber darauf, dass jede Nachahmung reiner Zufall sei. Ja, dass sie die Zeilen auf keinen Fall bewusst abgeschrieben habe. Wenn du dich erinnerst, hast du mir erzählt, dass Gillian gesagt hätte, dass es außerdem in Ordnung gewesen wäre, wenn sie die Gedichte teilweise übernommen hätte, da sie diese schließlich verbessert hätte. Martin war von ihrer Chuzpe dermaßen überrumpelt, dass er ihre Arbeit trotzdem mit der Bestnote bewertete.«

Bernard erinnerte sich mittlerweile deutlicher daran, als ihm lieb war. Virginia hatte damals argumentiert, dass Martin dermaßen überwältigt von Gillian gewesen wäre, dass er bei ihr durchgehen ließ, wofür eine andere, weniger attraktive Studentin von der Uni geflogen wäre. »Ich habe dir das ganz im Vertrauen erzählt«, sagte er. »Außerdem wüsste ich nicht, was das jetzt für eine Rolle spielt.«

»Und ob das eine Rolle spielt! Wir reden hier über ein und dieselbe Person, mit derselben fragwürdigen Moral.«

»Und wenn schon!«, sagte Bernard. »Ich wüsste nicht, was ich damit anfangen sollte.«

»Du sollst das Nancy erzählen und ihr die Informationen beschaffen, die sie braucht, um es zu beweisen. Anschließend kann Chris davon Gebrauch machen.«

»Ich werde nichts dergleichen tun«, sagte Bernard rasch. »Das Ganze ist vor vielen Jahren passiert, als Gillian noch im Studium, ja fast noch ein Kind war. Es wäre nicht fair, dass jetzt ans Tageslicht zu zerren.«

»Nicht fair?«, empörte sich Virginia. »Wir reden hier von Gillian. Und wenn du es Nancy nicht erzählst, tue ich es.«

Aimee verlagerte ihr Gewicht auf der Armlehne. Wenn sie nicht dabei wäre, würde er Virginia bitten, ihn da irgendwie rauszuhalten. Aber Aimee war dabei, starrte ihn an und erwartete, dass er etwas sagte.

»Ich werde dir beschaffen, was ich kann«, sagte er. Gnädigerweise drangen noch mehr Geräusche aus dem Babyfon. Bernard verstummte und lauschte darauf. Horace weinte nicht, aber er regte sich und würde bald aufwachen. »Ich wüsste es allerdings sehr zu schätzen, wenn du Nancy die ganze Geschichte erzählst. Chris soll damit machen, was er für richtig hält, aber bitte halt mich da raus.«

Virginia stand auf. »Ich werde mich bemühen«, sagte sie.

## *Adam*

Seit seiner Rückkehr aus New York hatte Adam mit niemandem vom Leopardi-Zirkel gesprochen. Er hatte zwei Nachrichten von Chris und eine von Virginia, ja sogar eine von Bernard erhalten. Und auch als er an der Nummer erkannte, dass Virginia ihn erneut anrief, ging er nach wie vor nicht ans Telefon. Diesmal hinterließ sie keine Nachricht. Es machte ihm nichts aus, Chris zu ignorieren, aber bei Virginia hatte er ein schlechtes Gewissen. Er sah förmlich vor sich, wie sie enttäuscht aufseufzte, weil sie ihn nicht erreichen konnte. Bestimmt wollte sie mit ihm über die Sache mit Nancy reden. Und einfühlsam, wie Virginia nun mal war, wollte sie jetzt bestimmt wissen, wie es ihm ging. Schließlich wusste sie inzwischen, welche Gefühle er für Gillian hegte – hatte es wahrscheinlich schon längst gewusst. Er fühlte sich noch nicht in der Lage, mit jemandem zu reden, nicht einmal mit Virginia. Seit jenem Moment auf der Lesung, in dem er von Gillians Roman erfahren hatte, wusste er nicht mehr, was er denken, geschweige denn, was er fühlen sollte.

Auf der Rückfahrt mit Bernard war es ihm gelungen, sich jeglichem Gespräch zu entziehen: Zunächst, indem er vorgab, zu dösen, und dann, indem er tatsächlich einschlief. Er hatte auf der Party mehr Champagner getrunken als auf jeder Hochzeit – und er hatte sich auf Hochzeiten wirklich schon viel Champagner hinter die Binde gekippt. Er hatte auf der gepolsterten Bank am Fenster gesessen, getrunken und Gillian beobachtet.

Seit der Weihnachtsfeier wartete er darauf, dass Gillian sich bei ihm meldete. Er klammerte sich regelrecht an die Worte, die sie damals an ihn gerichtet hatte: »Wenn ich mal wieder in Truro bin, darfst du erneut zum Abendessen kommen.« Er wusste, dass sie seitdem allein in Truro gewesen war, aber es war nie eine Einladung erfolgt. Es wäre zu peinlich, sie an ihr Versprechen zu erinnern – nur für den Fall, dass sie es vergessen hatte. Die Vorstellung, sie könnte es sich anders überlegt haben und nun bereuen, ihm falsche Hoffnungen gemacht zu haben, war einfach unerträglich. Noch unerträglicher war die, sie könnte die Einladung von Anfang an nicht ernst gemeint und nur so dahingesagt haben. Ohne überhaupt ernsthaft in Erwägung zu ziehen, dass er darauf wartete.

Er wollte jetzt nicht auf sie zugehen. Er wollte, dass sie auf ihn zuging, aber das hatte sie nicht getan. Er wollte, dass sie ihm erklärte, warum sie vor ihm verheimlicht hatte, dass sie einen Roman schrieb. Er konnte verstehen, dass sie die Leopardis nicht eingeweiht hatte. Aber warum hatte sie sich ihm nicht anvertraut – schließlich war er selbst Romancier? Sie musste doch wissen, dass bei ihm jedes Geheimnis, das sie ihm anvertraute, gut aufgehoben war. Er wollte, dass sie sich bei ihm entschuldigte – sich ihm zumindest erklärte. Er wollte, dass sie ihn allerwenigstens wahrnahm. Er hatte sie nicht aus den Augen gelassen. Er wollte nicht hinsehen, konnte aber nicht aufhören, Jerrys Hand auf ihrer Schulter zu beobachten. Die Art, wie er sie von hinten durch die Menge manövrierte, so als wären sie Tänzer auf einer Tanzfläche. Er konnte nicht aufhören zuzusehen, wie Gillian von allen Umstehenden umarmt wurde. Von diesen reichen New Yorkern, diesen gut vernetzten Verlegern. Chris war auf ihn zugegangen, um sich mit ihm zu unterhalten. Er hatte ihm vorgeschlagen, Kontakte zu knüpfen; schließlich sei diese coole Party der Traum eines jeden angehenden Romanciers. Aber er hatte den Mut nicht aufbringen können.

Als Nancy Gillian attackiert hatte, war er zu ihrer Verteidigung herbeigeeilt. Doch es war ihm nicht einmal gelungen, in ihre Nähe zu kommen. Jerry und ihre Freunde umringten sie, und Adams beschützende Geste wurde ignoriert. Es war so gar nicht Nancys Art, dermaßen auszuflippen, und Adam begriff nicht, worüber sie sich so aufregte. Die Entfernung war zu groß gewesen, um ihren Wortwechsel mitzubekommen. Er hatte nur verstanden, dass Nancy etwas von ihrem Vater sagte. Aber er konnte sich nicht vorstellen, was das mit Gillian zu tun hatte.

Adam hatte sich ein Exemplar von *Wiedergutmachung* auf der Lesung gekauft, aber er schob es schon Tage vor sich her, einen Blick hineinzuwerfen. Seine Neugier war riesig, aber er hatte das dumpfe Gefühl, dass etwas in diesem Buch stand, was er lieber nicht wissen wollte. Und als er den Roman schließlich atemlos verschlang – zunächst entsetzt und dann mit wachsender Bewunderung und Neid –, begriff er, warum ihn alle Leopardis anriefen. Er war nur mit dem Gedanken beschäftigt gewesen, warum Gillian sich ihm nicht anvertraut hatte. Aber jetzt verstand er, warum, ohne dass sie es ihm sagen musste. Er verzieh ihr die Kränkung, die er empfunden hatte, und wollte sie nur noch in Schutz nehmen. Jeder einzelne der Leopardis würde hart mit ihr ins Gericht gehen. Alle würden sie für Nancy Partei ergreifen.

Und das Schlimmste war, dass er ebenfalls für Nancy Partei ergriff. Nicht nur, weil er selbst einen Roman schrieb und sich vorstellen konnte, wie sie sich fühlte. Sondern auch, weil das, was Gillian getan hatte, tatsächlich nicht in Ordnung war. Wäre es nicht Gillian gewesen, hätte er sich auf Nancys Seite geschlagen. Aber es war nun mal Gillian, und es führte nicht dazu, dass er sie jetzt ablehnte. Merkwürdigerweise steigerte es seine Gefühle für sie nur noch mehr. Ihre Schwäche machte sie verletzlich und schürte Adams Ergebenheit. Bestimmt brauchte sie ihn – jetzt, wo die Leopardis sich gegen sie formierten.

*

Kim arbeitete samstags in einer Zoohandlung im Einkaufszentrum. Obwohl keine Welpen verkauft wurden – der Eigentümer stand den Massenzuchtbetrieben, die sie lieferten, kritisch gegenüber –, sondern nur Kleintiere, stand auf dem Bürgersteig davor eine Reihe mit schindelgedeckten Hundehütten aus Holz in vier verschiedenen Größen. Der Laden war lang und schmal. Adam drückte sich die Nase an der Schaufensterscheibe platt, konnte Kim aber nirgendwo entdecken. Als er hereinkam, stand sie nicht an der Kasse, sondern ein junger Mann mit einem dermaßen verpickelten Gesicht, dass Adam am liebsten weggesehen hätte. Innen war es heiß, und es stank nach Nagern und Amphibien. Unter der hohen Decke mit den Neonröhren flogen Kanarienvögel hin und her, darunter krächzten bunte Wellensittiche. Beide waren in Käfigen gefangen.

Adam ging den Gang entlang, der in den rückwärtigen Teil des Ladens führte. Das Hundespielzeug sah aus wie Kinderspielzeug: Stofftiere und Gummipuppen mit albernen Gesichtern. Eine Wand säumten Terrarien mit Wüstenrennmäusen, Schlangen und Echsen, die andere Aquarien, in denen es vor Fischen nur so wimmelte. Ein dickes Mädchen in einem roten Kittel sah von einer Handvoll Nietenhundehalsbänder auf, die sie gerade mit Preisen auszeichnete.

»Kann ich Ihnen helfen?«, fragte sie.

»Nein, danke«, sagte Adam. Er ging noch tiefer in den Laden hinein.

Kim stand am hintersten Ende und beriet zwei Kunden, einen Jungen und seine Mutter. Die Haare des Jungen standen ihm starr vom Kopf ab wie Igelstacheln. Kim trug den roten Firmenkittel und sah aus wie eine Gehilfin des Weihnachtsmannes. Sie bemerkte Adam nicht, und er trat zurück und beobachtete sie heimlich. Sie beugte sich über ein Terrarium, um Grillen herauszuangeln, und gab sie dann in eine mit Luft gefüllte Plastiktüte. Ihr glänzendes, im Neonlicht silberblondes Haar, fiel ihr ins Gesicht. Da sie keine Hand frei hatte, warf sie es mit einer schnellen Kopfbewegung nach hinten über die Schulter.

»Bitte sehr!«, sagte sie zu dem Jungen.

Der Junge hielt den Ballon mit Grillen hoch. »Sind das die Kleinen?«, fragte er. »Die kommen mir so groß vor.«

»Ja, das sind die Kleinen«, sagte Kim. »Die Großen sind dort drüben. Schau!« Sie ging vor einem anderen Terrarium in die Hocke und klopfte gegen das Glas. Der Junge tat es ihr nach.

»Die sind richtig groß«, sagte er. »Meine Schlange ist noch ziemlich klein. Ich glaube, sie hätte Angst vor ihnen.«

»Wir wollen die Schlange selbstverständlich nicht erschrecken«, sagte die Mutter des Jungen und lächelte Kim an. »Ehrlich gesagt habe ich Angst vor Schlangen, und jetzt lebt eine bei uns im Haus. Was man den Kindern zuliebe nicht alles tut! Sie werden das auch noch erleben, wenn Sie einmal Mutter sind.«

»Wie viel kosten die?«, fragte der Junge und hob seine Tüte mit Grillen hoch.

»Ein Dutzend kostet einen Dollar und fünfundzwanzig Cent. Ich glaube, das sind etwas mehr als zwölf, aber sag an der Kasse einfach, es wäre ein Dutzend.«

»Danke!«, sagte die Mutter und folgte ihrem Sohn zu der Kasse am Ladenausgang.

»Adam!«, rief Kim erfreut, als sie ihn bemerkte. Ihr rundes Gesicht – ein Mondgesicht –, strahlte dermaßen, dass er einen Schritt zurückwich. Sie rannte auf ihn zu, konnte sich aber gerade noch zurückhalten, ihn zu umarmen, als sie sah, dass seine Arme schlaff herabhingen.

»Was machst du denn hier?«, fragte sie.

»Ich muss nur kurz mit dir reden.«

»Alles in Ordnung?«

»Ja, klar«, sagte er.

Sie runzelte ein wenig die Stirn. »Wollten wir heute Abend nicht was unternehmen? Hat das nicht bis später Zeit?«

»Genau darum geht es. Heute Abend passt es mir nicht so gut.«

Kim legte fragend den Kopf schief. Ihre perfekten weißen Zähne waren so klein wie die Zuchtperlen seiner Mutter.

»Könntest du kurz Pause machen und mit rauskommen, damit wir reden können?«

»Klar«, sagte Kim.

Die Frau, die Hundehalsbänder aufgehängt hatte, befand sich jetzt vorn im Laden.

»Ich mache ein paar Minuten Pause, Shirley«, sagte Kim. »Könntest du kurz für mich einspringen?«

»Klar«, sagte Shirley. Sie platzte schier vor Neugier, wer Adam war, und konnte es kaum erwarten, ihm vorgestellt zu werden. Als sie den Laden verließen, starrte sie ihnen schamlos nach.

Außerhalb des Einkaufszentrums war es kalt, und Kim rieb sich fröstelnd die Schultern. Sie trug nur eine kurzärmelige Bluse unter dem Kittel. Früher hätte Adam seine Jeansjacke ausgezogen und sie ihr umgehängt.

»Also, was ist?«, fragte Kim.

»Ich kann das einfach nicht mehr«, sagte er.

»Wie meinst du das?«, fragte Kim.

»Ich meine, ich kann im Moment einfach nicht mit dir zusammen sein.«

»Meinst du heute Abend?«, fragte Kim. »Oder meinst du das – generell?«

»Ich glaube, ich … Na ja, auf jeden Fall nicht heute Abend«, sagte Adam.

»Was soll das heißen, Adam? Ich verstehe dich nicht«, erwiderte Kim.

»Ich brauche eine Auszeit«, sagte Adam. »Ich kann dich eine Weile nicht mehr sehen.«

»Aber warum?«, fragte Kim.

»Keine Ahnung«, entgegnete Adam.

»Es muss doch einen Grund geben«, sagte Kim. »Du tust das doch nicht einfach so, ohne Grund.« Ganz so, als müsste sie nur nachhaken, und es würde weniger wahr.

Adam sah sich um. Der Laden neben der Zoohandlung hieß *Matrass King*. Im Fenster lag eine gesteppte Federkernmatratze aus elfenbeinfarbenem Satin, die aussah, wie für einen Sultan gemacht. Sie sah ganz nackt aus, so ohne Laken.

»Ich habe mich in eine andere Frau verliebt.«

Plötzlich war Kims Gesicht von Falten zerfurcht. Es sah aus wie ein gesprungener Globus.

»In wen?«, fragte sie nach einer Weile mit einer Piepsstimme.

»Das spielt keine Rolle«, sagte Adam.

»In wen?« Kim wurde lauter.

»Das kann ich dir nicht sagen«, erwiderte Adam. »Es tut mir wirklich leid, Kim«, fuhr er fort. Das klang unglaublich albern, aber er wusste nicht, was er sonst sagen sollte. »Ich wollte das auch nicht.«

Kim sagte nichts darauf, sondern starrte ihn nur an.

»Kommst du klar?«, fragte Adam.

Aber Kim antwortete nicht. Sie stand einfach nur da, schlang die Arme noch enger um ihren Körper, die Schultern fröstelnd hochgezogen.

»Du solltest lieber reingehen«, sagte Adam. »Es ist viel zu kalt hier draußen.« Er wollte Kim nicht auf dem Bürgersteig vor einer Reihe von Hundehütten stehen lassen. Gleichzeitig wollte er nur noch weg. »Bitte!«, sagte er. »Geh hinein, du erfrierst hier noch.«

Es gab zwei Türen zur Zoohandlung – eine, auf der »Eingang«, und eine, auf der »Ausgang« stand. Er hielt Kim die Eingangstür auf. Sie betrat den Laden, und er folgte ihr, achtete aber darauf, sie nicht zu berühren.

Sie drehte sich zu ihm um. »Adam?«, sagte sie fragend, aber er schüttelte nur den Kopf und ging durch die andere Tür hinaus.

*

Auf dem Weg zu Gillian leuchtete ein Lämpchen in Adams Armaturenbrett auf. Es zeigte ihm an, dass das Benzin zur Neige ging. An einer Tankstelle zu halten kam jetzt allerdings nicht infrage. Er konnte nicht einmal denken »nachher auf dem Heimweg werde ich tanken«, weil er sich gar kein Nachher vorstellen konnte und auch keinen »Heimweg«. In seinem Kopf war nur noch Platz für Gillians Haus. Er sah es so vor sich, wie er es das eine Mal gesehen hatte, vor Monaten, als er Kim mit auf die Weihnachtsfeier genommen hatte. Er stellte sich nicht Gillian vor, sondern nur das Haus. Das war sein Ziel. Er kannte den Weg genau, weil er schon oft zu ihrem Haus und daran vorbeigefahren war – an dem Eingang zu seiner langen Auffahrt, dem Briefkasten, der nur eine Nummer statt einen Namen trug und von dem aus das Haus noch nicht sichtbar war.

Es war Winter gewesen, als er das letzte Mal in Gillians Auffahrt eingebogen war. Jetzt, drei Jahreszeiten später, verloren die Ahornbäume ihre Blätter. Die Eichenblätter waren braun, aber fest. Der Kies in der Auffahrt war an manchen Stellen ausgedünnt, sodass er fast zum Feldweg wurde. Aber je näher man dem Haus kam, desto tiefer wurde er. Adam wurde sich des Lärms bewusst, den seine Reifen auf dem tiefen Kies machten. Es standen keine anderen Autos in der Auffahrt, und die Garagentüren waren geschlossen, sodass er nicht sehen konnte, wer zu Hause war. Kurz zögerte er, aber nachdem er den Motor abgestellt hatte und aus dem Wagen gestiegen war, stand ihm sein Vorhaben wieder glasklar vor Augen.

Er staunte nicht, als Gillian ihm schließlich aufmachte. Aber sie staunte sehr wohl bei seinem Anblick.

»Adam?«, sagte sie fragend.

»Ich bin gekommen, so schnell ich konnte«, erwiderte er.

Sie sah ihn verständnislos an. »Wieso?«

»Ich musste erst mit Kim reden. Ich musste erst mit ihr Schluss machen.«

»Ich weiß gar nicht, wovon du redest«, sagte Gillian.

»Willst du mich nicht lieber hereinbitten?«, fragte Adam

»Ich werde nicht gern zu Hause gestört, wenn ich arbeite«, sagte Gillian. »Aber nachdem du anscheinend extra bis hierher gefahren bist, um mir etwas zu sagen, komm in Gottes Namen rein und setz dich für einen Moment.«

Sie führte ihn durch die Küche zum Essbereich, von dem aus man einen Blick auf den Rasen hatte, und setzte sich in einen Breuer-Sessel vor dem Glastisch. Dabei wies sie mit dem Kinn auf einen anderen Sessel, in dem Adam Platz nehmen sollte. »Ich hoffe, es ist wichtig.«

Die Küche wirkte steril, so als ob darin niemals gekocht würde. Auch der Glastisch war pieksauber, so als wäre er noch nie mit einem Krümel Essen in Berührung gekommen.

Adam zog seine Jacke aus und hängte sie über die Stuhllehne. Der Glastisch fühlte sich so kalt an, dass er seine Hand gleich wieder aufs Knie legte.

»Ich habe mit Kim Schluss gemacht«, verkündete er. »Ich habe ihr gesagt, dass es aus ist.«

Gillian wartete, als müsse er dem noch etwas hinzufügen. »Was hat das mit mir zu tun?«, fragte sie.

Adam beugte sich vor, den Arm auf den Glastisch gestützt. »Alles«, sagte er.

»Tut mir leid, Adam«, sagte Gillian. »Aber ich kann dir nicht folgen.«

»Als ich *Wiedergutmachung* las und sah, was du getan hast, begriff ich, warum alle so ausgeflippt sind. Ich wollte ganz für dich da sein, und das geht nicht, wenn ich noch was mit Kim habe.«

»Was meinst du mit, ›was ich getan habe‹?«, fragte Gillian scharf.

»Das, was du Nancy angetan hast«, sagte Adam. »Die laufen alle Sturm gegen dich. Aber ich halte zu dir. Bis zum Schluss.«

»Was habe ich Nancy denn angetan?«, fragte Gillian.

Adam zog sich etwas zurück. Zum ersten Mal holte er richtig Luft. »Das Buch«, sagte er. »Ihr Buch.«

»Was ist mit ihrem Buch?«, fragte Gillian.

»Das erste Kapitel, das du ihr geklaut hast.«

»Ich soll es ihr geklaut haben? Ist das deine Meinung?«

»Ich meine, ich weiß, was du getan hast. Künstlerisch gesehen. Aber natürlich wollte Nancy nicht, ich meine …«

»Nancys Roman war uferlos, unstrukturiert und unpublizierbar. Ich habe Nancy den gesamten Plot meines Romans angeboten, aber sie hat ihn abgelehnt. Sie hat all meinen Rat abgelehnt, wie sie ihn so strukturieren kann, dass er für eine Veröffentlichung geeignet ist. Ich habe ihr erstes Kapitel nicht geklaut. Ich habe nur verwendet, woran ich mich noch erinnern konnte, und etwas ganz Neues daraus gemacht. Willst du mir etwa sagen, dass das falsch war?«

Adam schloss kurz die Augen und fuhr mit der Zunge über seine Unterlippe.

»Ich verurteile dich nicht«, sagte er leise. »Die anderen tun das. Aber ich liebe dich, Gillian. Es ist mir egal, was du machst. Daran habe ich gemerkt, dass ich nicht nur verknallt in dich bin, sondern …«, Adam streckte seine Hände aus, als hielte er ein unsichtbares Stück Brot, »… etwas viel Substanzielleres empfinde«, sagte er. »Etwas von Dauer. Und auch, dass du mich, solange ich mit Kim oder einer anderen zusammen wäre, niemals ernst nehmen würdest.«

»Du erwartest, dass ich dich ernst nehme?«, fragte Gillian.

Adam konnte ihrem Tonfall nicht entnehmen, wie sie das

meinte. Er hatte das Gefühl, einen Riesenfehler gemacht zu haben, wusste aber nicht, wie er die Situation jetzt noch retten konnte.

»Ich dachte, du brauchst mich jetzt«, sagte Adam. »Damit ich dich verteidige.«

»Damit du mich verteidigst?«, rief Gillian. »Macht man mir etwa den Prozess?«

»Nicht direkt«, sagte Adam. Die ganze Sache ging dermaßen schief, dass ihm die Worte fehlten.

»Du spießiges kleines Arschloch!«, rief Gillian.

Adam blinzelte. »Ich liebe dich!«, sagte er. Das war das Einzige, was er mit Sicherheit wusste. Alles andere ergab keinen Sinn.

»Raus hier!«, sagte Gillian und erhob sich.

Adam sah zu ihr auf. »Ich liebe dich!«, wiederholte er, und es klang fast wie ein Jammern.

»Du langweilst mich!«, sagte Gillian. »Es war dumm von mir, jemals nett zu dir gewesen zu sein.«

Adam erhob sich langsam. Er hatte das Gefühl, sich gleich übergeben zu müssen. Er lehnte sich gegen den Glastisch. Durch die durchsichtige Tischplatte erkannte er den glänzenden Chromfuß, Gillians knochige Zehen sowie zwei blaue Erhebungen – Adern, die über ihren Fußrücken liefen.

Es gab keine Möglichkeit, dies ungeschehen zu machen. Selbst wenn sie es nicht so gemeint hatte, es nur in einem unbedachten Moment gesagt hatte. Aber sie hatte es so gemeint, da war er sich ziemlich sicher.

## *Nancy*

Die Hinweise, die Nancy von Virginia bekam, waren mehr als spärlich: eine College-Literaturzeitschrift namens *Ailanthus* und eine russische Austauschstudentin. Virginia verriet nicht, woher sie ihre Informationen hatte. Und weil Nancy spürte, dass Virginia ihre Quelle geheim halten wollte, fragte sie auch nicht nach. Nancy vermutete jedoch, dass Bernard die Quelle war. Sie wusste nicht, dass Bernard die Information niemals preisgegeben hätte, wenn Virginia sie ihm nicht abgetrotzt hätte. Sie fragte sich, ob die Hinweise deshalb so spärlich waren, weil es nicht mehr gab, mit dem Bernard aufwarten konnte. Oder weil er es ihr, in seiner perversen Art, nicht zu leicht machen wollte.

Als Adam anrief, um ihr seine Hilfe anzubieten, wunderte Nancy sich und war zunächst ein wenig misstrauisch. Er habe sich zuerst an Virginia gewandt, erklärte er, und die habe ihm die Situation dargelegt.

»Im Grunde brauche ich deine Hilfe nicht«, sagte Nancy. »Ich muss nur diese Veröffentlichung finden – ich nehme an, es handelt sich um eine Literaturzeitschrift von Gillians College – und darin nach einem russisch klingenden Namen suchen.«

»Aber wenn du ihn gefunden hast, brauchst du so jemanden wie mich«, sagte Adam. »Ich kenne sämtliche Gedichte von Gillian. Mit fällt sofort auf, wenn etwas vertraut klingt.«

Das stimmte. Nancy war regelrecht eingeschüchtert von Gillians neuer, umfangreicher Anthologie. Sie enthielt nicht nur eine Auswahl aktueller Gedichte, sondern auch welche aus ihren sechs vorhergehenden Gedichtbänden.

»Ich dachte, er ist in Gillian verliebt«, sagte Oates, als Nancy erzählte, dass Adam sie auf ihrer Fahrt zum Bolton College begleiten wollte.

»Er war in sie verliebt – zumindest waren das seine Worte. Aber anscheinend ist es damit jetzt vorbei.«

»Es ist nicht leicht, eine Plagiatorin zu lieben«, sagte Oates.

»Nein«, erwiderte Nancy. »Das stimmt nicht. Die Leute lieben Plagiatoren, obwohl sie Plagiatoren sind.«

»Was dann?«

»Keine Ahnung«, sagte Nancy. »Aber etwas hat sich verändert. Adam ist völlig aufgebracht. Er meinte, er wolle sie ›fertigmachen‹.«

»Oje!«, sagte Oates. »Wenn das so ist, hat sich unser Liebespaar verkracht.«

»Ich glaube nicht, dass sie jemals ein Liebespaar waren«, sagte Nancy. »Ich kann mir nicht vorstellen, dass Gillian mit jemand so Unbedeutendem wie Adam ins Bett geht.«

»Er ist jung, er sieht gut aus.«

Nancy schüttelte den Kopf. »Nein. Gillian ist viel zu berechnend, um auf Jugend und gutes Aussehen abzufahren. Ich bin mir sicher, dass Adams Liebe unerwidert blieb.«

»Warum sollte er sich dann jetzt gegen sie wenden?«

»Wegen dem, was sie getan hat.«

»Aber du hast doch selbst gesagt, dass die Leute Plagiatoren lieben, obwohl sie Plagiatoren sind. Also muss es daran liegen, dass er sich endlich rächen will.«

»Rächen?«, fragte Nancy und überlegte einen Moment. »Ist es das, was ich tue? Nach Rache schreien?«

»Nein, du schreist nicht nach Rache«, meinte Oates. »Wonach du schreist, ist Gerechtigkeit, um deinen Kumpel Chris zu zitieren.«

»Danke«, sagte Nancy.

»Moment mal, mein Schatz!«, rief Oates, und packte sie am Arm. »Was ist so falsch an Rache?«

»Das bin ich einfach nicht«, sagte Nancy.

Als sie aufbrachen, war Nancy ganz aufgeregt. Sie empfand so etwas wie Jagdfieber, dasselbe Glücksgefühl, wie wenn sie etwas Interessantes für ihren Newsletter entdeckte oder generell etwas recherchierte. Aber vielleicht war es auch mehr als das. Vielleicht trachte ich tatsächlich nach Rache, dachte sie, und diese Selbsterkenntnis entsetzte sie. Was ist nur aus mir geworden?, fragte sie sich. »Macht mich Gillian jetzt zu einer Rächerin?«

Ursprünglich hatte Adam fahren wollen, aber Nancy war viel zu aufgedreht, um bloß Beifahrerin zu sein. Sie drückte Adam die Landkarte in die Hand und bat ihn, zu navigieren. Adam warf seinen Koffer auf den Autorücksitz. Er hatte einige Gedichtbände von Gillian zum Nachschlagen mitgebracht. Unterwegs wirkte er kein bisschen entspannter als sie. Er knabberte an seiner Nagelhaut wie ein Mädchen.

»Warst du schon mal in Bolton?«, fragte Nancy.

»Einmal, aber das ist schon lange her«, sagte er.

»Haben dort Freundinnen von dir studiert?«

»Nein«, sagte Adam. »Ich wollte nur Gillians College sehen. Ich wollte sie mir dort vorstellen.«

Das war die erste Bemerkung über Gillian seit Fahrtantritt.

»Dann warst du aber wirklich schlimm in sie verknallt«, sagte Nancy.

»Das kann man wohl sagen!«, meinte Adam.

Nancy verspürte das Bedürfnis, seinen Arm zu berühren. Eine Geste, die eher zu Virginia gepasst hätte, aber sie behielt die Hände am Lenkrad und umklammerte es fest.

»Wie geht es Sonia?«, fragte sie.

»Sonia?«

»Deiner Romanfigur«, sagte Nancy.

»Ich habe nicht weitergeschrieben«, sagte Adam. »Schon lange nicht mehr.«

»Wie das?«

»Ich hatte einfach andere Probleme«, sagte Adam.

Nancy wandte kurz den Blick von der Straße ab, um ihn anzusehen.

»Ich habe mich von meiner Freundin Kim getrennt«, erklärte Adam.

»Das ist aber wirklich schade!«, sagte Nancy. »Ich habe sie auf der Weihnachtsfeier kennengelernt. Sie machte einen sehr netten Eindruck auf mich.«

»Sie ist auch nett«, sagte Adam.

Nancy wollte schon fragen, was vorgefallen war, aber wahrscheinlich hatte Adam bereits mehr preisgegeben, als er eigentlich wollte.

»Wenn du wieder so weit bist: Ich habe eine sehr hübsche Tochter«, sagte Nancy. »Sie kommt in den Semesterferien nach Hause. Natürlich wäre sie entsetzt, wenn sie wüsste, dass ich sie mit jemandem verkuppeln will.«

»Klar«, sagte Adam.

Gleich darauf war Nancy wütend auf sich, weil sie ihm Aliki so angedient hatte. Es fiel ihr schwer, sich mit Adam zu unterhalten, und sie brachte das Gespräch auf ein ungefährlicheres Terrain.

»Du solltest an deinem Roman weiterarbeiten«, sagte sie. »Er ist es wert.«

»Ja«, meinte Adam. »Ich weiß.«

Sie fuhren eine Weile, ohne zu reden, bis sich Adam zu ihr umdrehte.

»Eines verstehe ich nicht!«, sagte er. »Wieso hast du Gillian eine Kopie von deinem Romanmanuskript überlassen? Das haben wir im Leopardi-Zirkel noch nie getan. Wir haben immer nur vorgelesen.«

»Das habe ich gar nicht.«

»Wie kam sie dann an das Manuskript?«

»Sie hatte es nie.«

»Wie hat sie dann dein erstes Kapitel übernommen?«

»Sie muss sich an das erinnert haben, was ich vorlas.«

»Aber sie hat es fast wortgleich übernommen.«

»Die beiden Texte ähneln sich sehr«, sagte Nancy. »Aber sie sind nicht wortgleich.«

»Meinst du, sie ist nach unserem Treffen sofort nach Hause gerannt und hat alles aufgeschrieben?«

»Das glaube ich nicht«, sagte Nancy. »Ich glaube vielmehr, dass ihr die Idee, selbst einen Roman zu schreiben, erst Monate später kam.«

»Dann muss sie dein erstes Kapitel die ganze Zeit im Gedächtnis behalten haben«, sagte Adam. »Eine bemerkenswerte Leistung.«

Das war in der Tat bemerkenswert, dachte Nancy, obwohl sie es hasste, Gillian irgendetwas zuzugestehen. Sie merkte, wie Adam mit seiner Bewunderung rang.

»Sie ist ganz schön ungewöhnlich«, sagte er, fügte aber zu Nancys Erleichterung hinzu: »Aber ein echtes Miststück.«

Nancy kannte sich in College-Bibliotheken aus, denn als Herausgeberin ihres Newsletters hatte sie Zugang zu allen Beständen, die sie interessierten. Mittlerweile recherchierte sie fast nur noch online, aber es hatte Zeiten gegeben, in denen sie noch auf richtige Zeitschriften angewiesen war. Sie liebte Bibliotheken, den Geruch und das Gewicht der Bücher. Sie liebte die konspirative Atmosphäre zwischen den Regalen, die ungestörte Ruhe und Stille, das Gefühl, dass dort geheimnisvolle Ideen und Informationen seit Jahren vergraben waren.

Die Bibliothek des Bolton College war unlängst renoviert worden – Jahre, nachdem Gillian dort ihren Abschluss gemacht hatte. Der Hauptlesesaal, Teil des ursprünglichen Gebäudes von 1850, besaß immer noch die Aura einer Kirche, mit seinen Buntglasfenstern und der Gewölbedecke. Aber die Hälfte der Lesepulte war durch Computerterminals ersetzt worden, und die aktuellen Zeitschriften lagen jetzt alphabetisch sortiert in strengen grauen Metallregalen.

Im Online-Katalog wurden sie unter *Ailanthus* nicht fündig, aber Nancy fand heraus, dass es die Literaturzeitschrift *The White Mountain Review* schon zu Gillians College-Zeiten gegeben hatte.

»Vielleicht hat Virginia den Namen verwechselt«, sagte Adam.

»Virginia würde so etwas nie verwechseln«, sagte Nancy, »aber ihre Quelle vielleicht.«

»Wer, glaubst du, ist ihre Quelle?«, fragte Adam.

»Keine Ahnung«, sagte Nancy. »Virginia kennt viele Leute.« Sie erwähnte nicht, dass sie Bernard verdächtigte, denn sie wollte ihn schützen. Gleichzeitig wunderte sie sich über ihr instinktives Verhalten. Was hatte Bernard bloß an sich, dass sie ihn beschützen wollte?

Die alten, gebundenen Ausgaben von *The White Mountain Review* standen ganz unten in dicht nebeneinander geparkten Rollregalen. Als Nancy das richtige Regal gefunden hatte, mussten Adam und sie sieben Regaleinheiten zur Seite fahren, um darauf zugreifen zu können. Die Deckenlampe war mit einer Zeitschaltuhr verbunden, die im Sekundentakt klickte und die Zeit maß, bis sie wieder im Dunkeln dastehen würden.

»Chris könnte diesen Ort als Verbrechensschauplatz verwenden«, sagte Adam.

Nancy lief es eiskalt den Rücken hinunter. Wenn die Regale zusammengerückt wurden, konnte man leicht jemanden dazwischen zerquetschen. So wie es aussah, hatte sich schon seit Jahren niemand mehr in diesen Teil der Bibliothek vorgewagt.

Sie schleppten die Bände zu einem Tisch am Ende des Raumes. Eine Bogenleuchte spendete Leselicht. Die Zeitschaltuhr für die Beleuchtung in den Rollregalgängen zählte die Minuten rückwärts, während sie die Inhaltsverzeichnisse durchgingen. Nancy fühlte sich an das Zirpen der Grillen in ihrem Keller erinnert.

»Ich konnte nichts auch nur entfernt Russisches entdecken«, sagte Nancy, als sie die Hälfte ihres Stapels beinahe durchgesehen hatte.

»Hier sind auch keine russischen Namen dabei«, sagte Adam.

Als der Timer ablief, schaltete sich die Deckenbeleuchtung aus.

»Ich mach das!«, sagte Adam.

Nancy sah zu, wie er zu den Regalen ging, eine dunkle, bärige Gestalt. Er zog den Timer im Uhrzeigersinn auf und kehrte an seinen Platz zurück. Nancy nahm seinen Geruch wahr – ein tröstlicher Duft nach Wolle und Speck –, der sich stark von dem Geruch aus den Regalen unterschied: Betonböden und vergessene Bücher. Sie konzentrierte sich wieder auf den Band, den sie gerade durchsah. Es war der letzte. Ihre Finger hielten in der Mitte des Inhaltsverzeichnisses inne.

»Das könnte es sein!«, rief sie. »Minsky. Das ist russisch. Ein Gedicht mit dem Titel *Homilien*«.

Adam stand auf und trat hinter sie, um einen Blick darauf zu werfen. Aber als Nancy umblätterte, waren da keine Gedichte abgedruckt, sondern triste Lithografien mit mutterleibartigen Formen.

»Mist!«, sagte Adam.

»Hast du deine schon durch?«, fragte Nancy.

Adam versetzte seinem Stapel gebundener Zeitschriften einen Stoß. »Nichts. Was nun?«, fragte er.

Nancy lächelte ihn an. »Du hast doch nicht erwartet, dass es einfach wird?«

Adam zuckte die Achseln. »Wir sind schon den ganzen Vormittag hier«, sagte er.

»Lass uns die zurückräumen. Danach besorgen wir uns was zum Mittagessen«, schlug Nancy vor. Sie fragte sich langsam, ob es eine gute Idee war, Adam mitgenommen zu haben. Nancy war es gewohnt, akribisch zu recherchieren, und sie wollte sich nicht von seiner schnellen Enttäuschung beeinflussen lassen. Sie glaubte fest daran, dass alle Informationen irgendwo vorhanden waren, und dass es nur eine Frage der gründlichen Recherche war, bis man schließlich auf sie stieß.

Sie hatte den Gedanken, dass die gesuchte Information nicht existierte, noch keine Sekunde zugelassen. Wenn sie recherchierte, dann in einem fast traumwandlerischen Zustand, wobei sie auf Dinge stieß, auf die sie nie gekommen wäre, wenn sie sich nicht die Zeit genommen hätte, Umwege zu gehen. Sie liebte den Umgang mit Gedrucktem, sie liebte es, über die Papierkanten zu streichen, als wären sie Vogelschwingen.

Doch was, wenn die Hinweise, die sie bekommen hatte, falsch waren? Was, wenn es gar kein *Ailanthus* und keine russische Austauschstudentin gab?

»Lass uns was essen!«, sagte sie.

Im Deli gegenüber dem Campus hing die Speisekarte über der Theke. Jedes Sandwich hatte einen lustigen Namen – zweifellos Insidergags.

Auf einem großen Teller neben der Kasse lagen frisch gebackene Cookies. »Möchtest du einen?«, fragte Nancy.

»Willst du mich aufmuntern?«, entgegnete Adam.

»Und ob!«, sagte Nancy, woraufhin Adam doch tatsächlich lächelte.

Sie aßen an einem Fenstertisch. Bolton war eine der »Seven Sisters«, ein reines Frauencollege. Draußen liefen die Studentinnen auf und ab. Manche warteten, bis die Ampel grün wurde, andere huschten bei einer Verkehrslücke über die Straße. Adam beobachtete sie, als sähe er Gillian in ihnen.

»Also!«, sagte Nancy. »Wie sieht unsere weitere Vorgehensweise aus?«

Adam konzentrierte sich wieder auf sie. Er zuckte die Achseln und leckte sich etwas Senf von den Lippen. »Keine Ahnung«, sagte er. »Hast du irgendeine Idee?«

»Wir könnten beispielsweise mit einem Bibliothekar, der für die Periodika zuständig ist, reden«, sagte Nancy. »Und den alten Karteikartenkatalog durchsehen. Die Jahrbücher anschauen, für den Zeitraum, in dem Gillian hier studiert hat.«

»Das klingt vielversprechend«, sagte Adam. Das Essen hatte seine Laune schlagartig verbessert.

Im alten Karteikartenkatalog war keine Zeitschrift namens *Ailanthus* verzeichnet, und der Bibliothekar hatte noch nie davon gehört. Im Jahrbuch entdeckten sie ein Foto, das das Redaktionsteam vom *White Mountain Review* zeigte, aber eine Organisation namens *Ailanthus* gab es nicht auf dem Campus. Adam war sichtlich enttäuscht, dass Gillians Foto nicht dabei war. Ihr Eintrag auf einer Seite weiter hinten gab nur ihre Heimatadresse an. Nancy wunderte das nicht. Es passte zu Gillian, dass sie Verachtung für diese Jahrbuchbegeisterung empfand. Wahrscheinlich hatte sie die Welt der Bachelor-Studenten generell verachtet und am Bolton-College studiert, ohne irgendeiner Campus-Organisation anzugehören, ja ohne irgendwie aufzufallen. Während andere Studenten darauf brannten, ihre Texte im *White Mountain Review* veröffentlicht zu sehen – oder aber in diesem mysteriösen Blatt *Ailanthus*, falls es denn jemals existiert hatte –, reichte Gillian ihre Arbeiten bei der Zeitschrift *Poetry* oder beim *New Yorker* ein. Dort wurde sie zwar noch nicht veröffentlicht, bekam aber handgeschriebene, ermutigende Briefe.

Es war sinnlos, nach Studentinnen mit russisch klingenden Namen zu suchen. Eine Austauschstudentin würde ohnehin nicht im Jahrbuch stehen.

Adam blätterte zu der Seite zurück, wo Gillian Coits Foto hätte sein müssen, und fuhr mit dem Finger über den Weißraum zwischen Mary Beth Cochrane, einer ernst dreinblickenden jungen Frau, die beschlossen hatte, sich vor einer Ziegelwand fotografieren zu lassen, und Judith Cole, die aus den Ästen eines Baumes auf den Fotografen hinuntersah.

»Gab es damals noch keine Farbfotos?«, fragte Adam.

»Natürlich gab es die!«, sagte Nancy. »Aber Schwarz-Weiß galt als künstlerisch wertvoller.«

»Das hier ist dermaßen künstlerisch wertvoll, dass man nur einen Schatten sieht«, sagte Adam und zeigte auf das Ende der Seite.

Elenah Cooper stand tatsächlich mehr oder weniger im Dunkeln, man erkannte nur einen hellen Fleck neben einem Auge. Trotzdem war sie alles andere als eine obskure Studentin, sondern hatte diverse Aktivitäten unter ihrem Namen aufgelistet, einschließlich einer Mitgliedschaft bei der Gold Cup Society, einer Theatergruppe. Außerdem gehörte sie der Redaktion der Zeitschrift *Ailanthus* an.

Adams Zeigefinger tippte darauf. »Wir haben sie gefunden!«, rief er. »Das ist phänomenal.«

»Noch haben wir sie nicht gefunden«, sagte Nancy. »Aber wir wissen zumindest, dass es sie gibt.«

»Brauchst du einen Cookie?«, fragte Adam.

Nancy lachte. »Du hast recht«, sagte sie. »Das ist schon toll.«

Zu wissen, dass *Ailanthus* existiert hatte, hieß jedoch noch lange nicht, die Zeitschrift gefunden zu haben. Die Zeitschrift befand sich nirgendwo in den Archiven der Bibliothek. Und bis auf die Erwähnung in dem Jahrbuch konnten sie nirgends einen Hinweis darauf entdecken.

»Vielleicht versuchen Sie es in der Anglistik-Fakultät«,

schlug der Bibliothekar vor. »Mag sein, dass dort jemand etwas weiß.«

Eine Viertelstunde vor der Schließung schafften sie es bis zur Anglistik-Fakultät. Die Sekretärin hatte noch nie etwas von *Ailanthus* gehört, sagte aber, die alten Literaturzeitschriften wären im Lesesaal im ersten Stock. »Dort wurde schon seit Jahren nicht mehr sauber gemacht«, schickte sie noch nach.

Der Lesesaal war bis auf eine einsame Studentin leer. Sie hatte sich in einen Sessel gefläzt und hörte sich über Kopfhörer etwas an. Sie trug Rautenkniestrümpfe und einen Rock, der viel kürzer war als die Röcke, die Nancy zu ihren College-Zeiten getragen hatte. Sie nahm Nancy kaum wahr, aber dafür Adam, und legte ihre Beine auf den Couchtisch. Kurz darauf ging sie. Nancy war erleichtert, dass sie den Raum für sich hatten. Sie taten hier zwar nichts Illegales, aber es war angenehmer, sich hier umzusehen, ohne irgendwelche Fragen gestellt zu bekommen. Trotzdem wurde Nancy das Gefühl nicht los, Gillian könnte jeden Moment in der Tür stehen und sagen: »Was bildet ihr euch eigentlich ein?« Aber der Gedanke daran brachte Nancy erst so richtig in Fahrt. Sie würde Gillian Kontra geben und sich zu behaupten wissen.

Der von Regalen gesäumte Raum war zwei Stockwerke hoch. Eine Bibliothekarsleiter bot Zugriff auf die oberen Regalfächer. An einem Ende befand sich ein steinerner Kamin wie aus einem englischen Herrenhaus. Er sah aus, als wäre er noch nie benutzt worden. Keramikaschenbecher aus Zeiten, in denen man noch hatte rauchen dürfen, stapelten sich auf dem Kaminsims. Nancy und Adam teilten sich den Raum und arbeiteten aufeinander zu. Die Regale enthielten ein Sammelsurium aus ausgemusterten Büchern, Zeitschriften, alten Seminararbeiten und gebundenen Abschlussarbeiten. Es gab keinerlei System: Forschungsarbeiten über aus der Mode gekommene Autoren standen neben vergangenen Bestsellern. Es sah nicht so aus, als ob eines dieser Bücher in den letzten Jahren konsultiert worden wäre. Als es anfing zu dämmern, ging Nancy zum Lichtschalter und machte die Deckenlampen an, die an Metallketten hingen. Ein Hausmeister steckte den Kopf herein und leerte den Papierkorb neben der Tür.

»Wie lange ist dieser Raum geöffnet?«, fragte Nancy.

»Wir schließen das Gebäude um zehn«, sagte der Hausmeister.

»Hast du schon Hunger?«, erkundigte sich Nancy bei Adam.

»So langsam schon«, sagte er.

Sie fanden eine Pizzeria unweit des Campus. Die Frontscheibe war beschlagen, und die Neonbuchstaben, die das Wort »Apollo Pizza« bildeten, glühten verheißungsvoll.

Sie setzten sich in eine Nische. Auf der Pizza war so viel geschmolzener Käse, dass sie aussah wie die Mondoberfläche. Adam biss in seine, ohne zu warten, bis sie sich abgekühlt hatte. Ein Spinnennetz aus Käse verband das Stück in seiner Hand mit dem auf dem Teller. Er vertilgte drei Stück, bis er zu ihr aufsah.

»Es gibt etwas, das ich dich schon lange einmal fragen wollte«, sagte er.

»Ja?«

»Auf Gillians Buchparty, als du auf Gillian zugegangen bist … Weißt du noch?«

Nancy wartete. Sie hatte nicht damit gerechnet, dass Adam sie auf diesen Abend ansprechen würde.

»Da habe ich mitbekommen, wie du etwas über deinen Vater gesagt hast. Worum ging es da?«

»Oh«, sagte Nancy. Sie hatte gar nicht mehr an ihren Vater gedacht, ihn an einen sicheren Ort verbannt, an dem ihn keine Rachegelüste beflecken konnten. Sie hatte mit niemandem außer mit Oates darüber reden wollen. Aber in dieser Pizzeria, meilenweit von zu Hause entfernt, auf dieser Jagd, bei der Adam sie begleitete, konnte sie problemlos darüber sprechen.

»Für den Arzt in meinem Roman stand mein Vater Pate«, sagte sie. »Er hat beschlossen, die Medizin an den Nagel zu hängen, weil er sich nicht dafür geeignet fühlte. Es lag nicht an seinen mangelnden medizinischen Fähigkeiten, sondern an dem Beruf an sich. Gillian hat sich seiner bedient und ihn in einen inkompetenten Mann verwandelt – in einen Arzt, der wegen eines Kunstfehlers verurteilt wurde.«

Adam hörte aufmerksam zu. Nancy beugte sich quer über den Tisch. »Sie hat ihn sensationalisiert, ihn verleumdet. Sie hat ihn benutzt.«

Nancy war sich dessen gar nicht bewusst, aber während sie sprach, hatte sie ihre Hände zu Fäusten geballt. Jetzt waren sie von Adams Händen bedeckt. Seine warmen Handflächen umschlossen ihre Handgelenke.

»Sie hat mich auch benutzt«, sagte er.

Als sie in den Lesesaal zurückkehrten, machten sie dort weiter, wo sie aufgehört hatten. Sie arbeiteten noch zwei Stunden. Sie waren gerade bis zur Mitte des Hauptregals vorgedrungen – Adam stand auf der Leiter, und Nancy kniete vor einem niedrigen Regal –, als einer der Campus-Wachmänner vorbeikam. Es war ein älterer Herr in einer grauen Uniform, die ihm eine Nummer zu klein zu sein schien.

»Das Gebäude schließt in einer halben Stunde«, verkündete er und warf einen Blick auf Nancy. »Darf ich fragen, was Sie hier machen?«

Nancy stand auf und lächelte ihn an. »Ich bin Gastdozentin, und das ist mein Assistent«, sagte sie. »Sollen wir uns ausweisen?«

»Nö«, sagte er. »Hier gibt es sowieso nichts, was sich zu stehlen lohnt.«

Nachdem er gegangen war, stieg Adam die Leiter hinunter. »Dein Assistent ist da oben fertig«, sagte er.

»Ich bin ebenfalls fertig«, sagte Nancy. Sie ließ sich aufs Sofa gegenüber dem Kamin sinken. Adam setzte sich neben sie.

»Ich glaube, wir können fahren«, sagte sie. »Ich weiß nicht, wo wir noch suchen sollen. Dabei war ich mir so sicher, dass wir fündig würden.«

»Uns bleibt noch eine halbe Stunde«, sagte Adam.

»Aber wir haben jedes Regal durchforstet«, sagte Nancy.

»Was ist mit diesen Vitrinen?«, fragte Adam.

»Wo?«

»Dort, neben dem Kamin«, sagte Adam.

Nancy sah in die Richtung, in die er zeigte. Zu beiden Seiten des Kamins gab es Bleiglasfenster, und unter den Fensterbänken befanden sich hölzerne Paneele mit kaum sichtbaren Griffen. Sie hatte gar nicht bemerkt, dass es Vitrinentüren waren.

Adam nahm die Vitrine auf der linken, Nancy die auf der rechten Seite. Sie öffneten die Türen und gingen in die Hocke, um in die Vitrine zu sehen. Sie war sehr tief, und es gab kein Licht. Das obere Regalfach war voller alter Zeitschriften. Nancy zog einen Armvoll heraus. Es handelte sich ausnahmslos um alte Ausgaben von *The White Mountain Review*.

»Ist bei dir was dabei?«, erkundigte sie sich bei Adam.

»Bisher scheinen es nur alte Vorlesungsverzeichnisse zu sein«, sagte Adam.

Nancy zerrte einen alten Pappkarton hervor, den man ins untere Regalfach gequetscht hatte. Er enthielt lauter uralte Kopien von Jonathan Swifts *»A Modest Proposal«*. Dahinter lag ein Stapel mit Broschüren. Sie streckte den Arm aus und zog sie hervor. Als sie den Stapel auf den Boden legte, kippte er um und fächerte sich auf dem Teppich auf. Sie griff nach der obersten Broschüre. *Ailanthus* stand in der Bookman Old Style in der Mitte des Deckblatts, und darunter befand sich die schwarze Silhouette eines Baumes. Es war nur ein dünnes Heftchen aus kopierten Seiten mit einem vergilbten Cover, das von zwei mittlerweile verrosteten Heftzwecken zusammengehalten wurde. Darin befanden sich lauter Studentengedichte.

»Wir haben es!«, sagte sie.

Sie schnappten sich alle Broschüren aus der Vitrine und breiteten sie auf dem Boden aus. *Ailanthus* war zweimal im Jahr erschienen und hatte mehrere Jahre existiert. Von manchen Ausgaben gab es mehrere Exemplare, von anderen nur ein oder zwei.

»Wir haben nur noch zwanzig Minuten«, sagte Adam.

Sie griffen nach den Ausgaben der Jahre, in denen Gillian auf dem Bolton-College studiert hatte. In der von Gillians zweitem Studienjahr entdeckte Nancy Gedichte von einer Studentin namens Anja Kusnetsow. Sie reichte Adam ein Exemplar.

»Schau du sie dir an«, sagte sie.

Sie beobachtete ihn, während er die Gedichte durchlas. Das Papier raschelte beim Umblättern. Plötzlich hielt er inne. Sein Kopf bewegte sich nicht, seine Finger erstarrten. »Bingo!«, rief er.

Er hielt Nancy die Seite hin. Sein Finger zeigte auf die entsprechende Stelle. »Transluzenz ist nicht gleich Transzendenz«, las er laut vor. »Sie treten zu unterschiedlichen Zeiten auf.« Er schloss die Augen und rezitierte: »Transluzenz, nicht Transzendenz. Weder Zeit noch Alter gewähren sie.« Er öffnete die Augen. »Gillians Gedicht geht anders weiter«, sagte er. Dann fügte er bedrückt hinzu: »Es ist eines ihrer besten Gedichte.«

Bevor sie die Heimfahrt antraten, ging Nancy ins Erdgeschoss, um die Toilette zu benutzen. Der Boden war mit schwarz-weißen achteckigen Fliesen bedeckt, die eine optische Illusion hervorriefen. Je nachdem, wie sie den Kopf drehte, war es ein weißer Boden mit schwarzen oder ein schwarzer Boden mit weißen Fliesen. Die Toilettenwände waren ebenfalls gefliest, sodass sämtliche Geräusche verstärkt wurden: das niagarafallartige Rauschen beim Abziehen, das der aufschwingenden Metalltür der Toilettenkabine, das vom Druck auf den Knopf des Seifenspenders an der Wand.

Das heiße Wasser war angenehm auf Nancys Händen. Sie spritzte sich etwas davon ins Gesicht und tupfte es mit einem Papierhandtuch ab. Ihr Gesicht im Spiegel über dem Waschbecken sah aus wie das einer Frau, die die Nacht durchgemacht hatte. Sie begann, ihr Schminktäschchen hervorzukramen, beschloss, aber, dass es ihr egal war: Es war egal, wie sie aussah, es spielte überhaupt keine Rolle. Sie ging zurück in den Eingangsbereich, während sich die Toilettentür langsam hinter ihr schloss. Gillian war diesen Flur entlanggelaufen, als sie hier studiert hatte. Sie hatte in diesen Hörsälen gesessen, war durch diesen Aufenthaltsraum gegangen.

»Hab ich dich!«, hätte ihr Nancy am liebsten über die zeitliche Distanz hinweg triumphierend zugerufen. »Endlich hab ich dich!«

Nancy war so müde, dass sie schon Adam bitten wollte, zurückzufahren. Aber er wirkte dermaßen mitgenommen, dass sie befürchtete, er könnte über dem Steuer zusammenbrechen. Er stellte einen Radiosender mit Rockmusik ein, den sie sich niemals ausgesucht hätte, und summte laut mit, allerdings falsch und nicht im Takt, wobei er rhythmisch auf die Armstütze trommelte.

Als sie sein Haus erreicht hatten, machte Nancy das Radio aus.

»Weißt du, Adam«, hob sie an, »wir müssen trotz allem realistisch bleiben. Ein paar Worte – denn mehr haben wir im Grunde nicht – dürften kaum ausreichen.«

»Es sind nicht nur ein paar Worte«, sagte Adam. »Wir haben mehr.«

»Aber es gab nur dieses eine Gedicht.«

»Ja, aber in Anja Kusnetsows Abschlussarbeit sind ungefähr fünfzig enthalten.«

»In ihrer Abschlussarbeit?«, fragte Nancy.

»Als du auf der Toilette warst, habe ich mir die gebundenen Abschlussarbeiten in der Vitrine angesehen. Ich habe die ihre gefunden und durchgeblättert. Ich habe noch mehr entdeckt. Ich die Arbeit eingesteckt, zusammen mit den Exemplaren von *Ailanthus*«, sagte Adam und klopfte auf seinen Koffer, der zwischen seinen Füßen lag.

»Du hast das mitgenommen?«, fragte Nancy. »Du hast es einfach aus der Vitrine genommen?«

»Mach dir deswegen keine Sorgen«, sagte Adam. »Du hast jetzt nichts mehr damit zu tun. Ich selbst werde das alles Chris übergeben.«

## *Gillian*

Chris hatte einen Freund, aber auch Gillian hatte einen Freund. Er war zwar nicht in der Lage, dafür zu sorgen, dass ihr der Preis doch noch zuerkannt wurde, ließ aber durchsickern, was passiert war. Die Pulitzer-Preis-Jury betrachtete sie als potenzielles Problem. An und für sich war der vage Widerhall von ein paar Gedichtzeilen einer anderen Studentin unbedeutend, zumal das vor vielen Jahren geschehen war. Aber alle waren nervös, dass dies vielleicht nicht alles war. Der Gewinner eines Pulitzer-Preises fand große Beachtung in den Medien und war eine beliebte Zielscheibe für Neider und Kritiker. Sie würden weitere Nachforschungen anstellen und gründlich aufräumen.

Gillian saß oben an ihrem Schreibtisch, als der Anruf kam. Sie hatte mit einer anderen Nachricht gerechnet. Sie war so erstaunt, dass sie kaum antworten oder protestieren konnte. Sie saß einfach nur da, ließ sich die Worte noch einmal durch den Kopf gehen und versuchte etwas zu finden, wo sie einhaken konnte. Einen Widerspruch, der sie der Unwahrheit überführte. Aber die ihr mitgeteilten Tatsachen waren unwiderlegbar. Ihre Handgelenke fühlten sich kalt an, als sie die Schreibtischkante berührten, und die Kälte breitete sich von den Armen bis in die Schultern aus. Sie griff nach dem Pulli, der normalerweise über ihrer Stuhllehne hing, aber er war nicht da.

Sie stand auf und ging zur Tür. Jerry war unten in der Küche. Als sie die Tür öffnete und ihn zu sich nach oben rief, hörte sie, wie er mit Paul sprach. Sie hatte gar nicht mitbekommen, dass Paul zu Hause war. Sie schloss die Tür und sah aus dem Fenster über die in der Dämmerung daliegende Wiese. Ein Blauhäher lief quer über die offene Fläche und suchte Schutz in den Wäldern dahinter.

Anja Kusnetsow. Sie hatte viele Jahre nicht mehr an diesen Namen gedacht, ihn verdrängt, sich von ihm befreit. Schlank, blondes hinter die Ohren geklemmtes Haar. Große Ohren und ein schmales Gesicht. Sie hatte Anjas Gedichte nie gelesen – sie fand die Lektüre von Studentenzeitschriften überflüssig, lauter angeberisches, hohles Zeug –, aber sie hatte sie einmal lesen gehört. Und zwar anlässlich des Lyrik-Wettbewerbs der Fakultät, an dem Gillian nur teilgenommen hatte, weil ein Preisgeld von hundert Dollar ausgeschrieben war. Das war damals eine stolze Summe für sie gewesen, und nachdem sie den Wettbewerb gewonnen hatte, hatte sie sich davon Fachbücher und einen indischen Seidenschal gegönnt. Er war lapislazuliblau und hatte ein Muster aus Kreisen und Blättern in Rot, Lila und Grün. Er war so lang, dass er, um den Hals geschlungen, bis zur Taille reichte. Sie hatte ihn am Harvard Square gekauft, als sie dort einen Freund besuchte. Der Laden roch nach Weihrauch, Teakholz und Messing. Der Schal war das Exotischste gewesen, was sie jemals besessen hatte. Er war der Beleg für eine Welt, die sie eines Tages bereisen wollte und die so ganz anders war als die schmucklose Landschaft Neuenglands. Sie hatte ihn schon seit Jahren nicht mehr getragen – wenn sie überhaupt einen trug, dann einen einfarbig schwarzen oder einen in dem Grün-Blaugrau ihrer Augen. Aber sie war sich ziemlich sicher, dass sie ihn noch besaß. Sie fand ihn in einer Schublade unter einem Stapel perfekt zusammengefalteter Schals und zog ihn hervor. Die Seide fühlte sich so dünn und leicht an, als existierte sie gar nicht.

Zwei Jahre darauf beschuldigte sie der Betreuer ihrer Abschlussarbeit, Professor Jacobson, Anjas Gedichte abgeschrieben zu haben. Aber sie hatte sie nicht abgeschrieben. Einige Sätze waren in ihrem Unterbewusstsein hängen geblieben – so wie der Müll bei steigender Flut im Seegras der Bucht hängen bleibt – und auf diese Weise in die Gedichte ihrer Abschlussarbeit eingeflossen. Sie hatte damals unheimlich viel Lyrik gelesen, sie aufgesogen wie jemand, den es förmlich danach dürstet. Erst Gerard Manley Hopkins, dann Eliot, Pound und Wallace Stevens. Und schließlich Yeats. Sie hatte die meisten seiner Gedichte auswendig gelernt und sagte sie sich stundenlang vor, ohne jede Pause. Sie hatte von all diesen Dichtern gelernt, ihren Rhythmus, ihre Kadenzen, ihre Komplexität. Aber sie hatte niemals von ihnen abgeschrieben.

Nachdem sie die letzte Fassung ihres Manuskripts gegen Ende des Semesters abgegeben hatte, hatte Professor Jacobson sie zum Mittagessen eingeladen. Sie nahm an, dass sie die Fertigstellung ihrer Abschlussarbeit feiern würden. Der Prüfungsausschuss traf sich nächste Woche, und Professor Jacobson hatte angedeutet, dass sie mit summa cum laude rechnen könne.

Sie aßen im Dorset Hotel, im Restaurant hinter der Bar. Während des Abschlussfeier-Wochenendes würde das Hotel völlig ausgebucht sein, obwohl es nicht die Annehmlichkeiten besaß wie die beiden neueren Hotels näher am Campus. Aber jetzt war dort noch nicht viel los. Professor Jacobsons Haus lag weit draußen auf dem Land, sodass er sich manchmal ein Zimmer im Dorset nahm, damit er nicht mehr nach Hause fahren musste, wenn er bis spätabends arbeitete.

Sie saßen in einer runden Nische im hinteren Restaurantbereich. Abends schmückte den Tisch eine Tischdecke, aber jetzt war er ein Kreis aus schwarzem Resopal, glänzend wie Lackleder. Trotzdem hatte sie sich wie bei einem eleganten Abendessen gefühlt. Das Silberbesteck war in eine weiße Leinenserviette eingewickelt. Gillian wickelte ihres sorgfältig aus. Professor Jacobson zog an der Ecke seiner Serviette, sodass sein Besteck klappernd auf den Tisch fiel.

Sie hatten gerade ihre Hummercremesuppe und die Sandwiches aufgegessen und warteten auf den Blaubeerauflauf, als Professor Jacobson ihr eröffnete, dass der Grund für dieses Treffen ein Problem sei, das sich bei ihrer Abschlussarbeit ergeben hätte. Er erzählte Gillian, dass ihm eine Zeile in einem ihrer Gedichte bekannt vorgekommen und er letztlich auf die Abschlussarbeit einer Studentin gestoßen sei, mit der er zwei Jahre zuvor gearbeitet hätte. Er habe die Gedichte nebeneinandergelegt und miteinander verglichen. Gillian beharrte darauf, Anjas Gedichte nie gelesen, sondern sie nur einmal gehört zu haben. Aber er ließ keinen Zweifel daran, dass er ihr nicht glaubte. Als er Gillian mit Anjas Gedicht konfrontierte, war sie überrascht, blieb aber ungerührt. Sie hatte keinen Grund, sich zu entschuldigen, ja sie hätte sich nicht einmal entschuldigt, wenn sie tatsächlich einen Fehler gemacht hätte. Sie entschuldigte sich aus Prinzip nicht. Professor Jacobson schlug vor, dass sie ihre Abschlussarbeit noch einmal einreichte und das fragliche Gedicht entfernte. Aber sie argumentierte, dass ihr Gedicht ein völlig anderes Gedicht sei, und selbst Professor Jacobson musste zugeben, dass es besser war als das Original.

*

Der Lift war klein und quietschte. Als er im vierten Stock hielt, gab es einen dumpfen Schlag, sodass sie sich anrempelten. Er nahm ihre Hand und führte sie den Flur entlang, der zweimal eine Biegung machte, bevor sie die Tür seines Hotelzimmers erreichten.

Es war das erste Mal, dass sie Sex mit jemandem hatte, der viel älter war als sie. Während sie nackt unter der Bettdecke lag, hatte sie zugesehen, wie er sein Hemd, seine Hose und seine Unterhose auszog. Er hatte sie nicht aus den Augen gelassen, während er seinen Penis massierte und vor und zurück schob. Er schlug die Decke zurück und betrachtete sie.

»Du bist so schön!«, sagte er. »So schön.« Sie hatte Gänsehaut, wegen der Kälte, aber das war ihm gar nicht aufgefallen. Er kniete sich neben sie aufs Bett, und sie rollte auf ihn zu, als die Matratze unter seinem Gewicht nachgab. Er berührte ihre kleinen, flachen Brüste, spreizte ihre Beine mit seinen Fingern und ihre Schamlippen mit seiner Zunge. Es war das erste Mal, dass sie jemand dort geleckt hatte. Sie schloss die Augen. Sie hörte, wie er eine Kondomverpackung mit den Zähnen aufriss. Sie zog die Knie an, und er fiel auf sie. Ihre Arme legten sich um ihn, und sie konnte die Haare auf seinen Schultern spüren.

»Ich will, dass du kommst!«, verlangte er, und sie wehrte sich dagegen, weil er es verlangte. Aber sie musste sich geschlagen geben. Ihr Körper verselbstständigte sich.

»Blanche, meine Prinzessin!«, sagte er. »Meine schöne weiße Prinzessin.«

*

Der Schal lag auf ihrem Schreibtisch, ein Stoffstreifen in lebhaften Farben, der über die schlichte Holzoberfläche floss. Das Etikett, das mit einem einzelnen blauen Faden befestigt war, sprang sie förmlich an. *Handgewebte reine Seide*, *Made in India*. Sie zerknüllte den Schal und fegte ihn vom Tisch.

## *Nancy*

Nancy war hellwach. Neben ihr schlief Oates, wie es sich gehörte, und atmete so langsam ein, als müsste sein Atem eine komplizierte Route entlang seines geriffelten Gaumens nehmen. Sie versuchte, Bilder heraufzubeschwören, um sich abzulenken. Schöne, einschläfernde Bilder, aber ihre Gedanken kehrten immer wieder zu Gillian zurück. Gillian tat ihr nicht leid. Sie pflegte so spontan Mitleid zu empfinden, dass sie sein jetziges Ausbleiben beunruhigte.

Sie schmiegte sich eng an Oates und legte den Arm um ihn, zog ihn an sich. Sie hatte nicht vor, ihn zu wecken, wünschte sich aber, dass er aufwachte. Als er sich schließlich regte, küsste sie seinen Oberarm. Er rollte auf den Rücken, drehte sich zu ihr um und wachte auf.

»Bist du immer noch wach?«, fragte er.

»Ich versuche schon seit Stunden zu schlafen«, sagte sie. »Aber ich kann nicht.«

»Was ist los?«

»Ich erkenne mich gar nicht wieder«, sagte sie. »Ich glaube, ich habe meinen moralischen Kompass verloren.«

Er blinzelte und fuhr sich über die Stirn. »Wie spät ist es?«, fragte er.

»Beinahe zwei.« Die Spitze im Ausschnitt von Nancys Nachthemd kratzte. Sie löste die Kordel und öffnete die Knöpfe.

»Kann das nicht bis morgen warten?«

»Ich wünschte, es wäre so«, sagte Nancy.

Oates atmete einmal tief ein und hielt die Luft an, bevor er wieder ausatmete. »Ich dachte, du würdest dich großartig fühlen«, sagte er. »Am Ende hast du erreicht, was du wolltest. Es tut dir doch nicht etwa leid?«

»Nein«, erwiderte Nancy. »Aber das ist es ja gerade. Ich mag mich so nicht leiden.«

»Um Himmels willen, Nancy!«, sagte Oates. Er zog das Kissen unter seinem Kopf hervor, schüttelte es auf und faltete es einmal, bevor er seinen Kopf wieder darauf sinken ließ. »Gillian hat dein Buch abgekupfert. Sie hat die Geschichte deines Vaters gestohlen und sie auf den Kopf gestellt. Wenn sie jetzt keinen Pulitzer-Preis bekommt und ihr Ruf beschädigt ist, hat sie es nur verdient – oder etwa nicht?«

»Aber man macht ihr nicht wegen meines Romans den Garaus, sondern wegen etwas anderem.«

»Dann ist dir eben indirekt Gerechtigkeit widerfahren«, sagte Oates. »Manchmal geht es eben nicht anders.«

Nancy hörte den Frust, der in seiner Stimme mitschwang. Sie wollte ihn nicht nerven, aber wenn sie das Oates nicht verständlich machen konnte, konnte sie es niemandem verständlich machen. Ihre ganze Beziehung, ihre Zukunft hing davon ab.

»Mir ist Folgendes klar geworden«, sagte Nancy. »Gillian hat ein unglaubliches Gedächtnis. Sie hat mein erstes Kapitel nach nur einmaligem Hören so sehr in Erinnerung behalten, dass sie es noch Monate später beinahe exakt wiedergeben konnte. Vielleicht hat sie Anja Kusnetsows Gedichte nicht absichtlich abgeschrieben, sondern sie nur einmal gelesen und unbewusst abgespeichert.«

»Ja, und?«, fragte Oates.

»In diesem Fall ist sie nicht wirklich schuldig. Und trotzdem ist mir das egal, weil ich erreicht habe, was ich wollte.«

»Ich verstehe nicht, was das Problem ist«, sagte Oates.

»Das Problem ist, dass ich mich so nicht mehr leiden kann. Ich bin kein guter Mensch mehr.« Oates packte Nancy an den Schultern. »Du bist die verrückteste Frau, die ich kenne«, sagte er. »Du verstrickst dich regelrecht in diese moralischen Dilemmata. Hör auf, ständig gut sein zu wollen!«

Sie fühlte sich aus dem Gleichgewicht gebracht, so als befände sie sich in einem Boot auf dem Meer, und ihre Ladung wären Wörter, die hin und her rutschten. Sie schmiegte ihren Kopf gegen Oates' Brust, um wieder Halt zu finden.

Sie wollte ein guter Mensch sein, weil es ihrem Vater genau darauf angekommen war. Sie hatte den moralischen Kompass von ihm geerbt, und sie hatte versucht, stets dafür zu sorgen, dass die zitternde Nadel in die richtige Richtung zeigte. Ohne ihn war sie jemand, den er nicht achten würde.

»Gillian hat mich so weit gebracht«, sagte sie. »Also ist sie diejenige, die letztlich triumphiert.«

»Dann lass sie eben triumphieren«, sagte Oates.

»Liebst du mich noch?«, fragte Nancy. »Liebst du mich noch so, wie ich bin?«

Oates legte sich wieder hin und zog sie eng an sich. Sie wollte die berühmten Worte hören, wusste aber, dass er nichts mehr sagen würde. Sie musste akzeptieren, dass das Gewicht seines Armes auf ihrer Hüfte Antwort genug war. Sie schloss die Augen und versuchte einzuschlafen.

Oates hörte ihr zu, er liebte sie, aber er verstand sie nicht wirklich. Niemand außer ihrem Vater hatte sie je wirklich verstanden. Und sie war die Einzige, die ihren Vater wirklich verstanden hatte – ihre Mutter hatte das nicht gekonnt und seine Eltern auch nicht. Sie hatte ihren Vater mit ihrem Roman erklärt, sie hatte die Dinge richtiggestellt. Aber ihr Roman würde niemals erscheinen.

Aber das war nicht einmal das Schlimmste daran. Das Schlimmste war die unumkehrbare Tatsache, dass ihr Vater tot war und sie nie wieder mit ihm reden konnte.

## *Paul*

Paul lud gerade Musik herunter, als sein Vater an seine Zimmertür klopfte. Instinktiv schob er das Biologiebuch, in das er vertieft sein sollte, in die Mitte seines Schreibtisches.

»Ja?«

Jerry machte die Tür hinter sich zu, nachdem er hereingekommen war – eine Geste, die Paul veranlasste, sich aufzurichten. Selbst bei offener Tür konnte man oben fast nichts von dem hören, was hier unten geschah. Eine geschlossene Tür war die absolute Garantie dafür.

»Kommst du für ein paar Tage alleine klar?«, fragte Jerry.

»Klar, ich denke schon«, sagte Paul. Er wusste, dass sich sein Vater Sorgen machte, denn anders als sonst machte Jerry keinerlei Bemerkung über die Unordnung in seinem Zimmer, ja er schien sie nicht einmal zu bemerken.

»Gillian will raus nach Truro fahren, und ich möchte nicht, dass sie allein dorthin fährt. Ich habe heute Nachtdienst im Krankenhaus«, sagte Jerry. »Aber ich konnte sie überreden, so lange zu warten, bis ich sie morgen Vormittag begleiten kann.«

»Was ist denn los?«, erkundigte sich Paul.

»Sie hat den Pulitzer-Preis nicht bekommen«, sagte Jerry. »Sie hat es soeben erfahren.«

»Na und?«, erwiderte Paul. »Da ist sie nicht die Einzige. Was ist so schlimm daran?«

»Paul!«

»Von mir aus, ich hab schon verstanden«, sagte Paul. »Für

sie ist das also eine große Sache.« Es fiel ihm schwer, angemessenes Bedauern zu äußern. Nicht, dass er was dagegen hatte, dass Gillian diesen albernen Preis bekam – sie war immer deutlich umgänglicher, wenn sie bekam, was sie wollte. Aber ihm gefiel der Gedanke, dass sich nicht alles so entwickelt, wie man es sich vorstellt. Alle waren fest davon ausgegangen, dass sie den Preis bekam. Er war froh, dass das Leben nicht so vorhersehbar war.

»Du musst die Stellung halten, bis ich spätabends wieder da bin«, sagte Jerry.

»Klar«, sagte Paul. »Was soll ich tun?«

»Sieh zu, dass Gillian nicht gestört wird. Verzichte auf die Kopfhörer, damit du das Telefon hörst. Und wenn du mitbekommst, dass sie beschließt, allein zum Cape zu fahren, pieps mich an.«

»Soll ich nach oben gehen und nach ihr sehen?«, fragte Paul.

»Nein«, sagte Jerry. »Ich will nicht, dass du sie in irgendeiner Weise störst. Melde dich einfach nur bei mir, wenn sie sagt, dass sie fährt.«

»Gut«, erwiderte Paul. Sein Vater sah alt und erschöpft aus – wie ein Mann, der dringend mal wieder ausschlafen musste, und nicht wie ein Arzt, der sich für Notoperationen bei Blindarmdurchbrüchen bereithielt.

»Hast du Angst, dass sie sich was antut?«, fragte Paul.

»Um Himmels willen, nein!«, sagte Jerry. »Wie kommst du darauf?«

Paul zuckte die Achseln. »Es gibt Leute, die sich nach großen Enttäuschungen umbringen«, sagte er. »So etwas passiert ständig.«

»Du musst dir um Gillian keine Sorgen machen«, sagte Jerry. Nicht, dass Paul sich Sorgen gemacht hätte: Es war Jerry, der sich offensichtlich Sorgen machte. Aber wenn Paul länger darüber nachdachte, musste er Jerry recht geben. Gillian besaß nicht das psychologische Profil einer Selbstmörderin. Er wusste alles darüber, von einer Website über Depressionen.

Paul vertiefte sich kurz in sein Biologiebuch, bis er sah, wie Jerrys Wagen die Auffahrt hinunterfuhr. Dann ging er nach oben, um nach etwas zum Abendessen Ausschau zu halten. Er stellte eine Tiefkühlpizza in die Mikrowelle, und als sie fertig war, nahm er sie mit hinunter in sein Zimmer. Er setzte seine Kopfhörer auf, stellte die Musik allerdings so leise, dass ihm nichts Wichtiges entgehen würde. Draußen war es jetzt dunkel, und die Fenster spiegelten sein Zimmer und sein Gesicht, anstatt den Blick auf den zur Auffahrt abfallenden Rasen freizugeben. Er ging nach oben, um sich ein Eis zum Nachtisch zu holen. Der Gefrierschrank war zu hoch eingestellt, und das Eis war so hart, dass er es mit dem Eisportionierer nicht aus der Packung bekam. Die Geschmacksrichtung hieß Chubby Hubby. Er trug den Eiscremebehälter hinüber zum Glastisch neben der Küche und nahm einen Löffel, um Stücke davon abzukratzen und sie direkt aus dem Behälter zu essen.

Es war Schwerstarbeit, das Eis da herauszubekommen, und als er den Löffel hineinrammte, flog ein Stück Eis heraus und landete auf dem Boden. Er bückte sich, um es aufzuheben. Der Boden war so sauber, dass er sich das Stück in den Mund steckte. Er befand sich immer noch auf allen vieren, als er es klingeln hörte. Er hatte keinen Wagen auf der Auffahrt gehört und wunderte sich. Er rannte zur Tür und riss sie auf, damit kein zweites Mal auf den Klingelknopf gedrückt wurde. Die Außenbeleuchtung brannte nicht. Er konnte die Frau, die vor ihm stand, kaum erkennen. Er machte die Tür ein Stück weiter auf, damit Licht auf den Eingangsbereich fiel.

»Kim!«, rief er. Sie trug ein dunkles Sweatshirt, und eine Kapuze umrahmte ihr Gesicht. Sie war wie aus dem Nichts aufgetaucht, eine wahr gewordene Fantasie. Er hatte sie seit Monaten nicht mehr gesehen – seit der Weihnachtsfeier, zu der Adam sie mitgebracht hatte. Trotzdem dachte er die ganze Zeit an sie und wagte sich kaum vorzustellen, mehr mit ihr zu tun, als nur gemeinsam abzuhängen und zu reden. Er versuchte weiterhin, sie in seinen Zeichnungen festzuhalten, aber es war ihm nie gelungen, sie richtig zu treffen.

»Ich möchte mit Adam reden«, sagte sie.

»Wie bitte?«, fragte Paul.

Kim setzte die Kapuze ab. Ihr langes, weißblondes Haar quoll hervor, sodass sie aussah wie eine explodierende Pusteblume.

»Adam. Er ist hier, nicht wahr?«

»Nein«, erwiderte Paul und versuchte leise zu reden. Sein Vater würde ihm die Hölle heißmachen, wenn Gillian gestört würde. »Wieso sollte er?«

»Ich dachte, er wäre vielleicht hier«, sagte Kim. Sie sah so aus, als würde sie gleich anfangen zu weinen.

»Nun, das ist er aber nicht«, entgegnete Paul.

»Und du lügst mich auch wirklich nicht an?«, fragte Kim.

»Nein. Wieso sollte ich?«, fragte Paul. »Wo ist dein Auto?«, fuhr er fort. Er sah keinen Wagen in der Auffahrt stehen.

»Ich habe unten an der Straße geparkt«, sagte Kim, »und bin die Auffahrt hochgelaufen.«

»Geht es dir gut?«, fragte Paul.

Kim sog an ihrer Unterlippe und schloss die Augen. Sie

hatte anscheinend länger geweint. Entweder das, oder sie war erkältet.

»Komm rein!«, sagte Paul. »Aber wir müssen nach unten gehen; hier können wir nicht reden.«

Er schloss die Tür hinter Kim und führte sie nach unten in sein Zimmer. Eine Sekunde lang sah er es mit ihren Augen: Das Bett voller Unterlagen und Klamotten, die schmutzigen Teller und das Besteck, die gefährlich hoch auf dem Schreibtisch gestapelt waren. Jetzt weinte sie eindeutig und gab kleine, unterdrückte Schluchzer von sich. Er fegte ein paar Kleider von einem Stuhl, damit sie sich irgendwohin setzen konnte. Er selbst nahm gegenüber auf dem Bett Platz.

»Was ist passiert?«, fragte er.

Kim schüttelte nur den Kopf.

»Kann ich dir irgendetwas bringen?«, fragte Paul. »Etwas zu trinken oder zu essen? Ich könnte nach oben in die Küche gehen und wäre in einer Minute zurück.«

Kim starrte immer noch in ihren Schoß.

»He, du kannst mit mir reden!«, sagte Paul. »Ich meine, ich würde dir gern helfen, wenn ich könnte.«

»Adam hat mich verlassen«, sagte Kim und sah jetzt zu ihm auf.

Die Vorstellung, jemand könnte eine so unerreichbare Frau wie Kim fallen lassen, erschien Paul dermaßen abwegig, dass er einen Moment brauchte, bis er etwas sagen konnte. Er hatte noch nie ein Mädchen bei sich in seinem Zimmer gehabt, während die Tür zu war und sie beide allein waren. Und das hier war Kim! Als er sie auf der Weihnachtsfeier durchs Haus geführt und mit nach unten genommen hatte, hatten sie kurz in der Tür gestanden und einen Blick hineingeworfen. »Cool«, hatte sie gesagt, vermutlich nur, um nett zu sein. Als sie so dicht neben ihm stand, hatte er einen Blick auf ihren weißen BH-Träger erhaschen können. Auf die Metallschnalle, mit der man die Länge verstellte. Die Haut spannte sich über ihrem Schlüsselbein, und er hätte sonst was gegeben, sie dort berühren, sie nur mit einem einzigen Finger berühren zu dürfen.

»Warum sollte er?«, fragte Paul.

»Er hat eine andere«, sagte Kim. »Er hat mir erzählt, dass er in sie verliebt ist.«

»Der spinnt doch!«, empörte sich Paul. »Aber warum bist du hergekommen?«

»Ich habe soeben herausgefunden, wer es ist. Ich dachte, Adam könnte hier sein. Ich wollte ihm sagen, wie krank ich das alles finde.« Jetzt war wieder Leben in sie gekommen. Das Blut war ihr unregelmäßig ins Gesicht geschossen und hinterließ rote Kontinente auf weißer Haut. Doch sie war immer noch schön. Mein Gott, war sie schön!

»Aber warum sollte er hier sein?«, fragte Paul erneut. Er spürte, dass er eine wesentliche Information verpasst haben musste.

»Weil ...«, sagte Kim, »... weil es Gillian ist.«

»Meine Güte!«, sagte Paul. Diese Neuigkeit war wirklich klasse! Nie im Leben wäre er darauf gekommen. Wenn das sein Vater erfuhr, wäre bestimmt Schluss zwischen ihm und Gillian. Oder wusste sein Vater bereits Bescheid? Der Gedanke, dass sein Vater Gillian dermaßen lieben könnte, dass er ihr alles durchgehen ließ, machte ihn unheimlich traurig.

»Hat er dir das erzählt?«

»Nein«, sagte Kim. »Er wollte mir nicht sagen, wer sie ist. Ich wäre nie darauf gekommen – ich meine, sie ist alt.«

»Wie hast du es dann herausgefunden?«

»Ich habe diese Ungewissheit einfach nicht mehr ausgehalten. Ich hatte nach wie vor die Schlüssel zu seiner Wohnung, also bin ich hingegangen, als er in der Arbeit war. Er lässt seinen Laptop immer zu Hause. Ich habe mir seine Ordner angesehen. Er schreibt alles auf.«

Paul fiel wieder ein, dass Kim sich mit Computern auskannte. Deshalb konnte sie ohne Probleme auf Adams Daten zugreifen.

»Aber wie kommst du darauf, dass er jetzt hier sein könnte?«

»Ich wollte ihn nach der Arbeit auf dem Büroparkplatz abpassen. Aber ein Kollege von ihm, den ich kenne, hat mir gesagt, dass er früher gegangen sei, um sich mit jemandem vom Schreibzirkel zu treffen.«

»Das muss jemand anders gewesen sein«, sagte Paul. »Gillian ist oben. Möchtest du ihr irgendetwas sagen?«

»Oh nein!« Kim sah erschrocken aus. »Ich möchte nur Adam finden«, erklärte sie. »Ich möchte ihm sagen, was ich von ihm halte.«

»Ich könnte dir vorher was zu essen holen«, sagte Paul. »Es gibt noch Pizza.«

»Nein, danke«, erwiderte sie und stand auf. »Hör mal, ich muss jetzt gehen.« Sie zog ihr Sweatshirt über ihre Hüften und setzte die Kapuze auf. Ihre Haare wurden nach vorn geschoben und schauten auf beiden Seiten hervor. Paul hätte sie gern wieder unter die Kapuze geschoben, sie eng an ihren Kopf gelegt. »Die ganze Sache war von vorneherein eine Schnapsidee«, sagte sie.

Es gab keine Möglichkeit, sie zum Bleiben zu bewegen, so viel war ihm auch klar.

»Du kannst von hier unten verschwinden«, sagte Paul. Er

zeigte auf die gläsernen Schiebetüren, die direkt ins Freie führten.

»Gut«, sagte sie. Er öffnete die Tür und trat mit ihr hinaus.

»Soll ich dich zu deinem Wagen begleiten? Es ist ein ziemliches Stück bis zur Straße«, sagte er. Er trug nur ein T-Shirt, und die Nacht war kalt, aber nichts hätte ihn jetzt dazu bewogen, wieder in sein Zimmer zurückzukehren und sich etwas Wärmeres anzuziehen.

»Nein, das ist schon in Ordnung so«, sagte sie und drehte sich zu ihm um. »Trotzdem danke«, fügte sie noch hinzu. »Und danke, dass du mir zugehört hast.«

»Aber das ist doch klar!«, sagte er. Er streckte die Hand aus, um sie zu berühren. Drei Fingerspitzen streiften den Ärmel ihres Sweatshirts. Er hätte sie ewig dort liegen lassen können.

»Tschüs«, sagte sie und ging los, quer über den Hang bis zu der Stelle, wo die Auffahrt eine Kurve machte. Er konnte sie in der Dunkelheit kaum erkennen, jetzt, wo sie ihre schwarze Kapuze aufhatte. Das Schwarz verschluckte das Schwarz, verschluckte sie, erweckte den Eindruck, als wäre sie niemals hier gewesen.

*

Die Garage befand sich auf der anderen Seite des Hauses, sodass Paul nicht gehört hatte, wie das Garagentor aufging. Auch den Motor hörte er erst, als Gillians Geländewagen schon um die Ecke bog. Gillian hatte die Scheinwerfer ausgelassen. Paul brauchte eine Sekunde, bis ihm das auffiel. Wahrscheinlich ahnte Gillian, dass Jerry Paul gebeten hatte, ihn zu verständigen, wenn sie allein losfuhr. Deshalb versuchte sie, unbemerkt zu verschwinden.

Innerhalb von Sekundenbruchteilen sah Paul Kim vor sich, sah wie sie unsichtbar die Auffahrt entlanglief. Er nahm das Bild schlagartig in sich auf und realisierte die Folgen. Sein Körper reagierte instinktiv. Er eilte den Hang hinunter, und rief Kims Namen. Er stürzte auf die Auffahrt zu, gleich hinter der Kurve, wo ihn kein Fahrer erkennen konnte, nicht einmal bei eingeschalteten Scheinwerfern. Und selbst wenn, hätte er nicht mehr rechtzeitig bremsen können.

## *Gillian*

Ihr blieb jetzt keine Zeit mehr, die Landstraße zu nehmen. Gillian fuhr auf die Autobahn, ohne einen Blick in den Rückspiegel zu werfen, ohne sich einen Moment zum Nachdenken zu gönnen. Laster donnerten an ihr vorbei, und sie raste geradeaus, gefangen in ihrem Luftsog. Ihre Hände am Lenkrad, zitterten, und obwohl ihre Finger eiskalt waren, war das Lenkrad glitschig vom Schweiß. Sie hatte keine Ahnung, wie schnell sie fuhr – bestimmt schneller denn je –, und erst als sie den Blick senkte, sah sie, dass die orangefarbene Tachonadel senkrecht nach oben zeigte. Da merkte sie, dass sie weit über dem Tempolimit fuhr. Ich kann das auf keinen Fall tun, dachte sie, ich kann das einfach nicht. Aber es gab nichts, was sie sonst tun konnte. Sie war auf einer mittleren Spur gefangen, zu beiden Seiten von Verkehr eingeschlossen, ein kleiner Fisch in einer Schule von Fischen, mitten in einem reißenden Strom. Sie zwang sich, die Augen zu schließen, und schloss sie tatsächlich. Etwa eine Minute lang fuhr sie stur geradeaus, ohne etwas zu sehen – war es wirklich eine volle Minute lang? –, ihre Hände links und rechts am Lenkrad, ihr Fuß fest auf dem Gaspedal. Sie zwang sich, die Augen zu öffnen, und biss sich in die Innenseite ihrer Wange, fest genug, dass es blutete, damit der Schmerz sie beruhigte.

Schließlich erreichte sie den Cape Cod Canal. Auf einem Schild vor der Bourne Bridge stand: »Verzweifelt? Wähl die Nummer der Telefonseelsorge!« Was für eine Ironie, dass sie es in der Vergangenheit nie bemerkt hatte, obwohl es doch an einer so prominenten Stelle stand. Bestimmt war es für Leute gedacht, die zu Fuß über die Brücke gingen, und nicht für die Autofahrer. Oder sollte sich jeder angesprochen fühlen? Sie hielt es für wenig wahrscheinlich, dass unter den Reisenden nach Cape Cod genügend Verzweiflung herrschte, um so ein Schild zu rechtfertigen. »Verzweifelt«, dachte sie. »Gespalten sein.« Sie spielte in Gedanken mit diesem Wort, wie um ihm den Stachel zu nehmen.

Nachdem sie den Kanal überquert hatte und auf die Route 6 fuhr, lockerte sie endlich ihren Griff um das Lenkrad und erlaubte sich, wieder durchzuatmen. Zunächst kam ihr Atem kurz und stoßweise wie der einer Ertrinkenden, dann beruhigte er sich schließlich.

Sie musste ein Reh angefahren haben. Was hätte es sonst sein sollen? Ein Baumast oder Fels war es bestimmt nicht gewesen, sondern etwas Weicheres, Lebendiges, das ihr vor die Kühlerhaube gesprungen war. Aber sie konnte auf keinen Fall anhalten, aussteigen und nachsehen. Sie konnte den Anblick eines verletzten, vielleicht sogar getöteten Lebewesens nicht ertragen. Wahrscheinlich hätte sie ihm ohnehin nicht helfen können. Sie konnte auf keinen Fall dort herumstehen und auf Jerry warten. Außerdem wollte sie Jerry gar nicht in ihrer Nähe haben. Sie wollte weder seine Freundlichkeit noch sein Mitleid oder sein Verständnis. Ganz zu Anfang ihrer Beziehung hatte er einmal gesagt: »Ich weiß genau, wie du dich fühlst«, in Bezug auf etwas, das ihr widerfahren war. Daraufhin hatte sie ihn angefahren: »Niemand, nicht einmal du, kann mich verstehen.« Er hatte nie mehr etwas dergleichen gesagt. In dieser Hinsicht lernte Jerry schnell.

Irgendwann ließ sie den Verkehrskreisel von Orleans hinter sich und fuhr weiter nach Norden. Das war der letzte Abschnitt ihrer Fahrt, an deren Ende Button, ihr kleines Haus, auf sie wartete. Die Marsch und die kühle Nachtluft vom Meer. Sie sagte die Orte in Gedanken vor sich auf: Orleans, Eastham, Wellfleet, Truro. Dahinter lag Provincetown, ganz am Ende der Straße. Das war der letzte Ort vor dem Ozean, die Sackgasse des Cape. Truro kam früher und lag ganz versteckt. Ein Ortsname, den man passierte, an dem der Verkehr auf der Route 6 mehr oder weniger vorbeirauschte.

Als Gillian das Ende ihres Feldwegs erreicht hatte, parkte sie den Geländewagen ein Stück weiter vom Haus entfernt als sonst, sodass die Motorhaube fast völlig von Blaubeerendickicht verdeckt wurde. Sie stieg aus und schloss die Tür, schlug sie aber nicht zu. Sie ging rasch zum Haus, ohne auch nur den geringsten Blick auf den Geländewagen zu werfen. Sie wollte nicht nachsehen, ob ihre Stoßstange eingedrückt war. Ob da etwas war, eine Spur von dem Lebewesen, das sie überfahren hatte.

Gillian hatte nichts dabei, nur ihren Hausschlüssel. Sie konnte das Schloss im Dunkeln nicht sehen, aber sie konnte es ertasten. Sie lehnte sich gegen die Tür, die bereitwillig nachgab. Sie begab sich in den Schutz des Hauses. Der Strom war noch von ihrem letzten Besuch eingeschaltet. Sie tastete sich an der Wand neben der Tür entlang und fand die Lichtschalter für die kleine gelbe Außenlampe und die Wandleuchte im Flur. Sie sah auf die Marsch hinaus, bevor sie die Tür schloss. Obwohl sie den Geländewagen so weit weg geparkt hatte, konnte sie ihn trotzdem noch sehen, ein dunkles Etwas, ein funkelndes Aufscheinen geschwungenen Chroms. Nicht sie hatte das Reh überfahren, sondern dieses dunkle Etwas, dieses Vehikel. Das Wort Mittler fiel ihr ein. Sie ließ das Wort ziehen, und ein Gedicht nahm in ihrem Kopf Gestalt an. Sie schloss die Tür, kehrte ins Haus zurück und machte sämtliche Lichter an, während sie von Zimmer zu Zimmer ging. Dabei ließ sie das Gedicht undiszipliniert wuchern, während sie tat, was getan werden musste: die Heizung aufdrehen, den Überwurf vom Bett im Arbeitszimmer nehmen, eine noch unangebrochene Packung Cracker aus der Speisekammer holen, sich ein Glas Sherry einschenken, einen Block mit unliniertem Papier vom Schreibtisch nehmen und einen gut angespitzten Bleistift suchen. Sie ging noch einmal um die Treppe nach unten herum und löschte diesmal die Lichter. Nur die Stehlampe neben ihrem Sessel im Arbeitszimmer blieb an. Sie machte es sich darauf bequem und begann, die Worte zu Papier zu bringen. Mittler: ein Schlichter zwischen zwei Parteien, jemand, der etwas miteinander verband. Fahrer und Tier. Mensch und Mensch. Mensch und Natur? Mensch und Gott? Die Stoßstangen, die von den Blaubeerbuschblättern umspielt, von den Dornen gestochen wurden. Das Licht, das den verchromten Rand der Heckleuchte aufblitzen ließ, so als hätte man an dieser Stelle ein Streichholz entzündet.

Das Aufblitzen von etwas Hellem. Das Aufblitzen von etwas, das sich bewegte. Nicht der weiße Wedel eines Rehs – und auch keine Schnauze oder Flanke, sondern eine nach oben gerissene Extremität, das Weiß einer Hand.

Doch das, was sie gesehen hatte – dieses Aufblitzen –, hatte neben dem Wagen stattgefunden und war nicht das gewesen, was sie überfahren hatte. Aber das konnte nicht sein. Zwei Rehe vielleicht? Noch während sie das dachte, brach sich ein schier unglaublicher Gedanke Bahn, nämlich der, dass es kein Reh, sondern etwas anderes gewesen war. Etwas, das zu schrecklich war, um es sich überhaupt vorzustellen, weshalb sie den Gedanken wieder verdrängte. Sie nippte an dem süßen Sherry, behielt ihn im Mund und zwang sich, ihre Aufmerksamkeit wieder dem Gedicht zu widmen, das vor ihr auf dem Blatt Papier aufleuchtete:

Mittler: die Luft zwischen dem Schrei und dem Ohr, das ihn wahrnahm.

Aber es hatte keinen Schrei gegeben, und wenn doch, dann hatte sie ihn nicht gehört. Die Fenster waren hochgekurbelt gewesen, und sie hatte nur das Motorengeräusch wahrgenommen. Falls es einen Schrei gegeben hätte, wenn es wirklich einen Schrei gegeben hätte, hätte sie selbstverständlich angehalten.

Mittler: ein Schlichter, ein Unterhändler. Die Marsch zwischen Meer und Land. Die tägliche Flut. Aus Land wird Meer. Meer deformiert Land.

Als das Telefon klingelte, ging sie benommen darauf zu. Sie brauchte einen Moment, bis sie die Stimme ihres Anwalts, eines alten Freundes, erkannte. Sie lauschte auf das, was man ihr sagte. Sie sagte kein Wort, sondern hörte nur zu. Sie weinte nicht, sie gab keinerlei Laut von sich. Als er geendet hatte, sagte sie: »Ich gehe nirgendwohin. Ich bleibe hier.« Sie legte auf. Wahrscheinlich würde das Telefon nicht wieder klingeln.

Es war schließlich keine Fahrerflucht, wenn man glaubte, nur ein Reh angefahren zu haben, oder? Dass die Scheinwerfer aus waren, weil sie unbemerkt hatte verschwinden wollen, war vielleicht nachlässig, aber noch lange kein Verbrechen. Das Gesetz war da sehr genau. Die Leute vergaßen ständig, die Scheinwerfer einzuschalten.

Sie hatte Jerry verloren, da war sie sich sicher. Er hatte auch so schon genug für sie aufgegeben, zu viele Kompromisse gemacht. Sie befand sich jetzt jenseits seiner albernen Ergebenheit. Sie würde ihren Weg ohne ihn fortsetzen müssen, ohne seine unermüdliche Unterstützung und Geduld. Vor Jerry war sie sehr gut allein zurechtgekommen, und sie würde auch jetzt gut allein zurechtkommen. Sie würde hier leben und Jerry nie mehr wiedersehen müssen. Sie spielte nicht mit der Möglichkeit, dass seine Liebe auch das noch aushielte. Sie würde hier in Button bleiben und nicht in das andere Haus zurückkehren müssen.

Sie stolperte zurück zu ihrem Sessel und nahm den Block auf den Schoß. Sie würde schreiben. Egal, was geschah, sie hatte immer noch ihre Gedichte. In ihrem Gedicht würde sie jetzt den Vorfall verarbeiten und ihn so drehen und wenden, wie es ihr gefiel. In ihren Gedichten konnte sie ändern, was sie nur wollte.

Mittler: die Hand zwischen dem Blatt, der Geist, der das Blatt kennt, seine Feingliedrigkeit, Vorhersehbarkeit, seinen tapferen grünen Willen.

Es war das Mädchen, das den Geländewagen gesehen hatte, das anscheinend Zeuge des Vorfalls geworden war. Diese Freundin von Adam mit ihrem glänzenden, weißblonden Haar und ihrer hohen Stirn. Gillian fiel ihr Name wieder ein: Kim. Wenn sie nicht gewesen wäre, wenn sie nichts gesagt hätte, hätte niemand je davon erfahren müssen. Dann wäre Gillian hier in Button in Sicherheit. Ganz egal, welche Tragödie sich vorher abgespielt hätte – sie wäre weit weg und in Sicherheit.

»Wow, was für ein Haus!«, hatte Kim an jenem Abend auf Gillians Weihnachtsfeier gesagt. »Hey, Adam, findest du das Haus nicht auch großartig?«

Bei diesen Worten hatte sie Adams Arm genommen. Sie war jung, so was von jung.

Und Paul, jung und naiv, wie er war, war in die Dunkelheit hinausgeeilt, um sie zu retten. Gillian liebte Paul nicht – sie liebte niemanden –, aber bei Paul hatte nicht viel gefehlt.

Paul! Inzwischen war es unmöglich, den Gedanken an das, was ihm widerfahren war, zu verdrängen. Den Gedanken an das, was sie getan hatte. Sie arbeitete, um sich abzulenken, aber sie entkam den Bildern nicht: Dunkelheit und ein weißes Aufblitzen.

Paul.

Gillian rückte den Block auf ihrem Schoß gerade und umklammerte ihren Stift. Sie starrte auf das Wort, das sie ganz oben auf die Seite geschrieben hatte: Mittler. Sie wusste nicht, was sie noch damit anfangen sollte. Von dem Gedicht war nichts mehr übrig. Sie hatte noch nie versagt, aber jetzt wusste sie nicht mehr, was sie schreiben sollte. Das Gedicht war rein gar nichts, eine bloße Stilübung.

# *Dank*

Ich bin vielen bewundernswerten, großzügigen Menschen zu Dank verpflichtet, ohne die dieses Buch nie entstanden wäre. Dazu gehören meine Verlegerin, Sarah Landis, meine Agentin, Rebecca Strauss, meine Schriftstellerkollegen Betsy Hartmann, Karen Osborn, Stefan Petruchka, Robert Redick und vor allem Anita Shreve, meine Freundin Elaine Lasker von Bruns, meine Angehörigen Artemis Demas Roehrig, Austin Bliss, Gary Van Deurse und natürlich Matthew Roehrig.

Mein Dank gilt auch dem Mount Holyoke College für ein Stipendium, meinen Schreibzirkeln, die mich unterstützt haben, und meinem derzeitigen Schreibzirkel, bestehend aus Barbara Diamond Goldin, Anna Kirwan, Patricia MacLachlan, Lesléa Newman, Ann Turner, Ellen Wittlinger und Jane Yolen, die Kapitel für Kapitel mit diesem anderen Schreibzirkel gelebt haben.